AUF DER SUCHE
NACH DER VERGESSENEN WELT

PRIMORDIA

GREIG BECK

LUZIFER VERLAG

Deutsche Erstausgabe
Titel der Originalausgabe: PRIMORDIA

www.luzifer.press

Umschlaggestaltung: Michael Schubert | Luzifer-Verlag
Übersetzung: Kalle Max Hofmann
Lektorat: Johannes Laumann

ISBN: 978-3-95835-360-2

Dieses Buch wurde nach Dudenempfehlung (Stand 2018) lektoriert.

Bibliografische Information der Deutschen Nationalbibliothek:
Die Deutsche Nationalbibliothek verzeichnet diese Publikation in der Deutschen Nationalbibliografie; detaillierte bibliografische Daten sind im Internet über *http://dnb.d-nb.de* abrufbar.

Was, wenn es wahr wäre?
Was, wenn es alles stimmen würde?
Was, wenn es keine Fiktion war – wenn »die vergessene Welt« wirklich existieren würde? Wenn Sir Arthur Conan Doyle es sich nicht ausgedacht hätte?
Ich bin der Meinung, dass er von einer verlorenen Expedition erfahren hatte, die wirklich unternommen worden war.
Wir müssen das Notizbuch finden. Und dann müssen wir dorthin fahren!

Benjamin »Ben« Cartwright, 2018

Ein Komet, der auf der Erde einschlagen würde, hätte vernichtende Folgen – abhängig von seinem Gewicht und seiner Zusammensetzung. Doch was Kometen angeht, die einfach an der Erde vorbeifliegen, ist die Wirkung, die sie auf unsere Welt haben, noch unbekannt oder nicht vollends untersucht.

Im Oktober 2014 näherte sich ein Komet mit dem Namen C/2013-A1, der vom Siding Spring Observatorium entdeckt wurde, der Erde. Das Magnetfeld um den Mars herum hatte er bereits ins Chaos gestürzt.

NASAs Goddard Space Flight Center, Greenbelt, Maryland

PROLOG

1908 – Südamerika, irgendwo im Südosten von Venezuela, in der feuchtesten Regenzeit

Benjamin Cartwright rannte so schnell wie nie zuvor in seinem Leben. Feuchte, grüne Blätter klatschten ihm ins Gesicht, Dornen rissen an seiner Kleidung und biegsame Ranken wickelten sich wie Lassos um jedes seiner Körperteile. Doch er rannte, lief und sprintete, als wäre der Teufel hinter ihm her.

Denn so war es.

Das Ding, das ihm folgte, schob ganze Baumstämme aus dem Weg und sein nach einem Fleischfresser stinkender Atem klang wie eine Dampflok, die schnaubte und zischte, als sie ihm näherkam. Er zuckte zusammen, wich einem Felsbrocken aus und wechselte die Richtung. Dann erklang der tiefe Schrei der Kreatur und lederhäutige Wesen schwangen sich flüchtend in den Himmel auf. Benjamin spürte, wie seine Hoden vor Angst in seiner schweißnassen Hose zusammenschrumpelten. Er beschleunigte noch einmal und dann traf ihn ein frischer Luftzug, da der Dschungel ganz plötzlich aufhörte.

Er kam stolpernd zum Stillstand und kniff die Augen zusammen, da er nun in der prallen Sonne stand. Vor seinen Füßen führte ein Abgrund steil in die Tiefe – vielleicht dreihundert Meter unter sich sah er ein dichtes, grünes Dach aus Pflanzen und Baumkronen.

Er starrte für einen kurzen Augenblick die merkwürdig tiefhängenden Wolken an, die um ihn herum zu rotieren schienen. Er wusste, es konnte sich nur noch um Stunden handeln, bis er für immer hier gefangen sein würde. Er zog eine Grimasse und drehte sich um. Die Bäume schwankten unnatürlich zur Seite, da sein Verfolger ihm immer näherkam. Er hatte gesehen, was dieses Monster mit Baxter getan hatte, und allein der Gedanke daran ließ seinen Magen rebellieren.

Armdicke Ranken wucherten über die kleine Lichtung und hingen über die Klippe, doch sie führten bei Weitem nicht so tief hinab, dass er sich so in Sicherheit hätte bringen können. Benjamin Cartwright wurde klar, dass ihm nur noch wenige Sekunden blieben. Seine Optionen waren, bei lebendigem Leib gefressen zu werden oder Selbstmord zu begehen. In jedem Fall würde er gleich tot sein.

Das Dickicht hinter ihm wurde auseinandergerissen und der zischende Schrei ließ ihn vor Angst erzittern. Er konnte nicht anders, als sich umzudrehen. Die Kreatur richtete sich zu ihrer vollen Größe auf und thronte über ihm. Sie bestand nur aus Muskeln, glitzernden Schuppen und Zähnen, die so lang wie seine Arme waren. Baxters Überreste hingen immer noch zwischen diesen albtraumhaften Hauern.

Cartwright feuerte die letzte Kugel aus der Pistole, von der er beinahe vergessen hatte, dass er sie in der Hand hielt. Natürlich zeigte das keinerlei Wirkung und er warf den Colt auf den Boden. Dann wandte er sich dem Abgrund zu, schnappte sich eine der Ranken, sprach ein stilles Stoßgebet und sprang.

TEIL EINS

WAS, WENN ES WAHR WÄRE?

Es gibt so einige Männer,
die nie von ihren Abenteuern berichten,
da sie nicht einmal davon zu träumen wagen,
dass ihnen jemand Glauben schenken könnte.

ARTHUR CONAN DOYLE,
Die vergessene Welt

KAPITEL 1

Im Jahre 2018 auf dem Friedhof von Greenberry in Ohio

Benjamin Cartwright stand einfach nur da, den Arm um die Schultern seiner Mutter gelegt. *Warum regnet es bloß nicht*, dachte er. Denn trotz des traurigen Anlasses schien die Sonne fröhlich vom Himmel und der grüne Rasen roch angenehm nach geschnittenem Gras und fruchtbarem Boden. Die Blätter an den Bäumen, die den Friedhof umrahmten, raschelten sanft in der leichten Brise.

Vielleicht war es doch passend, dachte er, denn sein Vater Barry war schon immer ein Naturfreund gewesen, von Kindesbeinen an. Dass er nun hier, scheinbar mitten im Wald, seine letzte Ruhestätte finden sollte, war eigentlich perfekt.

Seine Mutter schluchzte noch einmal und Ben drückte ihre schlanken Schultern an sich. Er spürte, wie sie zitterte, der zierliche Körper von Sorgen gebeutelt. Auch seine eigenen Augen wurden für einen Moment von Tränen verklärt und er musste mehrfach blinzeln, um wieder klare Sicht zu bekommen.

Es lag wohl daran, wie plötzlich und überraschend es gekommen war, dachte er sich. Sein Vater war erst 63 Jahre alt gewesen und hatte stark wie ein Bulle gewirkt. Dann hatte er sich ohne Vorwarnung während des Holzhackens an die Brust gefasst und die Lichter waren für ihn für immer ausgegangen.

Cynthia, seine Mutter, hatte ihn angerufen und ihm zuerst nur gesagt, dass sein Vater gestürzt war – *schlimm* gestürzt – mehr nicht. Doch er hatte direkt an ihrer Stimme gehört, dass es nicht um einen Sturz ging. Seine Eltern waren beide von der Sorte, die auch schwere Verletzungen beiseiteschoben, als wäre nichts gewesen. Selbst ein gebrochenes Handgelenk wurde als *eine kleine Schramme* bezeichnet. Deswegen hatte die Formulierung eines *schlimmen Sturzes* sofort sämtliche Alarmglocken bei Ben läuten lassen. Ihre Stimme war dann ganz leise geworden. »Ich weiß nicht, was ich tun soll«, hatte sie gesagt.

In diesem Moment war Ben bereits krank vor Angst, doch er schluckte sie hinunter. Er versuchte ruhig zu bleiben und sagte ihr, sie solle die Polizei oder einen Krankenwagen rufen. Oder vielleicht einen Nachbarn. Und er würde sich sofort auf den Weg machen. Er lebte in der Stadt Boulder in Colorado und ein Flug würde über zwei Stunden dauern. Dazu kamen natürlich noch viele Stunden Fahrt, um von einem Punkt zum anderen zu kommen.

»Du musst ihn warm halten. Und Mama … versuche ruhig zu bleiben, okay? Ich werde bald da sein.« Er hatte sich seine Armbanduhr geschnappt, einmal tief durchgeatmet und war dann in sein Zimmer gerannt, um ein paar Sachen zu packen, die er in einen Rucksack stopfte. Er griff sich seine Geldbörse und das Handy und rannte zur Tür, wobei er in Gedanken betete, dass er sofort einen Flug bekommen würde.

Er rief alle und jeden an, die ihm einfielen. Er alarmierte den Notarzt sowie Hank, den Nachbarn. Seine Mutter hatte desorientiert geklungen und gesagt, dass Barry immer noch schlief und dass sie ihm seinen Mantel um die Schultern gelegt hatte, um ihn warm zu halten.

Nach den längsten fünf Stunden seines Lebens war er endlich da.

Als er ankam, fand er zu seiner Erleichterung heraus, dass der Notarzt gekommen und wieder gegangen war. Aber Hank hatte ihm die Hände auf die Schultern gelegt: »Sorry, Ben.« Mehr hatte er nicht herausgebracht.

Benjamin hatte sich darauf vorbereitet, hatte versucht, sich abzuhärten, dennoch traf es ihn wie ein Schlag in die Magengrube.

Betrübt trottete er auf das Haus zu, wo der Polizeichef, den er von früher noch kannte, auf der Veranda stand. Er salutierte vor Ben und schüttelte ihm dann die Hand.

»Mein Beileid, Ben. Dein Vater war ein persönlicher Freund. Er war ein guter Mensch.« Für einen Moment mahlten seine Kiefer, dann fuhr er fort: »Er hatte einen schlimmen Herzinfarkt. Wahrscheinlich hat er nichts gespürt.«

Ben nickte. »Und Mama? Ich meine, Cynthia?«

»Sie ist drinnen. Sie ist … in Ordnung. Sie wollte auf dich warten.«

Ben schritt an ihm vorbei und betrat das Haus. Er fand sie im Wohnzimmer, wo sie auf dem Sofa saß und auf den Kamin starrte. Er setzte sich neben sie und legte einen Arm um ihre Schultern.

»Dummer alter Mann, warum musste er unbedingt noch selbst Holz hacken«, schimpfte sie und brach dann in Tränen aus.

Ben spürte, wie auch bei ihm das Wasser in die Augen stieg. Barry war der perfekte Vater gewesen – glücklich, stark und immer für ihn da. Er hatte ihm alles beigebracht, angefangen vom Binden der Schnürsenkel bis hin zum Trinken aus einer Colaflasche, ohne sich an der Kohlensäure zu verschlucken.

Schuldgefühle nagten an ihm, weil er sich so lange nicht hatte blicken lassen. Sie hätten noch ein letztes Bier zusammen trinken können, ein letztes Gespräch führen, ein letztes Mal zusammen lachen. Dann hätte er zum letzten Mal die Möglichkeit gehabt, ihm zu sagen, dass er ihn liebte. Das war nun vorbei.

All das war erst vor ein paar Tagen passiert. Jetzt hatten sich Freunde und die Familie auf seiner Beerdigung eingefunden und starrten den polierten Sarg an, der in der Sonne glänzte. Keiner sagte etwas, die meisten schafften es nicht einmal, ihm über die Kondolenzbekundungen hinaus in die Augen zu schauen. Nur Emma Wilson, mit der er zu Schulzeiten kurz zusammen gewesen war, nickte ihm zu und er lächelte schwach zurück.

Dabei drehte er unauffällig den Kopf, um die Narbe auf seiner Wange zu verstecken – das Abschiedsgeschenk eines granatenwerfenden ISIS-Arschlochs in Syrien. Diese Linie, die sich von der Schläfe bis zum Kinn erstreckte, würde ihn nun auf ewig an seine Zeit im Militär erinnern. Die Granate war für seine Gegner ein Glückstreffer gewesen, denn sie landete genau zwischen fünf amerikanischen Soldaten. Ben hatte versucht, sie sich zu schnappen, doch sein Kamerad »Mad« Max Herzog war schneller gewesen. Er hatte ihn beiseite geschubst und seinen eigenen Körper auf die Sprengwaffe geworfen.

Dann war die Hölle losgebrochen: Die Explosion, der Geruch brennenden Fleisches, die warme Feuchtigkeit von Blut auf seinem Gesicht, das ihm in die Augen und in den Mund lief. Er hörte das Klingeln seiner geplatzten Trommelfelle und die weit entfernt wirkenden Schreie der Männer, die ihm wieder auf die Beine halfen.

Von Max war nicht viel übrig geblieben, er war in zwei Hälften gerissen worden und ein weiterer Kamerad lag auf dem Rücken, während schwarzer Rauch aus seinem zerfetzten Bauchbereich aufstieg. Sie wurden überrannt und er wurde weggezerrt, doch vorher sah er noch, wie die Finger des Toten zuckten. Ben versuchte sich loszureißen, wollte schreien, dass der Mann Hilfe brauchte, doch sein Mund gehorchte ihm nicht.

Später wurde ihm gesagt, dass der Kamerad namens Henderson definitiv tot gewesen war. Sein Verstand bestätigte ihm das, doch sein Unterbewusstsein wurde nicht müde, ihm einzuflüstern, dass er einen Mann zum Sterben zurückgelassen hatte. Diese zuckenden Finger besuchten ihn noch heute jede Nacht im Traum.

Ein Schrapnell aus der Granate hatte Ben das Gesicht zerschnitten, doch es war ihm klar, dass er riesiges Glück gehabt hatte. Er hatte gedient, er hatte überlebt, und alle Körperteile waren noch dran. Viele andere waren weitaus schlechter weggekommen.

Bens Augen wanderten wieder zu Emma und erst jetzt wurde ihm klar, dass er die Hand auf seine Narbe gelegt hatte. Seine Mutter hatte gesagt, sie ließ ihn auf eine brutale Weise gut aussehen. Andere waren der Meinung, sie ließe ihn einfach nur fieser aussehen, aber auch das war okay für ihn.

Ben starrte die Frau weiter mit seinen dunkelbraunen Augen an. Sein Blick hatte die Intensität eines Adlers. Emma war damals ein wirklich süßes Mädchen gewesen, doch inzwischen hatte sie sich zu einer wunderschönen Frau entwickelt. Er fragte sich, ob sie Kontakt zu seiner Familie gehalten hatte oder ob sie nur hier war, um ihn wiederzusehen. *Du selbstgefälliger Arsch*, dachte er sich zuerst, und dann: *Ich hoffe, letzteres.*

Im Anschluss stand ein Leichenschmaus in ihrem Haus auf dem Programm, der schwer zu ertragen war. Danach bat seine Mutter ihn darum, noch ein paar Tage zu bleiben, um ein paar Dinge zu regeln und an ihrer Seite zu sein.

Er wusste genau, was sie damit meinte. *Dinge zu regeln* bedeutete, Sachen wegzuschmeißen, deren Anblick sie nicht mehr ertragen konnte. Natürlich würde er das tun. Denn höflich ausgedrückt befand sich Ben sowieso gerade *zwischen zwei Arbeitsplätzen.* Nachdem er die Granate abbekommen hatte und die Wunde mit über zweihundertfünfzig Mikrostichen genäht worden war, hatte er seine Spezialeinheit und damit die Armee für immer verlassen. Für ihn fühlte sich das wie ein Weglaufen an und Schuldgefühle hingen deswegen über ihm wie eine dunkle Wolke. Aber er wusste: Er hatte genug gesehen, genug durchgemacht und genug überstanden, dass es für ein ganzes Leben reichen würde. Jetzt wollte er nur noch seine Ruhe haben und überlegte sogar, das Studium zum Tierpfleger wieder aufzunehmen. Tiere liebte er; es waren die Menschen, die zu den Grausamkeiten fähig waren, die er nicht mehr aushalten konnte. In diesem Sinne war er wie sein Vater und wie sein Opa und vermutlich alle anderen Cartwrights, die gern ein einfaches Leben in der Sonne führten. Auch sein Namensgeber, Benjamin Cartwright, der 1908 irgendwo in Venezuela bei einer Expedition im Dschungel starb, war ein Träumer mit einem Hang zum Abenteuer gewesen.

Seine Mutter kam zurück ins Wohnzimmer und nahm ein altes Foto in die Hand, starrte es für einen Moment an und fing dann wieder an zu schluchzen.

Ben seufzte. *Ja, es sollte auf jeden Fall regnen.*

KAPITEL 2

Ben war plötzlich mit einem Schlag wach. Das Haus lag in völliger Stille und er drehte langsam den Kopf, wobei er sich fragte, was ihn wohl aufgeweckt haben mochte.

Er hatte mal gelesen, wenn jemand stirbt, könne es Tage dauern, bis die Seele überhaupt merkt, dass der Körper nicht mehr da ist. Sie macht einfach weiter wie bisher, wandert durch Flure, öffnet und schließt Türen oder versucht sogar, mit geliebten Menschen zu reden.

»Gute Reise, Dad. Ich liebe dich«, flüsterte Ben in die Leere des Raums.

Er seufzte und saß einfach ein paar Minuten aufrecht im Bett. Es war spät, oder besser gesagt, noch zu früh, doch er stand trotzdem langsam auf. Vorsichtig setzte er einen Fuß vor den anderen, um die Dielen nicht knarren zu lassen, denn seine Mutter brauchte ihren Schlaf.

Er beschloss, mit dem Aufräumen weiterzumachen und klemmte sich einen Karton mit Anziehsachen seines Vaters unter den Arm. Mit der anderen Hand griff er sich ein Bier und machte sich dann auf den Weg zum Dachboden.

Sein Großvater, Errol, hatte sein Glück im Bergbau gefunden und seinem Vater ein großzügiges Erbe hinterlassen, zu dem auch dieses Haus gehörte, das auf einem kleinen Hügel über das dazugehörige acht Hektar große Landstück thronte. Es war ein beeindruckendes Bauwerk aus Sandstein und Holz, das mit Antiquitäten, Erinnerungen und all den Sachen gefüllt war, die die Familie im Laufe mehrerer Generationen angesammelt hatte.

Der zweite Stock wurde als Dachboden genutzt und war mit Kisten, Truhen und überschüssigen Möbeln vollgestellt, die mit staubbedeckten Laken abgehangen waren. Ben machte das Licht an, stellte sein Bier auf einen kleinen Tisch und platzierte den Karton auf einem Stapel von weiteren persönlichen Gegenständen seines Vaters.

Er hatte immer noch sehr viel zu transportieren, nur die Fotos sollten im Erdgeschoss bleiben. Er hatte allerdings bemerkt, dass seine Mutter sie alle mit der Bildfläche nach unten hingelegt hatte, anscheinend reichte schon der Anblick, um sie wieder in Tränen ausbrechen zu lassen. Ben dachte sich, dass der Geist seines Vaters wohl noch eine ganze Weile durch das Haus spuken würde.

Er zog das Laken von einem Sessel und setzte sich, wobei er bewusst die Atmosphäre von Staub, altem Holz und verblichenem Papier einsaugte. Er legte seine Füße auf eine Truhe und ließ seinen Blick über die mannshohen Stapel der Familiengeschichte schweifen. Alles war chronologisch sortiert, wie die geologischen Schichten der Erde, und Barrys Sachen würden nun auf die gleiche Art hinzugefügt werden. Sie würden gleich neben denen von Errol stehen, Barrys geliebtem Vater, neben dem die Erinnerungen an Julius, seinem Großvater, aufgetürmt waren. Daneben wiederum fanden sich die Sachen von Bens Namensgeber Benjamin, der sein Ururgroßvater gewesen war.

In diesem Moment überkam Ben der Gedanke an seine eigene Sterblichkeit und er fragte sich, ob eines Tages jemand hier sitzen würde, um die Füße auf eine Kiste voll mit seinen Papieren, Bildern und Sportpokalen zu legen.

Ben zog seine Füße von der Truhe. Als er klein war, hatte sein Vater ihm gesagt, dass sie alle voll mit Schätzen wären. Doch als er dann ein paar von ihnen geöffnet hatte, war er enttäuscht gewesen, nur alte Briefe, Antiquitäten und vergilbte Fotografien zu finden. Das war nichts, was einem Kind wertvoll erschien.

Sein Vater hatte über seine hängenden Mundwinkel lachen müssen und ihm gesagt, dass Wissen und Informationen der größte Schatz seien, den man finden konnte. Damals hatte ihn das wenig beeindruckt, doch die Zeit lässt Blickwinkel mitunter wandern.

Er öffnete den Verschluss der verzierten Truhe und öffnete den Deckel. Die alten Scharniere quietschten protestierend und ganz unwillkürlich entfuhr Ben ein »Psssst!«

Dann faltete er seine großen Hände und betrachtete schweigend den Inhalt. Die Kiste gehörte seinem Opa Errol und enthielt dicke Ordner mit alten Papieren, sowie Bücher über Geologie und Bergbau. Er wühlte ein bisschen tiefer und fand versiegelte Pakete aus Wachspapier, die mit Schnüren zusammengebunden waren. Er las die daran befestigten Bleistiftnotizen – einige waren an Errols Vater Benjamin adressiert, andere an Errol selbst, und einige einfach nur generell an die Familie Cartwright, wobei die notierten Daten bis ins Jahr 1912 zurückreichten, also weit vor Errols Geburt. Auf einem anderen stand 1930, doch er schien vom gleichen Absender zu kommen, und beide schienen Bücher zu enthalten.

Er schob seine Finger wie einen Kamm durch sein dichtes, dunkles Haar und ließ sie dort verweilen – sanft massierte er seine Kopfhaut, während er die Absenderangaben durchlas: Sie kamen vom Anwesen Sir Arthur Conan Doyles. Da er ein großer Fan alter Abenteuerromane war, sagte ihm der Name etwas und sein Interesse war sofort geweckt. Schnell öffnete er die Sendung von 1912.

»Wow!« Wie er vermutet hatte, war es ein Buch – aber was für eines! Eine beinahe druckfrisch wirkende Erstausgabe der »Vergessenen Welt«. Das in blauem Leinen eingebundene, goldverzierte Buch wog schwer in seinen Händen.

Ben wusste gar nicht, dass dieses Buch von Doyle war. Er kannte ihn eher wegen seiner Sherlock Holmes-Romane und hatte gedacht, »Die vergessene Welt« wäre ein Film von Stephen Spielberg.

Er führte das Buch an die Nase und schnüffelte daran. Er konnte einen leicht muffigen Geruch wahrnehmen, aber im Großen und Ganzen hatten die Verpackung und der trockene Dachboden das Buch hervorragend erhalten – und das nun schon über hundert Jahre lang.

Aber warum hat Errol es nie geöffnet?, fragte er sich. Vielleicht, weil es angekommen war, bevor er auf die Welt kam und weil es nicht direkt an ihn adressiert war? Oder vielleicht war es einfach schon verstaut worden und er wusste gar nichts von der Existenz dieses Umschlages?

Ben schlug das Buch auf und las die Widmung. Sie kam vom Autor selbst:

An meinen guten Freund Benjamin Cartwright,

Ihre Erfahrungen haben meine Vorstellungskraft entzündet und dies ist das Ergebnis. Ich hoffe auf eine baldige Korrespondenz.

Ihr Freund, Arthur Conan Doyle

Ben lächelte wehmütig. *Wir Cartwrights hatten ganz schön berühmte Freunde*, dachte er und seufzte dann. Der Brief verriet ihm, dass Doyle offensichtlich nicht wusste, dass Benjamin schon etwa vier Jahre, bevor das Buch gedruckt wurde, im venezolanischen Dschungel gestorben war.

Vorsichtig begann er, hier und da ein paar Seiten zu lesen, wodurch er den groben Verlauf der Story kennenlernte: Ein Reporter namens Edward Malone erfährt durch ein Interview mit einem gewissen Professor Challenger, dass es auf einer Hochebene im Amazonas noch lebende Dinosaurier geben soll.

Ben lächelte, als er weiterlas. Im Handumdrehen hatte Challenger eine kleine Gruppe von Unterstützern zusammengetrommelt, die den besagten Ort tatsächlich finden und dort auf die Kreaturen treffen, die aus der Zeit gefallen zu sein scheinen.

Klar, logisch, dachte Ben schmunzelnd. Dann betrachtete er das Buch von allen Seiten und bewunderte seine hochwertige Machart. Er hatte keine Ahnung, wie viel es wert sein konnte, doch klar war, dass er es keinen Tag länger in dieser Truhe verstauben lassen würde. Er wickelte es wieder in das Wachstuch und legte es dann auf den Tisch, wo auch seine Bierflasche stand.

Das nächste Paket, das er herauszog, war ein Bündel von Briefen, die mit einer vom Alter ganz fleckigen Kordel umwickelt waren. Er öffnete den Knoten und fächerte die Umschläge vor sich auf. Offenbar stellten sie den früheren Austausch zwischen Benjamin und Doyle dar.

Ben atmete tief durch. *Es stimmte also wirklich*, dachte er und erinnerte sich gut daran, wie sein Vater ihn mit Anekdoten von Benjamin in Staunen versetzt hatte, dem Abenteurer in der Familie, der auf viele Expeditionen an die entlegensten Winkel der Erde aufgebrochen war, von denen die verhängnisvolle letzte im Jahr 1908 stattgefunden hatte. Seine Ehefrau hatte den Rücktransport der sterblichen Überreste aus einem abgelegenen Dorf am Rande des Amazonas organisieren müssen.

Ben öffnete den ersten Brief, der auf das Jahr 1906 datiert war. Es ging darin um die Vorbereitungen besagter Expedition, er lud Arthur Conan Doyle sogar ein, ihn zu begleiten, um alles zu dokumentieren.

Gespannt las er weiter. Es gab Diskussionen um die Finanzierung, was man mitnehmen solle, und am Rande ging es um die politische Situation dieser Zeit.

Doyles Antwort drückte großes Interesse an der Expedition aus, doch höflich lehnte er die Einladung ab. Gleichzeitig bot er aber an, einen Beitrag zur Finanzierung der Reise zu leisten, falls Benjamin Schwierigkeiten haben sollte, das Geld zusammenzubekommen.

Ben schaute sich die Daten der verschiedenen Briefe an und grinste – sie lagen viele Wochen auseinander, manchmal gar Monate. So lange hatte eben zu Beginn des vorigen Jahrhunderts die Kommunikation über verschiedene Kontinente hinweg gedauert. Heute konnte man quasi ohne Zeitverzögerung mit Menschen auf der ganzen Welt reden, eine Errungenschaft, die Sir Arthur Conan Doyle sich höchstens in seinen fiktionalen Romanen hätte vorstellen können.

Ben nahm noch einen Schluck von seinem Bier und öffnete einen weiteren Umschlag, wobei ihm auffiel, wie viel Spaß es ihm bereitete, in die Gedankenwelt dieser bemerkenswerten Herrschaften einzutauchen. Im nächsten Brief beschrieb Benjamin, was er zu finden hoffte – er berichtete, von einem Ort gehört zu haben, der nur einmal alle zehn Jahre in der sogenannten »feuchtesten Regenzeit« auftauchen sollte und in dem sich fantastische Kreaturen herumtrieben. Es sollte sich dabei um ein verstecktes Plateau in einem unerforschten Bereich des Amazonas-Dschungels handeln und in Benjamin Cartwrights eigenen Worten würde seine Entdeckung alles infrage stellen, was man über Biologie und die Evolution wusste.

»Das gibt's doch nicht!« Bens Stirn legte sich in Falten. Das versteckte Plateau, der südamerikanische Dschungel, das Umdeuten der Naturgesetze – hier kamen alle Elemente von Doyles fantastischer Erzählung zusammen. Er schnappte sich noch einmal die Erstausgabe der »Vergessenen Welt« und wickelte sie erneut behutsam aus, um die Widmung ein zweites Mal zu lesen:

An meinen guten Freund Benjamin Cartwright, Ihre Erfahrungen haben meine Vorstellungskraft entzündet und dies ist das Ergebnis – das hatte Sir Arthur Conan Doyle vor über einem Jahrhundert geschrieben. Hatte er das wörtlich gemeint? Dass Benjamin Cartwright damals wirklich das unternommen hatte, was er hier in diesen Briefen beschrieb? Ben kicherte, als er das Buch zuklappte und es wieder auf den Tisch legte.

Unmöglich, dachte er, doch nun war sein Interesse geweckt. Er griff nach dem nächsten Brief auf dem Stapel, wieder in der Handschrift des berühmten Autors verfasst. Vorsichtig öffnete er den Umschlag und las.

Lieber Benjamin,

mein geschätzter Freund, ich schreibe dies an Ihre unsterbliche Seele oder vielleicht an Ihre Erben. Ihr Verscheiden aus dieser Welt hat mich sehr getroffen und führt mir meine eigene Sterblichkeit vor Augen. Doch Sie, mein Herr, werden nun für immer als der tapfere, junge Abenteurer in Erinnerung bleiben, der Sie waren.

Ihr Notizbuch war und ist von unschätzbarem Wert, deswegen werde ich es mit meinen Lieblingsgegenständen an einem geheimen Ort aufbewahren, den nur wir beide kennen – unter der Erde im Windlesham Manor.

Ihr Freund in aller Ewigkeit,
Arthur Conan Doyle

Unter der Erde? Er hat es allen Ernstes vergraben? Ben schnaubte verächtlich. »Toll gemacht, Arthur.« Er legte den alten Brief zur Seite und schnappte sich den nächsten. Dies war ein weitaus größerer Umschlag, datiert auf 1931, und er sah deutlich geschäftlicher aus. Er war ungeöffnet und an das Anwesen Benjamin Cartwright adressiert, genau wie Doyles letzter Brief, in dem er bestätigte, von Benjamins Tod erfahren zu haben. Vorsichtig strich Ben mit dem Finger über die Gummierung und der alte Klebstoff gab sofort nach.

Das Papier im Inneren war von hochwertiger Natur und mit einer anderen Handschrift beschrieben. Es kam von einer Anwaltskanzlei, die das Anwesen Sir Arthur Conan Doyles betreute. Ben las aufmerksam:

Sehr geehrte Damen und Herren,

Sie haben vielleicht davon gehört, dass Sir Arthur Conan Doyle verstorben ist. Wir sind damit betraut, seinen Nachlass zu regeln. Viele seiner Besitztümer werden für seine Nachkommen aufbewahrt, einige werden Museen gestiftet und einige werden an ihre ursprünglichen Eigentümer zurückgegeben.

In letztere Kategorie fällt das ledergebundene Notizbuch des verstorbenen Benjamin Bartholomew Cartwright aus Ohio in den Vereinigten Staaten von Amerika. Dieses Notizbuch war für Sir Arthur Conan Doyle von enormem emotionalen Wert, und es war immer sein Wunsch, es seinem Besitzer, Herrn Cartwright, zurückzugeben. Doch wie Sie wissen, sollte es dazu nicht mehr kommen.

Leider ist es trotz unserer Bemühungen bisher nicht gelungen, besagtes Notizbuch aufzufinden. Sollten Hinweise auf seinen Aufenthaltsort bekannt werden, möge dieser Brief als Beweis dienen, dass es rechtmäßiger Besitz der Erben von Herrn Cartwright ist.

Mit ergebenen Grüßen,

Horatio William Bartholomew,
Anwalt des bürgerlichen Rechts
Windlesham Manor, Crowborough, East Sussex

Bens Mundwinkel wanderten nach unten, als er seinen Blick über die unzähligen großen Kisten schweifen ließ, die sich überall auf dem Dachboden stapelten.

Und, hast du es jemals abgeholt, Opa oder Uropa? Er seufzte und ließ seine Hände sinken, wobei er seinen Blick wieder auf dem Brief ruhen ließ. Ihn überkam die Erkenntnis, dass er sich diese Frage selbst beantworten konnte, denn der Brief war nie geöffnet worden.

Also ist das Notizbuch noch an Ort und Stelle!

Er atmete langsam aus und ließ seinen Gedanken freien Lauf. Der Durst nach Abenteuern war ihm in die Wiege gelegt worden und so beäugte er gespannt die Stapel von Truhen, Kisten und Kartons. Doch es waren so viele, das dämpfte seine Motivation.

Ben gähnte. *Ach was, bestimmt haben sie noch einen zweiten Brief geschickt und irgendwo inmitten dieses Gerümpels liegt Benjamins altes Notizbuch.*

Er saß ein paar Minuten schweigend da, starrte Löcher in die Luft und sah zu, wie die ersten Strahlen der Morgensonne die träge herumschwebenden Staubpartikel beleuchtete. Sie schienen nur auf den nächsten Luftzug zu warten, der sie wieder in Bewegung brachte. Während er ihnen so zusah, wurden seine Augenlider schwerer und schwerer.

Plötzlich war Ben wieder im Dschungel und rannte um sein Leben. Er fragte sich, ob er sich auf seiner Auslandsmission in Thailand, im Kongo oder gar in Kolumbien befand, doch sein Hirn weigerte sich, ihm diese Frage zu beantworten. Er wusste nur, dass etwas hinter ihm her war – nicht jemand, *etwas*!

Er rannte weiter, so schnell er konnte, wobei Schlingpflanzen und Lianen ihn zu schnappen versuchten. Blätter und Zweige klatschten in sein Gesicht und gegen seinen Körper. Er war überzogen von einer Schicht aus Schweiß, Regen und Angst.

Hinter ihm wurden Bäume abgeknickt wie Streichhölzer und er versuchte, noch schneller zu laufen, doch plötzlich versperrte ihm eine natürliche Mauer den Weg. Er wirbelte herum und griff nach seiner Waffe – sie war nicht da.

»Um Himmels willen!« Der Klang der Türklingel wirkte auf ihn wie ein Elektroschock und unwillkürlich sprang er auf, wobei er sich mit dem restlichen Bier besudelte, das sich noch in der Flasche befand.

»Ach, Scheiße.« Ben verzog das Gesicht. Nachdem er die Flasche ordentlich abgestellt hatte, sah er auf die Uhr – es war bereits vormittags. Dann beeilte er sich und nahm auf dem Weg die Treppe hinunter zwei Stufen auf einmal. Er wollte nicht, dass seine Mutter geweckt würde.

Als er die erste Etage erreichte, klingelte es noch einmal.

»Ich komme ja schon!« Er sprintete los und nahm das letzte Dutzend Stufen mit riesigen Sätzen. Völlig außer Atem riss er die Tür auf.

»Könnten Sie bitte …?«

»Da sieht aber jemand unausgeschlafen aus.« Emma Wilson lächelte ihn an, in ihren Armen hielt sie eine in Stoff gewickelte Kiste.

Ben schluckte seine Aufregung hinunter und atmete stattdessen einmal tief durch, wobei sich seine Lunge mit Sauerstoff füllte. Er hielt für einen Moment die Luft an und zuckte dann mit den Schultern. »Ja, so ist das Leben als Rockstar!«

Dann starrte er sie einfach an, denn er wusste, dass das Grinsen in seinem Gesicht ziemlich dümmlich aussehen musste.

Er hatte sie auf der Beerdigung seines Vaters gesehen, aber aus der Nähe sah sie noch besser aus – leuchtend grüne Augen, ihr braunes Haar hatte in der Sonne rötliche Spitzen. Ihre Stupsnase war mit Sommersprossen bedeckt, die bis über ihre Wangen reichten, und ihr T-Shirt betonte ihre athletische Figur. Ihre *sehr* athletische Figur, musste er sich selbst korrigieren, denn sie besaß deutlich definierte Muskeln an den Armen. Was auch immer sie für ein Trainingsprogramm ausführte, es funktionierte.

Er war damals eine Weile mit Emma zusammengewesen und sie waren sich wirklich nahe gekommen. Doch dann war er ins Militär eingetreten und ihre Wege hatten sich getrennt, damit war die Sache erledigt gewesen. Sie wiederzusehen erfüllte ihn mit Freude. Doch plötzlich erinnerte er sich an seine Narbe und drehte seinen Kopf leicht weg.

Sie nahm eine Hand von der Kiste, die sie trug, und berührte ihn am Kinn. »Hat das sehr wehgetan?«

Ihre Fingerspitzen auf seiner Haut waren leicht wie Schmetterlinge, trotzdem spürte er ihre Wärme. Er schüttelte den Kopf.

»Ehrlich gesagt, kann ich mich an nichts erinnern. Es hätte schlimmer kommen können«, sagte er und zuckte mit den Schultern.

»Ja.« Sie ließ ihre Hand sinken. »Du siehst immer noch fast genauso aus wie früher.« Dann legte sie den Kopf schief. »Irgendwie gefällt mir die Narbe. Ach übrigens …«, sie hielt die Kiste hoch, »… ich habe etwas für deine Mutter gemacht, einen Orangenkuchen mit Marmelade. Den mag sie am liebsten.«

»Den mag sie am liebsten?« Er hob seine Augenbrauen und sie strahlte ihn an. »Genau, außerdem mag sie Kekse mit Pekannüssen und Brownies, die außen knusprig und innen weich sind.« Ihre Augen verengten sich: »Wenn du öfter herkommen würdest, dann wüsstest du vielleicht …« Ihr Lächeln verschwand, als sie merkte, dass sie sich auf dünnem Eis bewegte. »Es tut mir leid … dein Vater … ich wollte nicht …«

»Nein, du hast schon recht. Ich hätte hier sein sollen.« Ben atmete tief durch. »Vergiss es, willst du reinkommen?«

»Ja, gerne. Aber nur, wenn ich nicht ungelegen komme.« Emma schlich ins Haus, auf einmal sah sie etwas weniger fröhlich aus, als bei ihrer Ankunft. »Ich kann auch ein andermal wiederkommen.«

»Jetzt sei nicht albern.« Er schloss vorsichtig die Tür und führte sie ins Wohnzimmer. »Und woher weißt du jetzt, dass meine Mutter gern Orangenkuchen mag?«

»Tjaaa, du weißt doch, dass sie im Fitnessstudio einen Cardio-Kurs belegt, oder?«

Er zuckte mit den Achseln. »Ich weiß, dass sie Sport macht, aber …«

»Ich gehe ins gleiche Studio.« Sie hob ihr Kinn. »Manchmal verbringen wir hinterher noch ein bisschen Zeit zusammen.«

»Das ist aber schön, danke dir.« Er musterte sie. »Daher hast du also einen so gestählten Körper!«

Sie hob den rechten Arm und präsentierte ihren Bizeps. »Junge, das kommt vom Klettern! Ohio hat einige der besten Wände im ganzen Land! Meine Wertung ist 5.11, damit bin ich sozusagen Profi.«

Er streckte die Hand aus und prüfte fachmännisch die Festigkeit ihrer Muskeln. »Sehr beeindruckend!« Er grinste. »Aber ich fürchte, Mom schläft gerade. Ich möchte sie jetzt nicht wecken, denn in letzter Zeit hat sie oft nicht einschlafen können.«

»Das ist überhaupt kein Problem.« Sie hielt eine Hand hoch, während sie mit der anderen immer noch die Kiste festhielt. »Ich wollte nur den Kuchen abliefern und schauen, wie es ihr geht. Und vielleicht mal ihrem verlorenen Sohn Hallo sagen, wenn ich schon dabei bin. Also, wie geht es *dir* denn?«

Er nickte anerkennend, während er die Schachtel entgegennahm. »Gut … ich fühle mich wirklich ein bisschen schuldig, dass ich nicht hier war, aber insgesamt geht es mir gut.«

»Mach dir keine Gedanken.« Emmas Augen leuchteten auf. »Niemand hätte das ahnen können.«

»Stimmt.« Er starrte etwas ratlos auf die Kuchenbox. »Wer hätte gedacht, dass er krank ist? Ich wette, er hat es selbst nicht mal geahnt!« Er verzog den Mund. »So ist das mit der Sterblichkeit, den einen Moment bist du noch hier, den anderen nicht.«

»Barry war ein toller Typ. Und deine Mutter ist der beste Beweis, dass Liebe nie …« Sie unterbrach sich. »Sie wird ihn bestimmt vermissen.«

»Das werden wir alle«, sagte Ben und deutete auf das Sofa. »Kann ich dir einen Kaffee anbieten?«

»Gerne, mit Milch und ohne Zucker, bitte.« Emma ließ sich auf der breiten Couch nieder, während Ben in die Küche ging, wo er die Schachtel öffnete. Der Geruch des frischen Backwerks drang verführerisch in seine Nase.

»Mmmh, vielleicht auch ein Stück Kuchen?«

Der Kaffee war bereits fertig, also füllte er zwei Tassen und legte noch zwei Scheiben des Orangenkuchens auf einen Teller.

Emma strahlte, als sie sah, dass er Kuchen mitbrachte. »Guter Junge! Vielleicht wird das ja auch dein Lieblingskuchen!« Sie nahm ihre Tasse und brach ein kleines Stück des Kuchens ab, das sie sich in den Mund schob.

»Und, was meinst du, wie lange du diesmal bleiben wirst? In Ohio, meine ich.«

»Da habe ich mir noch gar keine Gedanken drüber gemacht. Ein paar Tage, schätze ich. Das werde ich Ende der Woche entscheiden, je nachdem, wie Mom drauf ist.« Er zuckte mit den

Schultern. »Ich kann auch länger bleiben, wenn sie mich braucht. Zuhause ist eh nicht viel los.«

Emma senkte ihren Blick, doch ihre Augen leuchteten auf. »Es wartet also niemand auf dich?«

Er lächelte ein wenig. »Nein, keine Freundin und nicht mal eine Affäre.« Er nahm einen Schluck von seinem Kaffee. »Seit ich nicht mehr beim Militär bin, habe ich ein bisschen freiberuflich im Sicherheitsbereich gearbeitet, aber ich habe mir überlegt, nächstes Jahr vielleicht wieder auf die Uni zu gehen, um mein Studium zu beenden.«

»Ach ja, richtig … der Tierfreund!« Sie nickte. »Das wäre doch toll!«

»Und was ist mit dir?«, fragte er, bevor er die Spitze von seinem Kuchenstück abbiss.

»Ich habe eine kleine Firma, die Klettertouren anbietet, auch Abenteuertouren und so was«, antwortete sie.

»Du warst doch immer so ein Ass in Mathe. Wolltest du nicht eigentlich Wirtschaft studieren?«, entgegnete er schnell.

»Ja, aber wie viele Ökonomen verbringen ihre Tage in freier Natur?« Sie hob ihr Kinn. »Hast du jemals im Frühling in einem Feld wilder Blumen gesessen? Wo nur die Bienen und die Vögel mit dir sprechen, dir die warme Sonne auf den Rücken scheint und die Bergspitzen sich vor dir ausbreiten?«

Er schüttelte den Kopf. »Nein, aber wenn du das so sagst, hört es sich traumhaft an. Scheint so, als würde die Natur wirklich einen Platz in deinem Herzen haben. Und wo wir gerade davon reden … Wie sieht es bei dir aus? … Gibt es auch einen *Mister Klettertour* in deinem Leben?«

»Nicht wirklich, ich meine, *nein*«, lachte sie. »Hey, vielleicht warte ich ja die ganze Zeit auf deine Rückkehr!« Sie lachte wieder, aber diesmal wurden ihre Wangen etwas rot.

Ihre Blicke trafen sich für einen Moment und Ben verlor sich fast in ihren Augen.

»Ben, bist du das?« Als er den Klang der Stimme seiner Mutter hörte, drehte er den Kopf.

»Hier unten, Mom!« Er stand auf. »Ich sollte wohl mal eben …« Er deutete mit dem Daumen über seine Schulter.

Emma stand ebenfalls auf. »Ja, mach das!« Sie wischte ein paar Krümel von ihrer Jeans und ging zur Tür, wobei sie beide Handflächen in ihre Gesäßtaschen steckte.

Ben öffnete die Tür und sie wandte sich ihm zu.

»Ein paar von den alten Leuten treffen sich heute Abend, um ein paar Biere zu kippen, es gibt auch Spareribs. Wird bestimmt lustig, komm doch auch!«

»Nun.« Sein erster Impuls war, dankend abzulehnen. Doch ein weiterer Blick in ihre Augen machte das unmöglich. »Klar, wann und wo?«

Sie grinste. »Um sieben Uhr. Am anderen Ende der Stadt. Ich hole dich um Viertel vor sieben ab, okay?«

»Abgemacht.« Er streckte ihr eine Hand entgegen und sie nahm sie. Diesmal spürte er die Furchen in ihrer Haut und betrachtete ihre Handflächen. »Oh hey, das sind ja echte Felsschaufeln!«

Sie zog ihre Hand weg. »Die können aber auch sanft sein, wenn ich es möchte. Bis heute Abend!« Sie drehte sich um und sprang leichtfüßig die Stufen herunter, offensichtlich sehr gut gelaunt.

Punkt 18:45 Uhr hupte es draußen und Cynthia sah von ihrem Buch auf. »Das ist dann wohl dein Date, mein Junge.« Sie lächelte.

Ben verdrehte die Augen. »Das ist doch kein Date, Mom. Ich treffe mich nur mit ein paar alten Freunden.«

»Emma ist ein nettes Mädchen, ich mag sie.« Cynthia sah zu, wie er seine Jacke überzog. Sie spannte etwas an seinen Schultern, die breit waren wie bei einem Schwimmer.

Er nickte. »Das ist sie. Und sie kann sehr gut Backen.«

»Sie würde wirklich eine tolle Ehefrau abgeben. Nicht, dass ich damit etwas sagen will«, sagte sie mit einer erhobenen Augenbraue.

Er kicherte. »Was? Ich bin erst seit ein paar Tagen wieder da und du versuchst schon, mich unter die Haube zu bringen?«

»Du wirst ja auch nicht jünger, mein Schatz. Barry ist es nicht mehr vergönnt, seine Enkelkinder zu erleben, aber ich möchte wirklich gern welche haben!«

»Boah, Mama!« Er verzog das Gesicht, konnte aber nichts dagegen tun, dass seine Mundwinkel nach oben wanderten.

Es klopfte an der Tür.

»Ah, sie ist ungeduldig, dich zu sehen – ein gutes Zeichen«, sagte Cynthia mit gesenkter Stimme. »Sie hat auch oft nach dir gefragt, weißt du?«

Ben gebot ihr zu schweigen und war gerade im Begriff, die Tür zu öffnen, als er sich ihr noch einmal zuwandte. »Brauchst du noch irgendwas?«

Sie schüttelte den Kopf. »Nein, habt einen schönen Abend, ihr zwei!«

»Es sind nicht nur wir zwei«, flüsterte er zurück. »Ich werde nicht lange bleiben. Ruf mich an, wenn du irgendwas brauchst.«

Ben kam noch einmal zu ihr zurück und küsste sie auf die Wange. Dann trat er wieder an die Tür und öffnete sie, wobei ihm sofort der Geruch eines herrlichen Parfüms in die Nase drang. Emma stand in einem enganliegenden Baumwollkleid da. Ihre glatte, gebräunte Haut, die perfekte Figur, die leuchtend grünen Augen und das schimmernde Haar ließen sein Herz aufgehen.

»Wow, du hast dich aber herausgeputzt.« Das meinte er wirklich ernst.

»Das klingt ja, als wäre ich ein Paar alter Schuhe!« Trotzdem grinste sie anerkennend. »Du siehst auch nicht schlecht aus. Obwohl du ein paar neue Klamotten brauchen könntest.«

Er breitete seine Arme aus. »Second-Hand-Schick, das ist in Colorado der letzte Schrei!«

Sie nickte. »*Ich* glaube dir das, aber Tausende andere würden es nicht!« Sie lehnte sich zur Seite, um einen Blick hinter ihn zu werfen. »Hallo, Misses Cartwright, brauchen Sie irgendwas?«

Seine Mutter winkte. »Nein, aber vielen Dank für deinen fantastischen Kuchen! Allerdings hatte Ben das meiste schon aufgegessen, bevor ich ihn auch nur probieren konnte!«

Ben erhob entschuldigend die Hände. »Das stimmt.«

»Dann backe ich noch einen«, antwortete Emma strahlend.

»Habt einen schönen Abend, ihr zwei!« Cynthia ließ sich wieder in ihren Stuhl sinken. »Und du musst ihn nicht früh zurückbringen, er braucht mal eine Pause davon, sich um eine alte Frau zu kümmern!«

»Autsch …« Ben zwinkerte ihr zu.

»Geh schon!«, scheuchte Cynthia ihn nach draußen und Emma packte seinen Arm.

»Bis bald, Misses Cartwright!« Sie winkte und zerrte ihn die Treppen hinunter, wobei sie ihm kaum genug Zeit ließ, die Tür hinter sich zuzuziehen.

Ihr Auto war ein alter Land Rover, der bis zu den Türgriffen mit Staub bedeckt war.

»Wow, ein echtes Wunderwerk britischer Ingenieurskunst«, lächelte er anerkennend.

»Die Tür ist offen«, rief sie und sprang auf den Fahrersitz. Ben folgte ihr. »Du hast recht, es ist ein 1998er Land Rover Discovery. Ein verdammt zähes Biest und dabei äußerst günstig. Außerdem hat er einen V8-Motor, Vierradantrieb und einen hohen Radstand für Offroad-Betrieb. Es gibt kaum Wege, die dieses Monster nicht bezwingen kann.«

»Cool.« Er schnallte sich an. »Wo geht's denn hin, Frau Chauffeurin?«

»Erinnerst du dich an diese angesagte Grillstube, wo die ganzen coolen Kids immer abgehangen haben?«

»Ricky's?«, fragte er mit hochgezogenen Augenbrauen.

»Genau. Die coolen Kids gehen da immer noch hin, nur dass sie jetzt älter und nicht mehr so cool sind«, kicherte sie.

»Und du brauchst auch keine gefälschten Ausweise mehr, um dich in Bars reinzuschummeln.« Er lächelte zurück.

»Genau so war ich: gesetz- und skrupellos. Daran hat sich allerdings nichts geändert.« Sie schaute ihn kurz an, um ihm ein umwerfendes Lächeln zu schenken, dann widmete sie ihre Aufmerksamkeit wieder der Straße. Ben genoss ihre Gesellschaft sichtlich, und sie unterhielten sich, als wären sie nie voneinander getrennt gewesen. Er war fast ein bisschen enttäuscht, als sie an Ricky's Bar ankamen, denn das bedeutete, dass er sie nun mit anderen teilen musste.

»Der Laden hat sich ja überhaupt nicht verändert.« Ben schaute sich die Neonreklame an, die immer noch in Kirschrot vor sich hinleuchtete und ein Bild von saftigen Spareribs mit Soße in die Nacht hinausstrahlte. Durch die Fenster sah er einige Familien beim Abendessen, sowie eine Gruppe jüngerer Menschen, die eher im hinteren Bereich des Restaurants saßen.

Die Tür quietschte, als er sie für Emma aufhielt, und sie führte ihn zu den anderen.

»Ja leck mich doch, es stimmt wirklich!« Ein dünner, junger Mann asiatischer Abstammung mit Stoppelfrisur stand auf und grinste breit. Er trug lässige, aber teure Kleidung. Ben grinste zurück. »Mister Daniel Murakami, du bist noch hier?« Sie umarmten sich und wurden dann von den anderen umringt.

»Nee, ich komme nur öfters mal zurück, das solltest du auch tun, Kumpel! Lange nicht gesehen«, stichelte Murakami.

»Er mischt sich unter das gemeine Volk!«, rief eine tiefe Stimme und eine Pranke klatschte auf Bens Schulter. Er drehte sich um und stand einem blonden Mann gegenüber, der ein Kinn wie eine Straßenlaterne hatte, so breit gebaut war wie Ben und der freudig lächelte. »Willkommen zurück, Großer!« Er hielt ihm seine Hand entgegen und Ben schlug ein.

»Steve«, rief Ben. Die Hand von Steven Chambers fühlte sich an wie eine Mischung aus Holz und Leder. Dann wandte er sich einem weiteren Mitglied seiner alten Clique zu: Andrea Ashley, immer noch so wunderschön wie zu Schulzeiten. Er erinnerte sich vage, dass sie ihr Glück in Hollywood versuchen wollte, doch er glaubte nicht, dass sie nun wieder in Greenberry war, um ihn zu treffen.

»Andrea!« Er lächelte und sie schaute ihn kurz wohlwollend an, bevor sie an ihn herantrat, um ihn zu umarmen – und ihn dann noch ein bisschen weiter umarmte.

»Um Himmels willen, hat mal jemand einen Eimer kaltes Wasser, um die beiden abzukühlen!« Steve drückte Ben eine Flasche Bier in die Hand und Emma bekam auch eines, als sie sich erfolgreich zwischen Ben und Andrea drückte, um sie ebenfalls zu begrüßen.

Dann hielt Steve sein eigenes Bier in die Höhe. »Auf die Rückkehr der verlorenen Töchter und Söhne – Salud!«

»Salud!«

Flaschen und Gläser wurden klangvoll zusammengestoßen. Dann verbrachten sie die nächsten Stunden damit, sich gegenseitig auf den neuesten Stand zu bringen, Blödsinn zu reden, laut zu lachen und Rippchen und Bier zu verzehren. Schließlich ließen sie sich an einem Ecktisch nieder, um den Abend mit Kaffee und Whiskey ausklingen zu lassen.

»Echt hart mit deinem Dad, Ben. Er war wirklich ein cooler Typ.« Steve lächelte ihn verlegen an.

»Ja, vielen Dank. Meine Mutter ist noch ziemlich mitgenommen.« Ben starrte in seinen Kaffee.

»Das wird auch noch eine Weile so bleiben, aber dann kommt sie darüber hinweg«, meinte Emma. »Unsere Eltern sind aus härterem Holz geschnitzt als wir.«

Andrea lehnte sich vor und nahm seine Hand. »Es ist toll, dass du hergekommen bist, um ihr Beistand zu leisten. Bleibst du noch ein bisschen?«

Ben sah, wie sich Emmas Lippen zu einem schmalen Strich wandelten. Aus irgendeinem Grund fühlte er sich dadurch geschmeichelt. Er tätschelte Andreas Hand und zog seine dann zurück. »Ein bisschen werde ich noch hierbleiben. Ich dachte, ich könnte ja mal mein Studium der Tiermedizin abschließen. Und dann möchte ich mich irgendwo niederlassen.«

»Du? Tierarzt?« Daniel tat überrascht und riss seine Augen weit auf – dann grinste er. »Wäre vielleicht mal was anderes für dich, deinen Kopf zu benutzen, statt deiner Muskeln.«

»Oh, danke, Kumpel. Ich werde mich an reichen Typen wie dir dumm und dusselig verdienen. Ich hörte, ihr habt ganze Häuser voller flauschiger, kleiner Hunde.«

Dan nickte und erhob seinen Brandy. »Und Pfaue! Vergiss die Pfaue nicht!«

»Hey, Greenberry braucht übrigens auch Tierärzte«, sagte Emma, als sie ihren Kaffee in die Luft hielt.

»Ist das so?« Ben lächelte sie an.

»Aber ich denke, erst einmal wirst du deiner Mom helfen, also wenn wir irgendetwas tun können, lass' es uns bitte wissen«, sagte Steve Chambers.

»Danke, Kumpel.«

Ben schaute für einen Moment wieder in seine Kaffeetasse.

»Im Moment bin ich noch dabei, Dads Sachen wegzuräumen. Dabei bin ich auf dem Dachboden über meine Familiengeschichte gestolpert.« Er schnaubte. »Hey, wollt ihr was Cooles hören? Mein Ururgroßvater war mit Sir Arthur Conan Doyle befreundet! Ich habe sogar eine Erstausgabe von einem Buch von 1912 gefunden, noch in Wachspapier, das war noch nie geöffnet worden!«

»Sehr cool, welches ist es?«, fragte Emma.

»Die vergessene Welt«, antwortete Ben.

»Ist nicht wahr! Das ist eines meine Lieblingsbücher, das habe ich schon als Kind gelesen.« Sie wandte sich den anderen zu: »Es geht dabei um ein paar Abenteurer, die einen versteckten Berg finden, auf dem noch Dinosaurier leben!«

»So in der Art.« Ben lehnte sich verschwörerisch nach vorn: »Aber wollt ihr was *echt* Schräges hören?«

»Immer«, sagte Dan und kam ebenfalls näher.

»Was wäre, wenn die Geschichte stimmen würde?« Ben schaute auf.

»Wie bitte?« Steves Stirn legte sich in Falten.

»Ach, Ben!« Emma fing an zu kichern.

»Keinen Whiskey mehr für den Herrn hier!«, rief Daniel in Richtung Bar.

»Lasst mich doch erst mal ausreden«, sagte Ben und räusperte sich. »Was, wenn es wahr wäre? Wenn wirklich alles stimmen würde? Wenn es nie Fiktion war, sondern es die vergessene Welt wirklich geben würde? Sir Arthur Conan Doyle hat es sich nicht ausgedacht. Ich glaube, er hat vielmehr einen Bericht über eine Expedition geschrieben, die wirklich stattgefunden hat.«

Seine Freunde starrten ihn einfach nur an. Emmas Wangen wurden leicht rot.

»Ich habe herausgefunden, dass mein Ururgroßvater Benjamin wirklich nach Südamerika gereist ist und dort etwas Fantastisches gefunden hat.«

Er legte seine Hände mit Nachdruck auf den Tisch. »Und Sir Arthur Conan Doyle hat das als Grundlage für seine Geschichte benutzt.«

»Ich glaube dir, jedenfalls würde ich das gern«, sagte Steve mit dem Hauch eines Lächelns. »Aber, äh, woher willst du das wissen? Ich meine, dass es wahr ist?«

»Benjamin hat es alles in einem Notizbuch festgehalten, im Jahre 1908.« Ben lehnte sich zurück. Die Blicke seiner Freunde wandelten sich von ungläubig in interessiert.

»Moment mal. Du hast ein Notizbuch, das es beweist?« Dan pfiff anerkennend. »Also *jetzt* wird es wirklich spannend!«

»Können wir es mal sehen?«, fragte Andrea.

»Nun ja …« Ben verzog schmerzlich das Gesicht. »Anscheinend hat Benjamin es an Doyle geschickt und einem alten Briefwechsel zufolge hat der es behalten, nachdem er erfahren hatte, dass Benjamin gestorben war. Dann hat er es auf seinem Anwesen versteckt, damit es nicht abhandenkommt.«

»Jetzt ist es aber abhandengekommen«, meinte Dan. »Toller Plan.«

Ben verbrachte die nächsten Minuten damit, ihnen einen Überblick über das zu verschaffen, was er herausgefunden hatte. Seine Freunde waren fasziniert, vor allem Dan, der vor Anspannung fast von seinem Stuhl fiel.

Als er fertig gesprochen hatte, lehnte Ben sich zurück. »Ich habe nur den Brief von einem Anwalt, in dem steht, dass das Notizbuch existiert und dass es mir gehört, oder besser gesagt, Benjamins Erben.«

Plötzlich richtete Ben sich wieder auf: »Oh, und da ist noch etwas, anscheinend kann man diese Stelle im Amazonas während eines bestimmten Zyklus erreichen, der sich nur alle zehn Jahre wiederholt. Und das nächste Mal, wann das passieren wird, ist …«, er hielt seinen Finger für einen Moment in die Luft, bevor er ihn in den Tisch rammte, »… jetzt, im Jahr 2018! Wahrscheinlich haben wir es sogar schon verpasst, denn das Zeitfenster soll nur ein paar Wochen andauern.«

Dan klatschte. »Oh Mann, das ist echt cool!«

»Dieses Notizbuch muss echt ein Vermögen wert sein … wenn man es finden könnte«, sagte Steve.

»Solange es nicht zerstört wurde, kann man alles wiederfinden, was verloren gegangen ist.« Dan winkte, um die Kellnerin für eine weitere Bestellung an ihren Tisch zu rufen. Dann zog er seinen Stuhl so weit nach vorn, dass sein Brustkorb an den Tisch stieß. »Vergiss mal die Idee, es zu verkaufen – der Wert liegt in seinem Inhalt. Und übrigens, Ben, wir haben noch *gar nichts* verpasst. Ich würde sagen, lass uns das Notizbuch finden, dort hinfahren und die vergessene Welt finden!«

»Nee, es ist zu spät«, meinte Ben. »Ich wüsste ja nicht mal, wo ich suchen soll.«

»Wieso sollte es zu spät sein?«, entgegnete Andrea. »Ich habe noch nie von diesem Notizbuch gehört, die anderen auch nicht.« Sie ließ ihren Blick über die Gesichter schweifen, bevor sie fortfuhr: »Also könnte es immer noch versteckt sein. Vielleicht ist es immer noch da. Er hat doch bestimmt Hinweise hinterlassen. Die Millionenfrage ist nur, wo?«

Ben überlegte. »An einem geheimen Ort, den nur die beiden kennen«, seufzte er.

»Das ist alles?« Andrea verzog das Gesicht.

»Nun ja, er hat erwähnt, dass es *unter der Erde* in Windlesham Manor liegt.« Er zuckte mit den Schultern. »Also ist es irgendwo vergraben. Wenn es noch da liegen sollte und nicht gefunden wurde, ist es wahrscheinlich schon von Mutter Natur zerstört worden.«

Dan berührte seine Stirn. »Bullshit!« Er schlug mit der flachen Hand auf den Tisch. »Positiv denken, Mann! Ich sage, es ist noch da! Wir können es finden! Wir haben Wissenschaft und Technik auf unserer Seite! Genau wie ich schon sagte, wir finden es und fliegen dann da hin!«

Ben kicherte und hob sein Glas: »Höre ich da den Whisky reden?«

»Warum nicht?«, bohrte Dan nach und seine Augen weiteten sich. »Das ist die spannendste Sache, die ich in den letzten Jahren gehört habe.« Er wandte sich an die anderen: »Leute, was meint ihr?«

»Das ist in England, oder?«, fragte Steve mit einer angehobenen Augenbraue. »Wir fliegen also alle einfach da rüber, jeder mit einer Schaufel über der Schulter, und fangen an zu graben? Ich habe gehört, die stehen da voll auf Amerikaner, die so was machen.«

Dan lachte laut auf. »Nein, du Witzbold, ich hatte schon an etwas mehr Finesse gedacht. Ich kann gar nicht glauben, dass du das nicht für die größte und spannendste Gelegenheit aller Zeiten hältst!« Dan rieb seine Hände aneinander und man sah, dass ihm seine eigene Idee immer besser gefiel. »Ich würde sogar dafür zahlen … für uns alle!«

»In dem Fall bin ich dabei.« Emma richtete sich auf.

»Ich auch«, fügte Andrea hinzu.

»Jetzt wartet mal einen Moment!« Ben konnte gar nicht fassen, wie schnell die Situation außer Kontrolle geraten war. »Nach England? Um Himmels willen!«

»Na ja, nur als erste Station – danach suchen wir natürlich auch diesen versteckten Dschungel!« Dan rieb sein Kinn. »Windlesham Manor? Ich sage dir was, bis morgen früh habe ich alle Informationen darüber, die es gibt. Ich lasse meine Leute eine gründliche Recherche durchführen.« Er grinste. »Ich liebe es, wenn ein Plan funktioniert!«

»Grundgütiger.« Ben schüttelte den Kopf, doch er konnte nicht verhindern, von Dans Begeisterung angesteckt zu werden. »Leute, es kann ja sein, dass Dan wild darauf ist, sein Geld aus dem Fenster zu schmeißen, aber wir sollten nicht voreilig sein. Vielleicht steckt gar nichts hinter der ganzen Sache … und gefährlich ist sie vielleicht auch noch. Wie ich schon sagte, bestimmt ist das Notizbuch total langweilig oder es wurde längst zerstört.«

»Du hast recht.« Dan lehnte sich in seinem Stuhl zurück. »Aber dann werde ich eben das herausfinden. In zwanzig Minuten habe ich zwei Dutzend IT-Freaks an der Recherche sitzen, die werden jedes Fitzelchen an Informationen finden, sogar im Darknet. Die Händler, Sammler und sogar Schmuggler werden schon wissen, ob so ein Notizbuch jemals gefunden wurde.« Er grinste. »Lasst uns ein bisschen Wind machen und schauen, was dabei herauskommt.«

»Aber dann weiß jeder, dass wir danach suchen.« Emma verzog das Gesicht. »Ist das wirklich klug?«

»Wieso?«, fragte Dan. »Wie Ben schon sagte, die meisten Leute werden nichts darüber wissen, kein Interesse oder es längst vergessen haben.« Er hielt einen Finger hoch. »Wir brauchen auch einen Kontakt zum Windlesham Manor.«

»Ich kenne jemanden, der dort lebt.« Steve breitete die Arme aus. »Ein britisches Mädel, sie ist Zoologin und kann uns vielleicht helfen.«

»Dann ist doch alles geklärt!« Dan klatschte auf den Tisch.

Emma und Steve gaben sich einen High-Five und Andrea umarmte ihn.

»Dann treffen wir uns morgen um 9 Uhr hier zum Frühstück und ich sage euch, was ich herausgefunden habe.« Dan stand auf, schob seinen Stuhl zurück und zog gleichzeitig sein Telefon hervor. Er drückte es an sein Ohr und auf dem Weg nach draußen begann er bereits schnell auf jemanden einzureden.

Ben blieb mit offenem Mund zurück. »Was ist denn jetzt passiert?«

Emma kicherte. »Typisch Murakami.«

Später, als sie vor seinem Haus hielt, schaltete Emma den Motor aus und wandte sich ihm zu.

»Also, meinst du, es ist wahr? Ich meine, *wirklich* wahr?«

»Ja … nein … vielleicht.« Er grinste. »Ich glaube schon, dass es das Notizbuch gibt, oder zumindest gab. Aber mal im Ernst … eine versteckte Hochebene, auf der Monster leben? Ich bitte dich!«

Emma schmiegte ihre Wange an die Kopfstütze und betrachtete ihn. Ben lächelte sie an, als er fortfuhr.

»Nicht vergessen, Sir Arthur Conan Doyle hat Abenteuerromane geschrieben. Vielleicht hat Benjamin ja wirklich etwas Fantastisches gefunden. Aber im Jahre 1908 erschienen noch eine ganze Menge Sachen fantastisch, die für uns ganz normal sind. Ich bin mir ziemlich sicher, dass der Rest aus Doyles Fantasie kommt.«

»Tja, aber weißt du, was ich denke?« Sie lächelte und ihre Augen strahlten. »Es gibt nur eine Art, wie wir es wirklich herausfinden können … nämlich, indem wir dieses sagenumwobene Notizbuch finden!« Sie ließ ihr Kinn auf ihrer Hand ruhen. »Außerdem haben wir nichts zu verlieren, außer Zeit. Wenn es das Notizbuch nicht gibt, haben wir immerhin einen netten Urlaub. Wäre doch toll, mal wieder etwas mehr Zeit mit der alten Clique zu verbringen.«

»Aber was, wenn es das Notizbuch doch gibt?« Er versank tiefer in ihren wunderschönen Augen.

»Dann lösen wir vielleicht eines der größten Geheimnisse deiner Familie. Überleg' doch mal, vielleicht erleben wir sogar ein Abenteuer, das wir niemals vergessen werden. Und du wirst berühmt!«

»Ich will gar nicht berühmt sein!« Ben legte seine Hand auf den Türgriff und zog daran, doch dann hielt er inne. »Aber mit der alten Gang abzuhängen wäre toll. Mir war gar nicht bewusst, wie sehr ihr mir alle gefehlt habt.«

Ben spürte ihre Hand auf seinem Arm und wandte sich ihr zu. Sie lehnte sich nach vorn, um ihn auf die Wange zu küssen, aber sie erwischte die Seite seines Mundes. Er spürte, wie ein Schauer durch seinen ganzen Körper lief.

»Habe ich gerade *ihr alle* gesagt? Ich meinte natürlich nur dich!« Er legte eine Hand an ihr Kinn und küsste sie auf den Mund. Dann lehnten sie sich beide zurück und schauten sich tief in die Augen. »Also … möchtest du vielleicht noch reinkommen … auf einen Kaffee oder so?«

Emma lächelte ihn an, doch ihre Brauen senkten sich. »Heute nicht.« Sie legte eine Hand auf die seine. »Ich bin auch gerne *nur mit dir* zusammen. Bitte sag ja zu der Reise!«

Er stöhnte theatralisch auf. »Okay, vielleicht.«

Als er sich gerade wegdrehte, packte sie ihn an der Schulter. »Ben-*nnn*!«

Er stöhnte noch etwas lauter. »Na guuut.« Dann ließ er die Tür unter dem Protest der rostigen Scharniere aufschwingen.

»Juchhuuu! Dann bis morgen um 9 Uhr – *pünktlich*!«

KAPITEL 3

1948 – im Südosten Venezuelas – die feuchteste Jahreszeit kehrt zurück

Die hurrikanartigen Winde hatten nachgelassen und ein mit Panzerplatten bewehrter Ankylosaurus ließ seinen nichtssagenden Blick gen Himmel schweifen, wo er sah, wie die Wolken sich teilten und herrlicher Sonnenschein durch ein Loch strahlte, das sich über dem Dschungel ausbreitete.

Die Kreatur war etwa sechs Meter lang und wog um die zwei Tonnen. Neben ihrer starken Panzerung besaß sie ein verhorntes Maul, das an einen Schnabel erinnerte. Dazu einen Knüppel aus massivem Knochen an der Schwanzspitze, den sie mit großem Erfolg gegen allzu aufdringliche Raubtiere einsetzte. Trotzdem war das Tier damit nicht unbezwingbar, doch die Fleischfresser ließen es meistens in Ruhe.

So beschäftigte es sich weiter damit, das Gras herauszureißen und es mit seinen faustgroßen Backenzähnen zu kauen. Der kürzeste Weg zum nächsten Busch führte zwischen zwei Baumstämmen hindurch, die nur knappe anderthalb Meter auseinanderstanden. Statt um sie herum zu gehen, quetschte das Biest seinen massiven Körper einfach hindurch und vertraute dabei auf die brutale Kraft seiner kurzen Beine.

Die Baumstämme und ihre Kronen schüttelten sich und von oben regneten hunderte, wenn nicht tausende, rote Ameisen herab, die ihr Nest verteidigen wollten. Die etwa drei Zentimeter langen Insekten hatten Dornen an ihren Köpfen, die sie aussehen ließen, als würden sie gehörnte Helme tragen. Nachdem sie sich auf dem Körper der mutmaßlichen Bedrohung in Position gebracht hatten, begannen sie ihren Angriff.

Sie benutzten eine starke Säure, um die Schmerzen ihrer zahllosen Bisse zu verstärken, und schwärmten dann zum Kopf der Kreatur, denn sie wussten, dass diese Dickhäuter dort am verwundbarsten waren. Schnell fanden sie die Augen, die Nasenlöcher und das weiche Innengewebe des Mauls.

Der Ankylosaurus schrie vor Schmerzen und Angst auf und galoppierte los. Sein massiger Körper zerschmetterte alles, was ihm im Weg lag, und seine Schreie hallten durch den Dschungel, sodass sämtliche anderen Bewohner verstummten. Geflügelte Kreaturen erhoben sich in den Himmel als der Saurier einen Wasserlauf erreichte und darauf zuhielt. Er war bereits fast blind, als er in das kühle Nass eintauchte, das viele der Insekten wegwusch, doch der Schaden war angerichtet. Durch Schmerzen und die Angst halb wahnsinnig geworden, wütete das Tier weiter.

Nichts schien es stoppen zu können, doch plötzlich packte es etwas am Hals. Es musste etwas Riesiges sein und der Ankylosaurus fühlte das Kratzen scharfer Zähne an seinem schildbewehrten Rücken.

Die Zähne hatten zwar keine Chance, seine Panzerung zu durchdringen, aber die Kraft der Kiefer war groß genug, um ihn festzuhalten. Panisch strampelte der Dinosaurier und versuchte, von der Stelle zu kommen, doch dann drückte die Masse des Angreifers von oben auf ihn und begann sich um ihn herumzuwickeln, bis er ihn komplett umgab.

Dann kam der Druck. Gigantische Muskeln zogen sich zusammen und unglaublicherweise begann der Panzer des Sauriers schon bald sich zu verformen und zu brechen. Der Pflanzenfresser schrie vor Angst, doch dadurch verlor er wertvolle Luft in den Lungen und wegen des immensen Drucks konnte er nicht mehr einatmen.

Die erste Rippe brach, dann eine weitere, und schließlich kollabierte der gesamte Brustkorb als erster Schritt der Pulverisierung seines gesamten Körpers. Erst dann verlagerte sich der feste Griff um den Hals auf den Kopf des Ankylosaurus. Das große, mit schweren Reißzähnen bewehrte Maul öffnete sich und schob sich nach vorn, um die Beute zu verschlingen.

Nachdem der Kopf und die Schultern des Dinosauriers im Rachen verschwunden waren, drückten die Muskeln noch ein letztes Mal zu und damit zerbarst das Herz des gepanzerten Riesen in seiner Brust.

KAPITEL 4

Edward Barlows Telefon summte auf seinem opulent großen, antiken Eichenschreibtisch vor sich hin. Bis zu diesem Moment hatte in dem gewölbeartigen, holzgetäfeltem Raum, in dem er arbeitete, eine Grabesstille geherrscht – abgesehen vom stetigen Ticken der riesigen Standuhr in der Ecke.

Von den Wänden stierten ihn Tierköpfe mit dem wilden Blick ihrer Glasaugen an und ein ausgestopfter Eisbär stand in aufgerichteter Pose tonlos brüllend neben der Tür, als wäre er bereit, unerwünschten Eindringlingen Arme und Beine auszureißen.

Denn Barlow war Jäger. Oder vielleicht eher ein Sammler. Einer dieser typischen untätigen Reichen, dessen Familie ihm die Milliarden ihrer Tagebaufirma überlassen hatte. Ein Geschäft, an dem er nicht das leiseste Interesse hatte. Das, was ihn interessierte, waren der Schießsport und wilde Tiere. Je seltener und gefährlicher die Exemplare, umso mehr war er hinter ihnen her.

Barlows Urgroßonkel war Douglas Baxter gewesen, und schon als kleiner Junge hatte man ihm von der unglücklichen Expedition erzählt, die er mit Benjamin Cartwright unternommen hatte. Er wusste von den Gerüchten, dass sie losgezogen waren, um einen geheimen Ort voller fantastischer Kreaturen aufzuspüren.

Egal, wie viel Zeit oder Geld er investiert hatte, es war ihm nie gelungen, einen Hinweis darauf zu erhalten, wo er suchen sollte – oder nicht einmal, wo er mit der Suche anfangen konnte. Er hatte selbst schon den Amazonas umgekrempelt und ein kleines Vermögen für Satellitenaufnahmen ausgegeben. Doch im Land der *Boraro*, der südamerikanischen Dämonen, waren seine Bemühungen in einer Sackgasse geendet.

Barlow hatte schon immer vermutet, dass es etwas gab, das er übersehen oder fehlinterpretiert hatte – irgendwelche Hinweise, den Ort oder vielleicht das Timing. Er erinnerte sich, dass Douglas Baxter eine gewisse Dringlichkeit im Zusammenhang mit den Daten anklingen lassen hatte; dass er unbedingt zu einer ganz bestimmten Zeit im Amazonas hatte sein müssen – ging es dabei um die Regenzeit, eine Sonnenfinsternis oder die Brunftzeit der lokalen Tierwelt? Barlow hatte es nie herausfinden können. Sein letzter Schachzug war von technologischer Natur. Er hatte vor einem Jahr eine Firma beauftragt, ausgeklügelte »Fallen« im Internet aufzustellen, die auf bestimmte Suchwörter reagierten. Diese lauteten: Benjamin Cartwright, Expedition, Notizbuch, 1908, Amazonasdschungel und Dinosaurier.

Nichts war dabei herausgekommen, die Fallen wurden nie ausgelöst. Bis jetzt.

Denn nun hatte jede dieser Fallen Alarm geschlagen, als nach ganz bestimmten Begriffen gesucht wurde: Benjamin Cartwright, Expedition, Notizbuch, 1908 und Amazonasdschungel. Es war klar, dass jemand nach Aufzeichnungen zu der Expedition in den Amazonas im Jahre 1908 suchte. *Seiner verdammten Expedition!*

Barlow spürte, wie sich seine Nackenhaare aufstellten, als er den Bericht las. Das technische Dokument hatte auch die Quelle dieser Suche aufgedeckt. Er lehnte sich für einen Augenblick zurück und verschränkte seine dicklichen Finger auf seinem hervorstehenden Bauch.

Warum jetzt? Warum hatte plötzlich jemand mit der Suche angefangen? Das fragte er sich, doch im Prinzip war ihm die Antwort absolut klar: Weil neue Hinweise aufgetaucht waren. Das bedeutete, der unbekannte zeitliche Faktor, der offenbar eine Rolle spielte, war nun im Begriff, sich zu wiederholen.

Barlow machte einen Satz nach vorn und begann auf die Tastatur seines Computers einzuhacken. Wer auch immer diese Leute waren, sie hatten einen Vorsprung. Aber er hatte seinerseits einen Vorteil: Er wusste von ihnen, während sie nicht von ihm wussten.

Wenn sie etwas in der Hand hatten, was zu dem Manuskript führte, dann wollte er es haben. Und er würde es kriegen, koste es, was es wolle. Er hatte jahrelang danach gesucht, sein ganzes Leben, und wenn irgendjemand diese vergessene Welt finden würde, dann war er es.

Er hielt inne und dachte nach. Er musste ein Team zusammenstellen, und dazu mussten Leute gehören, die bereit waren, das Gesetz zu brechen, falls das nötig werden sollte.

Er tippte weiter, denn er wusste genau den Richtigen. Jemand, mit dem er schon gearbeitet hatte und der ebenso effizient wie skrupellos war.

Barlow lächelte. Wie Sir Arthur Conan Doyle schon geschrieben hatte: *Die Jagd ist eröffnet.*

KAPITEL 5

Ben fuhr diesmal mit dem Taxi zum Treffen seiner Clique, statt sich wieder von Emma abholen zu lassen, denn er wollte auf dem Weg dahin nachdenken. Als er letzte Nacht wieder zuhause angekommen war, hatte er noch mehr Zeit damit verbracht, den Dachboden zu durchstöbern, um weitere Hinweise und vielleicht sogar das fragliche Notizbuch zu finden. Denn dann wäre dieses Abenteuer möglicherweise schon vorbei, bevor es begonnen hatte.

Er gähnte und rieb sich die Augen. Letztlich hatte er nur ein paar Stunden geschlafen und immer noch keinen Beweis, dass die Aufzeichnungen seines Ururgroßvaters jemals gefunden worden waren. Wo immer Doyle sie auch versteckt hatte, sie waren vermutlich immer noch dort.

Ben lächelte, als er sich an Emmas Begeisterung erinnerte. Ihre Augen hatten genau so zu leuchten angefangen wie bei dem Mädchen, an das er sich von damals erinnerte.

Es war schon verrückt, wie nahe sie alle sich gestanden hatten, und ein irres Gefühl, nun wieder zurück zu sein. Wenn er die Augen ein klein wenig zusammenkniff, sah er sie alle genauso, wie sie damals waren.

Vor fünfundzwanzig Jahren hatten er, Dan, Steve, Emma und Andrea eine Tretroller-Gang gegründet. Sie hatten im Park herumgehangen und sich Rennen auf der Joggingstrecke geliefert. Sie waren ganz normale Kinder mit Sommersprossen, Zahnspangen und Flicken auf den Knien gewesen. Und besonders interessiert hatte ihn auch schon damals die kleine Emma Wilson mit ihren riesigen Schneidezähnen und einem winzigen Ansatz von Busen, der sich langsam unter ihren weiten T-Shirts abzeichnete.

Er erinnerte sich daran, wie sie einmal gestürzt war, als sie schon auf Fahrräder umgestiegen waren, und sich das Knie aufgeschürft hatte. Seine Mutter hatte ihm immer Pflaster in die Hosentasche gesteckt, was er höchst albern fand, doch in dieser Situation war er dadurch der Held. Er zog ein Pflaster hervor und klebte es auf ihr Knie. Sie drückte eine Weile ihre Hand darauf und sah dann zu ihm auf. Ihre großen grünen Augen weiteten sich und starrten ihn an, und er spürte, wie sein Herz einen Satz machte. Niemand hatte ihn je so angesehen. Nun ja, zumindest kein anderes Mädchen.

Dann kam die Zeit, in der sie als Teenager zusammen herumhingen, gefolgt von der Highschool. Schließlich landeten sie alle an der staatlichen Universität von Ohio, wo er und Steve für die Football-Mannschaft ausgewählt wurden. Das war eine große Ehre und Andrea wurde sogar Mitglied der Cheerleader.

Damals war es zu einem dramatischen Ereignis gekommen: Nach einem Auswärtsspiel waren er und Steve mit Dan und Emma im Parkhaus verabredet gewesen. Doch schon von Weitem sah Ben die vier hünenhaften Kerle, die sich drohend um Emma und Dan aufbauten. Vielleicht waren sie Fans der gegnerischen Mannschaft und störten sich an den Vereinsfarben, die seine Freunde trugen. So oder so stellte sich Dan ihrer Aggression, obwohl der Sohn japanischer Eltern ihnen kaum bis an die Schultern reichte. Trotzdem war er absolut tapfer und ließ sich nichts gefallen.

Doch dann bekam er einen Schlag verpasst. Emma schrie auf und stürzte nach vorn, woraufhin sie am Arm gepackt und dann zu Boden gestoßen wurde. Ben sah sofort rot, ließ seine Tasche fallen und sprintete auf sie zu.

Sein Vater hatte ihm schon in jungen Jahren gezeigt, wie man boxte, und er schubste einen der Männer aus dem Weg, um ihrem Anführer entgegenzutreten. Der Typ verschwendete keine Zeit und stieß Ben beidhändig vor die Brust. Doch Bens Vater hatte ihm auch gesagt, dass es bei einem Kampf auf der Straße darauf ankam, alles in den ersten Schlag zu legen – und das tat er. Als der Typ wieder auf ihn zukam, nutzte Ben seinen Schwung und setzte ihm einen rechten Schwinger mitten auf die Nase.

Blut und Rotze flogen durch die Luft, als die Knorpelmasse des Riechorgans brach. Der Hüne ging zu Boden und Ben wirbelte herum, um sich um den nächsten zu kümmern – er hoffte, dass die Kerle noch nicht genug hatten, denn er wollte jeden einzelnen von ihnen bestrafen. Doch nun tauchte auch Steve an seiner Seite auf und allein sein böser Blick führte dazu, dass das verbleibende Trio nur noch ein paarmal »Fuck you« schrie, den gefallenen Kameraden aufsammelte und sich trollte.

Steve kümmerte sich dann um Dan, während Ben sich neben Emma hinkniete und ihr die Hand entgegenstreckte. Dabei lächelte er sie verlegen an: »Ich habe noch ein Pflaster, falls du es brauchst.«

Sie strahlte ihn an. »Mein edler Ritter rettet mich schon wieder.« Sie drückte seine Hand und er verlor sich in ihren wunderschönen Augen.

»Wann auch immer du mich brauchst, bin ich da«, sagte er mit feuchten Augen, während er ihr hoch half.

»Ich brauche dich jetzt.« Sie hielt ihn immer noch fest.

Danach waren sie ein Paar, liebten sich, lachten und machten Pläne für eine perfekte Zukunft, die sie sich zusammen aufbauen wollten.

Doch die Straße des Lebens hatte ein paar Kurven und Abzweigungen zu viel und nach einer Weile drifteten ihre Welten auseinander. Bevor er sich versah, hatte er sie verloren und sie war mit jemand anderem zusammen. Er blieb zurück und fragte sich, was er mit sich anfangen sollte. Vielleicht war das der Grund gewesen, warum er beschlossen hatte, die Stadt zu verlassen.

Aber nun, da er wieder hier war, wurde ihm klar, wie sehr er sie alle vermisst hatte. Und wie sehr er sie brauchte.

Es war ein Fakt, dass es seiner Mutter inzwischen besser ging, und er würde lügen, wenn er behaupten würde, dass er die Idee eines Abenteuers im Ausland nicht höchst spannend fand. Abgesehen davon … wenn Dan unbedingt bezahlen wollte, war das Einzige, das er zu verlieren hatte, etwas Zeit. Doch dafür würde er wieder mit seinen alten Freunden abhängen können – mit Emma – und wahrscheinlich würde sich Dan mit nicht weniger als der ersten Klasse zufriedengeben, von daher gab es eigentlich keine Nachteile.

»Da sind wir, Kumpel.« Der Fahrer hielt direkt vor dem Grillrestaurant. »Lass dir dein Frühstück schmecken!«

»Werde ich machen«, antwortete Ben und stieg aus.

Im gleißenden Morgenlicht sah der Laden deutlich schäbiger aus, als nachts mit eingeschalten Neonlichtern. Ben musste grinsen, denn er kannte keinen anderen Laden, der abends ein Barbecue servierte und tagsüber als Café fungierte. Doch es war ein Glück, denn er hatte wenig Lust darauf, Spareribs zu frühstücken.

Durch das Fenster sah er, das er als Letzter angekommen war und die anderen bereits an ihrem Platz saßen. Emma entdeckte ihn als Erste und er hoffte plötzlich, dass sie die ganze Zeit über nach ihm Ausschau gehalten hatte. Als er eintrat, rammte Emma ihre Hüfte in Dans Seite, um ihn dazu zu bringen, neben ihr Platz zu machen. Steve hob sein Kinn, um ihn zu grüßen und Andreas Augen verfolgten ihn den ganzen Weg bis zum Tisch.

Als er sich setzte, griff sich Ben eine Speisekarte. »Was habe ich verpasst?«

»Die Eier, die waren zart wie Butter. Und dazu Bacon, der lecker genug war, um einen Engel vor Glück weinen zu lassen«, kommentierte Steve.

»Klingt gut.« Ben ließ die Speisekarte fallen.

»Igitt, so viel Fett!«, jammerte Andrea mit herausgestreckter Zunge.

»Da steckt eben der Geschmack drin«, belehrte Steve sie und prostete ihr mit seinem Kaffee zu.

»Traurig aber wahr.« Ben schaute auf, als die Kellnerin plötzlich wie durch Zauberei neben ihm stand, um seine Bestellung entgegenzunehmen, die auch noch einen getoasteten Bagel beinhaltete. Sie schenkte ihm Kaffee ein, und als sie wieder verschwunden war, lehnte sich Ben nach vorn und verschränkte seine Finger auf der Tischplatte.

»Ich habe die halbe Nacht damit verbracht, den Dachboden zu durchsuchen, aber ich habe nichts Interessantes gefunden. Das ist einerseits eine schlechte Nachricht, andererseits aber auch eine gute, denn es gab keine Anzeichen dafür, dass das Notizbuch jemals zurückgegeben oder gefunden worden ist. Es könnte also auch heute immer noch dort sein, wo Doyle es versteckt hat.«

»Bei mir sieht es ähnlich aus«, fügte Dan hinzu. »Ich habe meine Experten das gesamte Internet durchsuchen lassen und es gab keinerlei Hinweise auf das Notizbuch eines gewissen Cartwright, das sich mit einer Expedition von 1908 beschäftigt. Und zwar so richtig gar nicht – niente, nada, zero.« Dans Augenbrauen hoben sich. »Und auch das ist gut, denn es bedeutet, wir können loslegen.«

»Dann sollten wir uns alle gegen Malaria impfen lassen.«

Dan nickte. »Sehr guter Hinweis.«

»Was? Moment. Ich dachte, euch geht es erst mal nur darum, das Notizbuch zu finden?« Ben verzog das Gesicht.

»Klar, das machen wir ja auch … als ersten Schritt!« Dan lehnte sich vor und ergriff Bens Unterarm, sein Blick voller Überzeugung: »Ich werde dir eine Frage stellen: Wenn du in einen Eisenwarenladen gehst, um dir eine Schaufel zu kaufen, machst du das, weil du eine Schaufel haben willst oder weil du ein Loch graben möchtest?«

Ben nickte verständig. »Natürlich, um ein Loch zu graben.«

»Genau«, sagte Dan. »Also geht es bei der Suche nach dem Notizbuch nicht darum, das Notizbuch zu finden, egal, wie interessant und wertvoll es für sich gesehen sein mag, sondern um die Geheimnisse, die es enthält.«

»Ja, das verstehe ich. Aber das geht ein paar Schritte – oder vielleicht eher Meilen – weiter als das, was ich mir vorgestellt hatte«, antwortete Ben. »Wir sollten nichts überstürzen.«

»Und das werden wir auch nicht tun.« Dan schaute ihn aufrichtig an »Aber komm' schon, Mann, du musst doch zugeben, dass das hier die spannendste Sache aller Zeiten ist! Stell' dir doch mal vor, diese vergessene Welt existiert wirklich!«

»Auch wenn jeder Funken Logik sagt, dass es nicht so ist«, sagte Emma mit einem Lächeln. »Auf der anderen Seite, wenn man sich nur mal für eine Sekunde vorstellt, dass es doch so ist … und man dir die Möglichkeit gegeben hat, sie zu finden!« Ihre Augen leuchteten. »Überleg' dir doch mal, wie stolz dein Vorfahre Benjamin wäre, wenn sein Ururenkel, der auch noch den gleichen Namen trägt, das schaffen würde.«

Dan breitete seine Arme aus und zeigte sein bestes Unternehmer-Lächeln. »Schau dich um, Kumpel. Alle von uns haben mehr als genug von den wichtigsten Zutaten für Erfolg: Begeisterung, Neugier und Zeit.« Er grinste. »Deswegen sage ich, nutzen wir das alles – wir schlagen zu, solange das Eisen noch glüht.« Dann zuckte er mit den Schultern. »Und das alles auf meine Kosten, natürlich erster Klasse!«

»Wow, hey, aber was springt denn für dich dabei heraus?«, fragte Steve mit einer hochgezogenen Augenbraue.

Dan schnaubte. »Hör' zu. Ich habe meine Firma vor fünf Jahren für 180 Millionen Dollar verkauft. Seitdem habe ich nur noch ein Problem: Gottverdammte Langeweile! Ich habe meine Zeit schon mit Parasegeln verbracht, Freeclimbing, Tiefseetauchen und Dschungeltrekking. Das alles hat mich nicht ausgefüllt. Aber das hier … DAS ist ein echtes Abenteuer! Etwas mit Spannung, Gefahr, versteckten Hinweisen und einem Ziel. Ich kann euch sagen, durch diese Spannung fühle ich mich zum ersten Mal seit Jahren so richtig lebendig.« Dan hob seine Hände in die Luft und schaute nach oben wie ein Prediger, dann ließ er sie langsam wieder auf den Tisch sinken.

»So geht es mir auch«, sagte Emma und legte ihre Hände auf die seinen.

»Und mir erst!« Steve fügte seine Pranken dem Stapel hinzu.

Andrea hob ihre Hände, lächelte und legte sie dann auf Steves.

Ben sah das Feuer in den Augen seiner Freunde. Und um ehrlich zu sein, fühlte er genau das gleiche. Der Gedanke, in die Fußstapfen seines Vorfahren zu treten und vielleicht sogar etwas Einzigartiges und Besonderes zu finden, war so faszinierend, dass er nicht dagegen ankämpfen konnte.

»Also, warum klopfen wir nicht einfach bei dieser Bude in England an und bitten um Erlaubnis, dort suchen zu dürfen? Immerhin hast du ja einen Beweis, dass es sich um dein Eigentum handelt«, sagte Andrea.

Emma zuckte mit den Schultern. »Da hat sie recht, Ben. Du hast den Brief des Anwalts, der besagt, dass das Notizbuch dir gehört. Lasst uns einfach das Anwesen von Sir Arthur Conan Doyle besuchen.«

Dan hielt einen Finger hoch. »Äh, ja, dazu gibt es etwas zu sagen – wir haben den Nachlass von Doyle recherchiert, und um es kurz zu machen: Das Anwesen gibt es nicht mehr. Sein ehemaliges Zuhause, das Windlesham Manor, ist jetzt ein gottverdammtes Altenheim.«

»Denkt ihr, was ich denke?«, fragte Steve kichernd. »Wenn da nur Rentner wohnen, wird es wenig Widerstand geben, wenn wir dort ein bisschen graben.«

Dan seufzte. »Wenn es doch nur so einfach wäre. Windlesham Manor steht auf einem acht Hektar großen Grundstück, also 80.000 Quadratmeter. Da gibt es jede Menge Platz, um etwas *unter der Erde* zu verstecken.«

»Meine Güte, das ist ja fast unmöglich«, sagte Emma mit offenstehendem Mund.

Dan nickte schmallippig. »Wir brauchen also entweder mehr Hinweise, um die richtige Stelle zu finden, oder wir brauchen eine Genehmigung des Eigentümers, um uns genauer umzuschauen – und das könnte dauern.«

Steve schaute auf. »Ich habe eine Freundin da drüben – die Zoologin, die ich schon erwähnt hatte. Die könnte uns da reinbringen. Aber wie du schon sagtest, im Endeffekt brauchen wir mehr Hinweise, um das Gebiet einzugrenzen.«

Ben fuhr sich mit den Fingern durch die Haare. »Ich kann ja noch mal einen Blick auf die Familiengeschichte der Cartwrights werfen. Ich bin mir aber nicht sicher, ob ich noch etwas Hilfreiches finde.«

»Nun ja, lasst es uns mal logisch durchdenken.« Dan verschränkte seine Hände auf der Tischplatte. »Du hast uns gesagt, dass Doyle das Buch so viel bedeutet hat, dass er nicht wollte, dass es verloren geht. Deswegen hat er es behalten, statt es einfach an das Anwesen deines Vorfahren zurückzuschicken, weil er nicht wusste, wer es dann in die Finger kriegen würde und ob diese Person seine Wichtigkeit zu schätzen weiß. Stimmt's?«

»Ich schätze schon«, antwortete Ben.

»Also, wenn es ihm derart viel bedeutet hat, würde er wollen, dass es sicher ist, aber sich auch in seiner Nähe befindet. Von daher sagt mir mein Bauchgefühl, dass es sich sehr nah am Gebäude befinden wird. Also denke ich nicht, dass unser Suchbereich so groß sein wird.«

»Das klingt ja schon etwas vielversprechender.« Emma strahlte.

»Macht Sinn«, fügte Ben hinzu.

»Aber im Prinzip ist es auch egal.« Dan grinste spitzbübisch.

»Ich habe nämlich unsere Flüge schon gebucht!«

»Um Himmels willen!« Ben verkrampfte sich. »Für wann denn? Ich habe meiner Mom noch gar nichts davon erzählt!«

Steve kicherte. »Was, bist du erst 12 Jahre alt?«

»Übermorgen, Freitag früh.« Dan breitete seine Arme aus. »Jetzt oder nie, Kumpel.« Dann wandte er sich Steve zu und zeigte mit dem Finger auf ihn. »Du kontaktierst deine Freundin in England und sagst ihr, dass wir kommen. Finde heraus, ob sie uns eine Einladung zu dem Anwesen besorgen kann. Ihr anderen packt, lasst euch impfen und sucht eure Reisepässe.«

Emma schnaubte. »Ich fühle mich auf einmal wie Dorothy im *Zauberer von Oz*, als sie von dem Tornado eingesaugt und fortgetragen wird.«

Ben lachte. »Immerhin haben wir ein paar Tage Zeit, und ich glaube, Mom wird noch einen zweiten Kuchen brauchen, wenn ich ihr das sage.«

Emma erwiderte sein Grinsen. »Klar, aber sie wird sich schnell beruhigen, wenn sie hört, dass ich auf dich aufpasse.«

KAPITEL 6

Flughafen Heathrow, London, Großbritannien

Als er aus dem Flughafengebäude ins Freie trat, atmete Ben die Abgase von Autos und Flugzeugen ein, spürte den feuchten Sprühnebel auf der Haut und schaute auf in den mit bleiernen Wolken verhangenen Himmel.

»Es gibt da oben aber schon eine Sonne, oder?«

»Kein Wunder, dass hier alle so blass sind.« Steve drückte die Hände in seinen unteren Rücken, um sich zu strecken, was ein knackendes Geräusch hervorrief.

Andrea verzog das Gesicht. »Autsch«, kommentierte sie.

»Ja, absolut! Vierzehn Stunden in einem Flugzeug eingesperrt zu sein grenzt an Körperverletzung«, sagte er und wandte sich an Dan. »Und wir mussten uns in die Business-Class quetschen! Warum keine Erste Klasse, du Geizhals?«

»Ist das dein Ernst?« Dans Augenbrauen hoben sich. »Bist du überhaupt schon mal Erste Klasse geflogen?«

»Hm, lass mich kurz überlegen.« Steve fasste sich für einen Moment ans Kinn. »Öhm, nein.«

»Ist total überbewertet. Und abgesehen davon, Chambers, habe ich noch nie jemanden gesehen, der so viele Törtchen gegessen und die Stewardess so angehimmelt hat.«

»Ich achte eben drauf, dass ich auf meine Kosten komme – äh, ich meine natürlich, auf *deine* Kosten. Danke, Onkel Daniel!« Steve salutierte vor seinem Freund.

»Mir ist kalt.« Andrea zog ihre Jacke fester zu.

Ben sah, dass sie bei der Wahl ihrer Kleidung eher auf Optik als auf Nutzen geachtet hatte. Dan hatte sie zwar gewarnt, dass es kühler sein würde, doch ihre Antwort darauf war lediglich ein Seidenschal.

Dan begann in seinem Rucksack zu wühlen. »Ich habe vielleicht einen zweiten Pullover, dann kannst du …«

»Hier ist einer!« Emma zog ein Oberteil aus ihrer Tasche und warf es Andrea zu. Sie stellte ihren Koffer ab und stöhnte. »Hey, Steve, deine Freundin wollte uns doch hier abholen, und zwar jetzt, oder?«

»Genau, Jennifer Brock heißt sie übrigens, sie arbeitet beim Londoner Zoo.« Steve spähte die Straße hinunter.

»Im Zoo?«, grinste Ben. »Dann ist es ja kein Wunder, dass sie auf dich steht.«

Steve starrte ihn kurz an. »Sie sagt, ich sei wirklich ein feines Exemplar.« Dann streckte er einen Finger aus. »Da ist sie!«

Ben drehte sich um – eine schlanke, athletisch gebaute Frau mit einer dunklen Bob-Frisur winkte zurück. Sie trug ein khakifarbenes Hemd mit einem gestickten Logo auf einer der Brusttaschen. Sie marschierte ohne Umschweife auf Steve zu, drückte ihn fest an sich und küsste ihn auf die Wange. Dann schob sie ihn ein Stück weg, um in sein strahlendes Gesicht zu schauen.

»So weit bist du geflogen, nur um mich zu sehen?«

»Natürlich, Jen.« Steve wandte sich den anderen zu. »Meine Freunde.« Dann stellte er alle vor: »Ben, Emma, Andrea und Dan, unsere mobile Reisekasse.«

»Danke, Steve.« Dan streckte ihr die Hand entgegen. »Schön, dich kennenzulernen, Jennifer.«

»Gleichfalls.« Sie nahm seine Hand entgegen. »Und dich, und dich …« Sie schüttelte jedem die Hand. »Bitte, nennt mich Jenny, und lasst uns gehen – wir können die Vorstellungsrunde ja noch in meinem Auto fortsetzen.« Sie drehte sich auf dem Absatz um. »Lasst uns das Parkticket bezahlen, bevor ich pleite bin!«

Jenny hatte sie alle in einen Ford Transit gestopft, der das Logo des Londoner Zoos auf der Tür hatte, das auch auf ihrer Brust prangte. Der Wagen hatte sechs Sitze, drei vorn und drei hinten, und reichlich Platz für die Taschen.

Ben roch sofort Heu sowie einen Hauch von feuchtem Fell und schloss daraus, dass Menschen nicht die einzigen Passagiere waren, die dieses Gefährt transportierte.

Steve setzte sich direkt neben seine Zoologin, während Emma den Platz an der Beifahrertür einnahm. Hinten rutschte Ben ans Fenster, woraufhin Andrea schnell an seine Seite sprang und Dan den letzten freien Platz nahm. Als sie in rasender Geschwindigkeit das Flughafengelände verließen, schaute Ben mit einer Mischung aus Amüsiertheit und Angst hinaus. Die Rush Hour in New York war nichts gegen einige der Manöver, die sie hier absolvierten.

Der Hauptunterschied war allerdings, dass amerikanische Fahrer immer die Hand auf der Hupe hatten oder sich sogar aus den Fenstern lehnten, um deutlich ihre Meinung zu sagen, während die Engländer maximal böse guckten oder wütend in ihren Gefährten vor sich hin schmollten.

Jenny drehte den Kopf in ihre Richtung. »Ich habe morgen ein Treffen in Windlesham Manor für euch arrangiert. Als Hintergrundgeschichte habe ich ihnen erzählt, dass ihr vorhabt, eure liebe alte Mutter dort einzuquartieren. Ich kann euch hinfahren, aber es sollten nur zwei von euch gehen – ist natürlich eure Entscheidung, wer.«

Jennys Blick wanderte zurück auf die Straße. »Oh, und zieht euch etwas Vernünftiges an. Der Laden ist teuer.«

Steve grinste. »Damit bin ich raus.«

Emma drehte sich um. »Also, Ben muss auf jeden Fall gehen. Nur er weiß, worauf es ankommt.« Sie lächelte ihn an. »Und ich kann ihn begleiten, ich habe mir nämlich gerade ein paar neue Klamotten gekauft. Wir können so tun, als wären wir ein Paar.«

»Oder Bruder und Schwester«, fügte Andrea mit einem Grinsen hinzu.

»Und was machen wir?«, fragte Dan.

»Die britische Gastfreundschaft genießen«, gab Jenny zurück. »Ich habe euch alle im *Fairstowe House* einquartiert, das ist ein *Bed and Breakfast* in Crowborough, also ganz in der Nähe des Anwesens. Es ist schön da, am Ende der Straße ist ein typischer Pub und die ganze Gegend ist sehr geschichtsträchtig. Während Ben und Emma unterwegs sind, könnt ihr euch also die Gegend anschauen, wandern gehen oder einfach den Jetlag wegschlafen.«

»Klingt doch toll.« Steve seufzte und lehnte sich in seinem Sitz zurück.

»Super, und vielen Dank, Jenny«, sagte Ben. »Wie weit genau ist es zum Windlesham Manor?«

»Vom *Fairstowe House* aus sind es nur ein paar Meilen. Von hier aus allerdings 50 Meilen. Also lehnt euch zurück, genießt die Aussicht und macht es euch bequem. Wir werden bestimmt drei Stunden brauchen, das meiste davon, um aus dieser verdammten Stadt herauszukommen!«

»Alles klar«, sagte Ben und entspannte sich. »Dann werde ich jetzt mal an meinem Jetlag arbeiten.« Er schloss die Augen.

Das Quietschen von Bremsen und ein spitzer Ellbogen in seinen Rippen sagten ihm, dass sie angekommen waren. Ben öffnete seine Augen in einer Umgebung, die ihn an eine Mischung aus Harry Potters Hogwarts und das Cover einer der Gartenzeitschriften seiner Mutter erinnerte.

»Wow«, sagte Steve auf dem Vordersitz.

Fairstowe House musste an die 200 Jahre alt sein, wenn das reichte. Die Fassade aus Sandstein und dunklen Backsteinen war mit Efeu und Rosen bewachsen und kleine, mit Blei eingefasste Fenster ließen einen Blick auf die golden leuchtenden Lampen im Inneren zu.

»Sieht einladend aus«, stellte Ben fest, als er die Tür des Vans zuzog. Die Freunde standen jetzt im Hof und rochen Rosen, Lavendel und einen Hauch von Feuerholz.

»Ja, daran könnte ich mich gewöhnen.« Emma schaute sich in einer langsamen Drehung um, die Hände in die Hüften gestützt.

Die Eingangstür öffnete sich und eine Frau trat heraus, die sich mit einem Serviertuch die Hände rieb und es sich dann über die Schulter legte. Sie lächelte, was ihre Wangen regelrecht aufleuchten ließ. »Jennifer?«

»Genau. Hallo Mrs. Davenport.« Jenny trat auf die Frau zu, um ihr die Hand zu schütteln. Dann drehte sie sich um: »Und meine amerikanischen Freunde.« Sie zeigte auf jeden einzelnen und stellte sie vor. Ben und die anderen grinsten und winkten, als ihre Namen genannt wurden.

Jenny sah zufrieden aus. »Lasst mich wissen, falls ihr Hilfe mit Übersetzungen braucht. Der Akzent hier ist manchmal recht befremdlich.«

»Dann warte erst mal ab, bis sie unsere schlechten Manieren bemerkt.« Steve lächelte die alte Dame an. »Ich mache nur Spaß, Mrs. Davenport, wir sind alle ganz brav.«

Die alte Dame erwiderte sein Lächeln: »Natürlich seid ihr das. Und nennt mich bitte Margaret.« Sie trat beiseite. »Hier entlang, kommt doch herein!«

»Ein wunderschönes Haus, Margaret«, sagte Andrea, die als Erste eintrat. »Sieht alt aus – also, ich meine natürlich im Sinne von historisch wertvoll!«

Margaret blieb im Wohnzimmer stehen. »Es ist gar nicht *so* alt. Das Fairstowe Landhaus, die Ställe und sogar die Rosensträucher nähern sich zwar langsam den zweihundert Jahren, aber im Inneren ist alles modern ausgestattet.«

Der Kamin hinter ihr knackte und Ben nahm den Geruch brennenden Zedernholzes wahr. Trotz des leicht muffigen Ambientes liebte Ben diesen Laden jetzt schon – er war warm, gemütlich und sie schienen das ganze Haus für sich allein zu haben.

Margaret strahlte. »Ich habe für jeden von euch ein eigenes Zimmer!« Sie hob ihr Kinn. »Zumindest wurde mir gesagt, dass ihr alle ein eigenes Zimmer benötigt, war das richtig?«

Dan nickte. »Klar, wie sind alle noch Singles, aber wir arbeiten daran.« Sein Blick wanderte keck in Richtung Ben und Emma fing an zu grinsen.

»Alles absolut in Ordnung, Margaret, vielen Dank.« Jenny sah auf ihre Uhr. »Es ist jetzt vier Uhr nachmittags. Wir gehen nachher noch essen, also würde ich sagen, zieht doch erst mal ein und macht euch in Ruhe ausgehfertig.« Sie hob die Augenbrauen. »Was sagt ihr dazu, wenn wir uns um 19 Uhr wieder hier treffen? Ich kenne das perfekte Restaurant.«

KAPITEL 7

48 Stunden bis zur Erscheinung

Der Komet P/2018-YG874 war für kosmische Verhältnisse alles andere als groß. Man hatte ihm den Namen *Primordia* gegeben und vermutlich war er vor hundert Millionen Jahren aus der Oort-Wolke am Rande unseres Sonnensystems gekommen.

Heute gab es fast 6000 bekannte Kometen im inneren Sonnensystem und ein paar Milliarden im Äußeren. Pro Jahr gab es vielleicht einen Kometen, den man mit bloßem Auge sehen konnte, und die meisten von ihnen waren nicht besonders bemerkenswert.

Primordia beschrieb eine elliptische Bahn um die Erde und kam alle zehn Jahre vorbei. Er näherte sich der Erde, passierte sie und kehrte dann wieder in Richtung Sonne um, wo die Schwerkraft ihn packte und zurückschleuderte, um eine weitere Runde um den dritten Planeten des Sonnensystems zu drehen.

Durch den Einfluss der Sonnenstrahlung besaß *Primordia* einen typischen Kometenschweif. Wenn ein solcher Komet für das bloße Auge sichtbar wurde, nannte man das eine Erscheinung.

Doch die *Primordia*-Erscheinung war nicht besonders interessant, bis auf ein Detail – sein Nukleus, der Kern, wies eine deutliche Konzentration von Eisen und seltenen Materialien auf, die eine starke Verzerrung des Magnetfeldes erzeugten.

Auf seinem Weg vorbei an der Erde kam der Komet am dichtesten an Südamerika vorbei, direkt über einem riesigen, hochgelegenen Felsplateau in Venezuela. Man konnte den Kometen nur wenige Tage beobachten, aber in dieser Zeit gab es in der Gegend merkwürdige Vorkommnisse. Dinge veränderten sich, wurden umsortiert, Wege wurden geschaffen und Durchgänge geöffnet.

In 48 Stunden würden die ersten Anzeichen von *Primordia*s Magnetfeld spürbar werden. Und in Venezuela war gerade die feuchteste Jahreszeit angebrochen.

KAPITEL 8

Das Venezolanische Institut für Meteorologie

Mateos Kopf wackelte aufgeregt, als er die Daten auf der Armada von Monitoren vor ihm studierte. »Da braut sich ein Sturm zusammen, aber sehr fokussiert!« Er schaltete auf die Satellitenbilder um. »Merkwürdig, die Konzentration liegt genau über dem östlichen Dschungel!«

Mateo war gerade frisch von der Universität gekommen und hatte einen Abschluss in meteorologischer Forschung und Klimawissenschaften vorzuweisen, doch so etwas hatte er noch nie gesehen. Er hatte nicht einmal in irgendeinem Lehrbuch von einem Präzedenzfall gehört. Es sah so aus, als würde sich ein kleiner Wirbelsturm bilden, und das völlig aus dem Nichts. Er war winzig und sehr eng begrenzt. Doch merkwürdigerweise veränderte er seine Form überhaupt nicht.

Er fluchte leise, weil sich das Computersystem weigerte, ihm die Daten zu liefern, die er haben wollte. Die Wolkenbank rotierte und war so dicht, dass sie keinerlei thermische oder geografische Ablesungen zuließ. Was noch schlimmer war: Selbst das Satellitenbild wurde in dem betroffenen Bereich immer unschärfer – ganz so, als hätte er einen Fettfleck auf dem Bildschirm.

»Hey, Boss, hier stimmt was nicht – schauen Sie sich das mal an!« Er schob seinen Bürostuhl zurück und zeigte auf den Bildschirm.

Santiago seufzte und rollte mit seinem Stuhl auf ihn zu. Der leicht untersetzte Mann war Mateos Vorgesetzter und bekleidete seine Stelle bereits seit dreißig Jahren. Er kam näher, warf einen Blick auf den Monitor und grunzte.

»Tja, wir haben Regenzeit, und dieses Jahr ist es eine besonders feuchte. Das ist selten, kommt aber regelmäßig vor.« Er rollte zu seinem eigenen Arbeitsplatz zurück.

»Wie?«

Mateos Mundwinkel wanderten weiter nach unten. »So etwas gibt's doch gar nicht! Es sieht aus wie ein Hurrikan, aber so dicht, dass man nicht hineinsehen kann!«

Santiago schnaubte. »Nicht alles, was im wahren Leben passiert, findet sich in Lehrbüchern wieder. Also …« Er richtete sich auf und zog einen Stapel eingestaubter Papiere von einem Regal. Nachdem er sie eine Weile durchgeblättert hatte, reichte er sie dem jungen Mann. »Hier, schau mal. Alle zehn Jahre passiert das, es ist wie ein Uhrwerk. Und immer im gleichen Gebiet, nur in der feuchtesten Regenzeit.« Er zuckte mit den Schultern. »Diese Bedingungen treffen immer nur auf ein kleines, begrenztes Gebiet zu, bleiben ein paar Tage so und verschwinden dann genauso plötzlich wieder.« Er zuckte noch einmal mit den Achseln. »Die Theorie dazu ist, dass es in der Gegend einen Anstieg thermischer Aktivitäten gibt, welche die Bodentemperatur ändert, und das beeinflusst die Luftfeuchtigkeit und -dichte.«

»Wow.« Mateo grinste. »Und wir können nicht in diese Wolke hineinsehen?«

»Hm, ja und nein.« Santiago deutete auf die Papiere. »Blättere mal um – da, siehst du? Vor zwanzig Jahren haben wir ein Aufklärungsflugzeug da rüber fliegen lassen, das mit einem LIDAR-Gerät zur Laservermessung ausgestattet war. Diese Bilder sind dann dabei herausgekommen.«

Mateo verzog das Gesicht. Natürlich hatte er von LIDAR gehört, es stand für »Light, Imaging, Detection and Ranging« – also Abstandsbestimmung durch gebündelte Lichtstrahlen. Man konnte Gebiete kartografieren, indem man sie mit einem Laser beleuchtete und die Reflexionszeiten auslas. Ein höchst genauer Prozess.

»Ich kann aber gar nichts erkennen, bis auf diesen Tafelberg im östlichen Bereich – aber was ist mit der Spitze – die fehlt ja einfach!« Er schaute auf. »Das verstehe ich nicht.«

»Ein waschechtes Mysterium, oder?«, entgegnete Santiago zwinkernd.

Mateo grinste. »Deswegen liebe ich diesen Job.«

Santiago kicherte. »Genau deswegen nennen sie uns das Ministerium des Klimaratens – wir wissen nur ab und zu, was überhaupt los ist.«

KAPITEL 9

Am nächsten Morgen um Punkt acht Uhr trafen Ben und Emma Jenny im Erdgeschoss. Ben fühlte sich immer noch, als würde er gleich platzen – Margaret hatte ihnen getoastete Muffins und daumendicke Würstchen gemacht, dazu Eier und Speck und natürlich heißen Tee. Ben hatte fast alles aufgegessen, bis auf den Schinkenspeck – der war ihm zu labberig gewesen. Später hatte er herausgefunden, dass das die typische Art war, wie er hier zubereitet wurde – igitt!

Jenny führte sie zurück ins Wohnzimmer, wo sie schon bald Gesellschaft von Steve, Dan und Andrea bekamen. Sie machten es sich in den riesigen Sesseln gemütlich.

»Wie sieht der Plan aus, Jen?«, fragte Steve seine Freundin.

Jenny hatte gerade eine Teetasse an den Mund geführt und schien sie in einem Zug auszutrinken. Ben war fasziniert davon, wie viel Tee hier getrunken wurde, dagegen sahen amerikanische Kaffeetrinker wirklich alt aus.

Jenny stellte die Tasse wieder auf die dazugehörige, edle Porzellanuntertasse und leckte sich die Lippen. »Das Treffen findet erst in einer Stunde statt, und einer der Gründe, warum ich Fairstowe ausgesucht habe, ist, dass es nur zehn Minuten von dem Anwesen entfernt ist. Die Geschichte zu unserer Tarnung lautet, dass Emma und Ben überlegen, wegen ihrer Arbeit hier in die Gegend zu ziehen und ihre gebrechliche Mutter mitzunehmen. Dabei schwebt euch eine Betreuung der höchsten Güteklasse vor.« Sie schaute Ben ernst an. »Sie ist 86, hat keine ernsten Gesundheitsprobleme, ist aber geistig schon ein bisschen benebelt, okay?«

Ben nickte. »Verstanden.«

»Du wirst das Gespräch leiten. Lass dich nicht auf Details ein. Du stellst die Fragen und verlangst eine Führung. Noch besser wäre es natürlich, wenn ihr euch allein ein wenig umsehen könntet.« Sie lehnte sich zurück und seufzte. »Die Frage ist nur, wonach sucht ihr eigentlich?«

Ben atmete langsam durch die Nase aus. Das war die Frage, über die er sich schon seit Tagen den Kopf zerbrach, aber für die er keine Antwort fand.

»Wir wissen nur, dass der Autor, Sir Arthur Conan Doyle, das Notizbuch meines Großvaters irgendwo in Windlesham Manor versteckt hat. Irgendwo auf dem Anwesen.« Er lächelte sie verlegen an. »Aber er hat nicht gesagt, wo genau.«

»Meine Güte!« Jennys Augenbrauen schnellten nach oben. »Weißt du überhaupt, wie groß das ist?«

»Ja, ja.« Ben schaute für einen Moment an die Decke. »Ich weiß, riesig. Das könnte glatt eine unmögliche Aufgabe sein.«

Emma atmete tief durch. »Wir wissen nur, dass es *unter der Erde* sein soll, an einem Ort, von dem nur Doyle und Bens Vorfahre wussten.«

»Hm, das ist ja typisch Doyle – er liebte Geheimnisse und Intrigen.« Jennys Augen wurden schmaler. »Aber das heißt nicht unbedingt, dass dein Urahn schon einmal hier war. Damit hätten wir arbeiten können, aber so wie es jetzt aussieht, sind alle Verbindungen zwischen Doyle und dem Anwesen gekappt. Somit können wir nicht erwarten, dass sie euch einfach grünes Licht für die Suche geben.«

Sie verzog das Gesicht und schüttelte den Kopf. »Eure Erfolgsaussichten gefallen mir gar nicht.«

»Mir auch nicht«, sagte Ben. »Ich hoffe nur, dass uns irgendwas ins Auge springt.« Er seufzte.

»Könnte es nicht auch sein, dass es schon gefunden wurde?«, fragte Jenny.

»Vielleicht, aber ich halte das für unwahrscheinlich«, sagte Dan. »Im Internet findet sich kein Wort darüber und ein Notizbuch mit diesem Inhalt wäre sicher auf Interesse gestoßen.«

»Außer, wenn es auf dem Schwarzmarkt verhökert wurde und direkt in eine Privatsammlung gegangen ist«, fügte Ben hinzu.

»Ich glaube es trotzdem nicht«, sagte Dan. »Es gibt nicht ein einziges Indiz, dass das Notizbuch überhaupt existiert, mal abgesehen von der Korrespondenz zwischen Benjamin dem Ersten und Doyle. Ich glaube, wo immer er es versteckt hat, finden wir es auch heute noch.«

Jenny sah auf die Uhr. »Nun ja, immerhin haben wir den Termin, also drücken wir einfach die Daumen. Und wenn alles schiefgeht, habt ihr immerhin einen schönen Urlaub.«

Zwanzig Minuten später führte Jenny Ben und Emma zurück in den Van. Dan, Andrea und Steve waren zur Tür gekommen, um ihnen zum Abschied zu winken, und Steve streckte den Daumen nach oben, als sie abfuhren.

Ben winkte zurück und fing dann an zu kichern.

»Was ist denn los?«, wollte Emma wissen.

»Nun ja.« Ben grinste immer noch. »Den einen Moment bin ich bei einer Beerdigung, dann tauchst du auf und wenig später bin ich am anderen Ende der Welt und versuche, mir Zugang zu einem Altenheim zu beschaffen.«

Sie lächelte. »Ja, und ich bin in der einen Minute noch dabei, mir einen Lebensunterhalt als Führerin für Abenteuertouren aufzubauen, und dann tauchst du auf und ich werde auf einmal von einem Wirbelsturm namens Cartwright hinfortgerissen. Siehst du, das funktioniert auch anders herum.« Ihr Lächeln wurde breiter. »Aber auf jeden Fall kann man sagen, dass wir es nicht langweilig haben, oder?«

Er senkte den Blick. »Dir ist aber schon klar, dass ich in Erwägung gezogen habe, wieder nach Hause zu ziehen, *damit* ich es langweilig habe?«

»Tja, trotzdem bist du jetzt hier«, entgegnete Emma.

»Da vorn seht ihr auch schon Windlesham Manor«, sagte Jenny.

Der Van bog von der Hauptstraße in eine von Bäumen und Büschen gesäumte Allee ein. Die majestätischen Eichen- und Walnussbäume bildeten einen grünen Tunnel, den sie durchquerten, bevor sie an einem beeindruckenden Sandsteintor ankamen. Daneben stand ein silberner Mast mit einer Sprechanlage. Jenny verlangsamte das Tempo und ließ ihr Fenster herunter, dann drückte sie den Knopf.

»Jennifer Brock mit den Cartwrights, wir haben einen Termin.« Sie wandte sich ihnen zu und zwinkerte.

Einen Augenblick später ertönte ein Summen und die schweren Flügel des Tores öffneten sich langsam nach innen. Ben bemerkte, dass Kameras auf den Sandsteinsäulen angebracht waren.

»Astreine Sicherheit«, stellte er fest.

»Stimmt.« Jenny ließ den Wagen langsam anrollen. »Aber ich würde wetten, die ist eher dazu da, um die alten Herrschaften am Weglaufen zu hindern, als Eindringlinge fernzuhalten.«

Sie fuhren eine verschlungene Auffahrt entlang, bis sie das prachtvolle Anwesen erreichten. Es hatte nur zwei Etagen, war aber riesig groß. Kletterfeigen schmiegten sich an die Wände und ringsherum blühten Rosen. Alles wirkte grün und üppig und Ben sah Sonnenschirme unter bewachsenen Baldachinen, in deren Schatten einige Rollstühle standen. Kleine Köpfe voller flauschiger weißer Haare drehten sich und verfolgten ihre Ankunft.

Einen Moment später erschien eine Frau am Kopfe einiger steinerner Stufen und winkte ihnen freundlich zu. Sie trug einen blauen Cardigan über einer Seidenbluse und ihren Hals schmückten murmelgroße Perlen.

Zunächst lief sie über den Rasen zu den Rollstühlen und begrüßte einige der Einwohner. Sie klopfte ihnen auf die Schultern, goss Tee ein und lachte über etwas, das einer von ihnen sagte. Dann näherte sie sich Ben und Emma.

Ben war beeindruckt von dieser harmonischen und idyllischen Szene. Die Sonne schien ihm warm ins Gesicht, der Garten roch blumig und die Gäste sahen glücklich aus. Er wandte sich Emma zu. »Mach dir bitte eine Notiz. Hier würde ich gern in Rente gehen.«

Sie schnaubte. »Ich dachte, du wärst schon in Rente!«

»Miss Brock?« Das Lächeln der Frau war offen und ehrlich.

»Misses Hurley«, antwortete Jennifer und trat mit ausgestreckter Hand auf sie zu. Sie begrüßten sich und Jennifer deutete auf ihre Freunde.

»Die Cartwrights. Benjamin und Emma.«

»Natürlich.« Sie streckte die Hand aus. »Sehr erfreut, Sie kennenzulernen.«

Der Blick der älteren Lady musterte Ben vom Schuh bis zum Scheitel, ohne auch nur das kleinste Detail zu übersehen.

Ben fiel auf, dass man ihre Garderobe als unauffällig elegant beschreiben konnte. Sie trug einfache, aber teure Kleidung. Und obwohl er und Emma gut angezogen waren, verriet ihr Aufzug

Misses Hurley sicher sofort, dass sie nicht in der Liga des Windlesham Manor spielten. Ben hoffte nur, dass sie als Amerikaner einen gewissen Spielraum hatten.

»Sie erkundigen sich nach einem Domizil für Ihre Mutter?« Ihre perfekt gezupften Augenbrauen hoben sich.

Ben nickte. »Ja, sie ist jetzt in dem Alter und sie wollte sich immer irgendwo zur Ruhe setzen, wo das Klima etwas kühler und das Niveau gehoben ist. Da wurde uns Windlesham Manor empfohlen.«

Misses Hurley nickte, als hätte sie nichts anderes erwartet. Sie drehte sich um und lief auf die Gartenliegen zu, wobei sie weitersprach. Ben warf Emma einen Seitenblick zu, zuckte mit den Schultern und folgte ihr dann.

Sie führte sie einmal um das Haus, wies auf diverse Blumen und Pflanzen hin und auf ein separates Gebäude, das sie als die »Aqua-Lounge« bezeichnete. Darin befand sich ein Schwimmbecken für Wasseraerobic, eine Sauna sowie ein Fitnessraum. Ben fragte sich, was Sir Arthur Conan Doyle davon gehalten hätte. Doch da er ein visionärer Denker war, hätte es ihm vermutlich sogar gefallen.

Sie blieb unter einer großen Eiche stehen. Deren verwitterter Stamm war knorrig und alt, trotzdem konnte man die Initialen A.C.D. erkennen, die hineingeritzt waren.

»Arthur Conan Doyle war hier«, bemerkte Ben mehr zu sich selbst.

Sie legte den Kopf schief. »Ich nehme an, Sie haben unsere Einrichtung im Internet recherchiert und wissen, dass er hier viele seiner wundervollen Geschichten geschrieben hat.« Sie schwenkte ihren Arm durch die Luft. »Dieses beeindruckende Landhaus aus der Edwardianischen Zeit war für die letzten 23 Jahre seines Lebens sein Zuhause, wo er glücklich mit seiner Frau und Familie lebte.«

»Ja, das haben wir gelesen«, sagte Emma. »Wir haben auch erfahren, dass die Familie im Jahre 1955 die letzten Anteile des Hauses verkauft hat. Die sterblichen Überreste von Sir Arthur Conan Doyle und seiner Frau, Lady Jean Conan Doyle wurden umgebettet und liegen nun auf dem Gelände der Allerheiligenkirche in Minstead in Hampshire. Also ist wohl nur noch sein Geist hier anwesend.«

Misses Hurley warf Emma einen unterkühlten Blick zu. »Vielleicht auch seine Erinnerungen.« Sie sah sich um. »Ich glaube, wir haben dem Erbe von Sir Arthur einen guten Dienst erwiesen. Das Gebäude musste dringend restauriert werden und die Ländereien befanden sich in einem erbärmlichen Zustand. Dieser Baum ist das einzige, was von dem ursprünglichen Garten noch übrig ist.«

Bens Hoffnungen schwanden abrupt. »Sogar der Garten wurde umgestaltet?«

»Wie ich schon sagte; alles hier draußen ist neu gemacht worden. Sogar das Erdreich ist ausgetauscht worden.« Sie lächelte selbstzufrieden. »Das ist der Grund, warum die Rosen so gut gedeihen.«

Misses Hurley marschierte zurück in Richtung des Haupthauses und Emma wandte sich mit hängenden Mundwinkeln an Ben. »So viel zum Thema *unter der Erde*«, flüsterte sie.

Ben grunzte nur und setzte sich in Bewegung.

Misses Hurley führte sie die Sandsteinstufen hinauf und dann durch einen offenen Durchgang. Sofort sprangen Ben die gut gebauten Männer ins Auge, die alle helle Anzugjacken und dunkle Hosen trugen. Sie sahen aus wie eine Mischung aus Butlern und Türstehern. Jeder von ihnen wirkte muskulös und fit. Offensichtlich waren sie Pfleger, die gleichzeitig als Sicherheitsleute fungierten. Kein Wunder, dass der Vordereingang kaum gesichert war; das Anwesen verfügte über eine eigene Privatarmee.

Ben schaute einen Moment zu, wie die Männer Rollstühle schoben, Möbel polierten und Tabletts voller Essen durch die Gegend trugen. Jeder von ihnen bedachte die Besucher mit verstohlenen Blicken, vielleicht erkannten Sie in Bens athletischer Figur einen möglichen Rivalen.

Die nächsten dreißig Minuten bestanden aus einer Tour durch die Räume, die Bibliothek und die Essenssäle, anschließend sprachen sie über die Kosten. Bei den jährlichen Raten wurden Bens Augen schon ganz feucht und dabei ging es bei dieser Summe nur um die Grundausstattung. Falls die älteren Herrschaften besondere Betreuung oder Medikamente brauchten, gingen die Kosten immer weiter in den Himmel, wobei sie ohne Probleme am Mond vorbeischossen.

Ben und Emma lächelten und nickten und versuchten sich nichts anmerken zu lassen.

»Sehr angemessen«, sagte Ben, während Emma ihn mit einem Schielen bedachte.

Zu guter Letzt führte Misses Hurley sie wieder das Treppenhaus hinunter. Das Mahagoni-Geländer war gerade frisch poliert worden, und Ben hatte das Gefühl, dass es sich samtig anfühlte und noch einen leichten Zitrusduft abgab.

Jenny wartete immer noch im Erdgeschoss auf sie und er nickte ihr zu. Sein Plan war, Misses Hurley zu fragen, ob sie sich noch ein wenig auf eigene Faust umschauen konnten, doch er schätzte die Erfolgsaussichten als nicht allzu groß ein. Selbst wenn die Frau mit den Adleraugen sie in Ruhe lassen sollte, würden sie sich immer im Blickfeld von mindestens einem der Pflege-Bodybuilder befinden.

Sie erreichten die letzten Stufen; Ben ließ seine Hand immer noch über das Geländer gleiten und wollte es gerade über den handgeschnitzten Pfosten an seinem Ende heben, als er es sah: Die hölzerne Kugel an der Spitze besagten Pfostens stellte einen sorgfältig herausgearbeiteten Globus dar – den Planeten Erde. Ben boxte Emma in die Rippen und beugte sich zu ihr hinüber.

»Siehst du, was ich sehe?«

Sie wandte sich ihm zu und folgte seinem Blick. Ihre Brauen zogen sich zusammen, bevor sie es erkannte. »Könnte es sein?«

»Unter *der Erde*, nicht *unter* der Erde«, flüsterte er. »Das muss es sein!«

KAPITEL 10

1988 – im Südosten von Venezuela – wieder einmal in der feuchtesten Jahreszeit

Die sintflutartigen Regenfälle hörten auf schlagartig auf, fast so, als wäre ihnen das Wasser abgedreht worden. Für die nächsten Minuten rannen dennoch dicke Tropfen von den Blättern und Baumwipfeln oben auf dem Plateau.

Über dem Baumkronendach öffnete sich in den tiefhängenden purpurnen Wolken langsam ein Loch, das gleißendes Sonnenlicht einfallen und den riesigen See wie ein poliertes Juwel aufleuchten ließ.

Kreaturen mit ledernen Schwingen glitten von den Baumwipfeln herab über die Wasseroberfläche, die mit kleinen Wellen und Luftblasen durchsetzt war – ein Hinweis auf das wilde *Fressen und gefressen werden*, welches sich in den Tiefen abspielte.

Am gegenüberliegenden Ufer graste eine Herde Pflanzenfresser und machte sich über die schmackhafte Vegetation her. Mit ihren entenartigen Schnäbeln grasten sie den proteinreichen, weichen Bewuchs bis auf die Wurzeln ab.

Etwa hundert Meter von ihnen entfernt erschien plötzlich ein riesiger, dunkler Fleck unter der Wasseroberfläche. Aufgequollene Augen tauchten auf und beobachteten sie. Nach einem Moment des Innehaltens glitt das Wesen näher heran und verschwand wieder etwas tiefer unter der Oberfläche. Gigantische Muskeln spannten sich an und sammelten Kraft.

Für einen unglücklichen Pflanzenfresser sollte der Preis für ein leckeres Mahl der Tod sein.

KAPITEL 11

»Was ist los«, fragte Jenny, als sie Ben und Emmas Aufgeregtheit bemerkte.

»Ich glaube, wir haben einen Hinweis gefunden«, flüsterte Ben ihr zu. »Lenke Schwester Ratched doch bitte mal für eine Minute ab!«, sagte er in Gedenken an die böse Heimleiterin aus *Einer flog über das Kuckucksnest.*

Jenny nickte und marschierte dann auf Misses Hurley zu, die damit beschäftigt war, einige Dokumente zu unterschreiben, die einer der kräftigen Pfleger ihr hinhielt. Sie sah auf und lächelte, als Jenny sich näherte.

»Könnten Sie mir bitte etwas über die Besuchszeiten und Unterkünfte für Gäste sagen, wenn es Ihnen nichts ausmacht?« Sie stellte sich so hin, dass Misses Hurley vom Treppenhaus wegschaute.

Ben packte Emmas Arm und führte sie näher an den Pfosten heran. Vorsichtig legte er eine Hand auf den Globus und versuchte ihn zu drehen, zu kippen oder darauf zu drücken: Nichts passierte. Er klopfte mit den Knöcheln seiner Faust dagegen, doch er klang nicht hohl.

Wäre ja auch zu einfach, dachte er.

»Stell dich vor mich«, flüsterte er und Emma postierte sich zwischen ihm und einem der Pfleger. Ben kniete sich hin und öffnete seine Schnürsenkel, bevor er anfing, sie ganz langsam wieder zusammenzubinden. Dabei betrachtete er aufmerksam den hölzernen Pfosten. Er besaß absolut makellos polierte, gleichmäßige Oberflächen. Ben griff dahinter und tastete die unterste Stufe der Treppe ab – nichts, keine Schalter oder Grifflöcher.

Dann prüfte er die Stelle, wo der Pfosten auf den Fußboden traf. Zum Glück lag im Erdgeschoss kein Teppich, sodass der Blick auf den Dielenboden frei war. Dieser war ebenfalls so blankpoliert und glatt, dass man sich fast darin spiegeln konnte. Doch im Sockel des Pfostens entdeckte er drei Schraublöcher, eines auf jeder der freistehenden Seiten. Er legte seinen Zeigefinger auf die erste Schraube an der Vorderseite und drückte – nichts. Die zweite Schraube an der Seite – nichts. Doch die dritte Schraube auf der abgewandten Seite gab nach und plötzlich öffnete sich die Vertäfelung am Fuß der Treppe.

»Bingo«, sagte Emma leise.

Ben blickte zu ihr auf und zwinkerte, dann schaute er sich schnell nach Zuschauern um. Die Luft war rein, also schob er seine Hand in die Öffnung und spürte sofort einen in Stoff gehüllten Gegenstand. Er zog daran, doch in diesem Moment nahm er ein lauter werdendes elektronisches Surren wahr. Er schaute über seine Schulter.

Scheiße, dachte er, als er sah, dass sich eine alte Dame in einem batteriebetriebenen Rollstuhl näherte. Ihre blassen, trüben Augen wanderten von ihm zu dem geöffneten Fach.

Ben schnappte sich den Gegenstand und zog ihn heraus. Er war größer, dicker und schwerer, als er angenommen hatte. Er würde es niemals schaffen, unbemerkt damit abzuhauen.

Emma gab ihm einen leichten Tritt und er bemerkte, wie Jenny und Misses Hurley sich näherten.

Verdammt. Er schaute sich um. Die alte Dame war nur noch einen Meter von ihm entfernt und zog eine Augenbraue hoch.

»Hallihallo.« Er schloss das Geheimfach. »Halten Sie das doch bitte kurz!« Er legte ihr das Buch auf den Schoß und stellte sich dann schnell vor sie.

»Das war doch wirklich sehr interessant«, sagte er mit einem gequälten Lächeln.

»Sind Sie soweit zufrieden?«, fragte Misses Hurley mit festem Blick.

»Ich denke schon.« Emma konnte kaum an sich halten.

»Emma und ich werden heute Abend mit Mutter sprechen.« Hinter sich hörte Ben das Aufjaulen eines Elektromotors. Er drehte sich um und sah, wie die alte Dame auf eine große, offene Flügeltür zusteuerte.

»Wir melden uns.« Er packte Emma am Arm.

»Vielen Dank für alles, Ihre Einrichtung ist wirklich wunderbar!«

Jenny lief bereits in Richtung Ausgang, doch Ben hielt Misses Hurley zurück. »Macht es Ihnen vielleicht etwas aus, wenn wir einen letzten Blick auf Ihren fantastischen Garten werfen?«

»Das können Sie selbstverständlich tun!« Misses Hurley hielt ihm ihre schlanke und sorgfältig gepflegte Hand hin.

Ben schüttelte sie und machte dann auf dem Absatz kehrt, wobei er Emma hinter sich herzog. Jenny blieb mit gerunzelter Stirn zurück und Ben spürte förmlich, wie Misses Hurleys kritischer Blick ihn mit jedem Schritt verfolgte.

Ben lief schnell auf die offene Tür zu.

»Was ist denn los?«, fragte Emma.

»Die alte Frau hat unser Notizbuch!« Er blieb stehen.

»Welche denn?« Emmas Augen weiteten sich, als sie in den Sonnenschein hinaustrat.

»Die mit dem Rollstuhl …«, setzte Ben an und stöhnte dann. Es gab hier dutzende von Senioren in Rollstühlen, die alle fast gleich aussahen. Alle hatten ordentlich frisierte weiße Haare und trugen weiße Baumwollkleidung, nur vereinzelt gab es kleine Farbtupfer.

»Was trug sie denn?«, fragte Emma.

»Altweiberklamotten.«

»Super, das schließt ja schon mal die meisten alten Opis aus«, zischte Emma.

»Na komm' schon, es ist Zeit für eine Kennenlernrunde!«

Ben legte sein charmantestes Lächeln auf und Emma hakte sich bei ihm unter. Gemeinsam spazierten sie von Rentner zu Rentner, lächelten, nickten und wechselten hier und da ein paar Worte.

Ben wünschte sich, er wäre etwas aufmerksamer gewesen, als er der Frau das Buch zugesteckt hatte. In seinem Magen machte sich Ungeduld breit – ihnen rannte die Zeit davon, doch plötzlich boxte ihm Emma in die Seite: »Schau dir das mal an!«

Im Schatten eines riesigen Kamelienbaums saß eine alte Frau mit einem Lächeln auf ihren Lippen.

Ben reckte den Hals. »Das könnte sie sein.«

»Ein Abenteuer steht an«, sagte die alte Dame und ihr Lächeln wurde breiter. Dann warf sie den Schal zurück, der von ihren Schultern auf ihren Schoß hing und legte damit das Stoffpaket frei.

Ben kniete vor ihr nieder. »Danke schön, auch dafür, dass Sie niemandem etwas gesagt haben.«

»Darf ich fragen, was das ist?«

»Ein Notizbuch, das meiner Familie gehört – um genau zu sein, meinem Ururgroßvater Benjamin Cartwright. Es befand sich im Besitz von Sir Arthur Conan Doyle, der es auch versteckt hat. Es sollte Benjamins Erben zugehen, doch das Wissen darum war jahrzehntelang verloren gegangen.« Ben lächelte und schaute in ihre interessierten Augen. »Ich bin hierhergekommen, um es aus der Versenkung zu befreien, doch dazu musste ich es erst finden.«

»Und *Sie* sind?«, fragte sie mit schiefgelegtem Kopf.

»Ben Cartwright«, lächelte er zurück. »Der Jüngere.«

Sie nickte. »Dann können Sie Ihr Erbe jetzt antreten.« Sie ließ die Hand über das verstaubte Leinen gleiten und stellte sich vor: »Rose Pennington.« Sie sah ihm in die Augen. »Aber eines sage ich Ihnen, wenn sich die Möglichkeit ergibt, werde ich selbst einmal in dieses Geheimfach schauen – wer weiß, was sich da noch für Schätze verbergen!«

Sie ergriff Bens Hand und er spürte kleine, vogelartige Knochen unter papiertrockener Haut. »Seit ich ein kleines Mädchen war, liebe ich Abenteuer. Aber das Alter macht es einem schwer, *eigene* Abenteuer zu erleben.« Sie drückte seine Hand. »Geben Sie mir Ihre Nummer. Wenn ich noch etwas finde, rufe ich Sie an!«

Ben nickte und tat, wie ihm geheißen. Er hielt ihr das Stück Papier entgegen und sie packte sein Handgelenk.

»Und sagen Sie mir, was Sie finden! Ich wittere Abenteuer, Geheimnisse und Gefahr!« Sie hob die Schultern und lächelte. »Wenn ich fünfzig Jahre jünger wäre, würde ich Sie zwingen, mich mitzunehmen.« Sie reichte ihm das alte Notizbuch. »Viel Glück und gute Jagd, Benjamin der Jüngere!«

KAPITEL 12

Das Notizbuch lag aufgeklappt vor ihnen auf dem Tisch. Für mehr als nur einen Augenblick starrten sie alle fassungslos darauf.

Schließlich schaute Dan auf. »Ich sage, wir legen los … und zwar sofort!« Seine Augen glänzten.

»Wir sind noch nicht bereit«, meinte Steve.

»Und wie genau soll man sich auf so etwas vorbereiten?« Dan schaute in die Runde. »Wir sind alle hier, wir sind startklar, und ich kann diese Expedition bezahlen.« Er deutete auf Emma und dann reihum auf alle anderen. »Wir haben eine Kletterexpertin, einen Militärexperten, einen Handelsexperten …« Er schaute Andrea an, lächelte und ging dann direkt zu Jenny weiter. »Wir haben sogar eine Zoologin!«

»Dan, du kannst nicht einfach in den Amazonasdschungel ziehen, als würdest du ein Picknick im Central Park planen. Genau so kommen Trottel wie wir ums Leben.« Ben seufzte. »Ich war mal kurz in der Gegend und es ist eine gottverdammte grüne Hölle.«

»Tja, ich war sogar schon öfter da«, sagte Jenny. »Wir arbeiten mit den Einheimischen im Bereich der artgerechten Unterbringung von Tieren.«

»Na also!« Dan reckte siegessicher die Faust in die Luft. »Damit wäre die Sache geklärt!« Er lehnte sich zurück.

»Und was man auch nicht vergessen darf: Sagtest du nicht, das Zeitfenster beträgt nur eine Woche oder so? Und dass es bald wieder soweit ist?« Steve zuckte mit den Schultern. »Vielleicht gibt es nur einmal pro Generation eine bestimmte Flut, die den Weg freimacht, oder eine Trockenheit, die einen Zugang möglich macht, oder vielleicht irgendeine seltene Blume, deren Blüten den Weg weisen. Allein schon der Gedanke daran macht mich ganz verrückt. Tja, und wenn sich erst wieder in zehn Jahren eine solche Chance bietet …« Er zog die Schultern noch höher.

»Jetzt oder nie«, sagte Emma mit verklärter Stimme.

Ben hatte seine Ausgabe von der »Vergessenen Welt« auf den Tisch gelegt, die inzwischen ausgepackt war. Er faltete seine Hände, während er den Blick von einem zum anderen schweifen ließ.

Selbst von seinem Platz aus konnte er den Geruch des jahrzehntealten Papiers wahrnehmen. Das Bündel, welches sie aus dem Windlesham Manor entwendet hatten, war längst ausgepackt. Unter dem Stoff hatte sich eine Schicht Wachspapier befunden. Nachdem er diese vorsichtig entfernt hatte, war das uralte, ledergebundene Notizbuch zum Vorschein gekommen. Es maß in etwa dreißig mal fünfundzwanzig Zentimeter, war neun Zentimeter dick und zum Platzen gefüllt. Der Einband war zerdellt und eingerissen, ganz offensichtlich war das Buch zu seiner Zeit in täglichem Gebrauch gewesen. Es waren sogar dunkle Flecken auf dem Leder, die er durch seine Militärerfahrungen eindeutig als Blutspuren erkannte.

Und dann waren da die Gerüche: Das Notizbuch strahlte den Duft von Öl, Papier und Pflanzenrückständen aus, vielleicht sogar einer Art von Harz. In den Umschlag waren Initialen geprägt: B. B. C. – Benjamin Bartholomew Cartwright, sein Ururgroßvater.

Er öffnete es – im Innenumschlag klemmten ein paar lose Seiten, einige getrocknete Pflanzen und sogar der Flügel eines großen Schmetterlings, der immer noch strahlend blau leuchtete und höchst fragil aussah.

Jenny lehnte sich nach vorn und murmelte: »Morpho Peleides – der blaue Morphofalter, manchmal auch der Saphir des Amazonas genannt.«

»Er ist wunderschön«, flüsterte Andrea.

»Und so groß!«, fügte Steve hinzu.

Bens meinte: »Damals gab es offensichtlich noch keine Einfuhrbestimmungen für seltene Tierarten!«

Jenny nickte. »Ich habe hier auch nichts gesehen, denn sonst müsste ich dieses Fundstück zerstören oder melden. Ich hoffe nur, dass etwaige Parasiten, die sich auf dem Flügel befinden könnten, lange tot sind.«

Ben setzte seine Untersuchung fort. Daten und Notizen verrieten ihm, dass es sich hierbei tatsächlich um die verschwundenen

Aufzeichnungen der fatalen Expedition in Venezuela aus dem Jahre 1908 handelte. Vom Schreibstil früherer Generationen war Ben schon immer fasziniert gewesen – ihre Handschrift war sowohl präzise als auch schön, fast schon Kalligrafie, wogegen seine Sauklaue eher aussah wie die Hieroglyphen eines Arztes auf einem Rezept.

Ben nippte an seinem Tee, verzog aufgrund des bitteren Geschmacks das Gesicht und blätterte dann vorsichtig eine weitere Seite um. Emma zog ihren Stuhl heran, um sich neben ihn zu drängen. Auf seiner anderen Seite stand Andrea, während Steve, Dan und Jenny ebenfalls die Köpfe reckten, um mitlesen zu können.

»Diese Menschen«, setzte Emma an, »waren alle Künstler! So viele Talente!«

»Allerdings«, antwortete er, während er die realistische Zeichnung eines Dampfschiffes betrachtete. Daneben standen die Eckdaten der Reise nach Caracas, die er und der Geldgeber der Unternehmung, Douglas Baxter, unternommen hatten. Von dieser südamerikanischen Stadt aus mussten sie mehrere Wochen auf dem Rücken von Pferden verbringen, bis sie den kleinen Ort Zuata erreichten. Dort hatten sie ihre ortskundigen Helfer getroffen – Pemon-Indianer hatte Benjamin sie genannt und eine Zeichnung von einem Dutzend ernst aussehender junger Männer hinzugefügt, die ihre schwarzen, glatten Haare wie Helme trugen und eine Art Kriegsbemalung im Gesicht hatten.

Ben blätterte um und sah, dass die Tinte auf der folgenden Seite verwischt war, anscheinend von einer Art Harz. »Ich kann mir gar nicht vorstellen, wie der Amazonasdschungel damals gewesen sein muss, im Jahre 1908.« Er las weiter und gab die Geschichte an seine Freunde weiter: »Von dort machten sie sich in ein unerforschtes Gebiet des Regenwaldes auf, um ein verstecktes Plateau zu finden, das nach Benjamins eigenen Worten alles infrage stellen würde, was wir über Biologie und Evolution wissen.«

»Verstecktes Plateau«, las Dan über seine Schulter hinweg. »Oh, Mann!«

Ben nickte. »*In einem Land, verborgen unter einer immerwährenden Wolke* – hm, vielleicht ist das diese Sache mit der feuchtesten

Regenzeit.« Er drehte das Notizbuch in Emmas Richtung. »Tolle Zeichnung.«

Auf der Seite befand sich eine Bleistiftskizze von Benjamin Cartwrights Jägerfreund Baxter, der durch einen Fluss watete und dabei sein Gewehr hoch über den Kopf hielt, damit es trocken blieb. Selbst in dieser schnell gemachten Skizze hatte Benjamin einen Gesichtsausdruck eingefangen, der absolut entschlossen wirkte. Die Augen des Mannes starrten nach vorn, wobei sein Blick fast so beeindruckend war wie sein dichter Schnauzbart.

Ben legte das ledergebundene Buch wieder auf den Tisch. »In den späteren Ausgaben von Doyles Geschichte waren immer weniger Zeichnungen enthalten. Doch die ersten Ausgaben enthielt eine Menge Tuschezeichnungen, die ganz offensichtlich aus diesem Notizbuch kopiert worden waren.«

Vorsichtig öffnete er seine 1912er Ausgabe der »Vergessenen Welt« und blätterte durch die Seiten, bis er gefunden hatte, was er suchte. Er legte das Buch offen neben das Notizbuch.

Es war eine Zeichnung der Romanfigur Lord Roxton, der genauso aussah wie Douglas Baxter und die gleiche Pose eingenommen hatte. Für den Druck war diese Zeichnung deutlich stilisierter, doch die Ähnlichkeit war atemberaubend.

Ben blätterte zurück zu der Widmung von Sir Arthur Conan Doyle.

»An meinen guten Freund Benjamin Cartwright – Deine Erlebnisse haben meine Fantasie beflügelt, und dies ist das Ergebnis.« Er rieb sich das Kinn. »Hatte Doyle das also wörtlich gemeint – dass Benjamin vor über 100 Jahren wirklich das gemacht hat, was er in seinem Roman beschreibt?«

»Ja, ja, natürlich!«, rief Dan mit eindringlicher Stimme. »Hier ist der Beweis, direkt vor deiner Nase!«

»Ich weiß nicht.« Ben bemerkte ein gefaltetes Stück Papier in dem Notizbuch und schlug es auf. Er schaute es einen Moment an, bevor er abfällig grunzte. »Und was sagt eine moderne Zoologin dazu?« Er schob es Jenny hin.

Sie warf einen Blick auf die Zeichnung und ihre Mundwinkel wanderten nach unten. Es war eine fantastische Darstellung des Dschungels im Regen, die kräftigen Striche fingen die tropfnasse

Vegetation perfekt ein. Doch sie diente nur als Rahmen für das eigentliche Sujet des Bildes: Durch ein tunnelartiges Portal aus Pflanzen fiel der Blick auf eine tote Kreatur, die auf dem Boden lag.

Jenny las sich die Bildunterschrift des Künstlers durch: »Unbekannter Dinosaurus.« Sie hob langsam ihren Blick. »Ein gottverdammter unbekannter Saurier.« Sie grinste Dan an. »Wenn ihr fahrt, komme ich auf jeden Fall mit.«

»Ich bin auch dabei«, sagte Steve.

»Ich auch«, stimmte Andrea mit ein. »Dieses Abenteuer wird mich berühmt machen!«

Emma hob eine Hand und grinste Ben verschwörerisch an. »Berühmt zu werden interessiert mich weniger, aber meine Neugier würde mich umbringen, wenn ich nicht mitkommen würde.«

»Um Himmels willen!« Ben lehnte sich zurück. »Dabei könnten wir alle sterben! Ich will nicht verantwortlich sein, wenn ...«

»Ich spreche nur für mich, und ich bin auch ganz allein verantwortlich für mich«, sagte Jenny. »Ben, selbst wenn die Chance, dass etwas Wahres an der Sache dran ist, nur eins zu einer Million ist, dann müssen wir es nachprüfen. Und wenn es, wie du sagst, in jeder Generation nur ein kleines Zeitfenster gibt, worauf warten wir dann noch? Oder willst du lieber erst als Mittvierziger aufbrechen?« Sie verschränkte die Arme. »Und noch etwas ... die Pemon-Indianer gibt es immer noch und sie werden auch immer noch als Führer benutzt. Ich kann es einfädeln, dass sie uns begleiten.«

»Es passt einfach alles zusammen!« Dans Lächeln wurde noch breiter.

Emma wischte sich die Haare von der Stirn. »Das ungeduldige Kind in mir sagt, wir müssen sofort aufbrechen. Die etwas kritischere erwachsene Stimme in mir fragt sich allerdings, ob wir das Plateau wirklich mit nur ein paar Notizen finden können?«

Ben lehnte sich nach vorn und blätterte erneut vorsichtig durch die Seiten, diesmal zuerst in der »Vergessenen Welt«. Er kam bei einer handgezeichneten Landkarte an. Dann machte er das gleiche mit dem Notizbuch und fand die gleiche Karte. »Ein paar Notizen und das hier.«

Die Karte in dem Notizbuch war überraschend detailliert. Sie war sogar mit Längen- und Breitengraden versehen. Er blätterte weiter. »Das hier, und das, und das.« Es gab weitere Karten, jede von ihnen so detailliert wie die erste.

»Oh mein Gott«, japste Jenny. »Das kann klappen. Es kann *wirklich* klappen!«

Ben nickte. »Die Karten in dem Buch und die von Benjamin sind nicht identisch. Anscheinend hatte Doyle beschlossen, einige Dinge geheim zu halten.«

»Heilige Scheiße«, sagte Steve. »Also *wusste* er, dass es wahr ist!«

Ben verschränkt seine Finger ineinander und legte die Hände auf den Tisch. »Wenn wir das machen, dann ziehen wir es aber wie eine militärische Operation auf, okay?«

Alle stimmten enthusiastisch zu.

»Ich war schon auf einigen Missionen im Dschungel und es ist wirklich harte Arbeit. Wir werden einen genauen Plan brauchen und auch eine Menge Ausrüstung.«

»Die besorge ich«, sagte Dan. »Du musst mir nur einen Einkaufszettel geben.«

»Ich helfe mit«, sagte Steve.

»Ich auch«, stimmte Emma ein.

»Ich stelle Kontakt zu meinen Freunden in Venezuela her und sage Bescheid, dass wir ortskundige Führer und Transportmittel brauchen.«

Andrea lächelte. »Und ich rufe meinen Agenten an. Das wird ein Spaß!«

Ben seufzte und legte seine Hand auf das Buch. »Ich muss das hier alles analysieren und sämtliche wichtigen Informationen herausschreiben.«

Die Gruppe verstreute sich schnell, alle waren hochmotiviert, sich um ihre Aufgaben zu kümmern.

Ben ging rauf in sein Zimmer, setzte sich aufs Bett und zog die Schuhe aus. Er formte die beiden Kissen zu einem Berg zusammen und stopfte sie unter seine Schultern. Dann begann er zu lesen.

Die Beschreibungen und Zeichnung wurden in seinem Kopf lebendig und transportierten ihn direkt zurück ins Jahr 1908, zu jener verhängnisvollen Expedition.

KAPITEL 13

1908 – Südamerika – irgendwo im südöstlichen Venezuela

Die sintflutartigen Regenfälle hatten sich endlich zu einem schwachen Tröpfeln reduziert. Benjamin Cartwright hob eine Hand, um seine kleine Truppe zur Vorsicht zu ermahnen. Der Geruch des Todes wurde stärker. Der Sturm der letzten Nacht hatte sie verlassen, aber die ständig präsente Wolke bleib an Ort und Stelle.

Die Geschichten waren wahr gewesen – die besonders feuchte Regenzeit, die nur einmal pro Generation auftauchte, war gekommen. Das bedeutete für diese Gegend offensichtlich, dass es kaum direkten Sonnenschein gab. Alles war klamm und feucht wie in einem Treibhaus.

Tagelang waren sie einem Pfad von Wildtieren gefolgt und befanden sich immer noch auf diesem, auch wenn sie wussten, dass der Geruch von Aas meistens große Raubtiere anlockte. Aber sie hatten keine Wahl. Der Dschungel hier war so gut wie undurchdringlich, deswegen musste man sich entweder Schritt für Schritt den Weg freihacken, wobei man jede Stunde nur wenige Meter vorankam, oder man musste sich durch bereits geschaffene Wege zwängen.

Inmitten des steten Tröpfelns von Wasser auf den großen Blättern hörte Cartwright, wie die Pemon-Führer ihren Unmut herausmurmelten. Sie waren nun schon so weit marschiert, dass sie ein Gebiet erreicht hatten, das für sie tabu war. Er führte sie immer näher an das heilige Plateau heran, das sich etwa dreihundert Meter über dem Dschungelboden ausbreitete und in die Wolken ragte.

Das war sein Ziel, und wie ihm gesagt worden war, war es die Heimat einer Zivilisation, älter als die ägyptischen Pyramiden, und die dortige Flora und Fauna soll seit Anbeginn der Zeit niemand mehr zu Gesicht bekommen haben. Als aufstrebender Archäologe würde er mit dieser Entdeckung über Nacht berühmt werden. Doch es waren nicht Ruhm und Reichtum, die ihn vorantrieben, sondern die Neugier, die ihn begleitete, seit er ein kleiner Junge war.

Cartwright schaute hinauf in den verhangenen Himmel. Er hatte eigentlich einen Heißluftballon mitbringen wollen, um den Dschungel zu durchqueren und sie auf das Plateau zu befördern. Doch die Wolke hätte jegliche Navigation unmöglich gemacht, außerdem drehte jeder Kompass aus unerfindlichen Gründen durch.

Er seufzte. Wenn sie jemals einen Weg hinauf in dieses geheime Land finden wollten, dann müssten sie dort hinaufklettern. Etwas Vergleichbares hatte er noch nie versucht, doch wenn sich ihm diese Herausforderung in den Weg stellen würde, dann würde er sie meistern.

Cartwright rastete unter riesigen Baumstämmen, die sich keiner bekannten Art zuordnen ließen. Ihre massiv gefurchte Rinde war mit Haaren bedeckt und darunter zeichnete sich etwas ab, das wie hölzerne Schuppen aussah. Sie waren beinahe am Ziel, das wusste er.

Er zog sein Notizbuch hervor, um einen kurzen Blick auf die Karten zu werfen, die er angefertigt hatte – alle sehr grob, denn sie basierten auf Gesprächen, die er mit den Dorfältesten der Pemon geführt hatte. Was er suchte, lag am Fuß eines heiligen Tafelberges, auch Tepui genannt. Die Einheimischen hatten viele weitere Bezeichnungen dafür, wie Himmelsland, Haus der Götter oder Königreich der Wolken – doch egal wie man ihn nannte, dieser Ort war tabu. Diese einzigartigen geologischen Formationen bildeten eine massive Hochebene, die aus purem Sandstein bestand, der steil vom Dschungelboden in die Höhe ragte, und das bis zu fünfhundert Meter hoch.

Auch der Ort, den er suchte, war den Beschreibungen zufolge so hoch, dass er bis in die Wolken reichte, die seine obersten Regionen verdeckten. Die massiven, fast senkrechten Wände schirmten das, was dort oben war, vom Rest der Welt ab – und umgekehrt.

Es hieß, dass es unmöglich war, diese Steilwände zu erklimmen, paradoxerweise war aber gleichzeitig schon der reine Versuch streng verboten. Laut den Legenden der Pemon hatte es ein junger Narr vor einigen Generationen trotzdem versucht und innerhalb von Tagesfrist waren seine sterblichen Überreste wieder nach unten gespuckt worden, jedoch fehlten sämtliche Gliedmaßen und der Kopf. Deswegen waren die Pemon überzeugt: Was auch immer da oben lebte, es war gut, dass sie davor abgeschirmt waren.

Cartwright zuckte zusammen, als sich eine Hand auf seine Schulter legte.

»Verdammt noch mal, Baxter, schleiche dich nicht so an!« Er beruhigte sich wieder und sah seinen alten Freund vorwurfsvoll an.

Douglas Baxter kicherte. »Okay, du bist also schon an riesigen Spinnen, Krokodilen, giftigen Lianen und Treibsand vorbeigekommen, aber meine Hand erschreckt dich?«

Cartwright grinste und schob sein Notizbuch wieder in die Tasche. »Tja, wenn es nicht regnen würde, nachdem ich acht Wochen kein Bad nehmen konnte, hätte ich wahrscheinlich riechen können, dass du dich anschleichst.«

»Wer braucht schon ein Bad?«, grunzte Baxter. »Und der Grund, warum wir uns gegenseitig nicht riechen können, ist der unglaubliche Gestank, der hier in der Luft liegt!«

Cartwrights Gesichtszüge wurden ernst, als sein Blick zurück auf den Dschungel wanderte. »Da muss irgendein größeres Tier verrotten. Ein großer Leopard vielleicht? Sag' du es mir, du bist der Jäger.«

Baxter richtete sich auf und begann ebenfalls, in das tropfnasse Grün zu starren. Er war der Archetyp eines Abenteurers, außerdem renommierter Großwildjäger auf mehreren Kontinenten. Er stammte aus einer wohlhabenden Familie und von ihm war auch das Geld für diese Expedition gekommen. »Ein großartiges Abenteuer, das man nicht verpassen darf«, hatte er es genannt.

Baxter schnüffelte einen Moment lang. »Ich kann es nicht einordnen, aber es riecht nicht nach Wild.« Er sog erneut Luft durch die Nase. »Eher wie ein toter Fisch.«

Cartwright wandte sich wieder dem Dschungel zu. »Ja, vielleicht.« Es roch ein wenig nach verwesendem Strandgut bei Ebbe. Er warf einen Blick über die Schulter. »Die Pemon werden das nicht mehr lange mitmachen.«

Baxter verschränkte die Arme, sein Springfield-Gewehr dazwischen eingeklemmt. »Ja, ich glaube, du hast recht. Wundert mich ehrlich gesagt, dass sie überhaupt so lange dabeigeblieben sind. Mein Freund, wenn sie umkehren, dann müssen wir eine Entscheidung treffen. Ohne die Vorräte, die sie dabeihaben, wird es eine lange Rückreise mit wenig Essen. Es gibt hier kein gottverdammtes Wild.« Er deutete in Richtung des Dschungels. »Jedenfalls abgesehen von dem Ding, das diesen ekelhaften Gestank erzeugt.«

Cartwright seufzte. »Den Karten zufolge hätten wir inzwischen längst etwas finden müssen.« Er drehte sich im Kreis. »Wir versuchen es noch für ein paar Meilen und schauen mal, wie lange sie noch bei uns bleiben.«

»Von mir aus gern.« Er schulterte sein Gewehr. »Gehen Sie voran, mein Herr!«

Nachdem sie sich weitere dreißig Minuten durch die feuchte, grüne Hölle geschlagen hatten, war der Gestank so stark geworden, als würde die Luft um sie herum aus ranzigem Öl bestehen. Cartwright überlegte schon, ob sich in der Nähe eine Art Massengrab befand, wie man es zum Beispiel von Elefanten kannte. Doch das verstärkte nur sein Interesse und seine Entschlossenheit.

Er zwängte sich durch einen Vorhang aus Schlingpflanzen und erstarrte. Sein anderer Gedanke war gewesen, dass der Gestank von einem Kadaver herrührte, der unglaublich groß war und deswegen Unmengen von Verwesungsgasen freisetzte. Und wie er nun sah, hatte er damit recht, denn vor sich erblickte er den Ursprung, umrahmt von einem grünen Tunnel.

Die Kreatur war riesig. Es war ein Berg von verrottendem, zerfallendem Fleisch. Ganze Wolken schwarzer Fliegen umschwärmten diese Masse und Cartwright musste den Mund zusammenpressen, damit sie nicht hineinflogen. Für ein paar Sekunden konnte er nichts anderes tun, als ungläubig zu starren.

»Tja, heilige Hölle.« Baxter hustete.

»Hölle passt genau«, antwortete Cartwright leise.

Rippen, dick wie Baumstämme, ragten aus dem zerfetzten Fleisch, ein langer Schwanz schlängelte sich ins Unterholz und verschwand dort, doch da, wo er enden musste, ragten riesige

Stacheln hervor. Die Beine endeten in Stumpen, jeder von ihnen mit drei verhornten Nägeln besetzt, die jeweils größer waren als seine Faust.

»Das muss eine Art Dinosaurus sein«, zischte Cartwright. Sein Blick folgte dem langen Hals bis zum Kopf, der pferdeartig war, wenn auch fünfmal so groß und mit flachen, hörnernen Zähnen ausgestattet.

Er schob die Schlingpflanzen weiter zur Seite, um mehr sehen zu können. Nun wurde ihm klar, dass die Rippen an der Flanke der Kreatur nicht einfach nur aus dem Fleisch herausragten, sondern dass sie freigekratzt worden waren, wie von riesigen Krallen. Das Wesen vor ihm war ein Monster, doch es musste von etwas noch weitaus größerem angegriffen worden sein.

»Es ist einem Angriff zum Opfer gefallen«, sagte Cartwright, »aber was könnte so einen Riesen angreifen?«

»Den Wunden nach zu urteilen würde ich sagen, etwas weitaus größeres – ein Fleischfresser, ein Jäger. Und ich bin mir nicht mal sicher, ob es davon gestorben ist. Schau dir mal den Krater an, in dem es liegt, und auch den Hals.« Baxter hielt seine Waffe jetzt schussbereit. »Der ist gebrochen.«

Cartwright schaute in den Himmel, aber über ihnen war nichts zu sehen außer Wolken. »Vielleicht ist es weggerannt, um sein Leben gerannt, und dann abgestürzt … aber von wo?«

»Du hast doch gesagt, wir hätten längst etwas finden müssen.« Baxter grinste. »Nun, wir müssen fast da sein.«

Riesige Fliegen stürzten sich auf Cartwrights Lippen und er hielt sich eine Hand über Mund und Nase. »Dieser Gestank – ich kann kaum atmen!«

Baxter und er drehten sich um, als hinter ihnen ein wildes Treiben begann. Sie gingen davon aus, dass die Pemon sich für die Abreise bereitmachen würden, doch stattdessen gab ihr Anführer, ein drahtiger junger Krieger namens Inxthca, eine Reihe von hektischen Befehlen. Seine Männer schwärmten aus und suchten Holz zusammen.

»Hey, tut das nicht!« Cartwright streckte einen Arm aus, doch sie ignorierten ihn und begannen, das riesige Biest abzudecken. Inxthca rief nach einem Feuerstein und entzündete das Holz.

Der kleine Krieger trat an die beiden heran und begann schnell zu sprechen. Cartwright verstand nur wenig von ihrer Sprache, doch die Richtung wurde ihm schnell klar.

»Er warnt uns davor, weiterzugehen. Dies ist der Ort der bösen Götter, den sie Boraro nennen.«

Baxter schnaubte verächtlich. »Dann sind wir an der richtigen Stelle.«

Sie wirbelten herum, als ein markerschütternder Schrei aus der Mitte des Feuers erklang. Aus dem angeschwollenen Bauch der Kreatur platzte etwas hervor und schrie in den Flammen vor Schmerzen. Es war ein Anblick wie aus einem Albtraum. Zuckend und zischend spaltete sich der diamantförmige Kopf und entblößte eine Reihe messerscharfer Reißzähne.

Baxter riss seine Waffe hoch und legte auf das Ding an. Hoch über ihnen, als wäre es eine Antwort, erklang ein donnerndes Zischen, das die Bäume um sie herum erzittern ließ. Die Pemon zuckten zusammen und ließen ihr Gepäck fallen.

Cartwright wirbelte herum. »Wartet!« Doch er wusste bereits Bescheid. Es war zu spät, sie würden nicht mehr aufzuhalten sein.

Baxter sah zu, wie sie im Unterholz verschwanden und wandte sich wieder den Flammen zu, die das grässliche Wesen inzwischen verschlangen.

»Was zur Hölle ist das für ein Ort?«

»Einer der Götter und Monster.« Cartwright starrte in das Feuer und verzog das Gesicht. »War das eines seiner Jungen?«

»Es sah ganz anders aus. Hat sich wohl eher über die Reste hergemacht … oder in ihnen gelebt.« Baxter zuckte mit den Schultern. »Wir sollten aufbrechen.«

»Ja.« Cartwright zog schnell sein Notizbuch hervor und begann eine Skizze anzufertigen. »Ich muss nur … ein paar Aufzeichnungen machen. Das Ding beschreiben.«

»Dann beeile dich.« Er warf einen Blick auf das ledergebundene Buch, in dem die handgezeichneten Karten steckten. »Was hast du überhaupt vor mit dem ganzen Zeug?«

Cartwright lächelte, zeichnete aber weiter. »Ich habe einen Freund, mit dem ich korrespondiere. Er ist ein bekannter Autor, ein Brite namens Arthur Conan Doyle.«

[illegible]s Mundwinkel wanderten nach unten. »Nie von ihm [illegible]

Cartwright blickte auf. »Er hat *Sherlock Holmes* geschrieben!«

»Kenne ich nicht.« Baxter zuckte mit den Achseln. »Ich komme kaum zum Lesen. Ich erlebe lieber meine eigenen Abenteuer.«

Cartwright nickte. »Tja, ich schätze, Lesen ist nicht jedermanns Sache.« Er beendete seine Aufzeichnungen und schlug den Ledereinband zu, dann verschloss er ihn mit einem Riemen und schob ihn in die Tasche, die an seine Hüfte gebunden war.

Er winkte Baxter zu. »Na dann los – wie du schon sagtest, wir sind fast da!«

Inzwischen regnete es wieder. Schwere Tropfen prasselten auf die großen Blätter herab, ebenso auf die Hüte und Schultern der Männer. Unter ihren Stiefeln schmatzte die Erde und zerrte an ihnen, jeder Schritt wurde zu einem Kampf gegen den Schlamm und ihre Müdigkeit.

Cartwright, der voranging, blieb irgendwo hängen und stürzte nach vorn in den schleimigen, kompostierenden Dschungelboden.

»Verdammt!«

Baxter schloss zu ihm auf und war sofort an seiner Seite. Doch er mühte sich nicht, seinem Freund zu helfen, stattdessen erstarrte er.

»Heiliges Kanonenrohr!«

Cartwright wischte sich den Schlamm aus dem Gesicht und schaute auf. Er sah, was Baxters Aufmerksamkeit erregt hatte und fing sofort an zu grinsen.

»Grundgütiger.« Er stand auf. »Oh mein Gott!«

Vor ihnen befand sich eine Art Bauwerk – Es sah aus wie ein Tempel und schmiegte sich an die Seite einer schroffen Felswand, die in den Wolken über ihnen verschwand. Die behauenen Steine wurden von uralten Baumstämmen umrahmt und waren mit grünem Moos bewachsen. Das Gesamtbild verströmte Kunstfertigkeit, Spiritualität und eine urtümliche Kraft.

»Sieht aus wie eine Kirche, alter Mann.« Baxter wirkte nachdenklich.

»Ja, nicht wahr? Aber es gibt keinerlei religiöse Symbole, oder zumindest keine, die ich erkenne.«

»Könnte es spanisch sein?«, fügte Baxter hinzu.

Cartwright wischte sich Wasser und ein bisschen Schlamm aus dem Gesicht und wagte ein paar Schritte auf die Lichtung vor dem Gebäude.

»Nun ja, die Spanier sind seit Beginn des sechzehnten Jahrhunderts hier. Aber das hier sieht wesentlich älter aus.« Er streckte den Zeigefinger aus. »Siehst du diesen toten Baum, der seine Wurzeln über die Grundsteine geschlagen hat? Das ist ein *Acomat Boucan*. Die können tausend Jahre alt werden, und der da ist anscheinend an Altersschwäche gestorben.«

Baxter pfiff durch die Zähne.

Cartwright reckte den Hals, um mehr davon zu betrachten. »Es ist nicht wirklich mein Spezialgebiet, aber es sieht ein bisschen nach den Maya aus … nur anders.«

»Schau dir mal die Götzenbilder an!« Baxter schüttelte das Wasser von seinem Hut und setzte ihn dann wieder auf. »Sind das noch weitere von deinen dinosaurischen Monstern, nur mit zwei Köpfen?«

Cartwright ließ seinen Blick über die steinernen Statuen schweifen, die eine große Tür umrahmten. Sie waren merkwürdig, irgendwie falsch – sie standen auf zwei kräftigen Beinen, schienen aber mit irgendetwas zu ringen – ein langer, muskulöser Körper schien sich um sie zu schlingen, mit gebleckten Zähnen und kalten Augen.

»Nein, das sind keine zwei Köpfe, sondern zwei Kreaturen – vielleicht ihre Götter oder Gestalten einer abergläubischen Folklore.« Cartwright hatte in der Universität Paläontologie belegt und es gab nichts, was diesen Abbildungen ähnelte. »Üblicherweise sollen solche Götzen eine Warnung darstellen.«

»Kein Wunder, dass dieses Land für die Pemon tabu ist.« Baxter spuckte auf den Boden.

»Um Himmels willen!«, stieß Cartwright hervor, als ein Brüllen durch die Wolken über ihnen hallte. Baxters Arm schnellte nach vorn und er brachte sein Gewehr in Anschlag. Doch einige Sekunden später entspannte sich der Jäger wieder.

»Was zur Hölle ist dort oben?«, fragte er.

»Götter und Monster, schon vergessen?« Cartwright richtete sich auf.

Baxter ließ seinen Blick an der Steilwand entlangwandern. »Es gibt keinen Weg nach oben.«

»Und keinen Weg nach unten … außer, man fällt.« Cartwright wandte sich ihm zu. »Für uns ist das gut.«

»Tja, als jemand, der gern Wetten abschließt, würde ich behaupten, dass schon mal jemand dort oben gewesen ist«, sagte Baxter.

»Wie kommst du darauf?« Cartwright hob sein Kinn und blickte dem höher gewachsenen Mann in die Augen.

»Zum einen diese Statuen. Und ich wette, dieser Tempel, oder was auch immer es ist, enthält Hinweise, wie man da rauf kommt. Wir sollten einen genaueren Blick darauf werfen.«

Cartwright leckte sich die Lippen und spürte, wie sich sein Magen verkrampfte – vor Spannung, oder vielleicht auch vor Angst. »Ja, das sollten wir tun.«

»Na, dann los. Ich bin nicht den ganzen Weg gegangen, um jetzt nachzulassen«, grinste Baxter ihn an. »Vielleicht gibt es einen Geheimgang oder Schatzkisten oder Abenteuer!«

»Na dann, auf zum Abenteuer!« Cartwright schnappte sich seinen Rucksack und atmete tief durch. »Dann werfen wir mal einen Blick darauf, mein Freund!«

◊

Es folgten mehrere leere Seiten, und als die Notizen weitergingen, legten sich Bens Brauen in Falten. Denn die Handschrift, Wortwahl und sogar die Grammatik hatten sich verändert.

Es schrieb nun jemand anderes. Schnell blätterte er weiter, um eine Signatur zu finden, und da war sie auch schon: *Alonzo Borges, Capitán de Policia – El Callao, Venezuela del Este.*

Dazu ein Datum, das ihm verriet, dass drei Monate vergangen waren. Doch was war passiert? Ben blätterte zurück und begann wieder zu lesen. Sein Herz sank in die Kniekehlen.

◊

Alonzo Borges sah zu, wie der Mann auf einer Trage aus dem Dschungel geborgen wurde. Seine ausgemergelte Gestalt machte es den Rettern sicher leicht, ihn zu tragen. Er trug einen ungepflegten Bart, zerfetzte Kleidung, und sein Gesicht war von Schürfwunden, Ausschlag und jeder Menge Dreck gezeichnet. An den Rippen hatte er tiefe Schnittwunden, die bereits eiterten. Aber seine Augen strahlten immer noch aus seinem fiebrigen Gesicht.

Als Polizeichef war Borges daran gewöhnt, mit allen möglichen unterschiedlichen Problemen konfrontiert zu werden. Doch dies war das erste Mal, dass ein merkwürdiger Ausländer allein im Dschungel gefunden worden war. Die Träger setzten den Mann vorsichtig neben ihm ab und er kniete an seiner Seite.

Borges legte eine Hand auf die Stirn der armen Seele und spürte sofort die wilde Hitze eines hohen Fiebers. Vermutlich hatte er nicht mehr lange zu leben. Er schnippte einem Jungen zu, der die Szene mit großen Augen betrachtete. »Hol' die Schwester!« Dann deutete er auf einen anderen Jungen. »Und du, Wasser! *Rápido!*«

Er wandte sich wieder dem Mann zu. Dessen blassblauen Augen waren immer noch weit aufgerissen, in seinem fieberroten Gesicht stachen sie hervor wie blaue Irrlichter. Seine Hände verkrampften sich um ein ledergebundenes Notizbuch. Das schien sein gesamter Besitz zu sein.

Borges wurde eine Tasse Wasser gereicht und er wischte dem Mann die fettigen Haare aus dem Gesicht, wobei er wieder die Hitze spürte, die seine Haut ausstrahlte. Borges sprach Spanisch und ein kleines bisschen Englisch, doch wenn der Mann eine andere europäische Sprache sprechen würde, könnte er sich darauf keinen Reim machen.

»Trink.«

Er hob den Kopf des Mannes ein wenig, damit er an dem Getränk nippen konnte, doch das meiste Wasser lief seine bärtigen Wangen hinunter. Vorsichtig legte Borges ihn zurück auf die Bahre.

»Wer sind Sie?«

Die wirren Augen des Mannes versuchten sich auf ihn zu konzentrieren. »Ca… Cart… Cartwright.« Seine Stimme war nur ein leises Krächzen und er leckte sich die ausgetrockneten Lippen, bereits völlig außer Atem.

»Señor Cartwright, war irgendjemand mit Ihnen unterwegs?«

Cartwright nickte langsam. »Baxter.«

»Und wo ist Señor Baxter jetzt?« Borges lehnte sich näher an ihn heran.

Doch Cartwright richtete sich plötzlich ruckartig auf, sodass der Polizeichef zurückzuckte. Die Augen des Mannes traten so weit aus ihren Höhlen hervor, dass sie herauszufallen drohten: »Bei lebendigem Leib … *gefressen!*«

Cartwright verzog vor Schmerzen das Gesicht. Dunkles Blut lief auf die Bahre.

Borges blickte über seine Schulter. »*Doctor!*«

Die leuchtenden Augen konzentrierten sich wieder auf Borges und dann hielt ihm der Mann zitternd ein Notizbuch entgegen. »Schicken Sie das an … Doyle«, stammelte er und biss die Zähne zusammen. »Arthur Conan Doyle … wichtig!«

Borges nahm das Buch und erst dann lehnte sich Cartwright wieder zurück. »Er weiß schon … was zu tun ist.«

Die blauen Augen schlossen sich, ein langer Atemzug entwich seinen Lungen und der Körper schien in sich zusammenzufallen. Borges bekreuzigte sich und stellte sich vor, dass dieser letzte Atemzug seine Seele gewesen war, die aus seinem geschundenen Körper in den Himmel aufstieg.

Langsam stand der Polizeichef auf, als die Krankenschwester endlich angerannt kam. Er wandte sich ihr zu und schüttelte den Kopf. »Wir haben keine Eile mehr.« Er betrachtete das Buch, öffnete den Verschluss und blätterte durch die Seiten, wobei er die Zeichnungen betrachtete.

»Die Kritzeleien eines wirren Geistes.«

Er seufzte und schloss das Buch, dann machte er sich auf den Weg zurück in sein Büro. Dieser Señor Cartwright war jetzt auf dem Weg zu seinem Herrn. Er musste sich darum kümmern, ob jemand eine Rückführung seiner sterblichen Überreste verlangte, und auch der letzte Wunsch eines Sterbenden musste honoriert werden. Deswegen musste er zusehen, dass das Buch seinen Empfänger erreichte.

KAPITEL 14

Später am Abend saß Ben in seinem Zimmer, die gezeichneten Karten vor sich ausgebreitet. In der Armee mussten alle Soldaten die Grundzüge der Kartografie lernen, dazu gehörte das Interpretieren von Karten und das Feststellen von Orientierungshilfen. Falls man von seiner Einheit getrennt würde, sollte man so in der Lage sein, anhand einer Karte, der Position von Himmelskörpern oder einfach nach den eigenen Erinnerungen einen Weg zurück zu finden.

Nachdem er das Notizbuch komplett studiert hatte, glaubte er nun fest daran, dass es dort etwas Unvorstellbares zu finden gab. Etwas Einzigartiges, das aber auch gleichzeitig gefährlich war. Benjamin der Erste hatte ein gutes Auge für Orientierungspunkte und ein Talent für das Kartenzeichnen gehabt. Mit der heutigen Technik konnte Ben Satellitenbilder und GPS-Geräte nutzen, um seiner Spur zu folgen.

Er wusste, dass die folgenschwere Expedition von 1908 irgendwo tief im östlichen Dschungel von Venezuela stattgefunden hatte – das war einerseits gut, andererseits schlecht.

Das Gute war, dass die Gegend auch heute noch ein dichter und weitgehend unerforschter Dschungel war. Sollten dort irgendwelche Geheimnisse versteckt gewesen sein, würden sie höchstwahrscheinlich noch da sein.

Das Schlechte war, dass die Gegend eben ein dichter und weitgehend unerforschter Dschungel war. Sollten dort irgendwelche Geheimnisse versteckt sein, würde es verdammt harte Arbeit werden, sie zu erreichen und das Ganze dann auch noch zu überleben.

Ben kannte sich mit Urwäldern aus, er war im Amazonas gewesen, im Kongo und in Neuguinea. Seiner Meinung nach war der Amazonas gleichzeitig der beste, aber auch der schlimmste von ihnen. Die Luftfeuchtigkeit lag immer bei 90%, der Bodenbewuchs war genauso dick wie das Baumkronendach, und alles, was einen stechen, beißen oder infizieren konnte, lebte dort.

Sie hatten sich bereits umfangreich impfen lassen – gegen Malaria, Diphtherie, Tetanus, Typhus, Hepatitis, Tollwut, Gelbfieber und Pilzerkrankungen, dazu noch ein halbes Dutzend Spritzen gegen Parasiten, die es auf ihr Blut abgesehen hatten. Er wusste sogar von einer bestimmten Fliegenart, die sich in die Haut bohrte und ihre Maden darunter freisetzte, damit sich diese dann von lebendem Fleisch ernähren konnten.

Wir sind doch wahnsinnig, dachte er bei sich. Ein Team aus Anfängern in den Dschungel zu führen, war komplett unverantwortlich. Wenn normale Menschen an einen Dschungel dachten, stellten sie sich prächtige grüne Pflanzen vor, bunte Vögel und vielleicht im schlimmsten Fall klare Bäche mit scharfzahnigen Fischen. Er aber wusste, dass sie feuchtheiße Höllenschlunde waren, die einem Kraft, Gesundheit und im schlimmsten Fall den Verstand entziehen konnten. *Ich bin wahnsinnig*, berichtigte er sich.

Dann wandte er sich wieder der Online-Karte von Venezuela zu. Der erste große Hinweis war die Erwähnung eines breiten Flusses, der sich durch den Nordosten des Dschungels schlängelte. Er stöhnte, als er sah, wie viele Kandidaten dafür infrage kamen. Es waren viel zu viele, um sie in ihrem Zeitfenster alle unter die Lupe nehmen zu können. Er brauchte definitiv mehr Hinweise als die wenigen Zeichnungen und Beschreibungen. Doch immerhin hatte er überhaupt einen Startpunkt und eine gute Grundlage.

Das Notizbuch beschrieb einen Ort, der immer von Wolken verhangen war, doch es gab auch Andeutungen, dass dieses Wetterphänomen nur in der feuchtesten der Regenzeiten vorkam. Er wusste jedoch, dass es mehrere Niederschlagsgebiete im Amazonas gab, wo sich monatelang oder sogar dauerhaft Wolken ansammelten, die lediglich leicht anstiegen und dann wieder sanken, abhängig von Luftfeuchtigkeit, Temperatur und Winden.

Auf einer der Seiten fand er eine Randnotiz: »Müssen uns beeilen, nur noch Tage, bis *Primordia* zurückkehrt.«

»Ist das ein Schiff für ihre Reise gewesen?«, fragte sich Ben.

Er atmete angestrengt durch schmale Lippen aus. Offensichtlich musste er die Sache in größerem Zusammenhang betrachten.

Es gab Hinweise, doch er musste sie richtig deuten. Laut des Notizbuchs kamen der alte Benjamin und Baxter am Rande des Dschungels an und ritten von dort mehrere Tage in Richtung Osten, bevor sie ein Boot bestiegen hatten. Wenn man bedachte, dass ein vollbeladenes Lastenpferd nur mit ungefähr sieben Stundenkilometern unterwegs war, ergab das für einen Tag mit etwa zehn Stunden Sonnenlicht und einer einstündigen Pause ungefähr 60 Kilometer.

Mit dieser Information wandte sich Ben wieder der Karte zu und maß aus, auf welchen Fluss sie wohl gestoßen sein könnten. Dabei fand er einen vielversprechenden Kandidaten: Den *Rio Caura*. Der lief ins Orinico-Becken und wurde als Schwarzwasserfluss ausgewiesen. Das bedeutete, dass er durch einen großen Anteil von Huminsäuren, die durch die Zersetzung toter Pflanzen freigesetzt wurden, fast die Farbe von Kaffee hatte. Das Problem war nur, dass er sich in dutzende Nebenflüsse verzweigte.

Ben seufzte, als er versuchte, die Namen dieser Nebenflüsse herauszufinden – die meisten hatten keinen, zumindest nicht auf den Karten. Er betrachtete wieder die Zeichnungen im Notizbuch seines Vorfahren und las die Anmerkungen.

Dann lächelte er. »Benjamin, ich fürchte, der Hinweis auf entfernte Trommelschläge oder der Hinweis, wo Professor Challenger einige seiner Proben verloren hat, hilft mir nicht weiter.«

Doch es gab auch andere Notizen, die vielversprechender waren – die Erwähnung felsiger Abhänge, Lichtungen voller Farne, kleine Hügel und eine zerklüftete Sumpflandschaft – damit würde eine ortskundige Person sicher etwas anfangen können. Und dann gab es noch einen Bereich mit der Überschrift: Verborgener Fluss.

Ben wusste, dass es solche Flüsse gab. Sie waren schmal und hatten große Baumreihen an den Ufern, deren Kronen miteinander verwuchsen. Sie waren völlig unsichtbar, wenn man sich nicht gerade direkt am Ufer oder sogar im Wasser befand.

Er starrte die Karte weiter an und konzentrierte sich auf den Bereich des Flusses und der Landschaft, die ihn umgab. Irgendwo musste es doch eine Stelle geben, die zu Benjamins Notizen passte.

Als es an der Tür klopfte, hatte das beinahe etwas Erlösendes. Ben lehnte sich zurück und rieb sich die Augen, dann sah er auf die

Uhr. Es war bereits neun. Wow, er hatte bis in die Abendstunden hinein auf Karten, alte Notizen und Bleistiftzeichnungen gestarrt. Er stand auf und durchquerte den Raum, um die Tür zu öffnen.

Andrea stand in Jeans und einem lockeren Baumwollhemd vor ihm, das so weit aufgeknöpft war, dass es ihr üppiges Dekolleté zur Schau stellte. In den Händen hielt sie zwei Flaschen dunklen Bieres und ein Paar Gläser, die sie ihm stolz präsentierte.

»Einen kleinen Absacker?« Sie lächelte und zeigte dabei eine Reihe strahlend weiß gebleichter Zähne.

»Äh …« Er war sich nicht sicher, ob das eine gute Idee war, und versuchte, sich eine gute Ausrede einfallen zu lassen. »Tja …«

»Tja, gerne«, beendete sie die Antwort für ihn und duckte sich an ihm vorbei.

»Hä?« Er sah zu, wie ihre schlanke Gestalt auf den kleinen Tisch zu tänzelte und dort eine der Flaschen öffnete, wobei sie die Spitze ihrer kleinen, rosafarbenen Zunge an die Oberlippe legte.

Sie goss die Gläser ein und das Bier glitzerte in der Farbe dunklen Honigs. Dann setzte sie sich und schob eines der Gläser vor den leeren Stuhl. »Komm, setz' dich und erzähle mir, was du herausgefunden hast.«

Ben sah noch einmal auf die Uhr und zuckte mit den Schultern. Ein paar Minuten Ablenkung konnten nicht schaden. Abgesehen davon war das englische Bier wirklich lecker.

Er setzte sich und betrachtete die Flasche – *Earl of Brixom Dark Ale*. Er nippte daran und schmeckte Spuren von geröstetem Malz, Schokolade und Karamell. Nach dem Schlucken blieb eine leichte Bitterkeit wie von schwarzem Kaffee. Er mochte es, aber es hätte etwas kälter sein können.

Dann prostete er ihr zu: »Gute Wahl.«

Sie lehnte sich nach vorn, um mit ihm anzustoßen. »Sie hatten kein anderes, aber ich nehme das Kompliment gern an.« Sie nahm einen Schluck und behielt Ben dabei im Auge. »Und?« Sie nickte mit Blick auf die Karten. »Irgendwelche interessanten Funde?«

Ben wiegte seinen Kopf hin und her. »Jein, würde ich sagen. Ich glaube, ich weiß, wo wir anfangen müssen. Aber wir reden von einem Suchgebiet mit 500.000 Quadratmeilen. Wenn ich da einen Fehler mache, finden wir nie, was wir suchen.«

»Die versteckte Hochebene?« Sie hob die Brauen.

»Genau. Wir müssen nur erst mal den roten Faden finden, dem wir folgen können. Wie gesagt, ich glaube, ich kenne den Startpunkt, aber ohne Jennys Helfer vor Ort haben wir keine Chance. Die Kenntnisse von Einheimischen sind das A und O, sobald wir dort ankommen.«

»Sobald wir dort ankommen«, sprach sie verträumt nach, den Blick auf ihr Glas gerichtet. »Ich kann kaum glauben, dass wir das wirklich machen.«

»Ich auch nicht, wir müssen echt verrückt sein.« Er lächelte sie an. »Komplett verrückt.« Sein Lächeln wurde immer schwächer, je mehr er die Sache überdachte. Er schaute sie an. »Warum willst du denn dann mitkommen? Der Amazonasdschungel ist wirklich hart. Es ist heiß, feucht und ungemütlich, noch dazu verdammt gefährlich.« Er lehnte sich nach vorn. »Du, ich, wir alle könnten dort sterben!«

Sie nahm noch einen Schluck. »Du wirst mich schon beschützen.« Sie schaute ihn ernst an, doch nach wenigen Sekunden fing sie an zu lächeln. »Aber, um ehrlich zu sein, Ben, ich bin jetzt zweiunddreißig und habe in letzter Zeit nicht gerade viele Rollenangebote bekommen.«

»Ernsthaft? Du bist doch wirklich eine sehr schöne Frau, Andrea.« Er richtete sich auf.

»Danke, aber in einem Land der schönen Frauen reicht das nicht ganz. Im Portfolio meines Agenten gehe ich unter. Es ist einfach so, dass ich langweilig bin.« Sie stellte ihr Glas mit einem Klirren ab. »Der reine Gedanke an diesen Trip erfüllt mich mit Spannung, Neugier und Hoffnung. Ich werde alles aufschreiben, was wir tun und erleben, dann besorge ich mir einen Autor, der daraus ein Drehbuch macht, und dafür werde ich dann einen Produzenten suchen.« Sie lehnte sich mit einem katzengleichen Lächeln auf den Lippen an ihn heran. »Und ich spiele dann die Hauptrolle!«

»Guter Plan. Aber wir reden hier über ungelegte Eier – erst einmal müssen wir soweit kommen!« Er nahm noch einen genüsslichen Schluck von dem Bier, wobei es ihm Mühe bereitete, nicht allzu sehr in ihren Ausschnitt zu starren.

Sie nippte ebenfalls an ihrem Ale und behielt ihn dabei im Auge. Die leichte Krümmung ihres Mundes vermittelte Ben den Eindruck, dass sie seine Gedanken lesen konnte. Langsam stellte sie das Glas ab.

»Also ich möchte auf keinen Fall irgendwann auf meinem Sterbebett liegen und mich verfluchen, dass ich dieses Abenteuer nicht mitgemacht habe.«

Ben grunzte, denn er hatte genau dieselben Gedanken. »Ich habe ja auch nicht vor, das Ganze abzublasen, Andrea. Ich will hier gar nicht die Handbremse ziehen, ich weise nur auf die Gefahren hin.«

»Ein Stoßdämpfer reicht.« Sie stand auf.

Ben begleitete sie zur Tür und öffnete diese. Im Türrahmen drehte sie sich noch einmal um und küsste ihn schnell auf den Mund. »*Das Ganze abzublasen* klingt aber auch irgendwie interessant.« Sie küsste ihn noch einmal, diesmal intensiver.

Bens Augen waren geöffnet, doch er konnte nichts dagegen tun, dass seine Hand um ihre Taille griff, um sie an sich zu drücken. Sie war so warm und weich und er spürte seine ansteigende Erregung. Doch dann bemerkte er eine Bewegung aus dem Augenwinkel und sah die entgeistert dreinschauende Emma.

Scheiße, dachte er und ließ sofort von Andrea ab, die seinen Gesichtsausdruck bemerkte und sich umdrehte. Sie kicherte und wandte sich ihm wieder zu. »Wer zuerst kommt, mahlt zuerst.« Dann schaute sie an ihm herab und ließ ihren Blick in seinem Schritt verweilen, wo seine Jeans etwas ausgebeult war. »Autsch, das sieht schmerzhaft aus.« Dann tänzelte sie den Flur hinunter, wobei sie der wutschnaubenden Emma zunickte, als sie an ihr vorbeiging.

Ben wollte etwas zu Emma sagen, doch ihre Augen blitzten ihn wütend an und ihre Fäuste waren geballt. Sie machte auf dem Absatz kehrt und verschwand ebenfalls im dunklen Flur.

Als Ben seine Zimmertür hinter sich schloss und sich dagegen lehnte, seufzte er laut. *Meine Güte*, dachte er. *Irgendwie scheine ich von einer Situation in die nächste zu stolpern, ohne irgendwelche Kontrolle zu haben.*

Er setzte sich auf sein Bett und überlegte Emma auf ihrem Zimmertelefon anzurufen, aber er war sich ziemlich sicher, dass sie nicht abnehmen würde. Ben warf einen Blick auf den Tisch, auf dem zwei Bierflaschen standen – an der einen war nur genippt worden und die andere war leer. Das war natürlich seine. Die Karten, das Notizbuch und der alte Roman waren immer noch aufgeschlagen, doch er konnte nicht mal daran denken, seine Untersuchungen jetzt weiterzuführen.

»Morgen ist auch noch ein Tag.« Er zog sich aus und ließ sich in Boxershorts und T-Shirt bekleidet aufs Bett fallen, dann zog er die Decke bis zum Hals hoch.

Im nächsten Augenblick schlief er tief und fest.

Ben Cartwright rannte, so schnell ihn seine Füße trugen, auch wenn er keine Ahnung hatte, wovor er flüchtete. Er wusste nur, dass *es* ihn nicht erwischen durfte.

Er neigte sich nach vorn, um sein Tempo noch weiter zu steigern, doch plötzlich musste er so schnell wie möglich anhalten: Der Dschungel hörte abrupt auf und er fand sich am Rand eines Kliffs wieder, das steil abfiel und weit, weit unten in einer Wolkendecke verschwand. Ein Windstoß blies ihm ins Gesicht, der aus allen Richtungen gleichzeitig zu kommen schien. Er kniff die Augen zusammen und spähte in die Tiefe.

Der Boden unter seinen Füßen begann nun zu zittern, als ob etwas mit dem Gewicht einer Dampflokomotive durch den Dschungel geschossen kam. Dieses Ding, das ihn verfolgte, erfüllte ihn mit einer Angst, die nicht mehr zu beschreiben war.

Ben drehte sich zwischen dem Abgrund und dem Dschungel hin und her, denn seine Panik verursachte einen regelrechten Kurzschluss im Gehirn, der jede Entscheidungsfindung unmöglich machte. Hinter ihm wurde das Buschwerk auseinandergerissen und ein Schrei ließ ihn mit einer Angst zusammenzucken, die er nicht einmal gespürt hatte, als er im Kampfeinsatz von Terroristen beschossen worden war.

Er wollte gar nicht hinschauen, wollte nichts sehen, doch sein Kopf drehte sich unwillkürlich. Seine Zähne knirschten und seine Eingeweide verkrampften sich dermaßen, dass ihm die Galle im

Rachen aufstieg. Die Bestie schnellte auf ihn zu und er riss die Arme hoch, um sie schützend vor sein Gesicht zu halten.

Ben riss die Augen auf. Er war zurück in der Dunkelheit seines Zimmers, in Sicherheit.

Doch er spürte, dass er nicht allein war.

Er bemerkte ein kaum hörbares Knarren von einer der Dielen und eine leichte Bewegung in der ansonsten stehenden Luft im Raum. Er blieb ruhig in der Finsternis liegen und lauschte weiter. Dann war er sich sicher, dass sich Personen in seinem Zimmer befanden. Zuerst dachte er, dass es Emma war, die sich hineingeschlichen hatte, um ihm zu vergeben.

Doch er wusste, das konnte nicht sein. Es war mehr als eine Person und sie waren leise wie Gespenster. Da er nichts sehen konnte, musste er sich auf seine anderen Sinne verlassen, und schon bald konnte er sie auch riechen: Da war der Schweiß von Männern, ein Hauch feuchter Kleidung und – besonders beunruhigend – eingefettetes Metall, der typische Geruch einer Pistole.

Eine weitere Diele gab einen gequälten Laut von sich, und das verriet Ben, dass die Männer schwer und kräftig waren. Jeder andere hätte gedacht, dass sich vielleicht ein paar Gäste in der Zimmertür geirrt hatten, doch Bens Erfahrung mit militärischen Geheimoperationen sagte ihm, dass diese Kerle genau wussten, was sie taten, und versuchten, so leise wie möglich zu sein.

Er hörte das leise Rascheln von Papier – sie hatten es auf das Notizbuch abgesehen! *Nur über meine Leiche*, dachte Ben und stürzte aus dem Bett.

Doch sofort bekam er einen Stiefel in den Brustkorb. Der Raum lag immer noch in absoluter Dunkelheit, was ihm verriet, dass die Eindringlinge Nachtsichtgeräte tragen mussten. Somit war das hier kein Gelegenheitsdiebstahl.

Doch Ben war für solche Situationen trainiert worden und bewegte sich schnell, wobei er seine Erinnerungen an den Raum benutzte, um Hindernissen aus dem Weg zu gehen. Wenn sie Nachtsichtgeräte trugen, war Licht das beste Gegenmittel. Er duckte sich und knipste eine Nachttischlampe an. Die Birne hatte nicht viel Watt, doch im Kontrast zu der absoluten Dunkelheit wirkte ihr Licht wie ein Fotoblitz.

Ben wusste: Wenn man darauf wartete, dass die Augen sich auf eine veränderte Lichtsituation einstellten, war der Schlüssel, gar nicht erst darauf zu warten, bis man alles klar erkennen konnte. Man musste mit dem auskommen, was die Augen liefern konnten, das Gehirn würde die fehlenden Informationen schon ergänzen.

Und so sah er die beiden kräftigen, komplett schwarz gekleideten Männer, die Nachtsichtgeräte vom Typ Cyclops auf dem Kopf trugen. Das Licht der Lampe musste sie kurz geblendet haben, doch statt darauf zu reagieren oder gar zu flüchten, nahmen sie eine Kampfpose ein.

Ben stürzte auf den ersten Mann zu. Sein Gedanke war, ihn zu Boden zu bringen und ihn dann mit einem Schlag des Ellbogens auf den Kehlkopf oder sogar die Nasenwurzel kampfunfähig zu machen. Doch der Plan ging nicht auf.

Der Kerl ging in die Knie und packte sich Ben. Dabei war Ben selbst nicht gerade zierlich, doch sein Kontrahent brachte noch mindestens zehn Kilo mehr Muskeln auf die Waage. Zum Glück war Ben auch im Nahkampf geschult. Er ließ sich fallen und schnappte sich die stämmigen Beine, wodurch er seinen Gegner zu Fall brachte und dieser nach hinten stürzte. Er hörte den befriedigenden Klang eines Schädels, der auf Massivholz krachte. Der Kerl war sofort k.o. und stand nicht mehr auf.

Innerhalb eines Herzschlags stürzte sich Ben auf den zweiten Mann, der inzwischen sein Nachtsichtgerät heruntergerissen hatte. Die Augen unter seiner Sturmhaube waren jedoch nicht etwa von Überraschung oder gar Angst gezeichnet, sondern wirkten fokussiert und klar. Er hatte es gleich gewusst; das waren Profis.

Eine rechte Gerade raste auf Bens Gesicht zu, doch er wehrte sie problemlos ab, wobei er das Handgelenk seines Gegners packte und es verdrehte. Doch als Reaktion kam kein Schmerzensschrei oder auch nur ein Grunzen, stattdessen festigte der Mann seinen Stand und ließ blitzschnell seine linke Hand flach nach vorn schnellen.

Dieser Angriff hatte das Ziel, Bens Nasenknochen zu brechen, was dazu führen sollte, dass seine Augen massiv zu tränen anfangen würden. Doch Ben hatte gerade noch die Möglichkeit, das Gesicht wegzudrehen, sodass seine Wange mit der Wucht des Aufpralls klarkommen musste.

Und dann war es soweit: Die beiden Kämpfer standen sich direkt gegenüber und tauschten Schläge aus, die einen normalen Menschen sofort auf die Bretter geschickt hätten.

Ben duckte sich unter einem schweren rechten Schwinger und tauchte mit einem Schlag in das Zwerchfell seines Gegners wieder auf. Sofort hörte er, wie die Luft aus den Lungen seines Gegenübers wich.

Hab ich dich, dachte er und schnellte auf die Fußspitzen, in der Erwartung, einen schweren Treffer auf den Hals des Kerls zu landen. Doch leider kam der zweite Eindringling in diesem Moment wieder auf die Beine und trat Ben von hinten in die Kniekehle, sodass er wegknickte … und direkt in die Faust seines Gegners stürzte. Ben sah Sterne und ging zu Boden.

Dann traf ihn ein Stuhl an Hals und Schultern. Im Gegensatz zu Hollywoodfilmen zersplitterten solche Möbel leider nicht wie Balsaholz – das was splitterte, waren in der Regel die Knochen des Opfers.

Doch Ben hatte noch einmal Glück und sein intensives Training brachte seinen Körper dazu, einstudierte Bewegungsabläufe abzurufen. Er rollte zur Seite, wobei er davon ausging, weitere schwere Treffer einstecken zu müssen. Doch als er sich aufrichtete, waren die Einbrecher bereits aus dem Zimmer geflohen. Er machte ein paar stolpernde Schritte hinter ihnen her und rieb sich dabei den Hinterkopf, doch zum Glück waren sie schon verschwunden.

Ben stand in der offenen Tür, atmete schwer und wischte sich durch das Gesicht. *Heilige Scheiße.* Er verzog das Gesicht und versuchte vorsichtig, sein Knie zu belasten, wobei er sofort merkte, dass es definitiv keine Option war, die Kerle zu Fuß zu verfolgen. Nun tauchten immer mehr Menschen auf dem Flur auf – Steve, Dan, dann Andrea und schließlich Emma, die die Arme verschränkte und ihn böse anschaute, als hätte er gerade eine zu laute Party gefeiert.

»Sie haben …« Er warf einen Blick zurück in sein Zimmer. Zum Glück waren das Notizbuch und die »Vergessene Welt«

noch da. Doch alle Karten waren verschwunden und mit ihnen die Notizen, die er sich bereits zu möglichen Navigationspunkten gemacht hatte.

Sein Stöhnen wurde zu seinem langen Seufzen. »Sie haben alle Karten gestohlen!«

»Verdammt, diese Schweine!« Steve zog sich eine Jacke über und lief in Richtung Treppe.

»Halt!« Ben hielt eine Hand hoch. »Lass' es.«

Ben wusste, dass Steve groß und stark war, aber diese beiden Kerle waren definitiv professionelle Kämpfer. Wenn es ihnen gelungen war, ihn so ohne weiteres kaltzustellen, dann könnte Steve ernsthaft verletzt werden.

»Aber …« Steve blieb mit zerfurchten Brauen stehen.

Misses Davenport erschien am Kopf der Treppe, noch damit beschäftigt, ihren Bademantel zuzubinden.

»Was ist passiert?« Ihr Gesicht war von Sorge gezeichnet und ihre Mundwinkel gingen noch weiter nach unten, als sie das Blut an Bens Nase sah. »Sind alle in Ordnung?« Sie schaute von einem ihrer Gäste zum nächsten. »Es ist ein bisschen spät für so viel Lärm …«

Steve kicherte und Ben winkte ab. »Es ist in Ordnung, Misses Davenport, die Party ist vorbei. Gute Nacht.«

Sie schnalzte mit der Zunge und ging wieder die Treppe hinunter. Ben dachte sich, dass ihre Vorurteile über junge Amerikaner damit wohl bestätigt sein würden. Er ging zurück in sein Zimmer und die anderen folgten ihm.

»Heilige Scheiße!«, kommentierte Steve die Verwüstung in dem Zimmer. »Um Himmels willen, was waren das für Typen?«

Ben schüttelte den Kopf und stellte den Stuhl wieder hin. »Das frage ich mich auch.« Er lehnte sich an den Tisch. »Ich bin aufgewacht und die waren einfach hier drin.«

»Da hätte ich mir in die Hose gemacht!«, meinte Dan.

»Tja, das war auf jeden Fall nicht witzig«, sagte Ben und tupfte sich wieder die Nase.

Emma kniete sich hin und begann, die Papiere aufzusammeln. Sie hob auch das Notizbuch auf. »Ich frage mich, ob sie deswegen gekommen sind?« Dann legte sie den alten Roman wieder auf den Tisch. »Oder wegen dem hier?«

»Falls dem so ist, dann haben sie offensichtlich versagt. Unser Krieger hat sie in die Flucht geschlagen«, stellte Dan fest. »Das ist gut.«

»Ich fürchte, ganz so toll ist es nicht«, sagte Ben zögerlich.

»Aber wenn sie deswegen gekommen sind, woher können sie es überhaupt gewusst haben?«, fragte Andrea. »Wir sind nicht von hier, und ich kann mir nicht vorstellen, dass Misses Davenport irgendjemandem etwas erzählt hat.«

»Oh mein Gott, natürlich!« Steve riss gespielt die Augen auf. »Sie ist eine Spionin!«, rief er mit ironischem Unterton.

Andrea grinste und boxte ihm in die Rippen.

»Ich glaube, sie haben trotzdem etwas Wichtiges erbeutet – die Karten, die ich angefertigt hatte, und die Notizen dazu«, sagte Ben.

Alle schauten sich um und untersuchten den Raum, doch es war nichts mehr zu finden. Ben atmete seufzend aus. »Ich schätze, jetzt wissen wir, worauf sie es abgesehen hatten.« Er legte die Hände auf die Hüften. »Vielleicht wollten sie auch alles mitnehmen, doch dann bin ich dazwischengekommen.«

Dans Stirn legte sich in Falten und er dachte einen Moment nach. »Hey, wisst ihr was? Das ist die beste Nachricht, die ich in den letzten Stunden gehört habe!«

»Wie bitte?« Emma verzog das Gesicht. »Ben hätte verletzt werden können und die Karten sind weg. Wie kann das bitteschön gut sein?«

Dan wandte sich ihr zu und grinste. »Weil sie hinter den Karten her waren oder sogar den Karten und dem Notizbuch. Das heißt, jemand hat die Zeit, das Geld und das Risiko investiert, diese Aktion zu starten.« Er hörte nicht auf zu grinsen. »Das beweist doch, wie wichtig das Ganze ist … und zwar nicht nur für uns!«

»Um Himmels willen!« Steve legte seine Hand auf die Stirn. »Und weißt du, was noch? Damit haben wir die Bestätigung, dass es alles wahr ist!«

Für einen Augenblick kehrte Stille in dem Zimmer ein, bis Dans Aufschrei sie brach: »Jawoll!«

Ben nickte. Er gab es ungern zu, doch Dan hatte recht.

»Aber die Karten sind weg«, warf Andrea ein. »Können wir sie zurückholen?«

»Wir brauchen sie nicht, denn die Karten mit ihren Notizen hat ja Ben angefertigt – wir haben etwas bedeutend Wertvolleres: sein wundervolles Gehirn!« Dan warf einen Arm um Bens breite Schultern und wandte sich der Gruppe zu. »Außerdem haben wir immer noch das originale Notizbuch, was am wichtigsten ist, weil da die Wegbeschreibung drin ist! Hab ich recht, Benny?«

»Vielleicht.« In Gedanken war Ben bereits beim *wer* und *wie*. »Wegen deiner Recherche, Dan ...« Er wandte sich seinem Freund zu.

»Was?« Dans Augenbrauen schossen nach oben. »Meine Suche?«

»Genau, als ihr online nach dem Notizbuch geforscht habt. Ich glaube, jemand hat das mitbekommen. Vielleicht ist uns diese Person seitdem auf den Fersen.«

»Vielleiiiiicht«, räumte Dan nachdenklich ein. »Ich meine, man kann im Internet spionieren, überwachen und Fallen stellen.« Er schien in Gedanken abzudriften. »Unsere Suchbegriffe könnten ausgewertet worden sein. Leider gibt es keine Möglichkeit, das zu verhindern.«

»Und was jetzt?«, fragte Emma. »Ben hätte ernsthaft verletzt werden können. Diese Typen waren Verbrecher!«

»Was jetzt?«, echote Dan. »Ich sage dir, was jetzt: Wir machen uns auf die Socken, und zwar schneller als geplant! Wenn jemand nach der gleichen Sache wie wir sucht, ist es jetzt nicht mehr nur eine Expedition, sondern auch ein Rennen ... das heißt, wir brauchen einen Vorsprung, oder wie seht ihr das?«

»Ich gebe es ungern zu, aber er hat wohl recht, Ben. Wenn du wirklich herausfinden willst, was aus deinem Urahn geworden ist, dann musst du es machen, bevor jemand anderes den Sack zumacht.« Steve zuckte mit den Schultern. »Oder uns anderweitig in die Quere kommt.«

»Wir sind aber noch nicht bereit«, wandte Ben ein.

»Wie bereit sollen wir denn noch werden?«, fragte Steve. Er hob die Hand. »Ich stimme dafür, dass wir morgen früh abreisen.«

»Absolut.« Dans Hand ging sofort nach oben.

Ben sah, wie Emma ebenfalls die Hand hob, gefolgt von Andrea. Er wandte sich Jenny zu, die verhalten lächelte und ihm zunickte.

»Sag Bescheid, dann werde ich veranlassen, dass unsere Führer vor Ort bereitstehen«, sagte sie.

Dan verschränkte die Arme. »Und ich kann uns bis zum Mittag einen Anschlussflug nach Südamerika organisieren«, sagte er. »Ganz oder gar nicht, Leute.«

Ben schaute von einem seiner Freunde zum anderen, dann betrachtete er das Chaos in dem Zimmer. Was mit seinem Ur-Urgroßvater passiert war, galt seit hundert Jahren als Familienmysterium. Er würde es nur allzu gern lüften. Aber da war noch etwas: Er wollte herausfinden, wer ihn angegriffen hatte und was diese Person über besagtes Mysterium wusste.

Es war klar, dass er der Antwort hier nicht näherkommen würde. Deswegen traf er eine Entscheidung: »Lasst uns loslegen.«

KAPITEL 15

24 Stunden bis zur vollen Erscheinung

Der Komet P/2018-YG874, genannt *Primordia*, näherte sich dem dritten Planeten des Sonnensystems. Die magnetische Bugwelle, die ihm vorauseilte, verursachte Kollisionen zwischen elektrisch geladenen Partikeln in der oberen Atmosphäre der Erde, sodass über den Dschungeln Südamerikas eine Aurora Australis entstand, ein Polarlicht unterhalb des Äquators.

In einem der am schwersten zugänglichen Gebiete des ostvenezolanischen Dschungels begannen sich die Wolken zu verdunkeln und innerhalb weniger Minuten zu wabern und blubbern wie der Kessel einer teuflischen Hexe, dann schütteten sie einen warmen Regen aus.

Unter den Wolken wurde ein gigantischer Tafelberg in dichten Nebel gehüllt und brutale Winde begannen gegen seine felsigen Flanken zu peitschen. Donner grollte und Blitze schienen aus dem Himmel und auch aus dem Boden zu schießen.

Der erste bestialische Schrei ging beinahe im Krachen eines Donnerschlags unter, doch wenig später erklang immer mehr Zischen, Jaulen und Brüllen wie aus den Tiefen der Hölle.

Es war zehn Jahre her, dass man solch prähistorische Klänge zuletzt in diesem Teil des Amazonas gehört hatte und sogar die Insekten auf dem Dschungelboden, der sich hunderte von Metern unter dem Plateau befand, flüchteten angsterfüllt.

Es war die feuchteste der Regenzeiten und *Primordia* war im Begriff, zurückzukehren.

KAPITEL 16

2018 – im südöstlichen Venezuela – in der feuchtesten Jahreszeit

Die Flugreise von London über den Atlantik dauerte knappe zehn Stunden. Dann näherte sich die Maschine Caracas, der größten Stadt und gleichzeitig Regierungssitz Venezuelas. Sie befand sich in einem Tal im nordöstlichen Teil des Landes.

Ben ließ die Schultern kreisen, um seinen steifen Nacken zu lockern, und schaute nach unten. Die Stadt hatte zwei Millionen Einwohner und war eine moderne Metropole, die von Bergen und üppig-grünen Wäldern umrahmt war. Die karibische See war nicht allzu weit entfernt, doch von der Küste trennte sie ein Gebirge mit knapp dreitausend Meter hohen Gipfeln.

Er hatte schon längere Flüge überstanden und Dan hatte ihnen Plätze in der Business-Class reserviert, die mehr Beinfreiheit, extra Snacks und Filme mit sich brachten, dennoch war ihm die Reise endlos vorgekommen. Vielleicht war es die Aufregung, die Neugier oder einfach das Gefühl, an einem Rennen teilzunehmen, in dem jede Minute zählte.

Jenny hatte Wort gehalten und so wurden sie am Flughafen von Einheimischen erwartet. Nach einer kurzen Wartezeit bei der Einreise wurden sie direkt zu einer kleinen Cessna geleitet, die sie nach Canaima bringen würde. Das bedeutete noch einmal drei Stunden Flug, doch die einzige Alternative war eine vierzehnstündige Busfahrt, die auf den schmalen Holperstrecken durch den Dschungel sicher höchst abenteuerlich ausgefallen wäre.

Canaima lag in einem Gebiet, das aus drei Millionen Hektar Dschungel an der Grenze zu Brasilien und Guyana bestand. Die Gegend war bekannt für Dschungel, besonders dichten Dschungel und noch mehr Dschungel, sowie die zahlreichen *Tepuis* – riesige Tafelberge, die hunderte Meter hoch in den Himmel ragen und üblicherweise von Nebel umgeben waren.

Wieder schaute Ben nach unten, als sie über das Baumkronendach rasten, das so dicht war, dass man nicht ein Fitzelchen des Bodens darunter sehen konnte. Nur ab und zu blitzte etwas Sonnenlicht nach oben, das von einem der unsichtbaren Flüsse reflektiert wurde. Ganze Vogelschwärme stiegen hier und da aus den höchsten Wipfeln auf, die sich zwischen drei und dreißig Metern über dem Boden befinden konnten. Das war der Amazonasdschungel, an den er sich erinnerte – dicht, unnachgiebig und verdammt tödlich.

Auf dem Vordersitz döste Emma vor sich hin und gab dabei quietschende Atemgeräusche von sich, was Ben niedlich fand – es erinnerte ihn an ihre gemeinsame Kindheit. Alle anderen waren auch ziemlich erschöpft von der Reise. Bald würden sie auf dem Flughafen von Canaima landen und dann wäre es nicht mehr weit bis zu ihrer Unterkunft.

Dan hatte eine Übernachtung in einem Hotel organisiert und am nächsten Morgen würden sie Jennys Leute treffen. Die weitere Planung sah vor, erst mit einem Lkw, dann mit einem Boot und schließlich mit Kanus in das fragliche Gebiet des Dschungels vorzustoßen, das weitestgehend unerforscht war.

Ben seufzte und sein Blick fiel auf Andrea. Sie hatte Kopfhörer auf und las ein Hochglanzmagazin. Er fragte sich, was passieren würde, wenn sie aufgeben und nach Hause zurückkehren wollen würde – wäre es überhaupt möglich, sie zurückzuschicken, wenn sie irgendwo im Nirgendwo wären? Würde es möglich sein, es auch nur zu versuchen, selbst wenn sie die Führer aufteilen würden?

Er bezweifelte es. Sobald sie in den Amazonasdschungel aufbrachen gab es kein Zurück mehr – ob sie es wollten oder nicht. Das musste er Andrea unbedingt vor ihrer Abreise klarmachen, allen anderen natürlich auch. Es würde die letzte Chance sein, abzuspringen.

Die Maschine ging in den Sinkflug und Ben lehnte sich nach vorn, um aus dem Fenster zu sehen. Er lächelte, als er die Angel Falls erblickte – in der Landessprache *Salto Ángel* – den höchsten Wasserfall der Welt, der von der Spitze des Berges Auyántepui über achthundert Meter in die Tiefe fiel. In der Luft zerfaserte der mächtige Wasserlauf und sah an der Stelle, wo er endlich den Boden traf, fast nur noch aus wie eine riesige Sprühnebelwolke.

Seine Augen verengten sich, als er auf die massiven Tepuis zurückblickte – nach genau so etwas suchten sie. Die Dschungel von Canaima bestanden aus tausenden von Quadratmeilen eines Nationalparks, doch dahinter erstreckte sich unerforschte Wildnis. Der Park war berühmt für die merkwürdigen und prähistorisch anmutenden Tafelberge. Diese geologischen Wunder waren nicht nur Millionen, sondern Milliarden von Jahren alt, mit senkrechten Wänden, die hunderte von Metern in die Höhe ragten und zu beinahe perfekt glatten Hochebenen führten. Die meisten von ihnen, wenn nicht alle, waren bereits kartografiert und erklommen worden. Doch in den Tiefen des Dschungels konnte es noch weitere geben. Und genau darauf setzten sie.

Ben lehnte sich nach vorn, griff nach Emmas Schulter und drückte sie leicht. »Hey, wach auf, Dornröschen, sonst verpasst du noch die ganze Show!«

»Was?« Sie schaute sich erschöpft um und schaute ihn fragend an, doch er deutete auf das Fenster.

»Die Angel Falls!«

Sie hechtete auf das Fenster zu und ihre Kinnlade fiel herunter. »Oh, wow!«

Jenny lehnte sich nach vorn und sah ebenfalls hinaus. »Diese Tepuis sind faszinierend!«

»Ich habe einige Nachforschungen darüber angestellt«, sagte Ben. »Sie sind in der Zeit entstanden, als Südamerika und Afrika ein einziger Superkontinent waren. Einige von ihnen sind beinahe drei Milliarden Jahre alt.«

Jenny grinste und sah weiter aus dem Fenster. »Gut gemacht … dabei hieß es doch, du wärst nur der Muskelmann!«

Er zuckte und legte ein gespielt beleidigtes Gesicht auf. »Wer sagt denn so was?«

Sie tippte ihm auf die Stirn. »Aber was anderes … die Pemon haben eine enge Beziehung zu ihren Tepuis und glauben, dass sie die Heimat von Göttern und Monstern sind. Und Dämonen.«

»Mein Vorfahre, Ben der Erste, hat sie auch erwähnt, ebenso die Pemon. Das sind also die gleichen Menschen?«

»Klar, es gibt sie schon seit tausenden von Jahren. Sie haben zwar keine geschichtlichen Aufzeichnungen, aber eine fantastische Fülle aus Anekdoten und Liedern, die von Generation zu Generation weitergegeben werden. Falls es da draußen irgendwelche versteckten Tepuis gibt, kennen sie sie wahrscheinlich.«

»Das Schwierige wird, die Pemon dazu zu bringen, sie uns zu zeigen.« Emma drehte sich in ihrem Sitz um und legte ihr Kinn auf die Lehne. »Wir sind schließlich Außenseiter.«

Jenny nickte. »Ja, das stimmt. Wir werden erst einmal ihr Vertrauen gewinnen müssen. Ich habe schon einmal mit ihnen zusammengearbeitet, das wird hoffentlich helfen.« Sie lehnte sich wieder zurück.

Emmas Blick wanderte zu Ben … und verharrte auf ihm.

»Was?«

»Ich kann gar nicht glauben, dass ich hier bin«, sagte sie. »Ich war noch nie in einem echten Dschungel. Ich kenne Wälder, Wüsten, Küsten und Berge, aber keinen echten Dschungel. Für dich ist es ja nichts Neues.«

»Und das hier ist wahrscheinlich der echteste Dschungel von allen.« Er nickte. »Emma, das wird nicht einfach. Treibsand, handtellergroße Spinnen, bluttrinkende Parasiten und Insekten, die Eier unter deiner Haut ablegen wollen. Dazu Raubkatzen, Alligatoren und giftige Pflanzen. Du musst wirklich Respekt vor dem Dschungel haben, dann lässt er dich vielleicht in einem Stück wieder gehen.«

»Danke, dass du mich mitgenommen hast.«

Er lachte laut auf. »Echt jetzt?«

Sie atmete tief durch. »Ich fühle mich so … lebendig! Und deine Erfahrung wird uns sicher sehr viel helfen.«

»Hoffentlich.« Ben grinste sie schief an. »Unser wichtigstes Werkzeug ist Vernunft. Du wärst überrascht, wie viele Anfänger ihre Zelte auf den Nestern von Riesenameisen aufschlagen oder an einem Flussufer, wo ein Kaiman lebt, oder unter Bäumen, in denen eine Affenfamilie haust.«

Er grinste. »Wenn man sich erst mal ein paar Stunden unter einer Dusche aus Affenscheiße befunden hat, ist die Nase wieder richtig schön frei.«

Sie kicherte. »Tja, ich bin froh, dass ich hier bin … dass wir beide hier sind.«

»Ich bin auch froh, dass du hier bist, aber um ehrlich zu sein, wäre es mir lieber, du wärst es nicht.«

»Das ist doch wieder dein Helfersyndrom. Oder …« Sie wurde ein klein wenig rot. »Sei einfach großzügig mit Ratschlägen, okay? Ich werde sie auf jeden Fall beherzigen.«

»Das mache ich.« Er meinte es ernst. Ben hatte vor, sie alle heil wieder nach Hause zu bringen – Emma allen voran.

Das Flugzeug landete etwas ruppig auf der kurzen Runway, schleuderte kurz nach rechts und links und stabilisierte sich dann. Die kleine Maschine bremste schnell und fuhr noch eine kleine Kurve, bevor die Motoren ausgeschaltet wurden. Ein paar Fahrzeuge, die aussahen wie Golfkarts, warteten schon, um sie in die Waku Lodge zu bringen. Irgendwie hatte Dan es geschafft, die einzige Fünf-Sterne-Unterkunft am Rande des Regenwaldes zu finden.

Ben hätte es besser gefallen, wenn sie alle sofort angefangen hätten, sich an die neue Umgebung, die Zeitzone und das Klima zu gewöhnen, doch er wusste, dass sie müde waren und dass es nicht schaden konnte, eine letzte Nacht im Luxus zu verbringen, bevor ein paar Wochen des richtig harten Lebens auf sie warteten.

Die Tür des Flugzeugs wurde geöffnet und sie kletterten hinaus. Als Erstes wurden sie von der feuchten Hitze begrüßt, die sofort begann, ihre Unterwäsche am Körper festzukleben. Der zweite Eindruck war der Geruch – obwohl sie sich in einem bereits gezähmten Bereich des Dschungels befanden, lag eine deutliche Note von Blüten, Harz und fruchtbarer Erde in der Luft.

Ben bemerkte auch noch den Geruch von etwas anderem: seinem eigenen Schweiß. Eine Dusche hatte höchste Priorität. Er wusste nicht, was Flugreisen an sich hatten, dass sie immer ein solches Füllhorn an merkwürdigen Gerüchen aus seinem Körper pressten. Er setzte sich seinen Hut auf und ging auf die Fahrzeuge zu.

Im ersten Buggy saß Dan vorn, Emma und Ben teilten sich die Rückbank. Steve, Andrea und Jenny nahmen das andere Gefährt. Dan drehte sich in seinem Sitz um.

»Heute Abend kommt jemand vorbei.« Er grinste selbstzufrieden und verschwörerisch, als er sich noch weiter nach hinten lehnte. »Ich habe ein bisschen was Besonderes für uns organisiert.« Er zwinkerte und formte mit der Hand eine Pistole, wobei sein Daumen auf und ab wanderte.

Normalerweise hätte Ben ihn sofort einen Idioten genannt und ihm gesagt, er solle dieses Treffen abblasen. Doch er wusste, welche Gefahren in einem Regenwald lauerten, und dazu kam der schlecht kalkulierbare Faktor der Arschlöcher, die ihn angegriffen hatten und ihnen vielleicht auf den Fersen waren. Er war sich ganz sicher, dass sie bewaffnet waren.

Noch dazu hatte das Notizbuch ihm verraten, dass an ihrem Ziel möglicherweise etwas auf sie lauerte, das eine schlagkräftigere Verteidigung wünschenswert erscheinen ließ.

»Gut.« Er nickte. »Jenny soll dabei sein. Ihre Kenntnisse der Gegend werden sicher helfen.«

»Okay«, sagte Dan immer noch selbstzufrieden und drehte sich wieder um.

»Boah!«

Emma lehnte sich auf ihrer Seite des Buggys hinaus, als sie sich dem Hotel näherten. Grinsend drehte sie sich um. »Sie sind einfach unglaublich, Mister Murakami!«

»Wir Japaner haben eben Stil«, zwinkerte Dan ihr zu.

Die Waku Lodge war optisch an tropische Grashütten angelehnt, doch die großen Gebäude waren alles andere als kitschige Touristenfallen.

Sie hielten in einem makellos asphaltierten Parkhafen und die Fahrer sprangen sofort heraus, um sie nach drinnen zu eskortieren, wobei sie versprachen, die Taschen direkt auf ihre Zimmer zu bringen.

»Gefällt mir.« Ben nickte anerkennend. »Außen Grashütte, innen Erste Klasse!«

»Mister Murakami?« Die junge Frau an der Rezeption warf ihnen ein umwerfendes Lächeln zu.

»Jawoll!« Dan hob den Arm und rannte fast zu ihr. Er sah sich um. »Wunderschön hier!«

»Danke.«

»Hi.« Ben kam dazu und lehnte sich auf den Tresen. »Gibt es noch andere Gäste?«

»Nein, mein Herr, wir …«

»Hat irgendjemand gebucht, oder war jemand in den letzten Tagen hier?«, bohrte er nach.

Ihr Lächeln verschwand angesichts seiner Forschheit für einen Augenblick. »Nein, es hat auch in den nächsten Wochen niemand reserviert, erst dann beginnt die Urlaubssaison. Bis dahin haben Sie die gesamte Lodge für sich allein.«

»Danke.« Ben fühlte sich erleichtert. Er würde es den Einbrechern auf der einen Seite gern heimzahlen, andererseits wollte er nicht, dass diese Kerle den gleichen Startpunkt wie sie hatten.

Dan hatte für eine Nacht im Voraus bezahlt und für die kommenden Wochen reserviert. Wann auch immer sie zurückkommen würden, es war alles vorbereitet.

Sie wurden zu ihren Zimmern gebracht und nachdem Ben eingetreten war, blieb er stehen, um sich alles anzuschauen. Die Räume waren als eine Art Dschungel-Fantasie gestaltet: Die Lampenschirme sahen wie paradiesische Vögel aus, die Wände waren mit Bambus vertäfelt und ein großer Ventilator an der Zimmerdecke wälzte langsam die nach Blüten duftende Luft um. Im Badezimmer glänzten neue Armaturen und sauberstes Porzellan, aber am wichtigsten war, dass die Minibar gut gefüllt war.

»Oh ja, das gefällt mir!«

Seine Taschen waren bereits auf dem kleinen Tisch neben dem Bett abgestellt worden und auf dem Schreibtisch wartete eine Karaffe mit frischem Ananassaft. Er setzte sich, goss sich ein Glas ein und trank es halb aus, bevor er sich rückwärts auf das Bett fallen ließ und einen Arm über seine Augen legte. Es war erst drei Uhr nachmittags, aber er hätte sofort einschlafen können. In der letzten Woche war er mehr gereist als in den letzten Jahren. Obwohl er erst 35 Jahre alt war, fühlte er sich in diesem Moment wie ein alter Mann.

»Ist irgendjemand zuhause … oder wenigstens wach?« Emma grinste vom Türrahmen aus. Er drehte den Kopf in ihre Richtung.

»Wie kannst du denn so erfrischt aussehen?« Ben stöhnte, als er versuchte, sich aufzusetzen.

»Was immer Sie genommen haben, Miss Wilson, ich will sofort auch was von dem Zeug!«

Sie lachte leise, trat auf ihn zu und packte ihn am Arm, um seinen Oberkörper in eine aufrechte Position zu bugsieren. »Was für Schwächlinge bildet unser Militär denn heutzutage aus?« Sie trat an den Tisch heran und nippte an seinem Saft.

»Deswegen bin ich ja nicht mehr dort.« Ben rieb sich das Gesicht. »Kurz duschen, etwas essen und dann bin ich wieder wie neu, du wirst schon sehen!«

»Pfft.« Sie kniete sich neben ihm auf das Bett. »Komm her!« Sie packte seine Schultern und fing an, seine geplagten Muskeln durchzukneten. Dann legte sie die Spitze ihres Ellbogens an seinen Nacken und ließ sie ein paar Zentimeter an seiner Wirbelsäule herabgleiten. Er stöhnte beseelt auf, denn es fühlte sich an, als wäre er auf einmal im Himmel. »Genau da, ja das ist die Stelle!«

Sie massierte mit ihren Händen weiter. »Fühlt sich wie ein Haufen verknoteter Kabel an!«

»Danke, du hast es echt drauf!« Er legte seinen Kopf in den Nacken, damit er sie ansehen konnte. Emma legte ihre Hände auf seine Stirn und begann, die Haut mit sanften Kreisen zu überziehen.

»Oooooh ja.« Ben fühlte sich, als würde er schweben. »Verknotete Kabel, ja?«

»Hmm, vielleicht ist es sogar noch schlimmer«, spottete sie.

Ben spürte, wie sich sein Körper entspannte, und er atmete tief ein und aus. Er spürte den leichten Luftzug des Ventilators, der die klebrige, tropische Hitze erträglich machte. Gleichzeitig bemerkte er den leichten Duft von Emmas Parfüm, gewürzt mit einem Hauch ihres Schweißes. Eine Mischung, die er geradezu betörend fand.

Nach einem herrlichen Moment dieser Sinneseindrücke klapste sie ihm keck auf die Schulter.

»Das war's, Kumpel!«

Ben ließ seine Schultern kreisen. »Danke.« Er drehte sich um, immer noch auf dem Bett kniend. Ihre Blicke trafen sich und für einige Augenblicke starrten sie sich einfach nur an. Emmas Augen schienen dunkler zu werden, als ihre Pupillen sich weiteten.

Sie streckte ihre Hand aus und ihre Finger wanderten langsam an der Narbe auf Bens Gesicht herunter. Dann verweilte ihre Hand für einen Augenblick auf seinem Kinn.

Ben tat es ihr gleich und berührte erst ihre Schulter, dann umfasste seine Hand ihr Kinn. Sein Blick blieb fest auf ihre Augen gerichtet, als er ihr Gesicht an das seine heranzog.

»Ja«, flüsterte sie. »Ich habe so lange auf dich gewartet.«

Ihre Lippen berührten sich.

»Klopf, klopf!« Der Türgriff drehte sich und Dans Kopf tauchte im Türrahmen auf. »Sorry, ich hoffe, ich störe nicht.« Seine Augen weiteten sich. »Oh, ich störe gerade tierisch, oder?«

»Was gibt's?«, fragte Ben, während er sich zurücklehnte.

»Um sechs gibt es Essen und im Anschluss haben wir den Termin mit, ähm, den Herren, die uns ein paar mobile Selbstschutz-Geräte verkaufen wollen.« Dan hob die Augenbrauen.

»Ich bin dabei«, antwortete Ben.

»Super, dann sehe ich dich um sechs.« Dan wandte sich um und wollte gerade die Tür hinter sich zuziehen, als er noch einmal kurz innehielt: »Weitermachen.« Mit einem Kichern verschwand er.

Emma ließ sich vom Bett hinuntergleiten. »Ich hasse Störungen.« Sie trat auf die Tür zu.

»Aber …« Ben stöhnte genervt, in erster Linie natürlich wegen Dan.

Emma kam an der Tür an, doch statt den Raum zu verlassen, verriegelte sie diese. »Damit wäre das geklärt.« Sie zog ihr T-Shirt über den Kopf und Ben stellte fest, dass sie keinen BH darunter trug. Ihre kleinen, aber perfekt geformten Brüste wippten leicht.

»Wunderschön.« Ben stand auf und sie kaum auf ihn zu. Er umschloss ihre Taille und zog sie an sich, woraufhin sie innige Küsse austauschten, die nach Ananas schmeckten.

Emma machte einen halben Schritt zurück und begann, sein Hemd aufzuknöpfen. Mit einem vielsagenden Blick schaute sie ihm in die Augen. »Davon träume ich schon lange.« Nun war sie fertig und öffnete sein Hemd. »Oh, wow.« Sie machte noch einen Schritt zurück, um seine Muskeln zu bewundern. »Sieht so aus, als wären meine Träume wahr geworden!«

Nachdem er das Militär verlassen hatte, trainierte Ben fleißig weiter, um in Form zu bleiben, deswegen war sein Körper immer noch beeindruckend gut in Schuss. Der einzige Makel waren die vielen Narben – Verbrennungen, Stiche, Operationen.

Emma ließ ihren Finger eine von ihnen entlangfahren. »Ich bin froh, dass du das nicht mehr machen musst.«

»Nein.« Er nahm sie in die Arme. »Heutzutage gehe ich auf Nummer sicher, indem ich in einen tödlichen Dschungel reise, um eine vergessene Welt zu finden, die von Monstern bewohnt wird. Ach ja, und dann gibt es da auch noch ein paar Gangster, die mir den Schädel einschlagen wollen.«

Sie lächelte und zuckte mit den Schultern: »So wird es auf jeden Fall nicht langweilig.«

Er küsste sie erneut und sie schubste ihn auf das Bett, wo sie auf ihn kletterte. Ben hatte noch nie eine Frau so sehr begehrt, wie Emma in diesem Moment. Und ihr ging es anscheinend genauso mit ihm.

Sie bewegte sich ein wenig auf und ab, was ihn so hart werden ließ, dass es schon schmerzte. Emma lehnte sich nach vorn und knabberte an seinem Ohrläppchen. »Hm, ich glaube, ich spüre da noch ein paar andere verknotete Kabel… um die muss ich mich wohl auch noch kümmern!« Sie griff nach seiner Gürtelschnalle.

Nach einem Abendessen aus gegrilltem Fleisch mit Gemüse und Obst aus der Region, das für ein Hotel am Rande des Dschungels viel zu aufwendig zubereitet war, zogen sich Steve, Andrea und Emma an die Bar zurück, um einen Absacker zu trinken, während sich Ben, Dan und Jenny auf ihr Treffen vorbereiteten.

Es war schon schlimm genug, dass sie Jenny mitnehmen mussten, aber es ging nicht anders. Deswegen hatte es aber ein Höchstmaß an Überzeugungskunst bedurft, um Emma aus der Sache rauszuhalten. Es gefiel Ben zwar, dass sie sich Sorgen machte und bei ihm sein wollte, aber Waffenschmuggler mitten in der Nacht zu treffen, barg auf jeden Fall ein hohes Risiko. Er würde seine militärisch geschulten Sinne in höchster Alarmbereitschaft halten müssen, ohne irgendwelche Form von Ablenkung.

Ben steuerte den Buggy in die Nacht hinaus, während Dan und Jenny einfach nur schweigend dasaßen. Ihre Nervosität war jedoch deutlich spürbar. Ben hoffte, dass alles schnell und unkompliziert ablaufen würde. Da es nicht sein Geld war und Dan sowieso genug davon hatte, würden sie auf jeden Fall nicht feilschen müssen.

Ben hatte selbst gesehen, wie es ausging, wenn dumme Leute die Verhandlungen mit Schwarzmarkthändlern zu forsch führten. Denn manchmal beschlossen die Waffenschieber einfach, sowohl das Geld als auch die Waffen zu behalten, und wenn sie dabei ein paar Leichen zurücklassen mussten, war es eben Pech.

Dan warf einen Blick auf sein GPS-Gerät und hielt dann eine Hand hoch.

»Fahr' hier rechts ran!«

»Hier?« Ben grunzte. Sie waren auf drei Seiten von Dschungel umgeben, außerdem machte es der Lärm des in der Nähe gelegenen Wasserfalls unmöglich, ein herannahendes Fahrzeug zu hören.

»Das gefällt mir gar nicht.«

»Mir auch nicht.« Dan verzog das Gesicht, wobei er seine weißen Zähne entblößte. »Was schlägst du vor?«

Ben sah sich um. »Wie viel Zeit haben wir noch bis zu dem Treffen?«

Dan sah auf die Uhr. »Ich habe zwanzig Uhr gesagt. Also haben wir noch zehn Minuten.«

»Okay, dann wartet ihr kurz im Auto. Ich sehe mich schnell um.« Ben wollte schon aus dem Wagen springen, hielt aber noch einmal kurz inne. »Sprecht ihr Spanisch?«

»Ja«, antwortete Jenny.

»Ein bisschen«, fügte Dan hinzu.

«*Suficiente para tener una conversación?*», fragte Ben mit angehobenen Augenbrauen.

»Okay, wenn du so fragst, wohl eher nicht«, grinste Dan verlegen.

»Dann lass Jenny das Gespräch führen. Aber am besten wäre es, wenn ihr sie dazu bewegen könnt, Englisch zu reden.« Ben griff auf die Rückbank. »Und ich nehme das hier mit.« Er schnappte sich den Beutel mit dem Geld. »Bis gleich. Und denkt dran; cool bleiben!«

»Moment mal, was?«, zischte Dan, aber Ben war schon im Unterholz verschwunden.

Er bewegte sich parallel zu der Schotterpiste, auf der sie gekommen waren, beschrieb dann einen großen Bogen und näherte sich wieder dem Wagen, wobei er sich nur gebückt bewegte und leise vorging.

Die Angel Falls tosten unablässig im Hintergrund, also musste er sich nicht allzu große Sorgen machen, was er für Geräusche von sich gab. Er schob Farnblätter aus dem Weg und war dankbar, dass beinahe Vollmond herrschte. Das silbrige Licht ließ ihn genug erkennen, obwohl der Dschungel bereits recht dicht war.

Er hatte sich einen Kapuzenpullover angezogen und bedeckte nun seinen Kopf. Dabei ging es gar nicht darum, seine Sichtbarkeit weiter zu senken, da er einigermaßen braungebrannt war und seine Haut deswegen nicht sehr stark reflektierte. Doch er hatte extra kein Insektenspray benutzt, da dieser Geruch weithin zu bemerken war. Damit war seine Kleidung der einzige Schutz gegen stechende Nachtschwärmer.

Jetzt hörte er ein Geräusch aus dem Grundrauschen des Dschungels hervortreten – sie kamen! Er ließ sich auf die Knie gleiten und beobachtete, was passieren würde.

Dan zappelte unruhig auf dem Vordersitz herum. »Verdammt, das gefällt mir gar nicht!« Er sah über seine Schulter. »Wo ist Ben? Ich wollte ihn dabei haben, damit er verdammt noch mal *hier* ist, nicht irgendwo da draußen!«

»Aufgepasst, wir bekommen Gesellschaft!« Jenny lehnte sich vom Rücksitz aus nach vorn, um ihm auf die Schulter zu tippen.

»Fuck.« Dan spürte, wie sich sein Puls zu verdreifachen schien.

«Hola?» Drei Männer kamen aus dem Dschungel gestiefelt, jeder von ihnen hatte eine große Tasche dabei. Und jeder von ihnen war bewaffnet.

«Hola», antwortete Dan, wobei ihm sofort unangenehm auffielt, dass seine Stimme zitterte.

«Buenas noches para los negocios, ¿sí?» Der Anführer hielt eine Hand hoch.

»Verdammt, ich habe keine Ahnung, was der gerade gesagt hat.« Dan leckte sich über die Lippen.

Jenny lehnte sich nach vorn und flüsterte: »Er sagte, es wäre eine schöne Nacht für Geschäfte.«

»Okay, verstanden«, gab er zurück, bevor er sich dem Mann zuwandte. »Ja, ist es. Sprechen Sie Englisch?«

Er machte sich daran, auszusteigen, doch Jenny packte ihn an der Schulter. »Bleib hier drin ...«

Er stieg trotzdem aus. »Ich kriege das hin.«

»Verdammt«, zischte Jenny und folgte ihm.

»Ein bisschen Englisch.« Die Zähne des Mannes schienen im Dunklen zu leuchten. Seine beiden Kumpane nahmen bezogen seitlich von ihm Stellung, die Hände locker über ihren Pistolenholstern.

»Sie sind Mister Dan, ja?«, fragte der Mann.

»Genau der bin ich«, antwortete Dan. Er versuchte cool zu wirken, doch seine Knie zitterten.

»Jose.«

Der Mann tippte sich auf die Brust.

»Schön, dich kennenzulernen, Jose.« Dan schluckte.

»Ja, gleichfalls.« Er sah sich um. »Nur, äh, ihr beide?«

»Beantworte das nicht«, flüsterte Jenny. »Lass' uns die Sache hinter uns bringen.«

»Habt ihr die Waffen?«, fragte Dan.

»Sicher, viele Waffen. Nicht leicht zu kriegen. Habt ihr das Geld?« Jose hatte sich nicht vom Fleck bewegt, doch seine beiden Freunde liefen auf den Wagen zu.

»Stehenbleiben«, forderte Dan.

Einer der kräftigen Männer kam weiter auf ihn zu und streckte ihm eine riesige Pranke entgegen: »Geld!«

»Sorry, so läuft das nicht«, sagte Jenny ruhig.

»Ich denke, wir machen hier die Regeln.« Jose lachte und sprach dann schnell auf Spanisch zu seinem Handlanger.

»Scheiße!«, rief Jenny, als der Kerl einen Satz nach vorn machte und Dan am Kragen packte, um ihn an sich heranzuziehen.

»Ich habe das Geld nicht«, sagte Dan.

Sie hörten einen dumpfen Schlag und ein Grunzen, und der Kerl, der Dan festhielt, sah über seine Schulter. Dan folgte seiner Blickrichtung.

Ben stand über Joses anderem Schergen, den er gerade zu Boden geschlagen hatte. Er packte den immer noch benommenen Mann und richtete ihn auf.

»Ich habe das Geld.« Bens Stimme klang drohend. Sofort änderte sich die Dynamik der Situation. Der Mann, der Dan am Kragen hatte, ließ ihn los und wirbelte herum, um sich um die größere Gefahr zu kümmern.

Dan fühlte sich erleichtert. »Das ist mein Leibwächter. Zum Schutz gegen wilde Tiere und so weiter.«

Jose gebot seinem Kollegen, der bereits die Hand am Griff seiner Waffe hatte, ruhig zu bleiben. »Sie sind bewaffnet, Señor? Wir sind hier alle Freunde.«

»Meinen Sie, ich komme unbewaffnet zu so einem Deal?« Ben machte einen Schritt auf die Gruppe zu, wobei er den Benommenen unsanft am Kragen packte. Die andere Hand hielt er verdeckt in seiner Tasche.

Jose stieß einen stummen Fluch aus. Ben war ein riesiger Kerl und hatte offensichtlich sofort einen bleibenden Eindruck bei dem Venezolaner hinterlassen.

»Er war beim Militär«, sagte Dan, »und ich fürchte, er ist etwas ungeduldig.«

»Ich hoffe, wir können unser Geschäft auf angenehme Weise beenden und dann alle zufrieden nach Hause gehen«, sagte Ben, immer noch mit viel Schärfe in der Stimme. Er schubste den Mann auf den Boden vor sich. Nachdem der sich kurz orientiert hatte, kroch er auf allen vieren voran und rieb sich das Kinn.

Für einen Moment herrschte Stille. Joses Kumpanen schauten zwischen ihm und Ben hin und her. Nach einer Weile schnaubte Jose und gestikulierte mit den Händen.

»Sicher, sicher.« Er wandte sich an seine Leute und schnippte mit den Fingern. *«Poner las armas, rápidamente.»*

Die beiden Männer machten sich daran, ein Laken auf dem Boden auszulegen, auf dem sie anschließend eine üppige Auswahl an Pistolen, Gewehren und Munition verteilten.

Dan atmete erleichtert aus, als Ben sich ihnen näherte und sie sich zu dritt nebeneinander aufstellten.

»Taschenlampen«, sagte Ben und behielt die Männer im Auge, während Jenny und Dan ihre Lampen anknipsten und das Licht über die feilgebotene Ware gleiten ließen.

»Wir nehmen sechs von den 9mm-Sig-Sauer-Pistolen«, sagte Ben schließlich.

»Sechs?« Dan richtete sich auf. »Willst du Andrea auch eine geben? Ich glaube nicht, dass sie schießen kann!«

»Das wird sie schon lernen.« Ben schob Dan aus dem Sichtbereich. »Für jede Waffe zwei Extramagazine.« Er trat einen Schritt näher an die Ware heran, um einen Blick auf die größeren Waffen zu werfen. »Nicht schlecht. Ich nehme das M4A1-Gewehr, auch dazu wieder zwei Extramagazine.«

»Gute Wahl, Señor«, grinste Jose. »Aber hier unten gibt es keine Elefanten. Vielleicht im Zoo.«

Ben grunzte. »Im Zoo? Na, wenn das so ist, nehme ich auch noch die Mossberg-Schrotflinte. Dazu zwei Packungen Munition.«

Jose rieb sich die Hände. *«Excelente.»* Er wartete.

»Das wäre alles.« Ben trat einen Schritt zurück. »Machen Sie uns einen guten Preis!«

Jose blies Luft zwischen seinen Lippen hindurch. »Diese Waffen, beste Ware, schwer zu besorgen.« Er begann, den Kopf zu schütteln. »Und Verschwiegenheit kostet extra.« Er zuckte mit den Schultern. »Fünfzigtausend amerikanische Dollar!«

Ben schnaubte verächtlich. »Wie wäre es mit …«

»Wir nehmen sie!«, ging Dan dazwischen und wandte sich wild nickend an Ben. »Kein Feilschen, schon vergessen?«, flüsterte er.

Ben zog die Schultern hoch. »Es ist dein Geld.« Er wandte sich wieder an Jose. »Packt unsere Sachen in eine von den Taschen, auch die Munition. Dann kontrolliere ich es und alles ist erledigt.«

Joses Männer taten wie ihnen geheißen und übergaben Ben die Tasche. Er schnappte sich eine der Pistolen, rammte ein Magazin hinein und feuerte zum Test zwei Kugeln in einen Baumstamm. Dann schob er sich die Waffe in den Hosenbund. »Jetzt bin ich wirklich bewaffnet. Schön, mit euch Geschäfte zu machen!«

Jose schnaubte, doch seine Laune besserte sich, als Dan ihm ein paar dicke Bündel mit Geldscheinen übergab. Der Waffenhändler zählte schnell nach, dann salutierte er mit zwei Fingern. »Viel Glück, Señores und Señorita, was auch immer ihr für einen Krieg in unserem wunderschönen Land anzetteln wollt!« Er kicherte, dann verschwanden die drei Männer in der Dunkelheit.

Sie warteten einen Moment ab und über das Tosen des Wasserfalls konnten sie gerade so das Starten eines Motors hören, doch schon bald schienen sie allein zu sein.

»Sie sind weg.« Dan atmete auf und schlug sich auf die Oberschenkel, wobei er sich vornüberbeugte. »Gott im Himmel, war das krass oder was?«

Ben grinste. »Das war ganz schön teuer, Mister Murakami!«

»Nun ja, wir haben die Waffen und niemand hat ein Loch im Körper, das würde ich als Erfolg werten«, meinte Jenny.

»Stimmt, ich bin auch zufrieden«, sagte Ben.

»Und was jetzt?«, fragte Dan.

»Wir schaffen unsere Einkäufe ins Hotel. Morgen früh brechen wir auf und machen im Dschungel ein paar Schießübungen.«

Dan warf einen Blick in die Tasche und hob die Schrotflinte heraus. Dann schaute er Ben mit großen Augen an. »Sieht so aus, als würdest du langsam wirklich glauben, dass da draußen im Dschungel irgendwas ist, hm?«

Ben machte die Tasche zu. »Nun ja, einer alten Soldatenweisheit zufolge ist es besser, eine Waffe zu haben und sie nicht zu brauchen, als eine Waffe zu brauchen und sie nicht zu haben.« Er schulterte die Tasche. »Und ja, dieser Dschungel, der Amazonas, ist ein Land der Mythen und Geheimnisse. Wenn es irgendeinen Ort auf der Welt geben kann, wo etwas so großes versteckt liegt, dann ist es hier.« Er lief auf den Wagen zu. »Lasst uns gehen!«

KAPITEL 17

Edward Barlow drückte seinen breitkrempigen Hut fester auf seinen Kopf, als der Helikopter sich dem Boden näherte. Die Gräser am Flussufer wurden plattgedrückt und er kniff die Augen zusammen, bis sie gelandet waren und der Rotor genug an Geschwindigkeit verloren hatte, dass dieser Miniaturwirbelsturm sich legte.

Er öffnete die Augen und benutzte seinen Hut, um Gras, Dreck und Pollen von seiner Kleidung zu wischen. Dann setzte er ihn sich schnell wieder auf, denn die Sonne brannte auf der Haut, obwohl es erst kurz nach neun Uhr morgens war.

Janus Bellakov überprüfte seine Ausrüstung. Er hatte sich bereits ein Sturmgewehr über die Schulter geworfen und eine Pistole an seinem Oberschenkel befestigt. Seine beiden Mitarbeiter waren ebenfalls unermüdlich bei der Arbeit: Walt Koenig und Arthur Bourke waren erfahrene Jäger und Spurenleser und hatten muskulöse Oberarme, die geradezu aus ihren schweißgetränkten Hemden herauszuquellen schienen. Man musste jedoch dazu sagen, dass Bellakov selbst eher ein Söldner als ein Jäger war.

Sie hatten sich fünfzig Meilen südöstlich des Canaima Nationalparks absetzen lassen, tief im unerforschten Bereich des Amazonas. Der Fluss schlängelte sich hier durch einen Dschungel, der nur wenige Meter vom Ufer entfernt wie eine undurchdringliche Wand gen Himmel ragte.

Barlow hatte in die besten Technologien für Kartografie investiert, um die Karten von Benjamin Cartwright analysieren zu lassen und eine geeignete Startposition herauszufinden. Darin waren natürlich auch die Beobachtungen des jungen Ben Cartwright eingeflossen, die er auf den Karten notiert hatte und die sich als unschätzbar wertvoll erwiesen hatten.

Die Software hatte ein Zielgebiet errechnet und die kleine Lichtung war der nächstgelegene Landeplatz. Danach kam nur noch dichter Dschungel mit undurchdringlichem Baumkronendach und tiefhängenden Wolken, die alles unter ihnen verdeckten.

Irgendwo darunter lagen felsige Abhänge, weite Ebenen voller Farngewächse und schwammiger Sümpfe.

Barlow lächelte. Die Natur verbarg ihre Geheimnisse wirklich äußerst geschickt. Doch er war fest entschlossen und starrköpfig, deswegen hatte die Natur nun Pech – denn er war hier.

Bellakov und seine beiden Männer schulterten ihre schwere Ausrüstung, wogegen Barlow nur sein eigenes, doch recht signifikantes Gewicht tragen musste. Er vermutete, dass Cartwright inzwischen auch unterwegs war.

Barlow wusste, dass sein Ziel ganz einfach war: Er musste nur als Erster dort ankommen und was auch immer er dort fand, als seine Entdeckung deklarieren. Seine beiden Söldner würden sicherstellen, dass es diesbezüglich keine Meinungsverschiedenheiten oder gar Einwände geben würde. Da machte er sich gar keine Sorgen. Diese Jungs waren nicht zimperlich und hatten nichts gegen die Anwendung von ein wenig Gewalt, wenn es nötig war. Er wandte sich ihnen zu.

»Mister Bellakov, bitte gehen Sie voran.«

»Wie Sie wünschen, Boss.« Bellakov zog eine riesige Machete und lief auf das Unterholz zu.

KAPITEL 18

Das Boot war etwa zwanzig Meter lang, stieß eine üble Dieselwolke aus und hatte seit Jahrzehnten keinen neuen Anstrich erhalten. Der Kapitän war ein wettergegerbter Mann, der wie ein Schlot rauchte, sodass seine Zähne eine interessante Schokoladenbräune angenommen hatten. Außerdem kniff er die Augen so fest zusammen, dass Popeye neidisch werden würde.

Zusätzlich war der venezolanische Führer Nino Santiago an Bord. Der drahtige junge Mann war Jenny vom örtlichen Zoo empfohlen worden, angeblich kannte er jeden Ort im Dschungel, egal, ob dieser auf einer Karte zu finden war oder nicht. Er hatte dem Zoo dabei geholfen, viele der selteneren Tierarten zu finden, als sie ihren Bestand aufstocken wollten. Seitdem hatte er den Ruf, Dinge zu finden, die sonst niemand finden konnte.

Die Bootsfahrt den Rio Caroni hinunter ging schneller, als Ben es vermutet hatte, da sie die Strömung auf ihrer Seite hatten. Trotzdem hatte der alte Motor schwer zu ackern. Ben hielt sich mit Emma und Steve auf dem Vorderdeck auf, während Dan, Andrea und Jenny entweder unter Deck oder im hinteren Teil des Bootes waren. Nino unterhielt sich mit dem Kapitän.

Schon vor Stunden hatten sie das letzte Fischerboot gesehen, jetzt kam nur noch ab und zu ein Kanu oder eine Angelplattform vorbei, eine Art Floß aus zusammengebundenen Baumstämmen. Einer der Gründe für diese zunehmende Einsamkeit war, dass sie in die abgelegeneren Ecken des Amazonas vordrangen – die Krokodile wurden hier zahlreicher und größer, was das Fischen deutlich riskanter machte.

Außerdem fiel ihnen auf, dass das Wasser dunkler wurde, bis es die Farbe von Kaffee annahm. Es roch nach Erde und Verwesung, was an den vielen abgestorbenen Pflanzenresten lag, die hier verrotteten.

Nach einer weiteren Stunde verlangsamte das Boot sein Tempo und steuerte das Flussufer an. Ben bewunderte den

Orientierungssinn des Kapitäns, denn der Fluss hatte seit Stunden aus identisch aussehendem Grün bestanden. Doch kurz bevor sie das Ufer erreichten, öffnete sich dort ein kleiner Seitenarm, an dessen Einmündung drei Kanus angebunden warten.

»Hast du den amazonischen Taxidienst gerufen?« Emma grinste.

»Hut ab vor Jenny und ihrem Organisationstalent – bisher läuft alles genau nach Plan«, gab Ben zurück.

Der Motor des Bootes wurde abgeschaltet und ein Helfer kam auf das Deck gerannt, um es mithilfe eines großen Holzstabes komplett zum Stehen zu bringen. Dann rammte er diesen Stab in den Flussboden, sodass er das Boot am Ufer verkeilt wurde und sie an Land springen konnten.

Dan bezahlte den Mann in Dollar und Jenny übergab ihm noch dazu ein paar kleine Flaschen Scotch, die sie im Hotel gekauft hatte.

»Wozu denn das Feuerwasser?«, fragte Steve.

Jenny zuckte mit den Schultern. »Das ist hier unten das universelle Dankeschön.«

»Denken Sie daran, Señor, wir brauchen den Kapitän, wenn wir zurückkommen«, bekräftigte Nino, »sonst haben wir fünf Tage zusätzliche Wanderung vor uns!«

Ben sprang an Land und drehte sich um, weil er Emma helfen wollte, doch sie war schon neben ihm gelandet. »Ich mache das beruflich, du Charmebolzen!«

Er grinste. »Dann hättest du *mir* helfen sollen.«

Dan sprang ebenfalls an Land und strauchelte kurz, bevor er sich stolz aufrichtete und etwas Dreck von den schützenden Gamaschen bürstete, die er über die Hose gezogen hatte. »Bequem wie eine Ritterrüstung.«

»Das ist der Sinn der Sache«, entgegnete Ben.

Die sogenannten Schlangengamaschen bedeckten den kompletten Unterschenkel von der Ferse bis zum Knie und dienten der Abwehr giftiger Bisse. Ben hatte sich eine Sorte ausgesucht, die aus extrem festem Kunststoff bestand und sogar die Oberseite des Fußes schützten.

»Ich gewöhne mich langsam daran. *Sehr* langsam.«

»Wenn wir erst mal ins Unterholz vordringen, wirst du die Dinger zu schätzen wissen!« Ben betrachtete den dichten Wall aus

Pflanzen, der vor ihnen in die Höhe ragte. »Hier unten gibt es mehr giftige Vipern als sonst irgendwo auf der Welt. Und dann gibt es auch noch die Bushmaster-Schlangen – die werden drei Meter lang, haben riesige Giftzähne und sind tödlich wie sonst was, weil sie dich sogar noch verfolgen, um dich zu beißen.« Er wandte sich Dan zu. »Wenn du jemals so einem Vieh gegenüberstehst, wirst du mir für die Ritterrüstung dankbar sein.«

»Ich beschwere mich ja gar nicht«, erwiderte Dan.

Ben seufzte. *Sie haben wirklich gar keine Ahnung, was uns bevorsteht*, dachte er. Abgesehen von den Gamaschen hatte er Dan Buschmesser bestellen lassen, dazu Regenponchos, Insektennetze, die vom Hut bis auf die Schultern herunterhingen, außerdem Ganzkörpernetze zum Schlafen sowie Hängematten, mit denen sie über dem insektenverseuchten Boden kampieren konnten.

Am wichtigsten aber waren die militärischen Handschuhe. Im Dschungel war man auf seine Hände angewiesen, da man sie ständig brauchte, und gleichzeitig waren sie hier höchst verwundbar. Deswegen hatte er Handschuhe ausgesucht, deren Rückseiten mit Gummi bezogen waren, während die aus Leinen gefertigten Innenseiten an den wichtigsten Stellen mit Leder besetzt waren. Dadurch waren sie haltbar und boten guten Schutz, ohne die Beweglichkeit zu sehr einzuschränken. Mit ihnen konnte man klettern, schießen und Fische ausnehmen – egal, was man machte, wenn man sie anschließend mit etwas Wasser abspülte, waren sie wieder wie neu.

Ihre gesamte Ausrüstung war mit Insektenschutz imprägniert, damit keine fiesen Krabbeltiere sich darin breit machten oder gleich alles auffraßen.

Ben sah, wie Andrea nach einem Insekt schlug, das nicht von ihr ablassen wollte. Er seufzte. »Andrea, hast du das Insektenspray drauf?«

»Äh … nur auf meinem Hemd.« Sie marschierte steif in ihren Schlangengamaschen herum.

»Sprühe dich bitte komplett damit ein oder zieh dir wenigstens das Netz über den Kopf!« Ben verzog das Gesicht.

»Aber da steht drauf, dass da D.E.E.T. drin ist«, jammerte sie, »und das ist ein Gift!«

»Klar, aber es ist vor allem für die Insekten giftig. Abgesehen davon ist es für uns weniger schlimm als das Insektengift und deswegen wird das Zeug sogar von der Gesundheitsbehörde empfohlen.« Ben stemmte seine Fäuste in die Hüften. »Solange du es nicht in die Augen oder den Mund sprühst, ist alles okay.«

Er sah, dass sie nicht überzeugt war.

»Komm schon, Andrea, wir sind hier nicht in Florida, das ist ein Dschungel!«, drängte Steve. »Wenn du hier gestochen wirst, ergibt das nicht nur einen roten, juckenden Pickel – du kannst richtig krank werden!«

»Oder muss ich dich an die Leishmania-Parasiten erinnern?«, sagte Ben ruhig. »Die übertragen sich durch Bisse von Sandfliegen und können große, eitrige Geschwüre erzeugen – vor allem im Bereich von Nase und Mund.«

Andrea starrte ihn kurz wortlos an. »Okay, okay«, seufzte sie schließlich. »Steve, kannst du mich bitte erretten?«

»Klar.« Er lief an ihre Seite.

Ben lächelte, als er zusah, wie Andrea Steve mit ihrem Charme bezirzte. Bis zu diesem Moment hatte er sich damit zurückgehalten, ihnen allzu genau zu beschreiben, was sie hier beißen, stechen oder vergiften konnte. Doch nun würde er nach und nach einen Crashkurs vom Stapel lassen müssen.

Ihr Gepäck wurde immer noch von der Crew des Bootes abgeladen, also ging Ben ein paar hundert Meter am Flussufer entlang. Sowohl das Wasser als auch der Dschungel wurden immer dunkler, je weiter er ging. Der Geruch des Wassers nahm eine geradezu süßliche Note aus Verwesung, Torf, Bracke und Moos an. Über all dem schwebte eine exotische Note von fremdartigen Blumen und Harzen.

Ganze Schwärme von Insekten umgarnten ihn, doch dank des Sprays hielten sie Abstand. Dann tauchte Dan an seiner Seite auf.

»Wir biegen also von der Autobahn ab und fahren auf dieser Nebenstraße weiter?«

Ben nickte. »In Benjamins Notizbuch stand, dass er einen verborgenen Fluss entdeckt hatte. Ich bin mir nicht ganz sicher, ob das hier genau dieser Fluss ist, aber so haben wir auf jeden Fall einen sehr guten Eindruck davon, wonach wir suchen.« Er deutete nach oben. Die Zweige wuchsen über dem Wasser zusammen und nur vereinzelte Sonnenstrahlen irrlichterten hindurch. Sie standen in einem grünen Tunnel voller Wasser, der selbst von dem großen Fluss aus kaum zu sehen gewesen war. Doch das galt wohl für die meisten kleinen Flüsse hier.

»Der hier kann es ja nicht sein«, sagte Dan. »Ist ja wohl kaum ein geheimer Fluss, wenn unser Kapitän ihn kennt.«

»Da hast du recht«, antwortete Ben. »Die Expedition ist damals einen halben Tag lang einem Nebenfluss gefolgt, doch dann haben sie einen noch kleineren Seitenarm in einer geheimen Öffnung gefunden, den sie *Paradiesfluss* nannten. Der hat sie dann einige Meilen weiter geführt, bis er langsam flach wurde – anscheinend sind sie gegen Ende nur noch durch das Wasser gewatet, als es zu flach für ein Boot war.«

»Sie sind hindurchgewatet?«, grinste Dan. »Im Amazonas? Guter Plan!«

»Stell' dir einfach vor, es wäre eine kleine Erfrischung in einem exotisch gestylten Swimmingpool!« Ben stupste Dan mit dem Ellenbogen an. »Wir werden vielleicht keine andere Wahl haben, wenn wir die anderen Orientierungspunkte finden, die er abgebildet hat – einen großen Felsen am Ufer, der offensichtlich von Menschenhand behauen war. Und am Rand soll sich ein unglaublich dicker Baumstamm befinden. Er hat ihn als Assai-Palme beschrieben, und sie soll angeblich ins Wasser hineinhängen.«

Jenny war an ihre Seite getreten und hatte zugehört. »Er meinte wahrscheinlich eine Acai-Palme, ist ja nah genug dran. Das Problem ist nur, nach hundert Jahren sollte man nicht allzu viele Überbleibsel von einem Baumstamm erwarten. Bei dieser Feuchte verschwindet fast alles nach ein paar Jahren.«

Ben seufzte. »Dann halten wir besser die Augen offen!« Er deutete auf die Kanus: »Sieht so aus, als wären wir bereit zur Abfahrt!«

»Oh Mann«, flüsterte Dan.

Die Kanus waren lang und schmal und sahen aus, als wären sie jeweils aus einem einzigen Baumstamm geschlagen. Sie wurden mit Querstreben stabilisiert und in jedem von ihnen standen ein paar Zentimeter schlammigen Wassers.

Ben und Emma stiegen in das erste Kanu, [illegible] Jenny in das nächste, und die wenig begeistert aus[illegible] teilte sich mit Steve das letzte. Ihre Bootsmänner, die [illegible] nen Pemon, waren nicht einmal einen Meter sechzig groß, [illegible] athletisch durchtrainiert. Ihre nussbraune Haut traf auf pechschwarzes Haar, dass sie in Form von Pilzköpfen mit ausrasiertem Nacken trugen.

Ben hörte, wie Jenny und Nino in dem Kanu hinter ihnen mit ihrem Bootsführer sprachen, aber er war der Sprache leider nicht mächtig. Nach einer Weile lehnte er sich an Emma vorbei, um Blickkontakt mit ihrem eigenen Führer aufzunehmen, der sein Lächeln erwiderte.

»English, Español?«, fragte Ben mit angehobenen Augenbrauen.

Der Mann starrte ihn einfach nur an. Er hatte eine fast leuchtend rote Narbe im Gesicht, die von unter seinem Pony bis zur Nasenspitze lief. Nach einer kurzen Pause verzog er das Gesicht und schüttelte den Kopf. Doch davon wollte Ben sich nicht abhalten lassen und zumindest seinen Namen herausfinden. Er tippte sich auf die Brust: »Ben.«

Dann lehnte er sich nach vorn, um Emma auf die Schulter zu tippen: »Emma.«

Der kleine Mann starrte ihn einfach an, wobei er seelenruhig weiterpaddelte und dann schließlich nickte. Er nahm eine Hand von seinem Paddel und berührte damit seine eigene Brust: »Ataca.«

Ben und Emma wiederholten den Namen, wobei sie eifrig nickten. Ataca deutete dann auf die beiden anderen Pemon in den Booten hinter ihnen. Der erste von ihnen hatte lange Holzstäbe in den Ohrmuscheln stecken.

Ataca zeigte auf ihn: »Ipetu.« Dann drehte er sich wieder um, um sicherzugehen, dass Emma und Ben ihn verstanden hatten.

»Ipetu«, wiederholten sie.

Ataca nickte und deutete auf den letzten Paddler, welcher der Älteste von ihnen zu sein und von der Form seines Unterkiefers her nicht mehr besonders viele Zähne zu haben schien: »Mukmet.«

»Mukmet«, wiederholten Ben und Emma.

Jnd das war es dann mit der Konversation. Von Zeit zu Zeit ob Ataca den Arm und deutete auf irgendetwas Interessantes im Unterholz, doch nach einer Weile wurde der grüne Tunnel um sie herum immer enger und dichter, sodass nur noch vereinzelte Lichtstrahlen das dampfende, kaffeebraune Wasser trafen.

Obwohl das Licht stark gefiltert war, traf das nicht auf die Hitze zu. Ein merkwürdiger Nebel schien auf dem Dschungelboden zu kleben, aus dem dicke Baumstämme ragten, die über ihnen in Verbindung mit Schlingpflanzen ein eng gewebtes Dach formten.

Über ihnen huschten alle möglichen Lebewesen vorbei, rekelten und schüttelten sich, und manche von ihnen taten ihre Empörung über die ungebetenen Besucher lautstark kund. Hier und da regneten Blätter, Beeren und vielleicht sogar Kot auf sie herab – doch ob sie von Vögeln, Affen oder anderen kletternden Spezies begrüßt wurden, konnten sie nicht sagen, da diese unsichtbar für sie blieben.

Emma ließ eine Hand ins Wasser gleiten und zog sie dann gleich wieder heraus, um Finger und Daumen aneinander zu reiben. »Fühlt sich an wie ein schön heißes Bad«, sagte sie und tauchte ihre Hand wieder hinein.

»Uh-hu«, mahnte Ataca mit einem in die Luft gehaltenen Zeigefinger und schüttelte dabei den Kopf. Emma hatte ihre Hand schon wieder zurückgezogen und sah, wie der Pemon seine Finger zum Mund führte und pantomimisch das Kauen scharfer Zähne darstellte.

Ben nickte. »Ich schätze, hier schwimmen nicht nur Goldfische umher.«

»Verstehe.« Emma hielt Ataca einen nach oben gestreckten Daumen entgegen und ließ ihre Hände von nun an im Kanu.

Schließlich verlangsamte Ataca sein Paddeln und als die Dunkelheit um sie herum immer dichter wurde, schien das Weiße in seinen Augen aufzuleuchten. Ben spürte, dass er unruhig wurde, und erinnerte sich an das, was Jenny über den Aberglauben der Eingeborenen gesagt hatte. Gleichzeitig wusste er aber, dass der Dschungel auch voller höchst realer Gefahren war, die innerhalb von Sekunden ein Leben auslöschen konnten.

An einer engen Kurve im Fluss näherten sie sich dem Ufer. Der Dschungel war nun komplett dicht und das Wasser unter ihnen sah aus wie schwarze Tinte. Ben warf einen Blick hinein und an einigen flacheren Stellen sah er Baumstämme unter der Wasseroberfläche, aus denen schleimige, grüne Strähnen wuchsen. An anderen Stellen huschten kleine Tiere im Zickzack umher, doch Ben konnte nicht einmal sagen, ob es Fische oder Wasserinsekten waren.

Dann spähte Ben in den finsteren Dschungel – manche der Baumstämme waren einfach riesig. Andere waren komplett von Schlingpflanzen überwuchert, die sie als Gerüst nutzten, um in höheren Sphären endlich das Sonnenlicht zu erreichen. Gleichzeitig schnitten sie dadurch ihre Gastbäume von Nährstoffen und Licht ab und ließen sie dadurch verhungern, bis sie abstarben und verrotteten.

Ben zog eine Taschenlampe aus seinem Rucksack und die anderen taten es ihm gleich. Als er den Lichtschein auf den Dschungelboden fallen ließ, sah er, wie sich etwas von der Größe eines Fußballes durch das Erdreich wühlte, ohne auf seiner Suche nach Nahrung oder Schutz durch die Oberfläche zu brechen.

Es gab natürlich auch zahlreiche Insekten und Spinnen, die in ihrem natürlichen Lebensraum jagten und fraßen. Faustgroße Käfer wurden von noch größeren Spinnen angegriffen und Ben erschauderte bei dem Gedanken, hier übernachten zu müssen.

Er hatte allerdings schon diverse Nächte in Urwäldern verbracht und wusste, dass es am wichtigsten war, sich seiner Umgebung bewusst zu sein. Man musste alle Bäume in der Nähe bis in die Spitzen untersuchen und vor allem sicherstellen, dass man in einer Hängematte schlief, die den Boden nicht berührte. Es war kaum zu glauben, wie viele Viecher es gab, die sich direkt aus dem Erdboden in einen warmen, schlafenden Körper hineinbohren konnten.

Sie paddelten für ein paar Stunden weiter, wenn auch wesentlich langsamer als zuvor. Ataca und die anderen Bootsmänner tauchten ihre Paddel nur noch vorsichtig ein und gaben sich Mühe, dabei möglichst lautlos zu bleiben. Mehrmals entdeckten sie größere Tiere, die am Ufer nach Nahrung suchten: Einen

Ameisenbären, der von der spitzen Schnauze bis zu seinem drahtigen Schwanz bestimmt zwei Meter lang war. Dann trafen sie auf eine Familie Wildschweine, deren aufmerksame Blicke überaus menschlich wirkten.

Ben war versucht, eines oder sogar mehrere der Tiere zu erlegen, denn er wusste, dass sie bei Weitem nicht genug Vorräte für ihre Expedition dabei hatten. Früher oder später würden sie sich von dem ernähren müssen, was der Dschungel ihnen bot, das war so eingeplant. Doch er ließ den Gedanken fallen, denn der Schuss eines Gewehrs würde über weite Strecken von Mensch und Tier wahrgenommen werden … wobei er sich über die Tiere weniger Sorgen machte.

Es vergingen weitere Stunden, in denen sie nach dem sagenumwobenen *Paradiesfluss* suchten. Doch die geheime Öffnung blieb ihnen verborgen.

Während die Suche andauerte, lehnte Ben sämtliche Bitten um eine Pause am Ufer ab, denn er hoffte, dass sie bald ein Gebiet erreichen würden, wo es ein paar Felsen gab, auf denen sie sich niederlassen konnten. Jenny war allerdings die Einzige, die ihm zustimmte, da auch sie ganz genau wusste, was für Parasiten im Boden auf eine Nahrungsquelle lauerten. Sie bohrten sich durchs Erdreich, pflügten durchs Wasser oder schossen durch die Luft. Ekelhafte Wesen wie die Dasselfliege legten ihre Eier unter der Haut ab, wo dann Larven schlüpften, die sich durch das Fleisch ihres Wirtes fraßen, bis sie als ausgewachsene Fliegen hervorplatzen – bereit, sich zu paaren und ihre Brut dann gleich wieder irgendeinem Lebewesen unter die Haut zu jagen, sodass der Kreislauf von vorn begann. Aber es gab noch schlimmere Bedrohungen, die sogar Langzeitschäden hervorriefen, wie zum Beispiel *Elefantitis*, bei der durch Moskitostiche Fadenwürmer auf Menschen übertragen wurden, die die Gliedmaßen des Wirtes auf groteske Proportionen anschwellen ließen.

Es gab auch fleischhungrige Nematoden im Erdreich, die innere Organe, die Augen und sogar das Gehirn eines Menschen befallen konnten. Verschiedene Arten nutzten Fleisch und Blut als Nahrungsquelle, als Brutkasten für ihre Jungen oder einfach als Unterkunft.

Die Kanus näherten sich einander, bis sie Seite an Seite lagen wie ein Floß, sodass sie sich alle unterhalten konnten. Nino verzog das Gesicht. »Ich war noch nie so weit draußen und von versteckten Flüssen habe ich auch noch nie etwas gehört.«

»Was ist mit den Pemon?«, fragte Ben.

»Falls sie es wissen, reden sie nicht darüber«, sagte Jenny.

»Ja, das hatten wir schon vermutet«, fügte Emma hinzu.

»Er muss hier irgendwo sein«, sagte Dan, »ich kann es förmlich spüren!«

»Wir machen weiter«, sagte Ben und nickte Ataca zu.

Sie paddelten den ganzen Tag weiter und Bens GPS sagte ihm, dass sie sich etwa 80 Kilometer von ihrem Startpunkt entfernt hatten. Der Dschungel war noch dichter geworden und die wenigen Lichtpunkte, die durch die Blätter drangen, wurden immer trüber, was das Ende des Tages ankündigte.

Das Letzte, was Ben wollte, war im Dunklen weiterreisen zu müssen, oder schlimmer, an irgendeinem feuchten Flussufer übernachten zu müssen.

Sie glitten weitere dreißig Minuten schweigend durch das Wasser, bevor Emma sich aufrichtete und mit ihrer Taschenlampe auf eine vielversprechende Stelle leuchtete: »Da!«, rief sie.

Ein riesiger Felsen ragte aus dem Wasser hervor, umgeben vom ersten von Steinen gesäumten Ufer, das sie seit Dutzenden von Kilometern gesehen hatten.

»Das muss es sein.« Ben grinste.

Neben dem großen Felsen ragte ein verrotteter Baumstamm hervor, der über einen Meter Durchmesser hatte. Wenn diese mächtige Pflanze noch gelebt hätte, wäre sie sicher extrem auffällig gewesen. *Das könnte der Baumstamm sein, den mein Ur-Urgroßvater erwähnt hatte,* dachte Ben.

»Wir übernachten auf den Felsen.« Ben drehte sich um. »Ataca.« Er deutete auf das Ufer, wo flache Steine an Land führten.

»Und wo ist der geheime Fluss?«, wollte Emma wissen.

»Gute Frage.« Ben lehnte sich nach vorn, sah jedoch nichts – nur eine Reihe von Binsen zwischen einigen dicken Baumstämmen, dahinter Farne und Büsche. Er hielt eine Hand hoch und Ataca stellte sein Paddel ins Wasser, um das Boot anzuhalten. Jetzt sah Ben, dass die Binsen sich langsam bewegten – als würden sie von hinten von Wasser umspült.

Er deutete darauf und winkte, woraufhin Ataca nickte und das Boot in die gewünschte Richtung steuerte.

Als sie den riesigen Felsen passierten, betrachtete Ben seine Oberfläche – sie war tatsächlich behauen, und obwohl der Zahn der Zeit schon deutlich daran genagt hatte, war das Bild eines grinsenden Götzen noch immer deutlich zu erkennen.

Ben hörte Ataca hinter sich murmeln und sah, dass er mit einer Hand das Amulett rieb, das er um den Hals trug, als das Boot sich dem Ufer näherte und schließlich auf die Steine auflief.

Ben sprang von Bord und griff sich die Spitze des Kanus, das er weiter an Land zog, wobei er zwischen dem Pemon und dem Felsen hin- und herschaute.

Ataca weigerte sich demonstrativ, das Götzenbild anzuschauen, doch Ben wusste, dass Jenny recht gehabt hatte: Die Pemon waren wirklich sehr abergläubisch und dieses Bild hatte eine Bedeutung für sie. Aus der Nähe sah Ben, dass die gemeißelte Gestalt keineswegs einen Menschen darstellen sollte. Das Wesen hatte Reißzähne, ein schuppiges Antlitz und schlitzartige Pupillen.

»Seil«, rief Ben, wobei er die Hand aufhielt.

Emma reichte ihm eines, das er an das Kanu band und dann am anderen Ende zog, bis er das Kanu an die Schilfgräser herangezogen hatte. Ein Blick dahinter verriet ihm, dass er recht hatte: Auf der anderen Seite befand sich ein kleiner Seitenfluss. Ben richtete sich auf: »Wir schlagen hier unser Nachtlager auf!«

Die Nacht verging ohne größere Vorkommnisse. Eine weitere Schicht Insektenspray sowie ein wärmendes Feuer hielten unerwünschte Gäste fern. Bevor sie sich schlafen legten, hatte Ben eine kleine Erkundungstour um das Camp gemacht, um nach potenziellen Gefahren Ausschau zu halten. Er war zwar zufrieden, trotzdem wusste er, dass er nicht gut schlafen würde.

Emma hatte sich zu ihm gelegt und in einem kleinen Loch im Baumkronendach über ihnen sahen sie, wie sich die Wolken für einen Moment öffneten, um einen dunklen Himmel voller Sterne freizugeben … und einen höchst ungewöhnlichen Anblick.

»Was ist das?«, fragte Emma verwundert.

Ben zog schnell seinen Feldstecher aus der Tasche und schaute in den Himmel: »Komisch, sieht aus wie ein Lichtstreifen.«

»Vielleicht ein Meteor?«, fragte sie.

»Kann schon sein, aber er scheint einfach nur in der Luft zu stehen.« Er ließ das Fernglas sinken. »Es ist genau über uns! Nun ja, ein bisschen rechts vielleicht.«

Während sie weiter nach oben schauten, zogen die Wolken sich wieder zu und der Lichtstreifen verschwand. Emma legte ihren Arm um seine Hüfte und sie lagen ein paar Minuten einfach nur so da, bis Ben sie an sich drückte.

»Das ist hier wirklich alles wie in einer vergessenen Welt«, sagte Emma leise.

»Da hast du absolut recht.« Er küsste sie auf die Stirn. »Lass' uns schlafen, morgen wird ein langer Tag.«

Im Morgengrauen machten sie sich bereit, zur nächsten Etappe ihrer Reise aufzubrechen.

»Ben.«

Steve winkte ihn zu sich heran. Er stand neben einem Baumstumpf.

»Ich war gerade Pinkeln und bin dabei über das hier gestolpert!« Er deutete auf den Boden. Dort gab es das übliche Durcheinander verschiedenster Pflanzen, doch in einem Bereich, der wie von Schritten durchwühlt aussah, zeigte sich deutlich der Abdruck eines großen Stiefels.

Ben grunzte. »Die Pemon tragen keine Stiefel … und haben auch gar nicht so große Füße! Ich fürchte, die Kerle, die unsere Karte haben, sind uns bereits einen Schritt voraus.«

Er ging in die Hocke und berührte die feuchte Erde. »Vielleicht weniger als einen halben Tag alt.«

»Meinst du, sie sind auch mit einem Boot gekommen?« Steve drehte sich um und lehnte sich nach vorn, um einen Blick in den Dschungel zu erhaschen. »Und dann in die gleiche Richtung weitermarschiert?«

»Vielleicht, vielleicht auch nicht. Aber wir sollten alle die Augen offenhalten!«

Steve nickte und wandte sich dann ab, doch Ben packte ihn am Arm.

»Sag allen, dass sie möglichst wenig Lärm machen sollen!«

»Klar.« Steve lief zurück zu den anderen.

Ben schaute sich langsam um und starrte in den Dschungel. Der kleine Flusslauf, dem sie nun folgen würden, fing bereits die ersten Sonnenstrahlen ein, was bedeutete, dass sich die Baumkronen darüber etwas lichteten. Der Fluss war trotzdem von Blicken von oben geschützt, doch diese Bäume schienen eine andere Sorte mit kleineren Blättern zu sein. *Gott sei dank,* dachte Ben.

Bis sie fertig gepackt hatten und zum Aufbruch bereit waren, stand die Sonne schon ein bisschen höher. Jetzt konnten alle sehen, was vor ihnen lag.

»Grundgütiger!« Emma legte eine Hand auf Bens Schulter.

Andrea lief voran, streckte ihre Arme aus und drehte sich im Kreis. Der Fluss war flach und gerade mal ein paar Meter breit, das Wasser kristallklar. Dieser Ausläufer trug Wasser wie eine frische Gebirgsquelle.

Auch die Ufer sahen ganz anders aus – sie waren von moosbewachsenen Steinen umrahmt, überall wuchsen Orchideen, die so farbenfroh waren wie exotische Vögel. Auf riesigen Palmblättern glitzerte Tau, rot-grün gestreifte Frösche quakten und Libellen summten über der Wasseroberfläche.

»Es ist wunderschön«, stellte Emma fest. Ihre Augen glänzten vor Begeisterung. »Es ist wirklich ein paradiesischer Fluss, genau wie dein Vorfahre ihn beschrieben hat.«

»Er hatte also recht«, stimmte Ben zu und lächelte. »Zumindest damit.«

Als die Sonne weiter in den Himmel stieg, bemannten sie wieder ihre Kanus. Das Sonnenlicht fing an, Millionen Löcher in dem Blätterdach über ihnen zu durchdringen. Das verschaffte dem Fluss und dem ihn umgebenden Dschungel den Anschein einer Pergola, eines von Ranken bewachsenen Laubenganges.

»Wer hätte gedacht, dass man irgendwo auf der Erde den echten Garten Eden finden kann«, schwärmte Emma weiter.

In dem Boot hinter ihnen sah Ben, wie Steve eine Kamera hochhielt und Andrea filmte, die diverse Posen mit Schmollmund einnahm. Ben lächelte; anscheinend kam die Schauspielerin in ihr voll durch und sie machte ihre Ankündigung wahr, die Expedition bestmöglich für ihre Selbstvermarktung auszuschlachten.

Die zauberhafte Lichtstimmung in diesem Teil des Dschungels ließ Ben eine Ruhe verspüren, wie er sie seit Tagen nicht erlebt hatte. Es war einfach, nicht mehr daran zu denken, dass sie sich immer noch im dunklen Herzen des Amazonas befanden. Wenn man den glitzernden Sand auf dem Grund dieses kristallklaren Flusses betrachtete, schien die Umgebung in etwa so gefährlich, als würde man einen Spaziergang in einem gepflegten Bostoner Volkspark unternehmen.

Er ließ seinen Blick umherwandern und rief sich wieder in Erinnerung, dass es noch eine andere Truppe gab – eine gewaltbereite Truppe – die auch irgendwo da draußen unterwegs war. Doch im Moment betrug die Sichtweite über hundert Meter und selbst wenn der Fluss enden würde, ließe die relativ leichte Vegetation eine angenehme Weiterreise zu Fuß zu.

Unter dem Dach aus Blättern schossen kleine Vögel an ihnen vorbei, die wie Regenbogen mit Flügeln wirkten. Ben schaute zu Emma, deren Gesichtsausdruck ihre Faszination und Begeisterung widerspiegelte. Sie wandte sich ihm zu und fragte: »Wenn es so schön hier ist, warum sind dann keine Menschen hier?«

»Gute Frage«, antwortete er. »Es wirkt alles sehr einladend.« Er schaute kurz zu Ataca hinüber, beschloss aber, dass die Frage zu kompliziert war, um sie mit Hand und Fuß verständlich zu machen. Also lehnte er sich über den Rand des Kanus: »Jenny, ich habe eine Frage an unsere Führer.«

Sie hob den Kopf: »Klar, dann frag' mal.«

»In diesem Gebiet hier ... warum leben hier keine Pemon oder irgendjemand anderes?« Er wartete, während Jenny die Frage an Ipetu weitergab, der daraufhin leise, aber mit Dringlichkeit in der Stimme antwortete. Während er sprach, fiel Ben auf, dass Atacas Hand wieder zu dem Amulett an seinem Hals wanderte.

»Das Gebiet ist tabu, es gehört den bösen Geistern. In der Vergangenheit sind schon einige Pemon hierhergekommen, doch sie kehrten nie mehr nach Hause zurück.« Sie verzog das Gesicht. »Und die wirklich schlechte Nachricht ist; ich habe langsam das Gefühl, dass unsere Führer kalte Füße bekommen.«

Ben nickte. »Danke ihnen allen für ihren Mut. Jenny, du musst versuchen, sie so lange es geht bei der Stange zu halten. Obwohl es so aussieht, als würde man hier auch zu Fuß gut vorankommen, geht es doch auf dem Fluss deutlich schneller.«

Sie paddelten ein paar Stunden lang weiter, machten eine Mittagspause und setzten ihre Reise fort. Ben warf erneut einen Blick ins Wasser und stellte erfreut fest, das es jetzt voll mit Fischen war.

Silberne Umrisse zischten wie Torpedos unter der Wasseroberfläche entlang und versuchten allzu unvorsichtige Libellen zu erhaschen. Andere Fische ließen sich einfach faul im Wasser treiben, ohne die geringste Angst vor den Menschen zu haben.

Das mit dem Tabu machte doch keinen Sinn. Ben fragte sich, wie stark so ein Aberglaube sein musste, um die Einheimischen von so einem Paradies fernzuhalten.

Die ganze Szenerie stellte sich genauso dar, wie Benjamin es in seinem Notizbuch beschrieben hatte, und Ben wünschte sich, in der Zeit zurückreisen zu können. Er würde sich gern ans Ufer stellen und das Gesicht seines Vorfahren betrachten, wenn er diesen Fluss hier entlanggepaddelt kam. Würde er ebenfalls mit offenem Mund die ganzen Wunder auf sich wirken lassen oder wäre er schon völlig erschöpft von der strapaziösen Reise? Damals gab es noch keine Flugreisen und Luxushotels am Rande des Dschungels. Stattdessen musste jeder Schritt der Reise eine kleine Odyssee gewesen sein.

Nach weiteren ein bis zwei Stunden begann das Sonnenlicht langsam zu verschwinden und ein Blick auf die Uhr verwirrte Ben. Es war gerade einmal vier Uhr nachmittags und damit war der Sonnenuntergang noch viele Stunden entfernt. Ein Blick nach oben ließ aber auch nicht erkennen, dass das Baumkronendach dichter wurde. Doch selbst der Geräuschpegel des Dschungels war auf einmal stark abgefallen und einer düsteren Stille gewichen. Auch die Regenbogen-Vögel waren plötzlich verschwunden.

Sie glitten einige Meter weiter durch das Wasser, bevor Ben bemerkte, dass Ataca nicht mehr paddelte. Er umschloss mit beiden Händen sein Amulett und starrte auf das Flussufer, bevor er sich Ben zuwandte.

Er sprach schnell auf ihn ein und wedelte dann noch mit den Händen und nickte mit dem Kopf, um seine Worte zu betonen.

Ben stöhnte, denn mit einem Blick auf das Nachbarboot sah er, dass Ipetu die gleiche Art von Gespräch mit Jenny und Nino führte, die beide Mühe hatten, ihn zu beruhigen.

Plötzlich machte der Mann mit seinem Finger einige schnelle Gesten, als würde er mit einem Schwert die Luft durchtrennen, dazu sagte er laut eines der wenigen englischen Wörter, die er kannte: »Nein!«

Nino wandte sich Jenny zu und zuckte mit den Schultern und die Zoologin sank nickend in sich zusammen. Sie lächelte und sprach leise und ruhig mit Ipetu, der sich daraufhin etwas abzuregen schien, obwohl seine Augen immer noch Entschlossenheit ausstrahlten. Er nickte und brachte das Kanu voran, in Richtung von Ben und Emma. Am Ende der Karawane schwang auch Mukmet wieder das Paddel, bis alle drei Boote aneinander lagen.

Jenny legte eine Hand auf Bens Kanu und lächelte resigniert. »Weiter werden sie uns nicht begleiten. Das hier …«, sie schwang ihren Arm durch die Luft, »… ist das Land von *Boraro, Cherruves, Churipuri* und so weiter, das sind alles Dämonen.«

»Na toll«, sagte Dan leise.

»Ja, ich weiß … aber das, was für uns wie ein tropisches Paradies aussieht, ist für sie der Beginn der feuchtesten Regensaison, die sie Xincceheka nennen.« Jenny schaute in die Luft, während sie nach einer passenden Übersetzung suchte. »Dunkle Länder.«

»Eine Jahreszeit, die sie *dunkle Länder* nennen?« Dans Mundwinkel wanderten noch weiter nach unten. »Was soll das denn heißen?«

Jenny redete langsam auf Ipetu ein, der sich daraufhin zu ihr lehnte und nur noch flüsterte, als ob er Angst hätte, dass ihn jemand belauschen könnte. Schließlich nickte Jenny verständig. »Die Dorfältesten haben ihm gesagt, dass nun die Zeit der Dämonen beginnt. In diesem Jahr, dem feuchtesten Jahr, soll der Dschungel hier in dieser Gegend höchst gefährlich sein.« Ein Lächeln umspielte ihre Lippen, obwohl die ganze Sache kein bisschen amüsant war. »Sie haben ziemlich genaue Kalender, um diese Zeitperiode vorhersagen zu können.«

Ipetu ergriff wieder das Wort und redete nun noch dringlicher auf Jenny ein, deren Gesichtsausdruck immer mehr versteinerte. Sie nickte und wandte sich dann wieder an die anderen: »Einmal pro halber Lebenszeit eines Menschen gehört dieses Land den Göttern, es wird dann zu ihrem Königreich.«

»Das ist es!«, rief Emma. »Das muss alles damit zusammenhängen, was Benjamin Cartwright über dieses kleine Zeitfenster geschrieben hat, in dem man die vergessene Welt überhaupt nur finden kann!«

»Und wenn das der Fall ist, sind die Dämonen unterwegs.« Steve hob die Augenbrauen. »Denkt da noch jemand außer mir an die Zeichnung von dem Dinosaurier?«

»Das Königreich der Götter.« Ben pfiff durch die Zähne.

»Klingt unheimlich«, sagte Steve. »Aber immerhin sagt uns das, dass wir auf der richtigen Fährte sind.«

»Das stimmt«, sagte Ben. »Jenny, können die Pemon denn hier auf uns warten?«

»Gute Frage.« Sie begann sofort, mit Ipetu zu sprechen, der zwischen ihr, Ataca und Mukmet hin- und herschaute. Er schüttelte den Kopf und Jenny wandte sich an Ben, der jedoch abwinkte.

»Ist schon okay, ich hab' verstanden«, sagte er. »Dann bitte sie, nein, *sag ihnen einfach*, dass sie uns zwei der Kanus hierlassen müssen.«

Jenny nickte und richtete sich dann auf. Sie sprach mit viel Nachdruck in der Stimme auf die Pemon ein, was eine ganze Weile dauerte. Ataca lehnte sich näher an sie heran und hob einen Finger in die Luft. Jenny schüttelte den Kopf, argumentierte, bat und forderte. Schließlich nickte sie und sagte leise etwas. Ipetu schaute von Ataca zu Mukmet und schließlich nickten alle drei.

»Hast du beide Kanus bekommen?«, wollte Ben wissen.

»Ja, aber es war nicht einfach und ich musste etwas dafür hergeben.« Sie zuckte mit den Achseln. »Zwei Buschmesser, eine Machete und … eine von den Pistolen.«

Ben musste gar nicht darüber nachdenken. »Abgemacht. Wenn wir zu Fuß zurückkommen müssten, würde das Wochen dauern …

wenn wir es überhaupt schaffen könnten.« Er sah sich um. »Dann lasst uns am Ufer umladen.«

Einige Zeit später standen sie an Land, ihr gesamtes Equipment neben sich. Die drei Pemon saßen nun zusammen in einem Kanu und paddelten davon.

Die beiden anderen Boote waren ans Ufer gezogen worden, trocken und in Sicherheit. Dennoch hatte Ben ein flaues Gefühl in der Magengrube, als er die Männer davonfahren sah. Die Einheimischen wussten etwas, das sie nicht wussten, und er hoffte, dass es wirklich nur Aberglaube war.

»Okay, wir sind für heute weit genug gekommen, also lasst uns hier übernachten und morgen früh wieder aufbrechen.«

Palmblätter klatschten in sein Gesicht und klebrige Schlingpflanzen versuchten seine Arme, Beine und seinen Oberkörper zu packen.

In Schießereien in den Wüsten des Mittleren Ostens, den kongolesischen Dschungeln oder städtischen Labyrinthen hatte Ben niemanden und nichts gefürchtet. Aber jetzt wimmerte Ben Cartwright vor sich hin, als er rannte – das Ding holte immer mehr auf, walzte dabei das Unterholz platt und schob Bäume aus dem Weg, als wären sie Streichhölzer.

Wo sind die anderen?, fragte er sich und versuchte sich zu erinnern. Dann dämmerte es ihm: Sie waren alle tot, massakriert, bei lebendigem Leibe gefressen.

Plötzlich öffnete sich der Dschungel und gab eine von Wolken gefüllte Aussicht frei.

Ben bremste abrupt, wobei seine Füße auf dem losen Kies kaum Halt fanden, sodass er beinahe über die Klippe rutschte. Unter ihm sahen die Bäume aus wie Brokkoli, denn es ging über dreihundert Meter in die Tiefe.

Hinter ihm erschallte ein Geräusch, das ihm die Haare zu Berge stehen und das Blut in seinen Adern gefrieren ließ. Langsam drehte er sich um, die Augen weit aufgerissen und das Gesicht zu einer Grimasse der Angst verzerrt.

Bens Hand schnellte seinen Instinkten folgend an sein Pistolenholster – doch es war leer. Das Wesen brach aus dem Dschungel hervor.

»Mein Gott!«

Ben schreckte aus seinem Schlafsack hoch.

»Hey, alles in Ordnung?« Emma setzte sich auf, rieb sich das Gesicht und schaute ihn sorgenvoll an. »Es hat sich angehört, als ob du weinen würdest?«

»Nee.« Er zog die Nase hoch. »Alles okay, es ist nur ...« Er rieb sich ebenfalls über das Gesicht und stellte fest, dass seine Augen tatsächlich feucht waren. »Nein, es ist nichts.«

»Nino?«, rief er plötzlich aus.

«Si?» Ihr venezolanischer Führer war bereits aufgestanden und gerade damit beschäftigt, seine Schlafstätte zusammenzuschnüren.

»Kannst du ein bisschen Feuerholz sammeln gehen, ich werde versuchen, uns ein paar Fische zum Frühstück zu fangen.« Ben stand auf und rollte dann ebenfalls seine Matte zusammen. Er griff in seinen Rucksack, zog das Moskitonetz hervor und klemmte es sich unter den Arm.

»Brauchst du Hilfe?«, fragte Emma.

Ben lächelte. »Warum hilfst du Nino nicht beim Feuer machen? Außerdem kannst du schon mal die anderen wecken, es wird heute ein langer Tag.«

Sie verzog das Gesicht, stimmte aber zu.

Ben ging etwa hundert Meter den Fluss hinauf, wobei ihm auffiel, dass das Wasser sich immer mehr verfärbte – außerdem wurde es flacher, sodass man mit den Kanus nicht mehr weiterfahren konnte. In diesem Flachwasser waren verschiedene tiefere Becken verteilt, in denen sich knallbunte Fische tummelten, die rote und blaue Streifen hatten und etwa forellengroß waren.

Er legte das Netz an den Rand eines dieser Becken und hielt es fest, sodass die Strömung eine große Auswölbung darin formte. Dann benutzte er einen langen Stock, um ein paar Fische in diese Falle zu treiben. Innerhalb weniger Minuten hatte er eine gute Anzahl beisammen und zog das Netz an Land. Sein Erfolg ließ ihn schmunzeln – *wenn es zuhause doch auch nur so einfach wäre!*

Ben machte sich auf den Rückweg, doch plötzlich blieb er stehen und legte die Stirn in Falten. Am Flussufer waren seltsame Spuren – sie sahen beinahe aus wie von einem großen Autoreifen, der durch den Sand gerollt war. Die Spur war vielleicht dreißig Zentimeter breit und führte direkt zum Wasser … wo sie verschwand. Ben kauerte sich hin, um die Abdrücke genauer zu untersuchen – sie waren nicht alt, maximal ein paar Tage.

Plötzlich begann ein Regenschauer und sofort füllten sich die Spuren mit Wasser. Ben steckte einen Finger hinein, um die Tiefe zu messen. »Was zur Hölle war das?«, fragte er sich.

Mit einem unguten Gefühl schaute er sich um und entdeckte Jenny, die er heranwinkte. Dann schaute er wieder auf die Spuren. Die Pemon hatten gesagt, dass ein paar von ihnen hierhergekommen, aber nie zurückgekehrt waren. Er führte seine Finger an die Nase und rieb sie aneinander, doch er konnte keinen spezifischen Geruch ausmachen.

»Hast du was gefunden?«, fragte Jenny und hockte sich neben ihn.

»Spuren, glaube ich.«

Sie lächelte beim Anblick der Spuren in der Erde. »Das ist aber ein ganz schöner Brocken.« Sie wandte sich Ben zu. »Ich tippe auf *Eunectes Murinus* – die große Anakonda.«

»Was, diese Spuren sind von einer Schlange?« Ben japste.

»Ja, die können angeblich bis zu 9 Meter lang und 200 Kilogramm schwer werden.« Sie schaute sich um, wobei sie auch die Baumkronen über ihnen nicht ausließ. »Und sie lieeeeeben Wasser.«

»Sind sie gefährlich?« Ben stand auf und Jenny tat es ihm gleich.

»Für uns jetzt im Moment nicht. Aber wenn man schwach oder krank ist oder sie uns schlafend vorfinden … dann würden sie vielleicht versuchen, uns am Stück zu schlucken. Natürlich erst, nachdem sie uns mit ihren kraftvollen Muskeln erstickt haben.«

»Okay, dann ist das hier also doch kein perfektes Paradies.«

»Hast du die Bibel nicht gelesen? In jedem Garten Eden gibt es auch eine Schlange.« Sie zwinkerte ihm zu.

Ben kicherte. »Na, dann hoffen wir mal, dass es wirklich nur *eine* ist.«

Als sie zum Lager zurückkehrten, saßen alle um das Feuer herum. Es wurde schon Kaffee gekocht, also benutzte Ben sein Messer, um die Fische auszunehmen und dann auf Äste zu spießen. Danach reichte er jedem einen.

»Ich fürchte, wir haben leider kein Fischbesteck dabei.«

Es schmeckte hervorragend, auch wenn es hier und da ein bisschen angebrannt war. Sie hatten zwar auch noch ihre Essensrationen, doch die wollte Ben gern für Notfälle aufheben.

Dreißig Minuten später waren sie unterwegs und folgten dem Fluss, dessen Ufer einen natürlichen Pfad darstellte. Über Stunden hinweg konnten sie beobachten, wie das Wasser immer flacher wurde, dann von einzelnen Gräsern und schließlich sandigen Hügeln durchsetzt war. Wenig später war es nur noch Schlamm.

Es gab keine Fische mehr, keine Regenbogenvögel, nicht mal die schillernden Libellen. Die Erde unter ihren Füßen hatte sich ebenfalls verändert – das Ufer war verschwunden und sie stiefelten jetzt durch Matsch und über öliges Moos. Die Luft nahm wieder den Geruch von Verwesung und Faulgasen an.

Damit endet dann wohl das Paradies, dachte Ben. Doch erst, als der Schlamm immer mehr wie Jauche wirkte, begann er sich Sorgen zu machen.

Gasblasen platzten an der Oberfläche und gaben einen schwefeligen Geruch ab, während die Luftfeuchtigkeit und Hitze sie schwitzen ließ. Dazu wurde der Schlamm immer tiefer und klebriger, sodass jeder Schritt eine anstrengende Kraftprobe wurde.

Dan stolperte und hielt sich mit der Hand an ein paar Schlingpflanzen fest, doch sofort schrie er vor Schmerzen auf: »Himmelherrgott, verdammte Dornen!«

Er zog sein Messer und hackte auf die Pflanze ein, die noch immer an seinem Handschuh hing. Dann zog er sie vorsichtig heraus. Jenny quälte sich an seine Seite und nahm ihm das dornige Etwas aus der Hand, um es zu betrachten. »Die nennt man hier Katzenklauen-Rebe.« Sie wandte sich Dan zu. »Sind die Stacheln durch den Handschuh gekommen?«

Dan verzog das Gesicht und zeigte ihr seine Hand: »Ja, die sind durchgegangen wie durch Butter.«

»Kein Wunder.« Sie hielt die Pflanze hoch und zeigte ihm die zentimeterlangen Haken. »Die haben sich entwickelt, damit die Pflanze nicht gefressen wird. Sie sind so lang und scharf, dass sie sogar Schuhsohlen durchdringen können.«

»Okay, mach Desinfektionsspray drauf, ein Pflaster und dann weiter«, drängte Ben.

Dan hielt seine blutende Hand hoch. »Etwas mehr Mitgefühl vielleicht?«

Jenny lehnte sich vor und küsste ihn schnell auf die Wange. »So, ist es jetzt besser?« Sie warf die abgeschnittene Rebe ins Gebüsch.

Später am Morgen begann es zu nieseln und durch die wenigen Löcher zwischen den Baumkronen konnten sie dichte Wolken erkennen. Inzwischen war Steve an der Reihe, sie anzuführen. Deswegen war er auch der Erste, der in das Moor trat.

»Scheiße.« Er versuchte seine Beine freizubekommen, doch im Handumdrehen war er bis zu den Knien eingesunken. Jeder Versuch, ein Bein zu heben, führte nur dazu, dass das andere tiefer versank.

Ben war etwa zehn Meter hinter ihm und kam so schnell er konnte, doch beim Anblick des öligen Untergrundes, in den Steve getreten war, hielt er abrupt an.

»Leg' dich flach hin«, sagte Ben. »Das könnte Treibsand sein!«

»Oh mein Gott!« Steve drehte sich um, offensichtlich nicht gewillt, sich komplett mit dem öligen Schleim zu besudeln. In der Nähe hing eine große Wurzel von einem Baum herunter und er versuchte sie zu erreichen.

»Bleib' sofort stehen!«, rief Ben warnend.

Inzwischen hatten auch die anderen sie erreicht, blieben jedoch erschrocken stehen. »Lass' die Hand runter und leg' dich flach hin, *sofort*!« Sein Blick wanderte den Baum hinauf.

Steve tat wie ihm geheißen und legte sich auf den Bauch. »Was? Was ist da?«

Jennys Blick verengte sich. »In dem Baum sind tropische Riesenameisen … ganz schlecht!«

Ben hatte die emsigen Insekten auf dem Baumstamm sofort erkannt, da er schon einmal auf sie getroffen war, und Jennys

Beschreibung »ganz schlecht« war eine massive Untertreibung. Diese bis zu drei Zentimeter langen Ameisen hatten riesige Kiefer und ihre Stiche fühlten sich an wie Elektroschocks. Ihre Nester bauten sie üblicherweise in der Erde, doch den Großteil ihrer Lebenszeit verbrachten sie auf Bäumen. Jede vermeintliche Attacke auf ihr Reich provozierte einen gnadenlosen und potenziell tödlichen Gegenangriff.

Von Steve sah man nur noch Hals und Kopf. Er versuchte einen Blick auf den Baum zu erhaschen. »Können die …?«

»Ja, sie können, und es tut verdammt weh!«

Ben ließ seinen Rucksack in den Matsch fallen und zog ein aufgewickeltes Seil heraus. Sobald du den Stamm anfasst, stürzen die sich auf dich!«

Er warf ein Ende des Seils zu Steve und verteilte die andere Hälfte an sein Team. »Halte dich flach und schwimme in unsere Richtung.« Er drehte sich vorsichtig um. »Eins, zwei, drei, und … ziehen!« Mit aller Kraft schafften sie es, Steve wieder ans Ufer zu befördern.

Der junge Zimmermann richtete sich auf und stand nun von einer dicken, öligen Masse bedeckt vor ihnen. »Danke.« Er verzog das Gesicht, während er seine Kleidung abwischte. »Das ist nichts, was eine Dusche und ein paar Margaritas nicht wieder in Ordnung bringen können!« Er hielt etwas hoch, das vor Schlamm tropfte.

Andrea kicherte, was Steves Stimmung schlagartig verbesserte. »Was hast du da gefunden?«, fragte sie.

Ben schüttelte den Kopf. *Tolle Idee, einfach mal mit einem Team von Anfängern in den Amazonas fahren – was kann da schon schiefgehen?*, dachte er.

»Da drin lag irgendwas«, sagte Steve und zeigte ihnen den Gegenstand, der wie eine zerbrochene Schüssel aussah.

»Lass' mich mal sehen«, sagte Jenny und schob sich an den anderen vorbei.

Steve kratzte noch etwas Schlamm von der Scherbe und reichte sie ihr. Jenny zog ihre Wasserflasche und spülte den Gegenstand damit ab.

»Hey«, intervenierte Ben scharf.

»Nur ein kleines bisschen«, sagte Jenny, während sie weiter schrubbte und das Fundstück dann vor ihr Gesicht hielt: »Das ist alt, sehr alt.«

Dan grinste. »Anscheinend hast du ein Souvenir gefunden, Kumpel!«

Steve wischte sich eine weitere Handvoll fettigen Schlamms von seinem Hemd. »Super, das war es auf jeden Fall wert.«

»Also gab es hier wirklich mal Menschen«, sagte Emma.

»Vor langer Zeit vielleicht«, antwortete Jenny gedankenverloren. »Es sieht aus wie von den Maya, aber nicht so kunstvoll gefertigt. Es ist um einiges primitiver.«

»*Noch* primitiver?« Dan hustete. »Ich dachte, die Maya waren schon vor 4000 Jahren hier. Wie kann es denn noch primitiver sein?«

»Das meine ich nicht, vielleicht waren diese Menschen nach den Maya hier – ein anderes Volk.« Jenny entfernte noch mehr von dem Dreck, der in den eingeritzten Motiven klebte.

Ben kam näher und betrachtete die kleinen Figuren, von denen einige mit Seilen um den Hals zusammengebunden waren. Sie wurden zu einer Art Götzen mit geschlitzten Pupillen geführt.

»Erinnert ein wenig an die Darstellung auf dem Felsen im Fluss. Vielleicht ist das dieselbe Kultur.«

»Auf jeden Fall sind sie schon lange nicht mehr hier, würde ich sagen«, meinte Emma nach einem schweifenden Blick durch die Umgebung. »Vielleicht ist es ja von irgendwo anders hierher gespült worden.«

Jenny gab die Scherbe an Steve zurück. »Nun ja, irgendjemand muss ja mal hier gelebt haben, um diese ganze Legende ins Rollen zu bringen.«

Steve nahm das Fundstück entgegen und zog seinen Rucksack ab, doch Ben schüttelte den Kopf.

»Lass' liegen, Steve, wir können kein zusätzliches Gewicht gebrauchen.«

»Ach, verdammt!« Er warf einen weiteren Blick darauf. »Aber vielleicht ist es wertvoll!«

»Wenn das der Fall ist, wird unser Zoll dich damit auf keinen Fall ausreisen lassen«, gab Nino zu bedenken. »Tut mir leid.«

»Dann zahle ich eben die Zollgebühren«, sagte Dan. »Immerhin hat er in Treibsand gebadet, um das Teil zu kriegen. Er hat es sich hart verdient!«

»Das stimmt!« Steve schaute sich eine Weile um und suchte sich einen dicken Baumstamm, an dessen Fuß er das Bruchstück platzierte. »Ich sehe dich dann auf dem Rückweg!«

»Fertig?«, fragte Ben und gebot ihnen mit einer Geste, sich wieder auf den Weg zu machen. »Lasst uns weitergehen. Alle schön vorsichtig sein, und denkt dran, anfassen dürft ihr …«

»Nichts!«, riefen die anderen im Chor.

Eine Stunde später traten sie aus dem Sumpfgebiet heraus und kamen in eine Landschaft aus riesigen Farnen, die sich weit vor ihnen ausbreitete und leicht anstieg. Ben zog sich Rucksack und Handschuhe aus und wischte sich die Stirn. Selbst mit seinem athletischen Körperbau war ihm schon etwas schwindelig vor Anstrengung.

»Schau mal hier!« Nino ging am Waldrand in die Knie. Dort war ein Ring aus Steinen, in seiner Mitte die verbrannten Überreste eines Lagerfeuers sowie ein paar Fischgräten. Er tauchte seine Finger in den Ascheberg und rieb sie dann für einen Moment aneinander.

»Weniger als einen halben Tag alt«, lautete sein Urteil. Er ging langsam um die Steine herum und betrachtete den Boden. »Drei bis vier Leute, alles kräftige Kerle!«

Ben holte seinen Feldstecher hervor und schaute in die Ferne. Es war nichts zu sehen, denn obwohl sie den dichten Wald jetzt hinter sich gelassen hatten, wuchsen die Farne hier bis zu drei Meter hoch und bildeten regenschirmförmige Wedel.

»Also haben sie hier übernachtet, bevor sie sich an den Aufstieg gemacht haben.« Er legte das Fernglas zurück. »Das bedeutet auf jeden Fall, sie haben einen Vorsprung.«

»Eine Frage«, sagte Dan mit erhobenem Zeigefinger. »Was passiert, wenn wir sie einholen … oder sie uns?«

Ben grinste. »Das kommt darauf an, ob es diejenigen sind, die die Karte haben.«

»Stimmt«, gab Dan zu. »In dem Fall übernimmst du die Gesprächsführung!«

Der Anstieg wurde langsam steiler und die Wanderung wurde zu einer Kletterei. Nach ein paar Stunden wurde der Boden wieder eben und sie machten eine kurze Pause. Von ihrer nun erhöhten Position aus konnten sie den endlos wirkenden Dschungel sehen, durch den sie gekommen waren. Wie Ben schon vermutet hatte, waren sie dem Gewässernetz viele Kilometer gefolgt, doch von hier oben war durch den dichten Bewuchs nichts davon zu sehen.

»Nanu?« Steve hielt sein GPS-Gerät in die Höhe und drehte sich hin und her. »Genau wie bei dem Kompass!«

»Was ist los?«, fragte Emma.

»Schau mal!« Er hielt ihr das Gerät hin. »Da steht: Signal unterbrochen. Und der Kompass dreht auch komplett durch.«

Sie sammelten sich um ihn und jeder gab seine Tipps zum Besten.

»Ach du Scheiße.« Ben prüfte das Satellitentelefon und stellte fest, dass er keinen Empfang hatte, obwohl das Gerät eigentlich überall funktionieren sollte. »Was zur Hölle ist hier los?«

Dan stemmte seine Fäuste in die Hüften und drehte sich um. »Da hätte ich einige Denkansätze: Störsender, elektromagnetische Schilde, oder, was mir am besten gefällt, ein Meteor!«

»Hä?« Steves Brauen verengten sich. »Hast du gerade *Meteor* gesagt?«

»Jawoll«, entgegnete Dan lakonisch. »Dieses Phänomen kann auftreten, wenn ein großer Meteor aus Eisen oder Bruchstücke davon sich in der Gegend befinden. Das kann dann zum Teil oder sogar vollständig alle Signale stören. Ich will damit sagen, dass vielleicht vor Millionen von Jahren so ein Teil hier runtergekommen ist und die gesamte Masse hier verteilt liegt und ein schwaches Magnetfeld bildet.«

Dan schaute auf. »Wenn es stark genug ist, kann es sogar eine Grauzone auf Satellitenbildern hervorrufen. Ist das nicht cool?«

Ein schwerer Regenguss setzte ein und Andrea schaute Dan verwirrt an. »Warum?«, fragte sie. »Was ist denn daran cool?«

Er wandte sich ihr zu. »Weil das bedeutet, wir sind hier am Arsch der Welt, die Satelliten haben einen Blackout, die Einheimischen bleiben fern, weil sie abergläubisch sind und dazu noch die Wolken – das bedeutet, diesen Ort hier gibt es nicht. Wir sind unsichtbar.«

»Das stimmt aber nur teilweise«, sagte Jenny. »Es gibt Karten und auch Satellitenbilder von dieser Gegend.«

»Es passiert nur alle zehn Jahre«, wandte Emma ein. »Es ist also nicht immer so.«

Für einen Moment schwiegen alle. Dann meinte Ben: »Vielleicht nur in der sogenannten feuchtesten Regenzeit … alle zehn Jahre.« Er schaute sich um. »In dem Notizbuch sprach Benjamin davon, dass es nur ein kleines Zeitfenster gibt, in dem die vergessene Welt gefunden werden kann. Könnte das irgendwas mit diesem komischen Magnetfeld zu tun haben?«

»Nein«, sagte Dan.

»Doch«, gab Emma zurück. »Ich glaube, Ben hat teilweise recht!«

Dan hob die Augenbrauen. »Ach so?«

Emma verschränkte die Arme. »Was ist, wenn es kein Meteor ist, sondern ein Komet? Was ist, wenn er eine Auswirkung hat, ohne hier abgestürzt zu sein – indem er einfach nur vorbeifliegt? Zum Beispiel alle zehn Jahre.«

»Das ist genial!« Dan klatschte. »Das könnte es sein! Vor allem, wenn er an dem Punkt ist, wo er der Erde am nächsten kommt – was man die »volle Erscheinung« nennt. Vielleicht entsteht dadurch ein Magnetsturm!«

»Stimmt, vielleicht kommt er alle zehn Jahre vorbei und dieser gigantische Magnetsturm löst dann die feuchteste Regenzeit aus!« Ben dachte die Sache genau durch, weil ihm die Problematik schon die ganze Zeit unter den Nägeln brannte.

»Klar, ich meine, es gibt hunderte von Kometen, die durch unser Sonnensystem schießen. Sie kurven an der Sonne vorbei, werden wieder zurückgeleitet und dann geht das Spielchen von vorne los.« Dans Augen waren nun weit aufgerissen.

»Muss mich beeilen, nur noch ein paar Tage, bis *Primordia* zurückkehrt«, sagte Ben, fast mehr zu sich selbst. Dann schaute er auf. »Das war eine Notiz in dem Buch.«

»Das ist es!« Dan deutete auf Bens Brust. »Jeder Komet bekommt zwei Namen: einen wissenschaftlichen Namen und einen Spitznamen. Ich wette, *Primordia* ist der Name eines Kometen, der alle zehn Jahre zurückkehrt. Er hatte nur wenige Tage Zeit, bis es soweit war.«

»Dann ist es bei uns wie bei Benjamin im Jahre 1908.« Ben wandte sich an Emma. »Wir haben es sogar gesehen; den Strich am Himmel!«

»Verdammt, du hast recht – das muss der Kometenschweif gewesen sein!« Sie stand mit offenem Mund da.

»In der Fachsprache nennt man diese Ausgasungen *Koma*«, sagte Dan, »also ist es wirklich ein Komet!«

»Er ist also im Jahr 2018 wieder da!« Steve breitete die Arme aus. »Und wir sind genau hier, am richtigen Ort!« Er drehte die Handflächen nach oben, sodass Regentropfen darauf prasselten. »In der feuchtesten Regenzeit!«

»Das ist sooo cool!« Andrea ließ ihre kleinen Hände zusammenklatschen.

Ben zog sein Buschmesser hervor und begann auf einen großen Baumstumpf einzuhacken, bis die Form einer Pfeilspitze erkennbar wurde. »Von jetzt an müssen wir unseren Weg markieren. Ohne Kompass, GPS oder sichtbarem Sonnenstand brauchen wir Orientierungshilfen!« Er schaute zurück auf den Dschungel.

»Wenn wir uns hier verlaufen, landen wir ganz schnell in der Hölle.«

Nach ein paar weiteren Stunden der Wanderschaft wurde der Boden noch flacher und der Dschungel wieder dichter. Andrea jammerte nun durchgängig, dass sie müde war, dass ihr die Füße wehtaten und dass sie Kopfschmerzen und Durst hatte. Offensichtlich hatte sie Steve zu ihrem persönlichen Diener auserkoren. Ben lächelte. Vielleicht machte das Steve ja gar nichts aus.

Der Abstand der Baumstämme wurde wieder dichter und so fingen auch die allgegenwärtigen Schlingpflanzen wieder an, ihr Fortkommen zu behindern. Als Ben einen Blick zurückwarf, sah er, dass Jenny angehalten hatte, um einen auffälligen Baumstamm zu betrachten. Sie kniff die Augen zusammen und Ben hob eine Hand, um die Karawane zum Anhalten zu bringen.

»Jenny?«

Sie machte einen Schritt zurück und legte den Kopf in den Nacken, um den Baum auf seiner gesamten Länge zu betrachten. Dann zeigte sie mit dem Finger darauf: »Unmöglich!«

Ben schluckte trocken und trat an ihre Seite. »Was ist los?«

»Das ist los.« Ihre Augen leuchteten.

Ben schaute sich den Baumstamm an, der eine merkwürdige Rinde in Form von Panzerplatten hatte. Der Stamm besaß etwa einen Meter Durchmesser und wuchs bestimmt zwanzig Meter in die Höhe, wo er nur wenige Äste hatte, die mit Blättern bewachsen waren, die eher aussahen wie Gras.

»So einen Baum habe ich noch nie gesehen«, sagte Ben mit einem Schulterzucken. »Andererseits habe ich bestimmt 90 Prozent der Pflanzen hier noch nie zuvor gesehen. Nino?«

Der Venezolaner schaute sich den Baum an und hob ebenfalls die Schultern. »Nein, Señor Ben, so einen habe ich auch noch nie gesehen.«

»Absolut richtig, keiner von euch hat so einen schon mal gesehen, ich auch nicht, und auch sonst niemand anderes in den letzten Jahrtausenden.« Jenny machte ein Foto. »Ich glaube, es ist ein *Lepidodendron*, auch bekannt als Schuppenbaum.« Sie wandte sich Ben zu. »Und der Grund, warum du noch nie einen gesehen hast, ist, dass sie aus dem karboniferen Zeitalter stammen und seit über 100 Millionen Jahren ausgestorben sind!«

»Echt, so alt?« Steve gesellte sich zu ihnen und legte eine Hand auf die Rinde, dann rieb er seine Knöchel daran. »Fühlt sich weich an. Gar nicht wie Holz.«

»Das stimmt«, sagte Jenny. »Denn sie waren eigentlich keine echten Bäume, sondern eher mit Moosarten verwandt.« Sie lächelte. »Heutzutage sieht man sie nur noch in Form von Kohle.«

Emma schaute sich um. »Hier gibt es aber eine ganze Menge von denen. Vielleicht haben sie hier überlebt.«

»Das ist unwahrscheinlich.« Jenny zog ihr Fernglas hervor, doch durch das dichte Baumkronendach und die Wolken war nichts zu sehen. »In direkter Konkurrenz zu modernen Pflanzen haben sie keine Chance, zu überleben. Sie müssen woanders überlebt haben. Sie pflanzen sich durch Pollenflug fort, also sind diese Pollen wohl von irgendwo hierher geweht worden.«

»Oder vielleicht sind die Pollen nach unten geschwebt – von einem Ort, an dem sie seit Millionen von Jahren ungestört sind«, erwog Dan. »Wir müssen verdammt nah am Ziel sein!«

Der Regen wurde schwächer und hörte dann so abrupt auf, als hätte ihm jemand den Hahn abgedreht.

»Lasst uns fünf Minuten Pause machen, wenn das Wetter uns gerade so eine Chance bietet. Und lasst uns was essen«, sagte Ben und ließ sich auf einem runden Felsen nieder. Er öffnete das Notizbuch und blätterte es durch. Emma gesellte sich zu ihm.

»Was hat Benjamin der Erste dazu zu sagen?«

»Ich glaube, er ist auch der Meinung, dass wir nah dran sind.« Er schaute nach oben, über ihren Kopf. »Wegen dieser tiefhängenden Wolken kann man nichts sehen. Aber irgendwo hier muss der Rand des Plateaus sein und in den Notizen spricht er auch von einer Art Tempel.«

Emma seufzte. »Dir ist schon klar, dass es sehr schwer werden wird, dieses Plateau zu erklimmen, wenn wir es überhaupt finden, oder? Diese Dinger sind meistens extrem steil und das für mehrere hundert Meter. Wir beide kommen da hoch, Steve vielleicht auch noch, aber bei den anderen bin ich mir nicht so sicher.«

»Daran habe ich auch schon gedacht. Wir haben nicht so viel Seil dabei, und ich schätze, selbst Steve und ich haben zu wenig Erfahrung im Freeclimbing.« Er lächelte sie verunsichert an. »Das würde unseren gesamten Plan ruinieren.«

»Lass uns einfach hoffen, dass es nicht zu hoch und dafür leicht zu erklettern ist.« Sie lächelte. »Aber ich glaube auch nicht, dass dein Vorfahr ein geübter Kletterer war.«

»Hoffentlich hast du recht. Aber wenn es einen einfachen Weg da rauf oder runter geben würde, dann gäbe es auch keine Isolation – laut Benjamin gab es angeblich eine perfekte Trennung.« Ben stand auf und hielt ihr seine Hand entgegen.

Emma griff zu und zog sich hoch. »Ich schätze, wenn wir das Plateau finden, ist das schon mal was. Aber wenn wir nicht oben ankommen, wissen wir nicht einmal, ob es das richtige ist.«

»Wir kommen oben an«, sagte Ben selbstbewusst. »Auf die eine oder andere Art schaffen wir es!«

»Oder zumindest einige von uns«, fügte Emma hinzu.

Ben drückte ihre Hand. »Aber ich lasse dich nicht allein da hochsteigen!«

»Alles klar, Papi«, grinste sie zurück.

Die Gruppe marschierte schweigend weiter. Der Regen setzte wieder ein und der Dschungel wurde immer dichter – voller merkwürdiger Pflanzen, die selbst Jenny gänzlich unbekannt waren. Nachdem er ein paar Palmblätter beiseitegeschoben hatte, schrie Dan plötzlich triumphierend auf und rannte ein paar Meter nach vorn.

»Ha!« Er deutete mit dem Finger: »Das Kliff!«

Ben und die anderen konnten nicht anders, als zwischen den Farnen und Schlingpflanzen hindurchzurennen, um die orange-rosafarbenen Wände mit eigenen Augen betrachten zu können. Weiter oben verschwanden die schroffen Steingebilde in der allgegenwärtigen tiefhängenden Wolke, doch Ben musste von einem Ohr bis zum anderen grinsen.

»Oh yeah!« Er ging vorwärts, ohne den Blick von der beeindruckenden Aussicht abwenden zu können. Zu ihrer Linken ergoss sich ein Wasserfall, dessen Tropfen in dem diffusen Licht wie Diamanten funkelten. Die Steilwände erstreckten sich nach links und rechts, soweit das Auge reichte, ohne den Anschein zu haben, dass sie irgendwie gekrümmt wären.

»Es ist verdammt riesig!«, sagte Jenny.

»Da kann ich nicht hochsteigen«, gab Nino zu, ganz blass um die Nase. »Vielleicht sollten die, die nicht klettern können, hier warten.«

Ben nickte. »Niemand muss klettern, der nicht möchte!«

»Nee, natürlich nicht. Es ist jedem freigestellt, auf den Ruhm und Reichtum für die fantastischen Sachen, die wir da oben finden werden, zu verzichten!«, spottete Dan.

Nino verzog das Gesicht. »Da oben gibt es einen Schatz?«

»Nein, das ist sehr unwahrscheinlich«, sagte Emma. »Hör' nicht auf ihn!«

»Aber wir wissen nicht genau, was da oben ist«, antwortete Dan. »Also *könnte* es auch ein Schatz sein.«

Ben wandte sich an Nino. »Du musst nicht mit hochkommen.« Er schaute in Richtung Himmel. »Und um ehrlich zu sein, falls wir keinen leichteren Weg nach oben finden, wird es sowieso keiner von uns schaffen.« Ben deutete nach links. »Da lang, würde ich sagen.«

»Wohin denn?«, fragte Steve.

»Zu einem einfachen Weg da rauf, hoffe ich«, antwortete Ben.

◊

Edward Barlow war in dem dichten Unterholz praktisch unsichtbar, genau wie seine Männer. Ein leichtes Lächeln umspielte seine Lippen, als er zusah, wie Janus Bellakov einen Feldstecher an die Augen führte, obwohl sie sowieso nur einige dutzend Meter von Cartwrights Truppe entfernt waren. Diese Amateure machten so viel Krach, dass sie ihr Kommen schon vor Ewigkeiten angekündigt hatten.

Barlow wollte nicht, dass ihnen etwas zustieß; im Gegenteil, er brauchte sie. Die Karten, denen sie gefolgt waren, hatten ihre Schuldigkeit getan und brachten sie jetzt nicht mehr weiter. Er verfluchte seine Handlanger dafür, dass es ihnen nicht gelungen war, auch das Notizbuch zu entwenden.

Er seufzte. Es war so schwer, fähige Mitarbeiter zu bekommen, selbst wenn man alles Geld und die besten Kontakte der Welt hatte.

Barlow sah zu, wie Cartwrights Gruppe vorbeiging, und seine Augen verengten sich. Mit dem Ex-Soldaten, der sie anführte, mussten sie vorsichtig umgehen. Er war im Kampf geübt und stellte als einziger eine Gefahr dar, dessen war sich sogar Mister Bellakov bewusst.

Deswegen mussten sie Cartwright als Ersten ausschalten.

KAPITEL 19

»Wir haben es gefunden!«, rief Emma und stürzte nach vorn.

Ben hetzte hinter ihr her, doch dann blieb er abrupt stehen und starrte einfach nur noch mit offenstehendem Mund. Vor ihm befand sich ein Bauwerk, tempelartig, das komplett in eine Felswand hinein gemeißelt zu sein schien. Weiter oben verschwand es in den dichten Wolken und umrahmt wurde es von zwei knorrigen, uralten Baumstämmen.

»Heilige Scheiße«, zischte er, »es ist also wahr!«

Die grob behauenen Steine waren verwittert und mit Moos bewachsen – sie strahlten Alter, Würde und Kunstfertigkeit aus.

»Da sind wir also«, flüsterte Dan zunächst ehrfurchtsvoll, doch dann legte er den Kopf in den Nacken und johlte vor Freude.

Ben zog das Notizbuch hervor und betrachtete die Zeichnung, die sein Vorfahre von diesem prähistorischen Bauwerk angefertigt hatte. Es stimmte alles; die massiven Bäume mit ihren vielverzweigten Wurzeln, die moosbedeckten Grundsteine sowie die monströsen Götzen am Rande.

»Wahnsinn«, sagte Steve, als er auf das Gebilde zulief.

»Vorsicht!«, mahnte Jenny.

»Hä?« Steve hielt kurz inne. »Klar«, murmelte er dann und wandte sich den Statuen zu. Ihrer Pose nach waren sie zum Angriff bereit, die mit Reißzähnen bewehrten Mäuler weit aufgerissen. »Hey, kein Wunder, dass unsere Führer abgehauen sind, diese Viecher sehen echt gruselig aus!«

Die etwa drei Meter hohen Götzen schienen aus zwei verschiedenen Kreaturen zu bestehen, die sich umeinander schlängelten. Die eine sah aus wie ein zweibeiniges Monster, dessen riesiges Maul aufgerissen war, als würde es drohen oder vor Schmerzen schreien. Das andere Wesen hatte einen muskulösen Körper, der die andere Kreatur umschloss und sie zu würgen schien. Die modellierten Klauen waren schon vor Ewigkeiten abgebrochen, doch sie mussten die Größe von Küchenmessern gehabt haben.

Am Kopf hatte das Monster große, starr dreinblickende Augen mit schlitzförmigen Pupillen.

»*Echt gruselig* ist schon fast untertrieben.« Jenny schaute nach oben, wo sich die Wolke etwas zu lüften schien, sodass ein Ansatz von Grün im Felsen zu sehen war. Sie lächelte. »Ich würde ein Monatsgehalt wetten, dass die Pollen von diesen uralten Bäumen von da oben gekommen sind, genau wie alles andere hier unten, das ich nicht zuordnen konnte.«

Ben hatte die Hände in die Taille gestützt und folgte ihrem Blick. »Tja, dann sollten wir so schnell wie möglich einen Weg nach da oben finden!«

TEIL ZWEI

DIE VERGESSENE WELT

Und morgen verschwinden wir ins Unbekannte.

ARTHUR CONAN DOYLE,
Die vergessene Welt

KAPITEL 20

Ben zog sein Gewehr, das über seiner Schulter gehangen hatte, und brachte es in Anschlag. Als Dan das sah, tat er es ihm gleich, doch Ben winkte ab.

»Lass' erst mal stecken. Wir sind alle ziemlich angespannt und schreckhaft, also lass' uns dafür sorgen, dass wir uns nicht aus Versehen gegenseitig durchlöchern.« Er hob seinen M4A1-Karabiner an, der recht kurz war, aber tödlich aussah. »Ich hab's im Griff.«

Dan nickte und packte seine Waffe wieder weg, dann ging Ben voran. Er hielt seine Taschenlampe in der Hand, die auch den Lauf des Gewehrs umschloss, die andere umfasste den Abzug.

Ben ließ den Lichtstrahl hin- und herwandern, sein Blick war dabei so geschärft wie der eines Adlers. Die Türen des antiken Bauwerks waren längst verrottet oder vielleicht hatte es auch nie welche gegeben. Im Inneren offenbarte sich ein riesiges Gewölbe von der Größe einer Scheune, das abgesehen von einem Altar in der Mitte komplett leer war. Die Wände waren mit weiteren Steinarbeiten übersät: Abbildungen von nicht identifizierbaren Tieren, die möglicherweise prähistorischen Ursprungs oder der Fantasie der Bildhauer entsprungen waren.

»Hallo?«, rief Steve, aber es gab kein Echo.

»Nicht so laut, du Trottel!«, mahnte Dan.

»Wenn es kein Echo gibt, heißt das, dass der Schall verschluckt wurde. Es muss irgendwo noch weitere Öffnungen geben«, sagte Ben. »Verteilt euch!«

Mehrere Lichtkegel schnitten durch die Dunkelheit, als die kleine Gruppe den Raum untersuchte. Der Tempel musste in den Felsen hineingeschnitten worden sein oder eine vorhandene Höhle war erweitert worden. Es waren keine Nebenräume zu sehen und einige der riesigen Steine waren von gigantischen Wurzeln auseinandergeschoben worden.

»Grundgütiger!« Emma hustete. »Schaut euch das an!« Der Altar war an den Seiten mit Bildern von gefesselten Männern und

Frauen verziert, die geköpft worden waren und denen man die Gliedmaßen abschnitt und die Herzen herausriss.

»Oha«, sagte Jenny, als sie ihre Finger über die Vertiefungen in der Oberfläche gleiten ließ. »Menschenopfer«, flüsterte sie. »Mein Gott, was haben die mit diesen Menschen gemacht?« Sie deutete auf die nächste Szene, die aussah, als würden Männer ganze Körbe voller Leichenteile schleppen.

»Raubtierfütterung«, sagte Andrea leise. Sie zeigte auf das nächste Bild, in dem die Eingeborenen das Fleisch zu einem gigantischen Wesen brachten, das nur aus Zähnen zu bestehen schien. »Sieht aus wie das Vieh da draußen!« Ihre Stimme war nur noch ein Wimmern.

»Die Narren füttern das Monster in der Hoffnung, dass es sie dann verschonen wird«, sagte Emma. »Aber am Ende hat es wahrscheinlich doch alle verschlungen.«

»Ich habe was gefunden!«, rief Steve.

Alle hielten nach ihm Ausschau, doch erst, als er hinter einem dicken Steinbrocken an der Rückwand des Raumes auftauchte, sahen sie ihn. Er duckte sich und verschwand wieder. »Hier ist ein Durchgang!« Steves Stimme klang nun so, als wäre sie noch weiter entfernt.

Die Steine waren so positioniert und behauen worden, dass sie beim Blick von vorn den Eindruck erweckten, eine geschlossene Wand zu bilden. Doch je näher man kam, desto deutlicher wurde, dass es sich dabei um einen perspektivischen Trick handelte.

»Wartet hier!«, rief Ben, als sich die Gruppe an der Rückwand versammelte. Er sah, dass die Felsen immer gröber zu werden schienen, und seine Vermutung, dass es sich um eine natürliche Öffnung handelte, bestätigte sich. Steve machte Platz, als Ben an seiner Seite auftauchte. Er ließ seinen Lichtstrahl umherwandern. »Da sind eine Menge Wurzeln und vielleicht ist die Höhle auch schon mal eingestürzt, aber ich spüre einen Luftzug!«

Ben nickte: »Da wird auf jeden Fall Luft hineingesaugt, und zwar nach oben!«

»Da kannst du Gift drauf nehmen!« Steve ließ den Lichtkegel seiner Taschenlampe weiter hinaufwandern. Die Öffnung war schmal, vielleicht gerade einen Meter breit, und dicke Wurzeln schlängelten sich überall entlang.

Dan steckte seinen Kopf zwischen den beiden hindurch und schaute nach oben. »Worauf warten wir?«

»Lasst mich mal schauen!« Jenny versuchte sich zwischen den beiden großen Kerlen hindurchzuquetschen und Ben merkte, dass Emma und Andrea ebenfalls von hinten schoben. Er grunzte und machte schließlich Platz, woraufhin er bald in einer dichtgedrängten Gruppe stand.

Er sah auf seine Uhr und stellte fest, dass es vier am Nachmittag war. Das bedeutete zwar, dass sie noch ein paar Stunden Tageslicht hatten, doch er wusste nicht, wie lange es dauern würde, nach oben zu klettern. Dort in der Nacht anzukommen wäre auf jeden Fall ein unnötiges Risiko.

»Es gibt gute und schlechte Nachrichten«, sagte Ben und stemmte seine Fäuste in die Seiten, woraufhin alle ihn anschauten. »Es sieht so aus, als könnten wir durch diesen Tunnel hochklettern – wir passen vielleicht geradeso durch, größere Wesen aber nicht. Das ist der gute Teil. Die schlechte Nachricht ist, dass wir erst mal schauen müssen, wie weit wir kommen – wir müssen prüfen, ob es wirklich keine Engstellen gibt. Das wird dauern.«

Ben stöhnte, als er feststellte, dass die Gruppe sofort wieder in den Gang drängte, als er fertig gesprochen hatte.

»Das Plateau ist ein paar hundert Meter hoch, das heißt, es wird verdammt schwierig, da hinaufzuklettern – deswegen werden wir es heute nicht mehr schaffen.«

Emma drehte sich um und schaute ihn enttäuscht an.

Ben zuckte mit den Schultern. »Es geht einfach darum, dass ich nicht in der Nacht da ankommen will.«

»Aha.« Dan hob eine Augenbraue. »Der ungeduldige Teil von mir sagt, du bist einfach nur ein Spielverderber. Aber die schlaue, nachdenkliche Seite – die einen wesentlich kleineren Teil von mir ausmacht – sagt, dass du recht hast.« Er grinste.

»Also sollen wir hier übernachten?«, fragte Emma wenig begeistert.

»Genau. Hier ist es windgeschützt, trocken und sicher«, sagte Ben, woraufhin sich alle um ihn scharten. »Hier ist mein Plan:

Steve, ich möchte, dass du ein Stückchen hochkletterst, am besten mit Emma zusammen, damit wir wissen, wie es aussieht.«

Emmas Laune wurde schlagartig besser, doch Ben blieb ernst. »Nur ein paar hundert Meter, okay?«

Steve nickte. »Klar.«

Ben wandte sich an Emma. »Das gilt auch für dich, versprich es mir!«

»Oooookay«, sagte sie zögerlich.

»Versprich es!«, bohrte Ben nach.

Sie lächelte und legte eine Hand aufs Herz: »Ich verspreche es.«

Ben nickte. »Dan und Andrea sammeln Holz und machen ein Feuer. Jenny und ich sehen zu, dass wir etwas zu Essen finden. Nino, du schaust dich um, damit sicher ist, dass wir nachts keine unliebsame Überraschung erleben.«

Der Venezolaner salutierte. Ben wartete ab, ob noch jemand Fragen hatte, doch als diese ausblieben, wandte er sich an Jenny: »Lass' uns auf die Jagd gehen.«

Ben riss die Augen auf. An Schlaf war urplötzlich nicht mehr zu denken. Das Feuer war ausgegangen, doch die Glut ließ die Höhle in einem höllisch-roten Glanz erstrahlen.

Er lag für einige Minuten einfach nur da und atmete ruhig, wobei er seine Augen langsam umherwandern ließ. Er hatte sich im Eingangsbereich hingelegt, mit Blick nach draußen. Alle anderen schienen friedlich zu schlafen und es gab keine ungewöhnlichen Anzeichen für irgendwas. Dennoch signalisierte ihm seine soldatische Intuition, das etwas nicht stimmte.

Nun hörte er ein Geräusch von draußen; einen brechenden Ast. Das Klangvolumen verriet ihm, dass ein signifikantes Gewicht dahinter stehen musste.

Ben richtete sich lautlos in eine sitzende Position auf und zog seine Pistole. Von seinen Einsätzen hatte er die Angewohnheit beibehalten, in seinen Stiefeln zu schlafen, so stand er nun einfach auf und schlich an der Mauer entlang auf den Eingang zu, um einen Blick nach draußen zu werfen.

Es war nichts zu sehen, obwohl er für fünf Minuten wie ein Ölgötze dastand und keinen Muskel bewegte. Doch als er sich gerade entspannen wollte, hörte er wieder etwas; diesmal weiter weg. Jemand oder etwas war eindeutig da draußen unterwegs.

Er ging in die Hocke und schlüpfte nach draußen, wo er sich schnell bewegte, um hinter dem nächsten großen Farn in Deckung zu gehen. Dort verharrte er und wartete darauf, dass seine periphere Wahrnehmung eine Bewegung registrierte. Nachdem einige Minuten nichts passiert war, atmete er zischend aus und dachte frustriert, wie gern er jetzt ein Nachtsichtgerät hätte. Durch die dichte Wolkendecke waren weder Mond noch Sterne zu sehen, deshalb gab es überhaupt kein Licht. Ben hatte zwar schon unter solchen Bedingungen kämpfen müssen und wusste, wie man sich Geräusche, Gerüche und die eigene Intuition zunutze machte. Doch der beinahe wichtigste Faktor war Glück und darauf hatte man keinen Einfluss.

Plötzlich wieder ein Geräusch, dazu das Aufflammen eines kaum wahrnehmbaren Lichts – es waren also Menschen – vielleicht ein Feuerzeug? In gebückter Haltung schlich er sich voran, wobei er etwa fünfzig Meter weiter in den Dschungel vordrang. Inmitten der Feuchtigkeit des Urwaldes konnte er den Tabak riechen – trockenen, billigen, importierten Tabak. Und da war es plötzlich, das stecknadelkopfgroße Glühen, das entstand, wenn jemand an einer Zigarette zog. Ben beschrieb einen großen Bogen, um sich dem Raucher von hinten zu nähern.

Und da stand er dann auch: Ein Riesenkerl, der abgeschirmt durch einen großen, behaarten Farnstamm, den Tempel beobachtete. Ben umklammerte seine Pistole und richtete sich auf. Vorsichtig näherte er sich, doch der andere Kerl war so konzentriert, dass er ihn überhaupt nicht wahrnahm.

»Schöne Nacht, um Vögel zu beobachten, oder?«

»Вибачте?« Der Mann erstarrte, wobei er seine Zigarette in der erhobenen Hand hielt. Ben erkannte die Sprache nicht, vermutete jedoch, dass es Russisch sein könnte. Er fragte nach: »Русский?«, doch in der Dunkelheit konnte Ben erkennen, wie sein Gegenüber den Kopf schüttelte. Also versuchte Ben es mit Englisch: »Bist du allein?«

Der Mann schüttelte wieder den Kopf, aber wohl eher, weil er ihn nicht verstand. Vielleicht sollte Dan es probieren, denn der konnte ein paar mehr Sprachen, wie Ben wusste.

»Dann bringe ich dich mal zu den anderen. Schauen wir doch mal, ob jemand aus dir schlau wird.«

Ben sah, dass der Mann eine Pistole in seinem Gürtelholster trug und deutete mit der freien Hand darauf, während er mit der anderen weiter auf dessen Brust zielte.

»Die nehme ich!«, sagte er bestimmt und hielt seine Hand auf.

Sein Gegenüber hielt den Blick auf Ben gerichtet, nicht auf dessen Waffe. Das zeigte Ben, dass er ein Profi war, denn ein Amateur wäre von einer auf ihn gerichteten Pistole wie hypnotisiert gewesen. Doch es war nicht die Pistole, die bestimmte, was als Nächstes passieren würde, sondern die Gedanken des potenziellen Schützen. Und ein Blick in die Augen ließ darüber die meisten Rückschlüsse zu.

Der Mann zog seine Pistole aus dem Holster und reichte sie Ben vorsichtig. Der nahm sie und schob sie in seinen Gürtel.

»Hier entlang!« Er bedeutete dem Kerl, sich in Bewegung zu setzen, und sie liefen zusammen auf die Ruinen zu. Ben hatte hunderte Fragen im Kopf und hoffte, diese bald beantwortet zu bekommen.

Der Typ schlurfte, blieb in Lianen hängen und hielt seine Hände vor sich, als wären seine Augen verbunden. Doch Ben wusste, dass das alles nur Show war, und schließlich riss ihm der Geduldsfaden. Er packte den Hünen an der Schulter und begann ihn durchs Unterholz auf den rötlichen Schein der Tempeltüren zuzuschieben.

Am Eingang angekommen schubste er den Kerl zu Boden, um wieder eine Hand frei zu haben, damit er mögliche Angriffe aus den Schatten abwehren konnte. Doch was er sah, ließ ihm das Herz in die Hose sinken.

»Na endlich. Guten Abend, oder ist es schon ein guter Morgen, Mister Cartwright?«

Ben hechtete nach vorn und packte sich wieder den Kerl, den er gerade weggeschubst hatte, um ihn als menschlichen Schutzschild zu benutzen.

Der Fremde, der ihn angesprochen hatte, war dicklich, in seinen Fünfzigern und sah extrem selbstzufrieden aus. An seiner Seite hatte er zwei weitere Hünen, die verschlagen und kampferprobt aussahen und Bens Freunde in Schach hielten. Sie hatten ihnen bereits alle Waffen weggenommen und diese auf einer Seite des Tempels aufgestapelt.

»Wer zur Hölle seid ihr Wichser?«, knurrte Ben.

»Was ist denn das für eine Ausdrucksweise? Es sind doch Damen anwesend!«

Der Mann sah ernsthaft bestürzt aus. »Mein Name ist Barlow, Edward Barlow. Der Herr, der mit Ihnen unterwegs ist, heißt Janus Bellakov. Er hatte die Aufgabe, sie hierher zurückzubringen, was er getan hat.«

Steve stürzte sich auf einen der Männer, doch schneller, als es irgendjemand für möglich gehalten hatte, zog ihm der Hüne den Griff seiner Pistole übers Gesicht, wobei seine Lippe aufplatzte. Dann stand Barlows Scherge drohend über ihm und zielte mit der Waffe genau auf seinen Kopf. Anschließend ließ er die Waffe drohend von einem Gefangenen zum anderen wandern, um vor weiteren Angriffen zu warnen.

Nino zuckte zusammen und hielt seine Hände noch höher: »Ich bin nur der Führer!«

»Das reicht jetzt, Mister Koenig«, sagte Barlow und sein Handlanger trat widerwillig einen Schritt zurück.

»Ihr Hurensöhne!« Ben zog Bellakov nach hinten und packte ihn am Kragen, wobei er ihm die Mündung seiner Pistole in die Rippen drückte. »Das hier ist also Ihr Freund, ja? Warum lassen Sie nicht alle *meine* Freunde gehen, dann können wir reden!«

»Wir reden doch schon.« Barlow lächelte weiter. »Und wenn Sie ihn unbedingt erschießen wollen, machen Sie das. Allerdings müssten wir dann einen Ihrer Leute erschießen, oder vielleicht auch zwei, damit es fair bleibt.«

Ohne ihn anzuschauen, sprach Barlow weiter. »Mister Koenig, wählen Sie eine der Frauen aus.«

Der Recke zu Barlows Linken richtete seine Waffe auf Emmas Kopf. Sie presste ängstlich die Augen zusammen, doch ihr Mund wirkte immer noch trotzig.

Scheiße, dachte Ben. Er wusste genau, dass er schnell war und gut genug zielen konnte, um Barlow oder Koenig mit einem Schuss erledigen zu können. Doch dann wären noch zwei andere übrig, die zu feuern anfangen könnten, und mit so vielen Zivilisten im Raum war die Chance, dass jemand getötet werden würde, extrem hoch.

»Was wollen Sie?«, herrschte er Barlow an.

»Ich will nur reden. Das ist alles.« Der Kerl hielt eine flache Hand hoch. »Ich schwöre es.«

»Ich sehe das doch aber richtig, dass ich zwei Ihrer Jungs schon mal getroffen habe, und zwar in dem Hotel bei Windlesham Manor. Ist das Ihre Art, Gespräche zu führen?«

»Das war dumm, ich weiß.« Barlow seufzte. »Aber wenn ich Ihnen einfach gesagt hätte, dass ich wissen will, was Sie für Informationen besitzen, oder dass ich mitkommen will, dann hätten Sie bestimmt nicht so geantwortet, wie ich es mir gewünscht hätte. Es war falsch zu versuchen, Ihre Sachen zu stehlen, und dafür möchte ich mich von ganzem Herzen entschuldigen.«

»Wer von denen war es?«, knurrte Ben.

Barlow grinste. »Na, Ihr Freund hier natürlich.« Er zwinkerte Bellakov zu.

»Super.«

Ben riss Bellakov am Kragen zurück und zog ihm dann seinen Pistolengriff über den Schädel. Der Hüne ging zu Boden. »Das ist für den Tritt in den Magen, du Wichser!«

Er ließ seine Pistole sinken, behielt sie aber weiterhin in der Hand.

»Waffen runter, dann können wir reden!«

Barlow wandte sich nickend nach rechts und links. Seine Männer ließen ihre Waffen sinken und nahmen eine entspannte Haltung an. Zu Bens Füßen stöhnte Bellakov und richtete sich schließlich auf, wobei er Ben einen hasserfüllten Blick zuwarf, den Ben wissentlich erwiderte.

»Wann immer du willst, Kumpel.«

»Genug davon!« Barlows Stimme hallte scharf durch den Raum und Bellakov zog sich widerwillig zurück, wobei er sich den Kopf rieb.

Barlow lächelte. »Ich wusste, dass Sie diesen Ort finden würden. Deswegen sind wir Ihnen gefolgt.«

Emma trat an Bens Seite. »Sie waren doch vor uns hier!«

»Nur zu Anfang«, sagte Barlow. »Dann haben wir eine Schleife gedreht, um euch zu folgen. Wir waren bereits am Ende der Notizen auf der Karte angekommen und hatten keine Ahnung, wie wir von dort aus weiterkommen sollten. Dann sind auch noch GPS, Kompass und Funk ausgefallen und wir wussten, dass wir mit Glück allein nicht weiterkommen würden.« Er hüstelte, bevor er ein Taschentuch hervorzog und sich über die Stirn und dann die Lippen wischte.

»Nein, da war es doch viel angenehmer, dem Herrn mit dem Notizbuch zu folgen.« Er schaute Bellakov strafend an. »Denn das war uns ja in England leider durch die Lappen gegangen.«

»Tolle Geschichte, aber wir brauchen keine weiteren Leute in unserem Team.« Steve stand langsam auf und ging auf seine Pistole zu, doch einer von Barlows Männer zielte auf ihn, was Ben dazu veranlasste, wiederum auf ihn zu zielen. Barlow hob die Hand und richtete das Wort an Steve: »Jetzt noch nicht, junger Mann«, woraufhin er mit väterlicher Stimme hinzufügte: »Aber vielleicht bald.« Er wandte sich an Emma. »Sie können uns nicht aufhalten und nicht abhängen, Sie können sich nicht vor uns verstecken und außerdem sind Sie viel zu nett, um etwas Gewalttätiges oder gar … Endgültiges zu tun.« Er hob eine Augenbraue. »Also, was haben Sie für eine Wahl? Wir folgen Ihnen so oder so. Aber noch besser wäre es, wenn wir uns zusammentun. Denn ich glaube, das wird da oben kein Picknick, oder was meinen Sie?«

Barlow fand einen geeigneten Steinklotz, um sich darauf niederzulassen. »Setzen wir uns doch bitte alle.« Er legte seine fleischigen Unterarme in seinen Schoß und schaute jeden von ihnen für einen Augenblick an.

»Freunde, schon als ich ein Kind war, habe ich Gerüchte gehört, dass Sir Arthur Conan Doyles *Vergessene Welt* auf wahren Begebenheiten basiert. In der Schule las ich, dass mehr und mehr

Tepuis gefunden wurden, von denen einige wirklich gigantisch waren – so hoch, dass es auf ihnen wirklich Lebensformen gab, die Millionen von Jahren in völliger Isolation lebten.«

Er seufzte. »Aber diese Lebewesen, diese isolierten Überbleibsel, waren nur Insekten, primitive Pflanzen und Würmer. Doch ich dachte mir, wenn es eine Fläche gäbe, die nur groß genug wäre, dann müssten die Lebewesen dort auch größer sein.« Er hob sein Kinn. »Nachdem ich dann ein paar finanziell gute Entscheidungen getroffen hatte, sah ich mich in der Position, mit der Suche zu beginnen.«

»Wie haben Sie uns gefunden?«, wollte Dan wissen.

»Daniel Murakami, *Dan*, ich bin doch sehr überrascht, dass ausgerechnet Sie das fragen. Als Spezialist für Informationsdienste und Kommunikation ist das doch genau Ihr Gebiet. Ich habe ganz einfach eine Falle gestellt, die Sie ausgelöst haben, als Sie mit Ihren Recherchen über das Notizbuch angefangen haben. Ich hatte schon einen Plan vorbereitet und brauchte nur noch das Ziel … und das haben Sie mir geliefert.«

Dan stöhnte, denn er hatte bereits geahnt, dass er dafür verantwortlich war, Barlow alarmiert zu haben.

»Was wollen Sie denn von dieser … von *uns*?«, fragte Jenny.

»Ich will nur wissen und mit eigenen Augen sehen, was dort oben sein könnte. Das Geheimnis wird unseres bleiben, doch ich möchte mir das Recht herausnehmen können, hierher zurückzukehren, um weitere … *Nachforschungen* durchzuführen.«

»Sie meinen, um Jagden zu organisieren«, sagte Jenny zornig.

»Forschen, jagen … verschiedene Seiten der gleichen Medaille«, sagte Barlow mit einem Schulterzucken.

»Es ist aber auch egal«, sagte Ben. »Denn angeblich kann man diesen Ort nur alle zehn Jahre finden. Wenn Sie nächste Woche zurückkommen, wird es Ihnen nicht gelingen.«

Barlow kicherte. »Ach wirklich, und wie soll das gehen? Verschwindet die gesamte Hochebene?«

Nun war Ben klar, dass Barlow diesen Teil der Legende noch nicht gehört hatte.

»Und, wie sieht es aus?« Barlow studierte ihre Gesichter. Es herrschte für eine Weile Stille, dann hielt er eine Hand hoch. »Sie haben mein Wort darauf. Und da meine Männer erfahrene Jäger, Spurenleser und Buschmänner sind, werden wir für Sie von großem Wert sein.«

Ben schaute von Barlow zu Bellakov, dann in die ausdruckslosen Mienen von Koenig und Bourke. Beide sahen fies und kaltschnäuzig aus. Unterm Strich vertraute Ben diesen Kerlen keinen Meter über den Weg. Doch sie waren bewaffnet und hatten bereits gezeigt, dass sie vor Gewaltanwendung nicht zurückschreckten. Wenn er ablehnen würde, was würde sie dann davon abhalten, alle seine Freunde an Ort und Stelle umzubringen? *Zeit, das Spiel mitzumachen und abzuwarten*, dachte er sich.

»Einverstanden«, sagte er schnell.

»Was?« Emmas Gesicht verzerrte sich vor Wut.

»Hey, Ben, das kannst du nicht allein entscheiden.« Dan und Steve sahen erstaunt aus.

»Wir brauchen sie«, sagte Ben nüchtern. »Wenn die Fauna da oben auch nur annähernd so ist, wie sie mein Vorfahre in dem Notizbuch beschreibt, brauchen wir so viele Beschützer wie möglich.«

»Weise Entscheidung«, sagte Barlow und klatschte sich auf die Schenkel. Dann sah er auf die Uhr: »Es ist drei Uhr nachts – in ein paar Stunden wird die Sonne aufgehen. Es wäre vielleicht nicht dumm, so früh am Tage anzukommen, wie wir können. Was meinen Sie, Mister Cartwright?«

»Auf jeden Fall, und nichts für ungut.« Ben streckte Bellakov eine Hand entgegen, die der jedoch ignorierte. Ben lachte und wandte sich an Barlow. »Wir packen zusammen, essen schnell etwas und brechen dann auf.« Er näherte sich dem Schacht. »Steve, Emma, erzählt doch noch mal kurz für unsere Neuankömmlinge, was ihr da drin gesehen habt.«

Steves Augen waren immer noch rot vor Wut und er murmelte etwas in seine angeschwollene Lippe hinein. Emma legte eine Hand auf seinen Arm und übernahm mit lauter Stimme: »Es ist ein Schacht, nicht ganz senkrecht, aber steil. Er ist von Wurzeln gesäumt, an denen man gut klettern kann. Es gibt bestimmt einige Engstellen, aber ich denke, dass man hindurchkommt. Jedenfalls als Mensch mit normaler Statur.« Sie warf Barlow einen kritischen Seitenblick zu.

Der Angesprochene grinste. »Dann ziehe ich wohl besser den Bauch ein, nicht wahr?«

Emma fuhr fort: »Ich schätze, dass wir dreihundert bis fünfhundert Meter vor uns haben. Und ich vermute, es gibt keine Stellen, an denen man eine Pause machen kann. Somit müssen wir entscheiden, ob alle mitkommen oder nicht.« Sie ließ ihren Blick zu Andrea gleiten, die sofort ihre Stirn in Falten legte.

»Hey!«, jammerte sie. »Meinst du wirklich, ich bin den ganzen Weg hierher geflogen, gepaddelt und marschiert, nur um jetzt hier unten zu bleiben und auf eure Klamotten aufzupassen?« Sie starrte Emma mit zusammengepressten Lippen an: »Ganz sicher nicht.«

»So schlimm ist die Höhe auch gar nicht«, ging Jenny dazwischen. »Es gibt andere Tepuis, die bis zu tausend Meter hoch sind!«

»Das ist gut. Steve, ist bei dir alles in Ordnung?«, fragte Ben.

Der junge Mann massierte kurz seinen Unterkiefer und nickte dann. »Nichts, was eine kleine Revanche nicht in Ordnung bringen könnte.« Er warf Koenig einen hasserfüllten Blick zu, doch der grinste nur als Reaktion. »Ich werde mich beherrschen.«

»Nino, was ist mit dir?« Ben sah, dass der junge Führer inzwischen aufgestanden war und von einem Fuß auf den anderen trippelte. Dann schüttelte er den Kopf: »Ich glaube, ich gehe lieber wieder nach Hause.«

»Nein, das werden Sie nicht«, sagte Barlow. »Sie können hier am Fuße des Plateaus bleiben und ich lasse Ihnen einen meiner Männer als Wache da. Aber es wird sich niemand aus dem Staub machen und von unserem Fund berichten, bis wir es sagen – oder besser gesagt, bis *ich* es sage. Ist das klar?«

Ben zuckte mit den Schultern. »Kannst du eigentlich klettern?«

Nino nickte.

»Dann komm' mit, ich gebe dir auch einen dicken Bonus für deine Mühen, versprochen!«, sagte Dan und zeigte Nino sein schönstes Verkäuferlächeln.

»Ich kann klettern.« Er schaute Barlow beleidigt an. »Und man kann mir vertrauen.«

»Okay, dann bilden wir Teams«, sagte Ben. »Emma, Nino und ich übernehmen die Führung. Dann kommen Steve und Andrea sowie Dan und Jenny. Mister Barlow, Sie können die Reihenfolge Ihrer Leute selbst festlegen. Und ich würde sagen, wir klettern so leicht wie möglich. Sämtliches unnötige Equipment lassen wir hier unten.«

»Einverstanden«, sagte Barlow. »Abgesehen von einer Änderung: Mister Bellakov und ich klettern direkt hinter Ihnen und Ihrem ersten Team und Mister Koenig und Bourke werden die Nachhut bilden. Ist das in Ordnung?«

Barlow hob die Augenbrauen, doch Ben wusste, dass die Frage rhetorisch gemeint war.

»Klar«, sagte er.

Sie aßen schweigend ihre letzten Rationen und beschäftigten sich dabei mit ihren eigenen Gedanken. Bens Blick fiel auf Bourke, der an irgendetwas herumfummelte, und als Ben die Form erkannte, stöhnte er.

»Was zur Hölle habt ihr denn damit vor?«

Bourke ignorierte ihn und arbeitete weiter. Ben stand auf und Bellakov tat es ihm gleich.

»Habe ich schon Halluzinationen oder zählt hier gerade irgendein Spinner seine Handgranaten?«, fragte Ben laut.

Bourke schaute grinsend zu ihm auf, als er die olivgrünen Eier aus ihrer Verpackung nahm und sie in einer Reihe auf dem Boden auslegte. »Defensive Handgranate F-1, fünf Sekunden Zündversatz und zwanzig Meter tödlicher Sprengradius.« Er zwinkerte Ben zu. »Diese Schätzchen machen richtig Kleinholz.«

»Die werden vor allem aus *uns* Kleinholz machen, wenn irgendetwas schiefgeht«, sagte Ben wutschnaubend.

Barlow seufzte. »Beruhigen Sie sich, Mister Cartwright, wir wissen doch noch gar nicht, womit wir es dort oben zu tun bekommen werden. Sollte es zu einer misslichen Situation kommen, wäre es mir lieb, wenn der gute Mister Bourke uns aus dieser befreien könnte.«

Ben kochte. Einerseits war es ihm nicht geheuer, wenn jemand anderes Sprengstoff dabei hatte und er selbst nicht. Außerdem hatte er keine Ahnung, ob Bourke ausreichend geschult war, um die Granaten sicher transportieren zu können.

»Die werden aber nur eingesetzt, wenn ich es sage«, knurrte Ben.

Bourke schaute zu ihm auf und kicherte: »Ist klar.«

Ben setzte sich wieder und vollendete seine Mahlzeit. Die ganze Situation gefiel ihm von Minute zu Minute weniger.

Draußen war es immer noch dunkel, als sie ihre Kopflampen anlegten und sich am Eingang des Schachtes in einer Reihe aufstellten.

KAPITEL 21

Vollständige Erscheinung des Kometen

Komet P/2018-YG874, genannt *Primordia*, hatte auf seiner Umlaufbahn nun den erdnächsten Punkt erreicht.

Die magnetische Verzerrung entfaltete dementsprechend auch ihre stärkste Wirkung, doch inzwischen hatten sich die Feldlinien stabilisiert. Die hurrikanartigen Winde, die über ihnen auf dem Plateau getobt hatten, beruhigten sich und flauten ab. Die dichten Wolken wurden zu einem leichten Bodennebel, der durch den urzeitlichen Wald zog. Warmer Regen fiel auf eine vergessene Welt. Die feuchteste Regenzeit hatte begonnen.

KAPITEL 22

Ein warmer Luftzug rauschte an Emma vorbei, als sie auf einem kleinen Vorsprung stand und hinauf in den natürlichen Tunnel blickte. Ihre geübten Augen suchten sich geeignete Haltepunkte für ihre Finger und Zehen.

Das Gute war, dass der Schacht so eng war, dass man sich mit ausgestreckten Beinen so einklemmen konnte, dass man Halt fand und sogar einen Moment in dieser Lage ausruhen konnte. An schwierigen Stellen konnte man sich deswegen einfach weiter vorarbeiten, in dem man sich immer wieder an den Wänden abstützte und nach oben schob. Sie führte die Gruppe an und benutzte ihr Jagdmesser, um die zahlreichen Wurzeln wegzuschneiden, die im Weg waren, doch bis jetzt hatte es kein wirklich ernstzunehmendes Hindernis gegeben. Zusätzlich verriet ihr der konstante Luftzug, dass dieser Tunnel bis oben hin durchgängig war. Zumindest hoffte sie das. Denn es bestand auch die Chance, dass er irgendwo eine Biegung machte und in die schroffe Felswand hineinmündete.

Sie schaute auf Ben hinunter – er war kein Profi-Kletterer, aber er war fit und durchtrainiert, sodass er problemlos mit ihr mithalten konnte. Und er hatte immer ein Lächeln für sie übrig, wenn er ihren Blick bemerkte.

»Hey, wenn mein Ur-Urgroßvater es schon geschafft hat …«

Sie lachte. »Stimmt, aber der war damals jünger, als du jetzt bist!«

Emma richtete ihre Kopflampe neu aus und kletterte weiter. Unter sich hörte sie Nino schwer atmen, noch weiter weg eine fluchende Männerstimme und irgendjemanden, der jammerte. Sie hingegen war in ihrem Element. Sie war im Klettern geübt und außerordentlich gut darin, sich Hand für Hand und Zeh für Zeh voranzuarbeiten, ohne den Kletterern hinter sich das Leben schwerzumachen.

Sie legte wieder eine kleine Pause ein, um eine Biegung in dem Schacht zu untersuchen. Die Felsen waren alt, aber sehr fest

– vermutlich war es Granit. Es war hart wie Stahl, und damit war die Chance, die weiter unten Kletternden mit losem Geröll zu bombardieren, praktisch null.

Wieder schaute Emma nach unten. Nino war schon am Kämpfen und sie stellte fest, dass Ben ihn hatte vorbeiziehen lassen, damit er den armen Kerl bei jedem neuen Zug unterstützend nach oben schieben konnte. Bei diesem Anblick musste sie grinsen, sie konnte nichts dagegen tun. Sie mochte Ben einfach. Sie hatte ihn schon in der Schule gemocht, und jetzt, wo er erwachsen war, mochte sie ihn noch mehr.

Um die Wahrheit zu sagen, war sie nicht nur hier, um ein verschollenes Plateau zu finden; sie war wegen Ben hier. Für sie war er der Traummann: groß, gut aussehend und aus einer netten Familie stammend. Jede einzelne dieser Eigenschaften hätte ihn schon weit oben auf ihre Liste gesetzt, aber alle drei zusammen … nun … sie hatte bereits für sich beschlossen, dass er ihr diesmal nicht so leicht entkommen würde.

Sie kicherte in die Dunkelheit hinein.

»Alles in Ordnung da oben?«, rief er zu ihr hinauf.

»Alles okay soweit!« Sie richtete den Strahl der kleinen Taschenlampe, die sie zusätzlich an ihrem Handgelenk befestigt hatte, nach oben – es war noch kein Ende in Sicht. Laut ihren Schätzungen waren sie etwa hundert Meter weit gekommen und hatten noch einmal das drei- bis vierfache dieser Strecke vor sich.

Sie rief zurück: »Wie läuft es da unten? Sind noch alle vollzählig?«

Ben hielt an, denn er verstand, worauf sie hinauswollte. »Alle mal melden!«, rief er nach unten. Einer nach dem anderen rief nach oben, wobei die Stimmen immer leiser wurden, je mehr es in die Tiefe ging. Selbst der unsympathische Barlow und seine Affenbande stimmten ein. Sie traute ihnen nicht über den Weg und fragte sich immer noch, warum Ben zugestimmt hatte, sich mit ihnen zusammenzutun. Aber es gab wohl keine Wahl, dachte sie sich.

Emma wandte sich wieder dem Schacht zu, rieb sich kurz die Hände an der Hose und setzte ihren Weg dann fort. Für sie war der Aufstieg ein Kinderspiel; es gab nicht mal Bereiche, in denen man ein Seil oder Kletterhaken brauchte. Was ein Glück war, denn sie hatte sowieso nur hundert Meter Seil und keine anderen Kletterhilfen eingepackt. Beim ersten Anblick der Felswand hatte sie schon befürchtet, diese allein erklimmen zu müssen, von daher war der Tunnel ein Geschenk des Himmels.

Nach etwa dreihundert Metern machte sie eine Pause, um ein wenig durchzuatmen. Es zog immer noch ein schneller Luftzug an ihr vorbei, der die Geräusche der weiter unter Kletternden an ihr Ohr trug – das Grunzen, Stöhnen und Fluchen.

Emma nahm ihre Kopflampe herunter und wischte sich mit dem Unterarm die Stirn ab. Obwohl es in der Höhle deutlich kühler war als draußen, war die Luftfeuchtigkeit erstickend. Sie klemmte sich noch etwas bequemer in den Schacht und zog ihre Wasserflasche hervor, um sich einen Schluck zu genehmigen.

Plötzlich hörte der Luftzug auf.

Emma nahm noch einen Schluck Wasser und wartete ab. Doch die Luftbewegung blieb aus. Sie verzog das Gesicht, schaute auf und sah nur undurchdringliche Dunkelheit. Erst dann fiel ihr auf, dass sie ihre Kopflampe abgenommen hatte und setzte sie schnell wieder auf. Hoffentlich war nichts Schlimmes passiert, denn das Ausbleiben des Luftzugs war definitiv kein gutes Zeichen. Es konnte nur bedeuten, dass irgendetwas den Schacht versperrte.

Ben schloss zu ihr auf und tippte ihr an den Schuh, woraufhin sie erschrocken zusammenzuckte.

»Um Himmels willen, Ben!« Sie starrte in sein staubbedecktes Gesicht.

»Was ist los?«, fragte er.

»Ich glaube …« Sie schaute hoch und in diesem Moment begann die Luft wieder an ihr vorbeizurauschen. Was auch immer den Weg blockiert hatte, jetzt war er wieder offen. Emma leckte sich über die Lippen. »Ach, nichts.« Sie starrte weiter nach oben.

Ben drückte ihren Unterschenkel. »Lass' uns weiterziehen, Prinzessin!«

»Ja, ja.« Sie lächelte und nickte. »Sag einfach diesem fetten Barlow, er soll nicht immer den Durchgang verstopfen.« *Das muss der Grund gewesen sein*, dachte sie.

Sie setzte ihren Weg fort und fühlte sich immer noch gut, leicht und stark. Mit der Zeit wurde das, was sie für Staub gehalten hatte, immer dichter. Emma hielt sich eine Hand vors Gesicht und ließ den Schein der Lampe darüber gleiten – wobei sie erwartete, tanzende Staubflocken zu sehen, doch stattdessen sah die Trübung im Lichtschein einfach nur wolkig aus.

»Ha, Nebel!«, sagte sie und verspürte ein seltsames Gefühl in der Magengrube.

Komischerweise schien dieser Nebel nicht auf den Luftzug im Schacht zu reagieren, sondern an Ort und Stelle zu hängen.

Sie leuchtete wieder nach oben und der Strahl verlor sich irgendwo in der Dunkelheit, doch bis dahin war die Sicht definitiv getrübt. Sie legte ihre flache Hand auf die Felswand – diese war kühl. Sie wusste, dass sich Nebel bilden konnte, wenn kalte Luft über wärmeren Boden zog. Doch der Stein war kälter als die Luft.

Ben holte sie wieder ein.

»Schau mal, wir haben eine Nebelschicht erreicht.«

Er richtete seinen Lichtschein in die gleiche Richtung wie sie. »Die Luftfeuchtigkeit ist hoch, der Fels aber immer noch trocken, das ist ein gutes Zeichen.«

»Richtig«, stimmte sie zu. »Fühlst du dich gut? Hast du auch so ein Kribbeln im Bauch?«

Er hustete leise. »Ja, ein bisschen. Ich dachte, das wäre Erschöpfung oder Schwindel oder so.«

»Nein, es ist etwas anderes.« Sie wischte sich über die Nase. »Komisch, vielleicht kommt es von diesem Magnetfeld, das Dan erwähnt hat.«

»Vielleicht«, sagte Ben wenig überzeugt.

»Sind wir bald da?« Nino hatte sie eingeholt und sah sie mit hochrotem, schweißbedecktem Gesicht an.

»Nein, aber fast!«, entgegnete Emma.

Dann machte sie sich wieder auf den Weg. Es ging höher und höher und langsam spürte sogar sie die Belastung ihrer gut trainierten Muskeln. Ihre Fingerspitzen waren schon wund und die Nägel abgebrochen, doch es dauerte noch eine volle Stunde, bis sie das Gefühl hatte, ihre Augen würden ihr einen Streich spielen. Es wirkte so, als würde der Nebel dichter, und sie bemerkte auch einen Unterschied in der Luftqualität.

Das konnte nur eines bedeuten. Sie wurde wieder schneller und hangelte sich wie eine Spinne nach oben, ihre Muskeln waren von der Aufregung revitalisiert. Schnell ließ sie Ben und Nino hinter sich, denn der kleine Venezolaner war inzwischen zu einer Art Verstopfung in dem Tunnel geworden. Er hatte Glück, dass Ben bei ihm war, der ihn immer weiter nach oben schob, denn sonst wäre er sicher schon weit zurückgefallen.

Emma bemerkte etwas und sie schaltete ihre Kopflampe aus. »Jawoll«, flüsterte sie sich selbst zu und wandte sich dann nach unten. »Ich sehe Licht, Leute!«

Sie nahm wieder Tempo auf und machte regelrechte Sätze nach oben.

»Nicht so schnell«, hörte sie Ben rufen, dessen Stimme bereits weit entfernt klang. Der Durchgang wurde etwas enger, doch für sie war das kein Problem. Sie wusste aber, dass jemand von Barlows Umfang zu kämpfen haben würde. *Gut*, dachte sie, *hoffentlich schürft er sich ein bisschen was ab!*

Nach weiteren dreißig Metern begann sie feuchte Erde, exotische Düfte und viele andere Gerüche wahrzunehmen, die von blühenden Pflanzen herrühren konnten. Ein Blick auf die Uhr verriet ihr, dass es sieben Uhr morgens war. Die Sonne war also bereits aufgegangen, aber das Licht war noch gedämpft. Sie sog noch einmal tief Luft ein – da war auch etwas Merkwürdiges, leicht säuerliches, dass sie irgendwie an Katzenurin erinnerte.

Emma legte ihre Hand auf eine Kante, die reichlich Platz bot. Offenbar endete der Schacht in einer Höhle von etwa sechzig Zentimetern Höhe, die recht breit zu sein schien. Sie nahm ihren Rucksack ab und schob ihn in die Höhle, dann zog sie sich hoch und landete auf einem kiesartigen Untergrund. Plötzlich verharrte sie mitten in der Bewegung.

»Oh mein Gott!«

Ihr Mund blieb offen stehen.

Die Kreatur hatte die Tiere in der Höhle längst gehört und auch gespürt: Die Vibrationen im Fels, die ihren Körper erreichten, hatten Bände von diesen Wesen gesprochen, die durch den Stein krabbelten. Es waren mehrere und sie waren auf dem Weg in die Höhle. In *ihre* Höhle.

Sie schnüffelte, konnte jedoch keine Fährte aufnehmen. Sie waren immer noch weit entfernt. Die Kreatur erhob sich aus ihrem Versteck, bereit, ihr Heim zu verteidigen. Gleichzeitig flammte ein Gefühl in ihr auf: Hunger. Immer hatte sie Hunger. Kein Wunder, sie hatte auch seit Tagen nichts gefressen. Da kam so eine Mahlzeit gerade recht.

Genau wie die anderen musste Ben seinen Rucksack abnehmen, um in die Höhle kriechen zu können. Er legte eine Hand auf Emmas Schulter. Sie hatte ihren Kopf auf ihre Handrücken gelegt und wandte sich ihm zu.

»Es ist wahr«, sagte sie mit verklärter Stimme.

Ben wandte sich wieder der fantastischen Aussicht zu. »Und da waren wir, im Land der Träume, in der vergessenen Welt.«

»Ist das aus dem Buch?«, fragte sie.

Er nickte und sog die Szenerie in sich auf. Ein dichter Nebel oder eine tiefhängende Wolke lag über allem, doch selbst die Flora, die er sehen konnte, war völlig anders als alles, was er bisher in einem Dschungel vorgefunden hatte. Wie von einem anderen Stern. Außerdem war die schiere Größe der Pflanzen atemberaubend – dicke Stämme ragten hoch in die Wolken, ohne dass man auch nur ihre Kronen sah. Es gab gigantische Farne und merkwürdige Blumen mit roten Blüten, dazu die prähistorisch anmutenden Schuppenbäume, die Jenny bereits untersucht hatte.

Aber es gab auch merkwürdige Palmen mit dicken Früchten in orange, gelb und lila, dazu ganze Reihen dicker, haariger Stämme, die von etwas Grünem bewachsen waren, das eher aussah wie Schilfgras als Blätter.

»Hier ist alles so … *groß*«, flüsterte Emma.

Nino kroch an ihre Seite, wobei der Kies unter ihm knirschte, und sah sich um. »Das gefällt mir gar nicht!«

»Es ist doch fantastisch!«, antwortete Emma.

Die anderen tauchten ebenfalls nach und nach auf und die flache, breite Höhle bot genug Raum, dass sie sich nebeneinander aufreihen konnten.

»Gut gemacht, mein Herr!«, sagte Barlow schwer atmend.

Ben wandte sich ihm zu. Barlows Kopf war so rot, dass er aussah, als würde er gleich platzen. Schweiß ran von seinem Kinn und seiner Nasenspitze herunter und er wischte ihn mit einem staubigen Handtuch weg.

»Dieses Lob dürfte dann wohl meinem Ur-Urgroßvater gelten«, antwortete Ben.

Barlow nickte. »In der Tat.«

Weiter unten in der Reihe streckte Dan einen erhobenen Daumen in Bens Richtung und Andrea verteilte ihre Aufmerksamkeit gleichmäßig auf die Aussicht sowie ihre abgebrochenen Fingernägel.

»Was ist das für ein Geruch?«, fragte Emma schließlich.

»Riecht sauer, fast wie Katzenpisse«, sagte Ben und verzog das Gesicht. »Ist hier drin etwas gestorben?«

»Na toll, dann liegen wir mittendrin.« Emma stöhnte.

Ben schaute an ihr vorbei und zu Jenny, die an etwas herumfingerte, das wie kalkige Steine aussah. Sie brach sie auseinander und schnüffelte daran, woraufhin sich ihre Stirn in Falten legte. Sie sah auf: »Wir sollten hier so schnell wie möglich abhauen!«

Ben wollte gerade fragen, was sie da machte, als Emma ihm in die Seite boxte. »Lass uns gehen, ich will mir das alles genauer ansehen!«

»Moment …« Er packte sie.

»Wieso denn? Deswegen sind wir doch hier, oder?«

Ben schüttelte den Kopf. »Um ehrlich zu sein habe ich mir nie Gedanken gemacht, was wir tun würden, wenn wir hier ankämen. Ich schätze mal, mein Ziel war, herauszufinden, ob diese vergessene Welt wirklich existiert. Jetzt wissen wir, dass das so ist – aber ich bin mir nicht sicher, was wir jetzt machen sollten!«

»Dafür weiß ich es«, platzte Barlow dazwischen. »Jetzt beginnt ein absolut einzigartiges Abenteuer!« Er stützte sich auf seine speckigen Unterarme. »Ich will alle Exemplare sehen, die Pflanzen und auch die Tiere! Denkt doch mal an die Möglichkeiten, die Wunder, die Fortschritte in Medizin, Paläontologie und Biologie! Die Leute werden ein Vermögen zahlen, um hierher zu kommen.«

Emma biss die Zähne zusammen. »Es geht Ihnen also nur ums Geld!«

»Geht es nicht immer irgendwie ums Geld?« Barlow wandte sich wieder der Aussicht zu. »Meine Damen und Herren, es ist so, als wären wir gerade um etwa hundert Millionen Jahre in der Zeit zurückgereist. Ich finde, wir sollten das Beste daraus machen!«

»Wir müssen genau darüber nachdenken«, sagte Jenny schnell. »Denn wir interagieren hier mit Pflanzen, Tieren und sogar Bakterien und Parasiten, die es in der modernen Welt nicht gibt, und das seit Millionen von Jahren. Das ist mehr als gefährlich!« Sie verzog ihr Gesicht. »Aber …«, fuhr sie nach einem kurzen Blick über die Schulter fort, »wir sollten das woanders tun, okay?«

»Einverstanden. Aber Sie dürfen nicht vergessen, wir sind auch nicht die Ersten hier«, antwortete Barlow.

»Das stimmt«, sagte Dan. »Und dabei reden wir nicht mal nur von Bens Urahn und seiner Expedition, sondern auch von den Pemon, die ja offensichtlich ebenfalls schon hier oben waren.«

Steve schnaubte verächtlich. »Ach, genau, die Einheimischen mit ihren Kübeln voller Körperteile. Und, ohne jetzt pietätlos sein zu wollen, Bens Vorfahr ist auch nicht an Altersschwäche gestorben.«

»Um Himmels willen, Steve!«, tadelte Emma ihn.

Janus Bellakov grinste. »Ich würde aber sagen, wir sind ein bisschen besser ausgerüstet als ein paar komische Indianer oder mausetote Cartwrights.«

»Arschloch«, flüsterte Emma.

Steve kroch ein Stück weiter nach vorn und schaute nach oben. »Die Wolken steigen auf!«

»Das ist ein thermischer Effekt«, sagte Dan. »Die Sonnenstrahlen heizen den Boden auf und treiben die Wolken damit weg. Ich glaube zwar nicht, dass die Sonne durchkommen wird, aber wir haben auf jeden Fall viel bessere Sicht.«

Steve zuckte mit den Achseln. »Wenn das so ist – jetzt oder nie!«

»Dann jetzt«, sagte Barlow und drehte sich um.

»Mister Bourke, seien Sie doch so nett und holen Sie unsere Rucksäcke. Das wäre ganz famos.«

Bourke verzog das Gesicht und grummelte etwas, als er sich auf den Bauch drehte und zurück in die Höhle robbte.

Ben deutete nach draußen. »Okay, da liegen ein paar dicke Felsbrocken, ungefähr fünfzig Meter entfernt. Ich schaue kurz nach, ob die Luft rein ist, dann sammeln wir uns da und ruhen uns kurz aus, bevor wir … entscheiden, wie es weitergeht. Ich würde sagen, wir können uns ein paar Stunden umsehen und kehren dann hierher zurück, bevor die Sonne untergeht oder die Wolken wieder alles verhüllen.«

»Darauf können wir uns einigen«, sagte Barlow mit einem schiefen Grinsen.

Ben atmete tief durch, spürte, wie Emma ihm als Glücksbringer kurz den Oberarm drückte, dann hechtete er aus der Höhle. Das M4A1-Sturmgewehr hatte er noch über die Schulter gezogen und ließ es auch dort, doch er öffnete den Verschluss seines Pistolenholsters.

Er richtete sich auf und atmete einmal tief durch – es roch nach Erde, Leben und irgendwie nach *Urzeit*. In einem Umkreis von etwa dreißig Metern war nur blanker Boden um die Höhle, dann ragte eine Dschungelwand in die Höhe. Er musterte diese Begrenzung auf der Suche nach irgendeiner Form von Bewegung, doch er konnte nichts ausmachen.

Ben ging ein paar Schritte voran, blieb dann aber gleich wieder stehen, um Spuren im Sand zu betrachten. Sie sahen aus wie die eines Vogels, mit drei Zehen, aber so groß, als stammten sie von einem Strauß oder etwas Vergleichbarem. Er richtete seinen Blick wieder auf den Dschungel, wo riesige, gedrungene Bäume in den Himmel schossen und ein dichtes Netz von Schlingpflanzen die Farne, Palmen und dutzende ihm unbekannte Gewächse überwucherte. Er schluckte trocken – denn er wusste, dass dort hunderte von Kreaturen versteckt sein konnten, die über Tarnmechanismen verfügten, von denen er nicht einmal etwas ahnte.

Er schaute zurück zur Höhle und sah die Köpfe seiner Begleiter, die ihn von dem briefschlitzartigen Riss im Felsen aus beobachteten. Er hatte eigentlich vermutet, dass der Schacht zum Rand des Plateaus führen würde, aber nun fiel ihm auf, dass er sich zwischendrin etwas geneigt hatte, sodass sie deutlich weiter im Inneren des Plateaus herausgekommen waren.

»Sieht okay aus«, sagte er halblaut, in dem Wissen, dass seine Stimme weithin hörbar sein würde. »Schnappt eure Sachen und kommt raus!«

Jenny und Nino waren die Letzten, die zum Ende der Höhle krochen, um ihre Rucksäcke zu holen. Sie sah einen von Barlows Männern, Bourke, der gerade das Gepäck seines Arbeitgebers hinter sich herzog. Dann nahm er einige Waffen heraus und steckte sie sich in die Taschen. Als er sah, dass Jenny ihn beobachtete, warf er ihr einen Luftkuss zu.

Igitt, dachte sie.

Hier hinten in der Höhle konnte sie wieder ganz eindeutig den ammoniakartigen Geruch wahrnehmen. Der gab ihr ein ungutes Gefühl, erst recht, seit sie die kalkartigen Rückstände gefunden hatte, die sie daran erinnert hatten, wie sie damals im Reptilienhaus des Zoos die Schlangengehege hatte reinigen müssen. Das Zeug sah verdammt noch mal nach den Ausscheidungen von Schlangen aus. Das Komische war nur, die schiere Größe machte dies eigentlich unmöglich.

Sie hatte eines von diesen Objekten aufgebrochen und die Überreste von zermalmten Knochen sowie einige Zähne gefunden – genau der Inhalt, den sie im Kot einer großen Würgeschlange vermuten würde. Doch in dieser Größe hatte sie so etwas nur einmal in Form von Koprolith gesehen – versteinertem Kot.

Sie legte eine Hand auf den Kies und betrachtete ihn genauer – er bestand gar nicht aus Steinchen, sondern aus unzähligen Zähnen, überwiegend menschlichen Ursprungs. Und sie waren sehr alt, möglicherweise tausende von Jahre alt. Sie wusste, dass Zahnschmelz überwiegend aus Hydroxylapatit bestand, einer mineralisierten Form von Kalziumphosphat, das zu den härtesten biologischen Materialien gehörte und sogar härter als Stahl sein konnte.

Jennys Augen verengten sich, als sie sich in der Dunkelheit umschaute. War das aus dem Volk geworden, das einst hier hoch kam? Sie atmete tief durch und nahm wieder den Ammoniakgeruch wahr. *Wurde er stärker?* Sie zog ihren Rucksack an sich heran und bemerkte auf einmal mit Erschrecken, wie ihre Nackenhaare sich aufrichteten.

Sie versuchte tiefer in die Höhle hineinzusehen, aber es gab so viele Flecken tintenschwarzer Dunkelheit, dass sie nichts erkennen konnte. Das, was sie links und rechts von sich sehen konnte, ließ jedoch darauf schließen, dass diese Öffnung sich noch sehr weit ins Innere des Felsens erstreckte. Und eines wusste sie über Höhlen im Dschungel: Sie waren niemals unbewohnt. Nun fühlte sie sich ganz eindeutig unwohl.

»Nino, wir sollten uns besser aus dem Staub machen«, sagte sie leise.

«Si, si!» Nino begann seine Tasche in Richtung des Höhlenausgangs zu zerren und Jenny wandte sich widerwillig an Bourke.

»Hey, wir sollten uns beeilen. Ich glaube, die Höhle ist gefährlich!«

Bourke schnaubte verächtlich und fuhr ungerührt mit seiner Tätigkeit fort. Er schaute auf und grinste sie im Dunklen an: »Mach dir keine Sorgen, Süße, die Party hat noch nicht mal angefangen!«

»Schön, dann lassen Sie sich eben Zeit.« Sie begann ebenfalls auf das Licht zuzukriechen, weg von dem Schacht. Schnell hatte sie Nino eingeholt und der kleine Mann schaute sie an, wobei sich seine Nase kräuselte: »Er ist Arschloch.«

Sie kicherte. »Absolut!«

Hinter ihnen hörten sie Bourke grunzen. Dann grunzte er noch einmal. Jenny drehte sich um und sofort fielen ihr beinahe die Augen aus den Höhlen: Der Kerl steckte bereits zur Hälfte im Maul einer Schlange, die so riesig war, dass sie sich platt machen musste, um überhaupt in die Höhle zu passen.

Dolchartige Zähne hatten sich bereits tief in seinen Körper gebohrt, doch der Söldner schlug mit seiner freien Hand gegen einen Kopf, dessen Schuppen größer waren als Unterteller. Ganz eindeutig war das Tier von den wehrhaften Anstrengungen ihrer kleinen, warmen Mahlzeit völlig unbeeindruckt.

»Um Himmels willen!«, schrie Jenny und schnellte nach oben, wobei sie sich den Kopf an der Höhlendecke anschlug. Nino schrie etwas von einem Dämon und machte sich so schnell wie möglich aus dem Staub.

Die Schlange machte sich nun daran, Bourke tiefer in die Höhle zu zerren und Jenny konnte die unterdrückten Schreie des Mannes noch aus dem Inneren ihres Maules hören. Doch dann bemerkte sie mit Schrecken, dass der Gegenstand in seiner Hand eine der Granaten war. Mit einer geübten Bewegung ließ er den Sicherungsstift herausschnellen.

»Bombe!«, schrie sie und krabbelte schneller, als sie in ihrem gesamten Leben je gekrabbelt war.

»Was?«

Ben hörte Jennys Schrei und wirbelte herum, mit Blick auf die Höhle. Er sah ihren Kopf auftauchen, als ein dumpfer Knall ertönte und dann eine Druckwelle heranrauschte, die sie alle von den Füßen fegte.

Ben rollte sich schützend auf Emma, die neben ihm lag, als ein Hagel aus Geröll und Staub auf sie niederging. Einige Steinbrocken in der Größe von Bowlingkugeln schlugen um sie herum ein, doch das Meiste war zum Glück nur kieselgroß.

Schnell richtete Ben sich wieder auf. »Dieser Vollidiot!« Die anderen lagen überall im Dreck verteilt und kämpften sich wieder auf die Beine. Ben wandte sich an Barlow, der ihn benommen anschielte. »Ihr bescheuerter Mitarbeiter hat sich gerade selbst in die Luft gejagt!«

Als ihm einfiel, wer immer noch in der Höhle war, wirbelte er herum.

»Jenny!«

Ben sprintete zurück zum Eingang der Höhle, der nur noch aus Geröll bestand. Er fand sie etwa zehn Meter davon entfernt, ihre Kleidung qualmte und sie stöhnte. Ihr Haar war versengt, Blutspritzer hatten ihr Hemd besudelt und das Haar an ihrem Hinterkopf verklebt.

»Jenny … Jenny!« Ben wischte vorsichtig einen Hautfetzen aus ihrem Gesicht. Zum Glück war darunter keine klaffende Wunde – er musste von einem anderen Körper stammen. Ihre Augenlider flatterten und sie versuchte sich aufzusetzen, wobei sie laut aufstöhnte. »Nicht bewegen, ich bin bei dir!« Er schob ihr eine Strähne Haar aus dem Gesicht und stieß dabei auf noch mehr Blut.

Ihre Augen öffneten sich zu Schlitzen. »Meine … Ohren.«

Ben nickte. Sie musste sich definitiv die Trommelfelle verletzt haben. Er hoffte, dass kein dauerhafter Schaden entstanden war.

Weitere zehn Meter entfernt entdeckte er Nino, der in zerfetzter Kleidung auf dem Boden lag. Er richtete sich auf und fing an zu jaulen, wobei er sich den Kopf hielt.

»Jemand muss sich um ihn kümmern!«, schrie Ben, und Dan war als erster an Ort und Stelle.

Jenny stöhnte, packte Bens Hemd am Kragen und zog sich daran in eine aufrechte Sitzposition. Emma kam angerannt, dann Steve, der Jenny etwas Wasser zu trinken gab, während Ben ihren Hinterkopf und Nacken genauer unter die Lupe nahm. Zum Glück sah es so aus, als hätten ihre Haare die Wucht der Explosion gedämpft und offenbar war sie auch schon weit genug entfernt gewesen, sodass die Druckwelle sie nur weggeschoben hatte, statt sie zu zerquetschen.

»Ich bin okay, ich bin okay.« Sie schob die Wasserflasche beiseite. »Was ist mit Nino, ist er …?«

»Er lebt«, versicherte Ben und setzte sich zu ihr. »Was ist passiert? Hat Bourke eine Granate gezündet?«

Sie verzog das Gesicht. »Schlange … Riesenschlange!«

»Wie bitte?« Steve lehnte sich näher heran.

»Vielleicht eine Titanboa.« Sie japste nach Luft. »Sie war so riesig, hat ihn halb verschluckt!«

»Beruhige dich, es ist jetzt alles in Ordnung.« Ben presste die Lippen zusammen. *Wir sind erst ein paar Minuten hier und nun schon so was*, dachte er.

»Um Himmels willen, Ben, eine Schlange, die groß genug ist, um einen Menschen zu schlucken?« Steve legte seine Stirn in Falten.

Jenny rieb sich das Gesicht. »Wir hätten es wissen müssen – der Geruch und der Kot, den ich gefunden habe …« Sie zuckte zusammen. »Um genau zu sein ist es sogar erst ein paar Jahre her, dass in einer Kohlemine in Kolumbien das Fossil einer gigantischen Schlange gefunden wurde, die über zwanzig Meter lang gewesen sein soll und dick wie ein Brauereipferd!«

Jenny hielt eine Hand hoch und Steve zog sie in den Stand, wobei er den anderen Arm um ihre Hüfte legte, um sie zu stabilisieren. Vorsichtig massierte sie ihr ein Ohr. »Titanboa Cerrejonensis, die haben vor etwa 50 bis 70 Millionen Jahren im Paläozän gelebt. Vermutlich haben sie sich von Dinosauriern ernährt. Sie haben die Dinosaurier sogar überlebt. Warum sie ausgestorben sind, weiß niemand.«

»Offensichtlich sind sie auch gar nicht ausgestorben.« Ben schaute zurück zur Höhle. »Leider sieht es so aus, als würden wir auf diesem Weg nicht wieder zurückkommen.« Er machte ein paar Schritte auf den kollabierten Höhleneingang zu. Auf dem Boden lagen Fleischstücke und Schuppenplatten in der Größe von Radkappen.

Wir hätten es wissen müssen, hatte Jenny gesagt. *Klar, aber wir konnten es uns einfach nicht vorstellen*, dachte er.

Ben atmete tief durch und ließ die Eindrücke auf sich wirken – seine Freunde waren verletzt, ihre Vorräte und Ausrüstung dezimiert, vor allem aber war der Rückweg versperrt. Andrea jaulte auf und begann auf einem Fuß herumzuhopsen. In ihrer Hose war ein großer Riss und darunter eine Fleischwunde.

»Ich bin verletzt … ich *blute*!«, heulte sie.

»Oh Shit«, zischte Ben.

»Kein Problem!« Steve eilte zu ihr und half ihr, sich sanft hinzusetzen. Dann kniete er sich vor sie und riss ihre Hose ein wenig auf, um an die Wunde heranzukommen. Er tupfte sie mit einem Tuch ab und lächelte sie dann an. »Es ist nur eine kleine Wunde, aber eine Menge Blut – dadurch sieht es viel schlimmer aus, als es ist!«

»Es tut aber sauweh«, erwiderte sie mit schmerzverzerrtem Gesicht.

»Das kann ich mir vorstellen. Ich werde erst einmal die Blutung stoppen.« Er drückte das Tuch weiter auf die Wunde.

Sie nickte, doch ihre Mundwinkel zeigten immer noch nach unten. »Das gibt doch bestimmt eine grässlich aussehende Narbe!«

Steve grinste. »Aber denk' doch mal an die Publicity!«

Ihre Stimmung besserte sich ein wenig, da sie tatsächlich die Vorteile dieses Gedankens abwägte.

Ben ließ die beiden allein und gesellte sich zu Nino, dem er eine Hand auf die Schulter legte. Der nickte, doch seine Augen waren immer noch feucht von den Schmerzen.

Dan legte eine Hand auf die andere Schulter des Venezolaners. »Ich habe es so gut gemacht, wie es ging.« Er hatte seinen Kopf bandagiert, doch der Stoff färbte sich bereits rot.

»Gut gemacht.« Ben half ihm hoch und sie kehrten gemeinsam zur Gruppe zurück. »Okay, sammelt alles ein, was wir gebrauchen können – alles andere lassen wir da. Wir sollten schnell von hier verschwinden!«

Barlow klaubte seinen Hut auf und wischte mit seiner fleischigen Hand den Dreck ab, bevor er ihn wieder auf seinen Kopf drückte. »Ich glaube, wir sollten noch ein wenig länger rasten, um wieder zu klarem Verstand zu kommen. Vielleicht einen neuen Plan machen, hm? Was meinen Sie?«

»Nein«, sagte Ben und wandte sich ihm zu. »Haben Sie nicht mitbekommen, was gerade mit Bourke passiert ist? Hier oben sind wir alles andere als die Spitze der Nahrungskette – und Ihr trotteliger Mitarbeiter hat gerade die größte Essensglocke der Welt geläutet!«

Alle wandten sich der grünen Wand des Dschungels zu. Es war seit der Explosion merkwürdig still geworden, als würden tausende Augen sie beobachten. Schnell machten sie sich daran, ihre Taschen, Waffen und Essensrationen zu sortieren, und nach ein paar Minuten waren sie bereit.

Ben wandte sich der eingestürzten Höhle zu und richtete das Wort an Barlow: »Wollen Sie noch ein paar Worte für Bourke sprechen?«

Barlow nickte und schaute dann in Richtung Höhle: »Tschüss, du Trottel!«

Ben schnaubte. »Sehr berührend, dann nichts wie weg hier!«

Emma eilte an Bens Seite. »Gruselig.«

Er nickte. »Das sind Dschungel immer. Aber das hier ist noch schlimmer als ein normaler Dschungel, deswegen müssen wir extra vorsichtig sein. Unser Ziel ist, am Leben zu bleiben, bis wir einen anderen Weg nach unten finden.« Er seufzte. »Im Jahre 1908 hat Benjamin in seinen Notizen festgehalten, dass sie einen See fanden, an dessen Rand Höhlen waren. Dieser See muss den Wasserfall speisen, den wir von unten gesehen haben.«

Sie nickte. »Höhlen bedeuten Durchgänge, und einer von diesen Durchgängen könnte ein zweiter Tunnel sein.«

»Ein Weg nach unten«, fügte er hinzu.

»Wir müssen einen geeigneten Ort für ein Nachtlager finden«, sagte Barlow. »Einen, der Schutz vor den Elementen *und* den Bestien bietet. Die Alternative wäre, einfach hierzubleiben und zu versuchen, den Eingang freizugraben.«

»Dafür bräuchten wir einen Bagger«, erwiderte Ben. »Und wir wissen erst nach mehreren Tagen Arbeit, ob der Gang überhaupt noch passierbar ist. Das wäre eine ziemlich schlechte Nutzung unserer Kraft und damit Lebenszeit.«

»Dann müssen wir erst recht davon ausgehen, dass wir etwas länger hier sein werden als geplant war. Da ist doch Schutz die oberste Priorität. Eine Höhle wäre ideal, da im Freien zu schlafen, etwas riskant ist.« Barlows Brauen hoben sich.

»Hey, ich sage Ihnen mal, was *etwas riskant* ist: In einer Höhle zu schlafen!« Steve reckte Barlow seinen Zeigefinger entgegen. »Fragen Sie mal Ihren Kumpel Bourke!«

Janus Bellakov stellte sich zwischen Steve und Barlow. Der Hüne starrte Steve drohend an.

»Es ist meine Schuld«, sagte Jenny. »Ich habe mir gleich gedacht, dass die Höhle bewohnt ist. Ich hätte sofort etwas sagen sollen.«

»Sehr gut, dann schicke ich Ihr Geständnis mal an die Familie von meinem lieben Freund Mister Bourke.« Barlow fasste sich an die Hutkrempe. »Das wird sie sicher trösten.«

Bellakov grinste fies.

»Es ist nicht deine Schuld, Jenny«, gab Dan zurück. »Das musst du dir gar nicht einreden. Du hast doch versucht, uns zu warnen!«

»Ich gebe es zwar ungern zu«, sagte Ben, »aber eine Höhle ist die geeignetste und am besten zu verteidigende Form von Schutz. Selbst wenn wir dazu erst einmal die ursprünglichen Bewohner vertreiben müssen, sollten wir dieses Risiko eingehen.«

»Ben und ich hatten gerade erst darüber gesprochen; diese Tepuis sind voll mit Höhlen«, sagte Emma. »Sie entstehen bei Erosion durch Wasser. Also sollten wir am besten nach Wasser Ausschau halten.«

»Mein Vorfahr sprach von Höhlen an einem See.« Ben zeigte mit einem Finger in die Landschaft. »Wir haben kein GPS und nicht mal einen Kompass. Aber ich schätze, der Wasserfall, den wir gesehen haben, müsste eine halbe Meile in diese Richtung liegen. Wenn wir darauf zulaufen, müssten wir irgendwann einen Fluss finden, und der führt uns dann zum See. In dem Flusslauf kommen wir auch schneller voran.«

»Klingt wie ein Plan«, sagte Steve.

Ben zeigte auf einen von Barlows Männern. »Sie heißen Koenig, richtig?«

Der bärtige Riese nickte.

»Gut. Ihre Fähigkeiten als Jäger werden uns von großem Nutzen sein. Ich möchte deshalb, dass Sie das Ende der Formation bilden, um uns abzusichern. Ist das okay?«

Koenig wandte sich seinem Chef zu, der unauffällig nickte. Barlow wandte sich dann an Ben: »Er ist einverstanden … und ich gehe einfach irgendwo in der Mitte.«

»War ja klar«, knurrte Ben und wandte sich ab. »Jenny, ich möchte dich in meiner Nähe haben, wenn du schon wieder fit genug bist. Dein Wissen kann ich gut gebrauchen.«

»Klar, meine Ohren klingeln noch ein bisschen, aber sonst ist alles okay.« Sie fasste sich an den Hinterkopf und sah, dass ihre Fingerspitzen sich rot färbten. Dann verzog sie das Gesicht – entweder wegen der Schmerzen oder weil ihr bewusst wurde, dass das Blut nicht ihres war.

»Bleibt alle auf der Hut!« Ben nickte in Richtung der grünen Wand. »Lasst uns diesen Fluss finden!«

Sein Team bildete Zweierreihen, damit die Formation kompakt blieb. Vorn gingen Ben, Jenny und Emma, gefolgt von Barlow und dem finster dreinblickenden Janus Bellakov an seiner Seite. Dann kamen Andrea, Nino, Steve, Dan und am Schluss der ebenfalls grimmig wirkende Walt Koenig.

Wie Dan es vermutet hatte, begann die Wolke sich zu heben, jedoch ohne den Blick auf den Himmel freizugeben. Sie schloss die Feuchtigkeit ein und bei nun um die dreißig Grad und einer Luftfeuchtigkeit von sicherlich 90 Prozent, waren alle im Handumdrehen klatschnass.

Um sie herum war der Dschungel inzwischen zum Leben erwacht. Doch es waren nicht die hellen Klänge von zwitschernden Papageien oder schnatternden Affen, die sie begleiteten. Stattdessen bestand der Klangteppich aus Zischen, Grollen und Brüllen. Selbst Jenny mit ihrem zoologischen Wissen konnte diese Geräusche nicht zuordnen.

Ab und zu hörten sie über sich laute Flügelschläge, verdeckt von den dichten Wolken, die schwerfällig und lederig klangen, sodass sie mit Sicherheit von Wesen mit beeindruckender Spannweite erzeugt wurden.

Jenny eilte an Bens Seite, ihr Gesichtsausdruck war beunruhigt.

»Was ist los?«, fragte er.

»Wir machen zu viel Krach.«

Ben schaute sie an und sah die Angst in ihren Augen. Sie hatte nach Bourke die Grauen dieser vergessenen Welt am direktesten mitbekommen, und er wusste, dass ihre Angst berechtigt war.

»Da hast du wohl recht.« Er hielt an und wandte sich an die anderen, die sich um ihn sammelten. »Hört zu. Wir sind hier an einem Ort, an dem es vermutlich Raubtiere gibt, denen noch nie ein Mensch begegnet ist. Oder zumindest nicht seit 1908, und von denen hat es keiner überlebt. Wir müssen absolut geräuschlos sein, wenn wir dieses Schicksal nicht teilen wollen!«

»Diese Wesen jagen auf Sicht, Klang und Geruch«, fügte Jenny hinzu. »Wir wissen aber von Fossilien, dass viele Dinosaurier nicht gut sehen konnten.«

»Das ist prima«, sagte Dan.

»Nicht wirklich«, wandte Jenny ein. »Sie haben immerhin das dreidimensionale Sehvermögen von Jagdtieren. Auch wenn es ihr schwächster Sinn ist, machen sie das durch ihr Gehör wieder wett, welches mit Sicherheit viel empfindlicher als unseres ist. Und ich kann nur vermuten, wie gut ihr Geruchssinn ist, aber ich schätze hundertmal besser als unserer!« Sie berührte erneut ihren Hinterkopf. »Wir riechen nach Angst, Schweiß und vor allem Blut. Diese Gerüche werden vom Wind weitergetragen und locken alle möglichen Arten von Jägern an.« Sie hielt ihre blutigen Finger hoch. »Wir müssen so schnell wie möglich Schutz finden.« Sie ging kurz in die Knie und nahm eine Handvoll Erde auf, die sie sich über das Blut in ihren Haaren schmierte. »Und wir müssen unseren Geruch so gut es geht maskieren!«

Bens Blick wanderte zu Andrea, die eine blutgetränkte Bandage um ihr Bein trug. Es sah aber so aus, als hätte die Wunde aufgehört zu bluten. »Wir sollten den Verband schnell wechseln!«

»Mach' ich!«, sagte Steve und kramte das kleine Erste-Hilfe-Set, das jeder von ihnen dabei hatte, aus seinem Rucksack.

»Die alte Bandage musst du vergraben«, sagte Jenny. »Richtig tief. Sonst können sie Witterung aufnehmen. Und dann würden sie ...«

Andrea schaute sie ängstlich an, sodass Jennys Kiefer abrupt zuklappte und ihre Rede stoppte. »Verbuddle sie einfach schön tief«, schloss sie und wandte sich dann ab, um sich wieder um ihre eigene Wunde zu kümmern.

Ben sah, dass aus Ninos Ohren Blut gelaufen, inzwischen aber getrocknet war. Die Druckwelle musste seine Trommelfelle perforiert haben, und er vermutete, dass der arme Kerl jetzt sehr schlecht hörte. Ab und zu stöhnte er vor Schmerzen.

Nach ein paar Minuten waren alle wieder bereit. Ben hielt sein Gewehr jetzt im Arm, Steve hatte eine Schrotflinte und auch Koenig und Bellakov hielten ihre Waffen im Anschlag. Nun zogen auch Dan und Emma ihre Pistolen, doch Ben hielt eine Hand hoch.

»Wir sollten uns zunächst auf Gewehre beschränken. Und alle, die ein Gewehr haben: Achtet darauf, auf keinen Fall zu schießen, wenn es nicht eine absolut unmittelbare Gefahr gibt, okay?«

Dan steckte seine Waffe sofort wieder in das Holster, während Emma es nur widerwillig tat – und sie ließ auch den Verschluss offen.

Schweigend marschierten sie weiter. Ben hatte sogar die Verwundeten überzeugt, ihre Schmerzen herunterzuschlucken und komplett leise zu sein. Er hatte ihnen so höflich er konnte klargemacht, dass Lautäußerungen nicht gegen Schmerzen halfen, aber die Gefahr mit sich brachten, weitaus Schlimmeres als diese Schlange anzulocken. Er wusste selbst nicht genau, was das sein könnte, aber er wollte es auch nicht herausfinden.

Die Hitze wurde mit dem Voranschreiten des Morgens immer unerträglicher, und mit ihr kamen die Insekten. Riesige Viecher, die auf sie zuflogen oder von den Spitzen der Farne herunterhingen, um sich auf sie zu stürzen. Alle waren heißhungrig und fanden schnell heraus, dass die Menschen weiche Haut hatten und voller Flüssigkeit waren – absolut perfekt für Parasiten.

Jetzt tat es Ben leid, dass er allen befohlen hatte, ihre Insektennetze zurückzulassen, doch das ließ sich nun nicht mehr ändern. Er hatte jedem auch nur eine minimale Dosis Insektenspray zugestanden, da er wusste, dass sie es nachts am nötigsten brauchen würden. Außerdem schwitzten sie so stark, dass sowieso alles innerhalb von Minuten abgewaschen wurde. Eine weitere Sorge war, dass das Spray für die lokale Fauna einen komplett fremdartigen Geruch darstellte, der vielleicht sogar ungebetene Gäste anlocken könnte.

Sogleich musste er selbst für seine Entscheidung büßen, als sich etwas auf seinem Hals niederließ und sich dort festhakte. Er schlug danach und stellte entsetzt fest, dass das Vieh größer war als sein Daumen und eine Mischung aus einem Panzer, Stacheln und einem gewölbten Bauch darstellte, der sich in einen Haufen grünen Schleims verwandelte, als er draufschlug.

»Igitt!« Er schüttelte die Überbleibsel der Kreatur von seinem Handschuh und Jenny sah ihn strafend an, weil er so einen Lärm machte.

Sie legte eine Hand auf seinen Arm: »Wir haben vielleicht ein Problem«, sagte sie mit gesenkter Stimme.

Er konnte sich ein gespieltes Grinsen nicht verkneifen. »Was du nicht sagst – welches denn?«

Sie schaute ihn ernst an: »Wir brauchen mehr Insektenspray. Oder etwas Ähnliches.«

»Wir werden es heute Nacht brauchen. Ich musste schon in verschiedenen Dschungeln übernachten und nachts kommen die schlimmsten Blutsauger aus ihren Löchern.« Er dachte an seine Erlebnisse zurück. »Selbst mit Insektenspray graut es mir davor.«

Sie nickte. »Mir auch. Aber ich mache mir nicht nur um die Blutsauger Sorgen. Es gibt bestimmt auch andere Parasiten hier und deren Wirte sind normalerweise Dinosaurier. Selbst der T-Rex war anfällig für Parasitenbefall. Im Vergleich zu dessen dicker Haut sind wir für diese Schmarotzer bloß wandelnde Blutbeutel!«

Er nickte. »Was schlägst du vor?«

»Sobald wir Wasser finden, sollten wir uns komplett mit Schlamm bedecken.« Sie atmete schwer aus und schaute besorgt.

Ben schnaubte und schaute auf sie herab. »Darf ich das Andrea mitteilen oder willst du?« Er lachte leise, doch er wusste, dass Jenny recht hatte. Er hatte es auf seinen Dschungeleinsätzen selbst getan.

KAPITEL 23

In Ninos Kopf hämmerte immer noch ein dumpfer Schmerz und seine Ohren klingelten. Sein Haar war versengt und er wusste, dass er Wunden am Hals, an der Kopfhaut und an einer Seite seines Gesichtes hatte. Er wusste auch, dass er beinahe taub war und die Lippen der anderen im Auge behalten musste, um zu sehen, ob sie redeten. Die Stille machte ihm Angst. Abgesehen davon juckten seine Verbände und die Insekten quälten ihn mit jedem Schritt.

Nino schüttelte den Kopf und schlug dann nach etwas Großem, dass auf seinem Kopf landete, ihn betastete und vermutlich gerade schon hineinbeißen wollte, bevor er es wegwischte. Er fluchte leise und wünschte, er hätte nie auf das Angebot reagiert, für die Ausländer zu arbeiten. Sie hatten ihm einen Bonus versprochen; er würde nun wohl darauf bestehen müssen, dass dieser Bonus so groß wäre, dass er nie mehr arbeiten müsse.

Er knurrte weiter vor sich hin. Wenn sie sich weigern würden, dann würde er entweder die Informationen verkaufen, wie man in die vergessene Welt gelangte, oder sie dafür anzeigen, illegal Waffen gekauft zu haben. Das würde die Regierung sicher brennend interessieren.

Nach einer weiteren Stunde wurde Nino zum ersten Mal das merkwürdige Geräusch bewusst, das aus dem Inneren seines Kopfes zu kommen schien. Es erinnerte ihn an jemanden, der einen Apfel aß – mampf, mampf, mampf – und schien nicht enden zu wollen. Genauso wenig wie seine Qualen.

Die Fliegenlarve war praktisch sofort ausgeschlüpft, nachdem sie unter die Haut gelegt worden war. Der prähistorische Urahn der Dasselfliege war nicht daran gewohnt, so weiches Fleisch zu finden, sodass sich die Larve sofort daran gemacht hatte, tiefer zu graben, um besser geschützt zu sein und eine möglichst gute Versorgung mit Nährstoffen zu erreichen.

Denn die Kreaturen hier waren sonst mit Schuppen, Panzern oder lederiger Haut bedeckt, durch die man sich erst einige Zentimeter hindurchbohren musste, um die nährreiche Muskelmasse zu erreichen. Doch auf Ninos Kopf stieß sie direkt auf den Schädelknochen und die kräftigen Kiefer aus Chitin machten sich sofort an die Arbeit, sich hindurchzufräsen.

Eine Stunde später war sie bereits durchgebrochen und labte sich fortan an der proteinreichen Gehirnmasse.

KAPITEL 24

Ben hielt eine Hand hoch und die Gruppe blieb stehen. Mit einer weiteren Geste bedeutete er ihnen, in die Knie zu gehen. Walt Koenig schlich geduckt an seine Seite. »Ich höre es auch«, flüsterte der Jäger.

Ben nickte. »Es kommt von da vorn. Lass' uns nachschauen!« Er wandte sich seinen Freunden zu, legte einen Finger auf seine Lippen und formte mit dem Mund das Wort: »Wartet!« Dann kroch er langsam vorwärts und öffnete einen Vorhang aus Lianen. Koenig war direkt hinter ihm.

Auf der anderen Seite prustete er überrascht auf. Sie fanden dort ein halbes Dutzend kleiner Tiere vor, die in etwa die Größe und Form von Ferkeln hatten. Doch da endeten die Ähnlichkeiten auch schon. Denn sie hatten sehr lange Hälse und ihre Körper waren in den Farben Orange, Braun und Rot gestreift. Die Augen der Kreaturen waren groß und feucht wie die von Kühen und ihre spitz zulaufende Gesichtsform mündete in einem Schnabel. Am faszinierendsten aber war, dass sie an ihren langen Hälsen und am Schwanz einen Flaum besaßen, der aus winzigen Federn zu bestehen schien.

Ben wandte sich um, deutete auf Jenny und winkte sie zu sich. Die junge Frau eilte herbei und musste sich dann mit einer Hand an Bens Schulter abstützen. Ben hörte, wie sie ungläubig durchatmete.

»Oh mein Gott … das sind …«, sie zeigte stammelnd mit dem Finger, »… das sind Dinosaurier! *Echte* Dinosaurier!«

Hinter seiner anderen Schulter hörte Ben plötzlich das Surren und Klicken von Dans Fotoapparat, als dieser sich an ihm vorbeischlängelte und ein Bild nach dem anderen machte.

»Ich habe euch doch gesagt: Wir werden berühmt!«, frohlockte er. »Ich *wusste*, dass es wahr ist!«

»Was sind das für welche?«, flüsterte Emma, als sie sich zwischen Ben und Walt Koenig quetschte. Der Jäger fluchte und machte ihr Platz.

Ben schüttelte den Kopf und schaute Jenny fragend an, die mit den Schultern zuckte: »Von der Form, Größe und dem Schnabel her könnte es sich um den *Psittacosaurus* handeln, einen Pflanzenfresser. Aber wer soll das wissen? Sie sind nach unserem Wissen vor 80 Millionen Jahren ausgestorben und die Rekonstruktionen sind immer zum Großteil ein Ratespiel. Ich meine, schaut euch mal die Schwänze und Hälse an – das sieht wie primitive Federn aus!«

»Also haben sie sich wirklich in Vögel verwandelt?« Emma lächelte ungläubig. »Das ist so cool!«

»Jetzt könnte ich zufrieden sterben«, sagte Dan und ließ die Kamera sinken. »Jetzt habe ich alles erlebt, was ich erleben wollte.«

Ben wandte sich an Koenig: »Gut zu wissen, dass es diese Viecher gibt – falls es nötig werden sollte, können wir sie essen.«

»Meinst du das ernst?«, fragte Andrea entsetzt. »Die könnten doch giftig sein!«

Koenig hüstelte verächtlich. »Wenn Sie hungrig genug werden, junge Frau, dann essen Sie die sogar roh, das können Sie mir glauben!«

»Pfff.« Sie verzog das Gesicht.

Hinter ihnen knackten ein paar Äste, was die Tiere dazu veranlasste, ein kurzes Meckern auszustoßen, das an Schafe erinnerte, und sich dann aus dem Staub zu machen. Ben wirbelte herum und sah Nino auf sie zu stolpern.

»Was ist denn jetzt los?«, knurrte Ben und musterte ihn einen Augenblick. Der Kerl murmelte vor sich hin und schwankte, als wäre er betrunken, außerdem sickerte wieder Blut aus seinem Kopfverband.

Als Nino begann, in Richtung Unterholz abzudrehen, fing Ben ihn ab und zerrte in zur Gruppe zurück. Er beugte sich herunter, um dem Mann ins Gesicht zu sehen.

»Hey, alles klar bei dir, Kumpel?«

Nino schaute zu ihm auf, doch nur eines seiner Augen schaute ihn an. Das andere driftete seitlich ab und auf den zweiten Blick hing die gesamte Muskulatur dieser Gesichtshälfte herunter, als hätte er einen Schlaganfall.

»Ich muss mir das mal ansehen. Beiß' die Zähne zusammen!«

Ben schob die Bandage beiseite und sah die Blasen, Abschürfungen und ganzen anderen Verletzungen, die die Explosion hervorgerufen hatte. Diese Wunden waren jedoch bereits am Abschwellen und eindeutig auf dem Weg der Besserung, doch es gab auch noch ein kleines, rundes Loch oberhalb seiner Schläfe, aus dem eine klare Flüssigkeit sickerte. Er wischte mit dem Verband darüber, doch sofort drängte die Flüssigkeit wieder nach außen. Ben spürte, wie sich ihm der Magen umdrehte.

»Halt still«, sagte er und behielt Nino im Auge, als er den Kopf leicht in Richtung der anderen drehte. »Jenny, komm mal her!«

Die junge Frau eilte zu ihm und auch die anderen kamen etwas näher.

»Was könnte das sein?«, fragte Ben.

Jenny kniff die Augen zusammen und schüttelte dann den Knopf. »Keine Ahnung, eine Schrapnellverletzung von der Granate vielleicht? Sie ist abgerundet, wie von einer Kugel.«

Dan tauchte an ihrer Seite auf: »Ich habe ihn verbunden, aber daran kann ich mich nicht erinnern. Vielleicht habe ich es übersehen.«

Bens Augen verengten sich, als er Ninos Kopf drehte. »Diese Flüssigkeit sieht aus, als könnte sie aus dem Hirn stammen.«

»Um Himmels willen«, stieß Dan erschrocken hervor.

»Wie fühlst du dich?«, fragte Ben und sah dabei in Ninos Augen.

Der Angesprochene schaute ihn für einen Moment mit leerem Gesichtsausdruck an, als würde er in sich hineinhorchen, dann begannen seine Lippen sich zu bewegen: »Der Teufel … haust jetzt in mir.« Er schaute zu Ben auf, wobei sich sein Gesicht langsam zu einer Grimasse verzog. »Er haust in meinem Kopf!«

Er schob Bens Hand weg und rannte in den Dschungel.

»Scheiße!« Ben flitzte ihm hinterher, die meisten aus der Gruppe folgten ihm.

Der kleine Mann war in der Lage, sich blitzschnell durch den dichtbewachsenen Dschungel zu schlängeln und gewann dadurch schnell Abstand von seinen Verfolgern. Nach wenigen Minuten hatte er bereits zwanzig Meter Vorsprung.

Ben orientierte sich inzwischen nur noch an den Geräuschen seiner wilden Flucht, aber plötzlich verstummte diese

Geräuschkulisse. Doch Ben fand Nino schnell: Er stand inmitten einer kleinen Lichtung, sein Geschichtsausdruck spiegelte pures Entsetzen wider.

Eigentlich hätte Ben nun nach den anderen gerufen, doch er dachte an Jennys Rat, möglichst leise zu sein. Er schob die letzte Reihe Farne vor sich beiseite und wollte sich gerade auf Nino stürzen, als ihn ein starker Arm von hinten packte und sich eine Hand über seinen Mund legte.

Er wirbelte herum, bereit für einen Kampf, doch sofort entspannte er sich. Walt Koenig schaute in eindringlich an und legte einen Finger auf die Lippen. »Wir werden beobachtet«, flüsterte er.

Nun kamen auch die anderen an und Koenig gebot ihnen mit einer Geste, sich hinzukauern. Ben schaute von dem Jäger zu Nino und zurück. »Von wo?«

Koenig deutete mit dem Finger. »Da und da – gleich hinter den ersten Pflanzen!«

Ben schaute in die angezeigte Richtung, konnte aber nichts erkennen. Doch dann fiel ihm etwas Merkwürdiges auf: Der Dschungel lag auf einmal in absoluter Stille da, als würde plötzlich ein Vakuum herrschen.

Ein leichter Nebel umspielte die dicken Baumstämme und begann die Schlingpflanzen und fleischigen Palmen einzuhüllen. Ben konnte nicht erkennen, was der Jäger zu sehen glaubte.

Nino fing plötzlich an zu jaulen und seine linke Hand festzuhalten.

»Wir müssen ihm helfen«, flüsterte Ben, als der kleine Mann immer lauter wurde.

»Dafür ist es zu spät«, sagte Koenig mit todernster Miene.

»So ein Quatsch!« Ben war gerade im Begriff, aufzustehen, als der Jäger in unsanft am Kragen packte.

»Warte!«, sagte Koenig noch eindringlicher, »oder willst du, dass alle deine Freunde sterben?«

Emma und Jenny kamen angeschlichen. »Was ist los, wo ist Nino?«, wollten sie wissen.

Ben zeigte mit dem Finger auf ihn, und genau in diesem Moment begann der Angriff: Die erste Kreatur sprang aus dem dichten Buschwerk hinter Nino und bewegte sich so schnell, dass man sie kaum erkennen konnte. Sie war etwa zwei Meter groß und hatte braune und grüne Streifen, die sie im Dschungel perfekt tarnten. Die Augen sahen aus wie rote Perlen und erinnerten Ben an einen Raubvogel.

Aus drei Metern Abstand vollführte das Tier einen Sprung, der Nino zu Boden riss. Die mächtigen, mit Klauen bewehrten Füße drückten Nino herunter, wobei er vor Überraschung und Schmerz aufschrie. Das wirkte wie ein Signal für die anderen Kreaturen, die von zwei Seiten herbeieilten – sie waren kleiner, aber ganz eindeutig von der gleichen Art.

»Theropoden«, flüsterte Jenny, »Sie jagen im Rudel.«

Ben konnte seinen Blick nicht abwenden. Er hatte schon mit ansehen müssen, wie Soldaten – Freunde von ihm – verbrannt, gesprengt und voller Löcher geschossen wurden, doch das hier war fast noch schlimmer.

Die Raubtiere verschwendeten keine Zeit und begannen sofort, Ninos Körper in Stücke zu reißen. Ben musste etwas Galle herunterschlucken, als er wie gelähmt zusah. Innerhalb von Sekunden waren die Arme, die der Venezolaner schützend über sich gehalten hatte, weggerissen, doch seine Schreie hörten nicht auf, als sie immer mehr Fleischstücke aus seinem Leib rupften. Er wurde zerfetzt und ausgenommen, bis der Anführer des Rudels schließlich nach seinem Gesicht schnappte. Der Klang von Zähnen, die Knochen zermalmten, ließ Ben nun doch endlich für einen Moment zu Boden schauen.

Doch selbst, als er das tat, konnte er sie fressen hören; wie sie kauten und das Fleisch hinunterschlangen. Er wandte sich wieder dem grausigen Schauspiel zu. Die drei Theropoden hoben abwechselnd die Köpfe und musterten den umliegenden Dschungel. Ihre ruckartigen Bewegungen erinnerten Ben an grauenhafte Vögel aus der Hölle, die an ihrem Fressen herumpickten. Doch sie hatten keine Schnäbel, nur boshafte Mäuler, die mit Reihen von messerscharfen Zähnen gesäumt waren.

»Diese Monster!«, zischte Koenig durch zusammengebissene Zähne.

Ben zog das Gewehr hervor, das er über seine Schulter gelegt hatte, doch der Jäger schüttelte den Kopf. »Vielleicht ist es wie bei einem Rudel Wölfe«, flüsterte er, »und noch mehr von denen warten im Gebüsch, bis sie dran sind mit Fressen. Wir müssen hier abhauen.«

Mit einem feuchten Knacken wurde eines von Ninos Beinen von seinem Rumpf abgerissen. Emma würgte kurz und konnte sich dann nicht mehr beherrschen. »Mein Gott!«, entfuhr es ihr laut.

Jenny warf sofort ihre Hände über Emmas Mund, doch es war zu spät. Die drei Raubtiere zogen ihre blutbefleckten, kantigen Köpfe aus dem Haufen zerfetzter Kleidung, zersplitterter Knochen und fleischiger Klumpen, der einst Nino gewesen war, und blickten in die Richtung der Gruppe.

Ben wusste, dass sie hinter den dichten Farnstämmen so gut wie unsichtbar waren, doch die Kreaturen hatten noch andere Sinne, mit denen sie sie entdecken konnten. Als hätte er seine Gedanken gelesen, streckte der Anführer seinen Kopf und begann zu schnüffeln.

»Wir werden ihnen nicht davonlaufen können«, flüsterte Koenig, »das heißt, wir haben keine Wahl.« Diesmal war es der Jäger, der sein Gewehr zog.

Ben tat es ihm gleich und gebot der Gruppe mit einem Handzeichen, sich langsam zurückzuziehen. Als er sich wieder der Lichtung zuwendete, sah er, dass zwei der Dinosaurier sich ihnen näherten und nur noch zwanzig Meter entfernt waren. Ihre Hälse waren weit nach vorn gestreckt, die mächtigen Schwänze zeigten fast waagerecht nach hinten. Ihre Körper standen unter Spannung und Ben rechnete jeden Augenblick damit, dass sie zum Angriff übergehen würden.

Eine der Kreaturen, die kleinste, blieb zurück, wobei sie einen Fuß auf Ninos Überresten ruhen ließ und gleichzeitig aufmerksam beobachtete, was ihre Artgenossen taten. Ben war hin- und hergerissen: Sollten sie kämpfen oder fliehen?

Die Entscheidung wurde ihm abgenommen, als der größte Dinosaurier anfing, wie ein Teekessel zu zischen und sich in Stellung brachte, um loszusprinten.

»Bereit machen!« Ben hatte sich auf ein Knie niedergelassen und presste das Sturmgewehr an seine Schulter. Koenig war direkt hinter ihm, das eigene Gewehr ohne jegliches Zittern auf die Gegner gerichtet.

»Zielt nicht auf die Köpfe«, flüsterte Jenny, »die sind zu hart!«

Das Zischen der drei Kreaturen hallte nun über die Lichtung und die klauenbewehrten Füße des Anführers begannen, auf sie zuzustampfen. Doch in diesem Moment brach etwas anderes durch die Dschungelwand – etwas, das von dem Lärm und dem Geruch frischen Blutes angelockt worden sein musste.

»Heilige Scheiße«, japste Steve.

Das Wesen war über fünf Meter hoch und stand auf zwei gigantischen Beinen, während die krallenartigen Klauen an unterproportional kleinen Ärmchen hingen. Seine dicke Haut, deren Struktur an Kopfsteinpflaster erinnerte, war backsteinrot.

Der Neuankömmling schob Bäume aus seinem Weg, als seien sie Streichhölzer, und sein ohrenbetäubendes Brüllen ließ den Theropoden zusammenzucken, der bei Ninos Überresten geblieben war. In diesem Moment setzte der Gigant auch schon zum Sprung an.

Ben spürte, wie der Boden erzitterte, als der Angreifer auf seiner Beute landete und sie praktisch zerquetschte. Die anderen Kreaturen des Rudels sahen sich dem mächtigen Rivalen gegenüber chancenlos und flohen in Panik.

Das riesige Monster brüllte erneut und Ben fühlte den Druck der Schallwellen, die auch ihn bis ins Mark trafen und vor Angst fast bewegungsunfähig machten. Der riesige, kantige Kopf senkte sich nun und das sich öffnende Maul gab den Blick auf Reihen von zwanzig bis dreißig Zentimeter langen Reißzähnen frei. Der kleine Theropode schrie, und selbst von seiner entfernten Beobachterposition konnte Ben die Angst der Kreatur spüren, die wusste, dass sie nun bei lebendigem Leib gefressen werden würde.

Mit einem einzigen Biss erstarben die Schreie, denn unter dem Klang von reißendem Fleisch und krachenden Knochen wurde ein Drittel des kleineren Sauriers vom Rest seines Körpers getrennt.

»Nichts wie weg!« Koenig zog Ben nach hinten, und dann fingen sie alle an, durch den Dschungel zu flüchten.

Sie rannten um ihr Leben, wichen Baumstämmen und Schlingpflanzen aus, und es dauerte ein paar Minuten, bis Ben klar wurde, dass die Gruppe nicht langsamer wurde, obwohl sie keine Ahnung hatten, wo sie überhaupt hinliefen.

Ben tat es wirklich nicht gern, aber er hatte keine Wahl – er rief: »Stopp!«

Emma schaute sich kurz um, dann wurde sie langsamer und blieb stehen. Direkt vor ihr lief Koenig, der das gleiche machte, und dann sah Ben Jenny aus dem Unterholz auftauchen, das Gesicht puterrot. Panisch schaute sie sich um.

Ben atmete tief durch. »Wo zur Hölle sind die anderen?«

Jenny schüttelte den Kopf. »Weiter vorn, die waren mir zu schnell. Ich habe den Anschluss verloren.«

Ben legte seine Hände wie einen Trichter an den Mund, doch Jenny legte eine Hand auf seinen Unterarm: »Bitte, Ben, mach das nicht! Theropoden jagen überwiegend nach Geruch und Geräuschen. Ich glaube, der Große war ein *Allosaurus* – es könnte aber sogar noch größere Raubtiere geben.« Sie atmete schwer und für einen Moment sah es so aus, als müsse sie sich übergeben. »Außerdem sind auch die kleineren Viecher noch irgendwo da draußen. Wir müssen einfach, wir müssen …« Sie schnappte wieder nach Luft. »Wir müssen irgendwo Unterschlupf suchen und dann zusehen, dass wir einen Weg nach unten finden!«

»Erst mal müssen wir die anderen finden, wir reden hier schließlich von Steve, Dan und Andrea«, meinte Emma. »Das muss unsere Hauptpriorität sein!«

»Ja, aber im Moment sind wir am verletzlichsten. In der Nacht haben wir vermutlich bessere Chancen«, argumentierte Jenny.

»Also ich kann sie am Tag viel besser aufspüren«, sagte Koenig. »Ich muss meinen Boss finden, sonst werde ich nicht bezahlt. Und er wird *ordentlich* zahlen müssen, für diese Scheißmission!«

»Wir dürfen den Anschluss nicht verlieren«, sagte Ben und spürte, wie Unruhe in ihm aufstieg.

Doch Jenny gab nicht auf: »Schau mal, es ist natürlich alles spekulativ, wenn wir über Kreaturen reden, die eigentlich vor 65 Millionen Jahren ausgestorben sind, aber wir wissen, dass diese Viecher verdammt gut hören und riechen konnten. Außerdem hatten viele Zweibeiner etwas, das man optokinetische Reflexe nennt. Das bedeutet, dass sie extrem stark auf Bewegungen reagieren. Doch das funktioniert nur bei Licht, also jetzt.« Ihre Gesichtszüge waren vor Angst verzerrt. »Lasst uns warten, bis es dunkel ist.«

Ben atmete laut zischend aus. »Scheiß drauf.« Er schaute hinaus in den Dschungel, der die anderen verschluckt hatte – Steve, Andrea, Dan, Barlow und Bellakov, sie alle waren irgendwo da draußen. Barlow und Bellakov waren ihm natürlich scheißegal, doch um seine Freunde machte er sich große Sorgen.

Ben sah auf seine Uhr, es war genau Mittag. Sie hatten noch Zeit. »Ist mir alles egal, wir müssen sie finden!«

KAPITEL 25

Barlow pfiff wie eine alte Teekanne und streckte den Arm aus, um sich an Janus Bellakov festzuhalten. »Wir müssen … wir müssen … *anhalten*«, keuchte er.

Bellakov schaute ihn nicht an, sondern behielt aufmerksam den Dschungel im Auge. Er packte sein Gewehr.

»Wir müssen zurück.« Andrea weinte. Ihr Gesicht war knallrot und voller Tränen.

»Sie hat recht«, meinte Steve. »Wir müssen Ben und die anderen finden.«

»Ich glaube nicht«, sagte Bellakov, ohne sich auch nur umzudrehen.

»Was? Bist du irre?« Dan legte seine Stirn in Falten. »Gemeinsam sind wir stark! Hast du nicht gesehen, was da gerade passiert ist?«

Bellakov hielt seinen Blick auf die grüne Wand gerichtet, die sie umgab. Er hatte gesehen, wie die kleinen Viecher weggerannt waren, aus Angst vor der Riesenbestie. Diese Theropoden, wie das Zoomädel sie genannt hatte, waren fiese Biester. Quasi zwei Meter hohe Tiger mit Dolchen als Zehen. Würden sie jetzt umdrehen, könnten sie entweder auf Benjamin Cartwright und seine Leute stoßen, oder direkt in ein Rudel von diesen übellaunigen Viechern laufen.

Bellakov hatte gesehen, wie sie sich bewegten – wie ein Wolfsrudel, nur viel größer, schlauer und hundertmal tödlicher. Und er hatte nur einen Haufen Amateure auf seiner Seite, eine einzige Schrotflinte und ein paar Pistolen, die diese Anfänger wahrscheinlich nicht einmal bedienen konnten.

Er drehte sich um und starrte sie an: »Auf keinen Fall.«

»Hey, du hörst wohl nicht zu!« Dan machte einen Schritt nach vorn, um ihn an der Schulter zu packen, doch Bellakov wirbelte herum und rammte dem jungen Millionär den Gewehrschaft ins Gesicht. Dan ging zu Boden.

»*Du* hörst hier nicht zu!« Bellakov legte die Waffe wieder an und richtete die Mündung in Dans Richtung. »Wir hatten ausgemacht, dass wir zum Fluss gehen. Das ist in *diese* Richtung!« Er zeigte mit dem Finger ins grüne Nichts. »Wenn wir zurückgehen, laufen wir wahrscheinlich an ihnen vorbei oder direkt diesen Viechern in die Arme!«

Steve half Dan aufzustehen und Bellakov musterte ihre Gesichter. Er sah Angst, Erschöpfung und Verwirrung. *Gut*, dachte er. »Oder wir gehen dorthin, wo sie auch hingehen, und treffen sie dadurch höchstwahrscheinlich wieder.«

»Aber vielleicht brauchen sie unsere Hilfe!«, mahnte Andrea.

Bellakov kicherte. »Die haben Cartwright und Koenig auf ihrer Seite – das sind beide erfahrene Kämpfer. Ihr habt nur mich. Macht euch um die keine Sorgen.« Er wandte sich Barlow zu. »Alles klar, Boss?«

Barlow nahm seinen Hut ab und wischte sich mit einem seiner fleischigen Arme die Stirn, bevor er den Hut wieder auf seinen Kopf rammte. »Ihre Logik ist absolut makellos, Herr Bellakov. Gehen Sie voran!«

»Nein, danke.« Bellakov deutete auf Steve: »Du gehst voran!«

Steve grunzte. »Klar, von mir aus kann es losgehen.« Er wandte sich an Andrea. »Bist du okay?«

Sie lächelte ihn mit feuchten Augen an. »Nein.«

»Ich auch nicht.« Dann richtete er sich auf und drehte sich in die Richtung, wo sie den Fluss vermuteten – tiefer im Dschungel.

»Am wahrscheinlichsten finden wir den Fluss am Rande des Plateaus«, sagte Ben.

»Richtig«, stimmte Koenig zu. »Von dort können wir ihm dann folgen – doch erst mal müssen wir ihn finden.«

»Und dann?«, fragte Jenny.

»In Benjamins Notizen stand, dass es Höhlen an dem See gibt. Vielleicht ist sogar eine von ihnen tief genug, um uns wieder nach unten zu führen.« Er zuckte mit den Schultern. »Mehr kann ich im Moment nicht sagen.«

Koenig überprüfte seine Waffe. »Wir sollten uns so unauffällig und schnell bewegen, wie wir können. Wir wollen nicht mehr hier draußen sein, wenn es dunkel wird.« Er schaute auf und grinste Ben an: »Es ist dein Plan, Kumpel, also …«

Ben nickte und ging voran, gefolgt von Emma und Jenny, während Koenig die Nachhut bildete. Ben hackte, schnitt und buddelte sich einen Weg, wobei er versuchte, so viele natürliche Durchgänge wie möglich zu nutzen. Trotzdem kamen sie nicht so schnell voran, wie er wollte, doch anders ging es nicht.

Einmal erstarrten sie alle, als sie den Klang eines massiven Körpers hörten, der durch das Unterholz pflügte, gefolgt von Schmerzschreien, die jedoch nicht menschlichen Ursprungs waren.

Sie warteten, bis nur noch ein entferntes Schmatzen zu hören war, dann setzte Ben sich wieder in Bewegung. Sie machten einen großen Bogen um das mutmaßliche Jagdgebiet, denn wenn sie eines gelernt hatten, war es, dass der Geruch des Todes weitere Jäger anlockte.

Jeder Schritt, den sie machten, zehrte an ihren Nerven. Innerhalb von wenigen Stunden waren zwei Mitglieder ihrer Gruppe angegriffen worden und einen grausamen Tod gestorben. Und nun waren sie auch noch getrennt worden. Jeder Schatten ließ sie zusammenzucken und jedes Rascheln im Unterholz sorgte für Panik.

Ben hatte schon in Urwäldern gekämpft, aber da waren seine Feinde Menschen gewesen – keine riesigen Bestien, die ihn bei lebendigem Leib fressen wollten.

Sie brauchten eine ganze, kräftezehrende Stunde in dem feuchten, nebligen Dschungel, bis sie endlich die Lichtung am Rande des Plateaus erreicht hatten. Ben blieb wie angewurzelt stehen.

»Heilige Scheiße«, stieß Emma hervor.

Walter Koenig schnaubte und drückte seine Waffe noch ein wenig fester. Der Dschungelboden war über dreihundert Meter unter ihnen, das Baumkronendach ein durchgängiges, grünes Feld, das sich bis zum Horizont erstreckte.

Über ihnen hingen wie immer schwere Wolken, die merkwürdigerweise über dem Plateau noch dichter und dunkler zu sein schienen als anderswo. Sie rotierten sogar ein wenig, als befänden sie sich im Auge eines Wirbelsturms.

Aber es war gar nicht das Wetter oder der Dschungel, der ihre Aufmerksamkeit auf sich zog, sondern das abgestürzte Flugzeug direkt vor ihnen.

»Ganz schön alt«, sagte Jenny. »Sieht aus wie eine Spitfire oder so was.«

»Auf jeden Fall aus dem Zweiten Weltkrieg, wenn das mal reicht«, fügte Koenig hinzu.

»Das ist eine Corsair«, meinte Ben. »Und ja, du hast recht, sie ist aus dem Zweiten Weltkrieg. Sie haben sie den *Witwenmacher mit krummen Flügeln* genannt und sie wurde überwiegend auf Flugzeugträgern eingesetzt.«

Ben lief auf die Maschine zu. »Der arme Hund ist wahrscheinlich von seinem Kurs abgetrieben worden. Es gab eine Menge Einsätze im Pazifik, ich schätze, der Flugzeugträger lag in Guadalcanal.«

»Weit weg von zuhause«, sagte Koenig.

»Stimmt.« Nach einem kurzen Kontrollblick in den Dschungel warf Ben sein Gewehr über die Schulter. Das Cockpitfenster war noch geschlossen und mit Schlingpflanzen überwuchert. Er legte eine Hand auf die Tragfläche. »Diese Maschinchen hatten einen 2000-PS-Motor von Pratt&Whitney. Vollgetankt hatten sie eine Reichweite von tausend Meilen.« Er trat auf den Flügel und rieb am Dreck des Seitenfensters, woraufhin er seine Augen mit den Händen abschirmte und hineinschaute.

Er atmete langsam aus, packte die Scheibe und zog sie langsam zurück, wobei sie ein rostiges Quietschen von sich gab. Das Skelett dahinter war nach vorn gelehnt und er sah sofort, dass der Schädel eingedrückt war. »Abgestürzt. Beim Aufprall gestorben. War bestimmt besser so.« Er streckte sich, um die Erkennungsmarken zu erreichen, die immer noch um den knochigen Hals hingen.

»Leutnant John Carter.« Er packte sie und riss sie ab. »Ruhe in Frieden, Kumpel.«

Er steckte die Marken in seine Tasche.

Emma kletterte auf die andere Tragfläche und wagte ebenfalls einen Blick ins Innere. »Immer noch in ziemlich gutem Zustand für ein siebzig Jahre altes Flugzeug.«

»Stimmt, da brauchen wir nur noch einen Tank voll Kerosin, eine Werkstatt und ein paar hundert Mechanikerstunden – und schon haben wir ein Ticket nach Hause!« Ben lächelte. »Wären wir doch bloß hier gewesen, als die Maschine runtergekommen ist.« Er lehnte sich wieder nach vorn und betrachtete das Skelett. »Dann hätten wir … wer weiß.« Er klopfte dem Toten auf die Schulter. »Danke für Ihren Einsatz, Käpt'n.« Er wollte sich gerade wieder zurückziehen, als er plötzlich innehielt und noch einmal das Cockpit, die Flügel und den Rand des Plateaus betrachtete. *Immer noch in ziemlich gutem Zustand für ein siebzig Jahre altes Flugzeug,* hatte sie gesagt.

Ein abwegiger Gedanke begann in seinem Hirn Form anzunehmen, doch er wischte ihn beiseite. *Auf keinen Fall,* dachte er, als er sich aufrichtete. *Nicht mal ich bin so verrückt*, dachte er und sprang wieder auf den Boden.

Er warf einen letzten Blick auf die Maschine.

Noch nicht.

KAPITEL 26

Bellakov hielt eine Hand hoch und die Gruppe sammelte sich hinter ihm. Er legte einen Finger auf seine Lippen und richtete dann alle seine Sinne auf den Dschungel.

Die Sekunden vergingen im Schneckentempo, jede einzelne von ihnen schien langsamer zu verstreichen als die davor. Die anderen schauten von ihm auf den Urwald und dann zurück, wobei ihre Augen aufgerissen und kugelrund waren, wie die von verängstigten Schafen.

Sie haben Angst und das ist auch richtig so, dachte er. Denn es war eindeutig: Irgendetwas folgte ihnen. Auf beiden Seiten hielten irgendwelche *Dinge* Schritt mit ihnen. Sie bewegten sich zwar fast geräuschlos, doch Bellakov wusste genau, dass sie da waren. Er erkannte die Bewegungen eines Jägers, da er selbst einer war. Es hatten schon genug Leute versucht, ihn zu töten, und er kannte das Gefühl, von jemandem beschattet zu werden, der es auf ihn abgesehen hatte. Und genau dieses Gefühl spürte er jetzt.

Barlow schlich sich an seine Seite, wobei der alte, fette Narr wie Espenlaub zitterte.

»Was ist los?«, stammelte er.

»Jäger«, flüsterte Bellakov und zeigte dann auf Dan und Steve, dann auf seine Augen und zuletzt auf den Dschungel. Er brauchte ihre Augen und Ohren sowie ihre Feuerkraft.

Obwohl es keinen Luftzug gab, wusste Bellakov, dass ihr Körpergeruch, ihr Parfüm und Deodorant eine Geruchsspur hinterließ, die mehrere Meter breit war. Und in dieser brenzligen Situation war das besonders schlimm. Er biss die Zähne zusammen, als er das Bein des Mädchens hinabschaute: Ihr Verband war rot und feucht, und es gab nichts Besseres als den kupferigen Geruch frischen Blutes, um hungrige Fleischfresser anzulocken.

»Also kämpfen wir?«, fragte Steve.

Bellakov hatte sich diese Frage auch schon gestellt. Den Mut des Jungen begrüßte er, aber sie hatten keine Ahnung, mit wie vielen Gegnern sie es zu tun hatten. Abgesehen davon hatten sie ja schon gesehen, was passierte, wenn man zu viel Krach machte – erst kamen die kleinen, verdammt schnellen Viecher, dann eskalierte das Ganze sehr schnell zu einem Kampf mit einem gottverdammten King Kong in Echsengestalt.

Er hob seine Waffe. »Ich bin nicht sicher, ob wir diese großen Viecher überhaupt erledigen können. Vielleicht kriegen sie davon nur noch schlechtere Laune. Ich denke, wir sollten wegrennen.«

Sein Kopf wirbelte herum – da war wieder ein Geräusch, diesmal auf der anderen Seite. Sie wurden umrundet und der Weg war abgeschnitten. Es war soweit. »Macht eure Waffen schussbereit!«

Steve hatte eine Schrotflinte, die anderen aber nur Pistolen. Andrea zog ihre aus dem Holster, die Waffe sah in ihrer Hand übergroß aus und offensichtlich war ihr nicht wohl dabei.

»Seid ihr bereit?« Er schaute sie der Reihe nach an; alle hatten sie die Augen weit aufgerissen und waren kurz vor der Panik. Doch das konnte er nicht ändern.

»Dann los!« Er verfiel in einen Sprint, die Waffe in beiden Händen – bereit zu feuern.

Die plötzliche Bewegung schreckte die Kreaturen auf und ließ sie direkt zum Angriff übergehen – sie brachen aus dem Dschungel. Diesmal waren es gerade einmal hüfthohe Wesen in einem schlammigen Braunton. Sie liefen auf zwei Beinen und fauchten, wobei sie mehrere Zahnreihen zeigten, die an Brotmesser erinnerten. Ihre kleinen Arme endeten in krallenbewehrten Klauen, die sie weit spreizten.

Dan feuerte als Erster; sein Schuss ging daneben. Steve feuerte eine Salve ab und riss einer der Kreaturen damit den Kopf ab. *Guter Junge!*, dachte Bellakov.

Barlow war ein ganzes Stück hinter ihnen und japste wie ein Fisch auf dem Trockenen. Bellakov drehte sich zu ihm um, seufzte und schaltete eines von den Biestern aus, das auf ihn zugerannt kam. Er blieb stehen und wartete ab, bis Dan und Steve an ihm vorbei gezischt waren. Als Nächstes kam Andrea und er stellte ihr ein Bein, sodass sie längs auf den Boden schlug. »Hey!«, schrie sie.

»Los, los, los!«, brüllte Bellakov den anderen hinterher.

Endlich schloss Barlow zu ihm auf. »Ich kann nicht ... Sie müssen ...«

Bellakov packte ihn am Kragen und zog ihn zu sich heran. »Hör zu, du alter Fettsack, entweder rennst du oder du bleibst zurück, ich werde dich nicht tragen, verstanden?«

Die Augen des Älteren weiteten sich und er nickte hastig.

»Hier ist ein Geschenk für dich!« Bellakov schaute auf Andrea hinab, die dabei war, sich wieder auf die Beine zu kämpfen. Er hob seinen riesigen Stiefel und ließ ihn auf ihren Fußknöchel krachen. Ein splitterndes Geräusch ertönte und sie schrie auf. Bellakov beugte sich zu ihr hinunter und riss ihr die Waffe aus der Hand.

»Au, au, au!« Die junge Frau hielt ihr Bein, wobei ihr Tränen wie Sturzbäche herunterliefen. Sie schaute auf, ihr Blick verwirrt.

»Nichts wie weg!« Bellakov zerrte Barlow hinter sich her, um schnell Abstand von der hilflosen Andrea zu gewinnen. Wenig später verriet ihnen ein schriller Schmerzensschrei, dass die Kreaturen ihr Opferlamm gefunden hatten. Wie alle Raubtiere nahmen sie zuerst die Schwächsten, die Nachzügler oder die Verletzten ins Visier.

Bellakov blieb stehen und drehte sich um. Er packte sich Barlow und ließ ihn herumwirbeln.

»Sieh es dir an!«

Es erinnerte ihn an den Angriff wilder Hunde – die Tiere schienen aufgestachelt, als sie um den besten Platz kämpften und ein Kopf nach dem anderen auf die schreiende Frau niederging. Es dauerte nur Sekunden, dann tauchten die Köpfe wieder auf und kauten auf Fleischstücken herum, die Schnauzen voller Blut.

Die Schreie wurden zu Schluchzern, dann folgte Stille. Neben sich hörte Bellakov Barlow würgen und er zog ihn näher an sich heran. »Fang jetzt bloß nicht an zu kotzen, das werden sie riechen!«

Bellakov wandte sich von der Raubtierfütterung ab. *Sorry, Baby*, dachte er sich, *aber du hast den kurzen Halm gezogen.* Er hielt Barlow immer noch am Arm fest und zog ihn ein weiteres Mal zu sich heran. »Du schuldest mir was!«

Barlows Kopf nickte, als wäre er an einer Feder befestigt.

Sie rannten weiter, doch es waren keinerlei Anzeichen zu bemerken, dass sie noch verfolgt wurden. Nach fünfzehn Minuten hatte Bellakov das Gefühl, dass es sicher genug war, das Tempo zu senken. Wenig später trafen sie auf die anderen und blieben stehen, immer noch außer Atem und immer noch in höchster Alarmbereitschaft.

Steve verzog das Gesicht und schaute an ihnen vorbei. »Wo ist Andrea?«

Bellakov ignorierte ihn. »Seid ihr in Ordnung?«

»Wo zur Hölle ist Andrea?«, fragte Steve wütend und trat drohend an ihn heran.

Bellakov seufzte und streckte die Hand aus, um sie auf die Schulter des jungen Mannes zu legen. »Tut mir leid … wir haben sie verloren.«

Steve schlug seinen Arm weg: »Was? Wie konntet ihr sie denn verlieren? Wo war das? Wir müssen sie holen!« Er machte einen Schritt an Bellakov vorbei und Dan machte sich schon daran, ihm zu folgen. Doch Bellakov streckte ihm erneut seinen muskulösen Arm entgegen. »Wir haben sie *verloren*, verstehst du nicht, was ich meine?« Er zog den jungen Mann zu sich heran und starrte ihm in die Augen. »Sie haben sie erwischt!«

»Aber …« Steves Mund öffnete und schloss sich ein paarmal. »Sie haben sie erwischt? Wie denn? Wo wart ihr in dem Moment? Warum habt ihr Andrea nicht geholfen? Warum habt ihr uns, *mich*, nicht gerufen? Ich hätte sie verteidigt!«

Bellakov kämpfte gegen den Drang an, den Jungen k.o. zu schlagen, denn er brauchte ihn auf seiner Seite. Er verzog das Gesicht, um Mitgefühl vorzugaukeln, und schüttelte den Kopf.

»Steve, es waren zu viele. Sie hätten uns alle fertiggemacht.« Er seufzte. »Bitte glaube mir, für mich ist es auch hart, aber wir müssen weitermachen und lebend hier rauskommen, wir müssen unsere Freunde finden.« Bellakov legte seine Hand auf Steves Oberarm. »Das ist alles, was jetzt noch zählt.«

Die Blicke der beiden Männer bohrten sich ineinander und Steves Augen verengten sich aus Misstrauen. Doch dann erlosch das Feuer in ihm und er schien in sich zusammenzusinken. Er schaute einfach nur noch auf den Boden und nickte.

»Guter Junge!« Bellakov ließ ihn stehen und ging voran: »Hier entlang!« Barlow und er verschwanden im Gestrüpp, Steve und Dan trotteten ihnen nach einer kurzen Pause wortlos hinterher.

Bellakov hörte das Wasser, bevor er es sehen konnte. Ein paar Minuten später erblickten sie in einer Senke vor sich das Ufer eines kleinen Flusses, der gerade einmal zwei Meter breit war. Er bedeutete ihnen stehenzubleiben und ging in die Hocke, die Pistole gezogen. So verharrte er eine Weile und beobachtete den Wasserlauf aus sicherer Entfernung.

Es sah so aus, als wäre er nur wenige Zentimeter tief, an einigen Stellen vielleicht etwas mehr. Das Wasser war klar und floss relativ langsam. Dicke Wurzeln einiger uralt aussehender, moosbewachsener Bäume hingen hinein. Am Ufer wuchsen dichte Farne, durch die der kleine Wasserlauf eine Schneise schnitt, die an den Rändern durch schmale, sandige Streifen vom Rest des Dschungels abgetrennt war.

Der Fluss wirkte friedlich und sicher, doch Bellakov wartete und beobachtete. Er wusste von früheren Jagdabenteuern im Dschungel, dass frisches Wasser einem das Leben retten konnte, doch gleichzeitig war es gefährlich. Wenn Tiere zum Trinken kamen und ihre Köpfe in das feuchte Nass tauchten, waren sie angreifbar – und alle Fleischfresser wussten das, sowohl zu Lande als auch zu Wasser.

»Wonach halten wir Ausschau?«, flüsterte Dan.

»Nach allem.«

Bellakov sah zu, wie ein paar Libellen, die so groß wie Vögel waren, über dem Wasser schwebten und dann in die Büsche verschwanden. Er strengte sein Gehör an, doch die dichte Geräuschkulisse des Urwaldes machte es unmöglich, etwas herauszuhören. Wenn irgendetwas da unten lauerte, würden sie es herauslocken müssen. Er drehte sich um.

»Du. Du heißt doch Dan, oder?«

»Äh … ja, ich bin Dan. Was gibt's?«, fragte der Angesprochene, nichts Gutes ahnend.

»Geh mal da runter und schau nach, ob irgendwelche Spuren im Sand zu sehen sind.« Bellakov hielt seinen Blick auf das Wasser gerichtet.

»Willst du mich verarschen? Ich gehe doch nicht ganz allein da runter!« Dan ließ vor Überraschung seinen Mund offenstehen.

»Mach dir keine Sorgen, du wirst vollkommen sicher sein.« Bellakov tippte auf seine Waffe. »Ich halte dir den Rücken frei. Und ich bin der beste Schütze von uns allen.« Er zuckte mit den Schultern. »Nimm deinen Kumpel mit, wenn du jemanden zum Händchen halten brauchst.«

»Das ist keine gute Idee.« Dan schaute Steve fragend an.

»Wir werden gleich alle zusammen den Fluss entlanggehen. Aber mir ist es lieber, von hier aus die Lage zu sichern, während ihr nach Spuren schaut. Wenn wir erst mal alle da unten sind, kann ich nicht mehr viel machen.« Er gab Dan einen Schubser. »Beeil' dich, Junge, wir haben nicht mehr lange Tageslicht!«

»Okay, lass uns gehen.« Steve stand auf und machte sich vorsichtig auf den Weg hinunter zum Flussufer. Dan folgte ihm in gebückter Handlung und murmelte etwas über Versuchskaninchen.

Bellakov schaute ihnen nur für einen Moment hinterher, bevor er seine Aufmerksamkeit dem umgebenden Dschungel widmete. Nichts bewegte sich auf die beiden zu, als sie sich dem Wasser näherten. Als sie dort ankamen, war Bellakov erleichtert, dass nichts aus dem Wasser sprang, um sie sich zu schnappen, auch wenn das bei dieser geringen Tiefe sowieso unwahrscheinlich gewesen war. Doch es gab auch tiefere Stellen und abgesehen davon hatte er keine Ahnung, was für merkwürdige Viecher hier existieren konnten, somit war Vorsicht das oberste Gebot.

Er spürte ein leichtes Ziehen an seinem Ärmel und wandte sich dem aufgeschwemmten Gesicht von Barlow zu. »Janus ...« Der Dicke lächelte unsicher.

Bei Bellakov klingelten sofort alle Alarmglocken, denn Barlow sprach ihn nie mit seinem Vornamen an. Sein Chef leckte sich über die Lippen: »Ich bin mit Sicherheit der Langsamste von uns allen. Dadurch könnte die Versuchung entstehen, mich zurückzulassen, so wie ... du weißt schon wer.« Wieder lächelte er künstlich und Bellakov bedachte ihn mit einem bösen Blick. Er wusste, dass der Kerl ein Opportunist war und man ihm nicht vertrauen konnte. Tatsächlich hatte der Söldner schon darüber nachgedacht, ihn im Zweifelsfall zu opfern.

Barlow fuhr fort: »Janus, falls jemals dieser Versuchung erliegen sollte, dann wirst du ihr widerstehen, weil du dich an die Worte erinnern wirst, die ich dir jetzt sagen werde.« Er legte seine Hand auf den Arm seines Gegenübers und drückte leicht. »Fünf Millionen Dollar, ohne Wenn und Aber, und du musst nichts weiter tun, als deinen Auftrag zu erledigen – und der lautet, mich nach Hause zu bringen. Verstehst du?«

Bellakov starrte ihn an und ließ einige Sekunden verstreichen. »Zehn Millionen.«

Barlows Augen weiteten sich, doch dann nickte er. »Gut, zehn Millionen.«

Geld regiert die Welt, dachte Bellakov, dann huschte ein Lächeln über sein Gesicht. Er streckte Barlow seine Hand entgegen. »Abgemacht.«

Barlow schüttelte sie begeistert. »Guter Mann, jawohl, es ist abgemacht!«

Bellakov wandte sich wieder den beiden Jungs am Wasser zu, die sich dort aufmerksam umschauten. Nach fünf Minuten richteten sie sich auf und zuckten mit den Schultern.

»Sieht okay aus«, sagte Bellakov schließlich zu Barlow.

Der Söldner stand auf und schlich nach unten, immer noch in Alarmbereitschaft. Dort angekommen hielt er eine Hand hoch, um das Einhalten absoluter Stille zu signalisieren. Er stand eine Weile einfach so da und ließ seine Sinne die Umgebung scannen. Es gab keine Tiergerüche, kein anderes Geräusch, als das gurgelnde Wasser, und er konnte auch keinerlei Bewegung hinter dem grünen Vorhang des Dschungels erkennen.

Er begab sich in die Mitte des Flusslaufs, wo ihm das Wasser nur bis zu den Knöcheln reichte.

»Verteilt euch, lauft aber nur im Wasser. Das verhindert, dass Jäger eure Fährte aufnehmen.«

Sie machten sich auf den Weg flussabwärts. Bellakov ging voran, Barlow hechelte hinter ihm her und Dan und Steve bildeten die

Nachhut. Es war bereits drei Uhr nachmittags. Sie mussten bald Schutz finden, sonst würden sie die Nacht auf Bäumen verbringen müssen. Bellakov wusste, dass mindestens einer von ihnen so eine Nacht nicht überleben würde. Doch das würde nicht er sein … und sein wandelnder Zehn-Millionen-Dollar-Schein auch nicht.

KAPITEL 27

Ben sah auf die Uhr – es war vier Uhr nachmittags. Die Zeit verging zu schnell und er spürte die gleiche Anspannung, die er in Afghanistan erlebt hatte – ständig unter Strom, immer bereit, aufgezogen wie eine Feder.

Ich habe das Militär doch verlassen, um ein ruhigeres Leben zu führen – und jetzt bin ich hier? Was für ein Idiot bin ich eigentlich?, dachte er.

Der Flusslauf, dem sie folgten, war flach und klar. Von Zeit zu Zeit zischten kleine Fische zwischen seinen Füßen durch, doch es lauerte nichts hinter den kleinen Felsen am Ufer und die Büsche dahinter waren nicht dicht genug, um als Versteck zu taugen.

Vor einer Weile hatte er etwas entdeckt, das wie Stiefelspuren aussah. Hier und da etwas abgeschabtes Moos, ein Fußabdruck im Sand und die eine oder andere zertretene Krabbe. Die anderen waren definitiv hier entlangkommen und sie konnten nicht weit weg sein.

Emma lief neben ihm, die Pistole baumelte an ihrer Seite. »Ich weiß, was du denkst«, flüsterte sie.

Er schaute sie mit erhobenen Augenbrauen an: »Ach wirklich? Was denn?«

»Du fragst dich, wie du hier gelandet bist.« Sie grinste ihn an.

Er nickte. »Wie hast du das denn erraten?«

Ihr Grinsen verschwand so schnell, wie es gekommen war. »Weil ich das gleiche gedacht habe. Wir waren alle gelangweilt, verwöhnt und übersättigt – wie die meisten Menschen in der modernen Welt. Wir haben nur ein kleines Abenteuer gesucht. Und das haben wir wohl gefunden.«

Er verzog das Gesicht. »Meinst du mit übersättigt, dass ich zu fett bin, oder was?«

Ihre Stimmung besserte sich durch seinen kleinen Humorversuch.

»Weißt du, was das wahre Problem war?«, fragte er.

Sie schüttelte den Kopf.

»Hat auch nur einer von uns wirklich geglaubt, dass dieser Ort existiert? Ich meine, *wirklich* daran geglaubt? Wir haben das alle unterschätzt!«

Sie nickte: »Ich habe *etwas* erwartet, aber nicht in dieser Form. Ich dachte, wir verbringen ein paar Tage im Amazonas, machen ein paar Bilder, holen uns ein paar Mückenstiche und fahren dann alle mit Sonnenbrand und ein paar tollen Geschichten wieder zurück.«

»Ich auch.« Plötzlich blieb Ben stehen und ging in die Knie. »Oh nein!«

»Was?« Emma hielt an seiner Seite. Auch Jenny und Koenig stießen zu ihnen, wobei der Jäger sofort seine Waffe zog und die Umgebung überwachte.

»Blut«, sagte Ben und deutet auf die Spitze eines Felsens, der aus dem Wasser ragte. »Wir wissen natürlich nicht, ob es menschlich ist.«

Koenig sprach, ohne den Blick von der grünen Wand des Dschungels abzuwenden: »Am Ufer sind keine Spuren zu sehen; sie haben das Wasser nicht verlassen.«

»Gut.« Ben stand wieder auf. Er schaute in den Himmel und konnte durch das dichte Baumkronendach gerade so die Wolkendecke ausmachen. Sie wirkte immer noch dicht, dunkel und vor allem unnatürlich und schien um sie herum zu rotieren, als stünden sie inmitten eines Zyklons. Doch er hatte andere Sorgen.

»Lasst uns ein wenig Gas geben!«

Sie folgten weiter dem Flusslauf und gingen zugunsten eines schnelleren Vorankommens das Risiko ein, etwas mehr Krach zu machen. Doch sie mussten unbedingt ihre Freunde finden.

KAPITEL 28

Zwei Stunden nach der vollständigen Erscheinung

Der Komet P/2018-YG874, genannt *Primordia,* hatte den erdnächsten Punkt passiert und war trotzdem noch deutlich am Taghimmel zu erkennen.

Hätte Benjamin Cartwright durch die Wolkendecke sehen können, wäre ihm vielleicht der kleine helle Streifen am Himmel aufgefallen, der sich jetzt auf die linke Hemisphäre zubewegte. *Primordias* Besuch, der nur alle zehn Jahre vorkam, neigte sich dem Ende zu. Bald würde er wieder verschwunden sein und seine ewige Runde durch das Sonnensystem fortsetzen.

KAPITEL 29

Es wurde langsam dunkler und die stets präsente Wolkenschicht sorgte bereits zeitig am Abend für eine zwielichtige Stimmung. Die Dämmerung war merkwürdig rötlich und tauchte alles in lilafarbene Schatten. Gleichzeitig ließen Hitze und Luftfeuchtigkeit keinen Deut nach.

Die Leiche hatten sie vor ein paar Meilen gefunden. Sie hatten abseits des Flusses das Geräusch schmatzender Fleischfresser gehört und Ben hatte die anderen warten lassen, während er durch die fleischigen Schlingpflanzen des Unterholzes gerobbt war.

Ein Dutzend Kreaturen, die ihn an riesige Truthähne erinnerten, rissen Fleischstücke aus einem Kadaver, den er nicht genau erkennen konnte. Er betete zum Himmel, dass es kein Mensch war und schlich noch näher heran. Als eines der Tiere seinen Kopf hob, konnte er sehen, dass das Opfer ein mit Panzerplatten bedecktes Wesen von der Größe einer Kuh war.

Die kleinen Tiere hätten eine so große Beute aber nicht allein zur Strecke bringen können, also schlussfolgerte Ben, dass sie wohl von einem größeren Jäger erlegt worden war.

Ben schlich zurück und winkte Jenny zu sich heran. Sie folgte ihm und keuchte beim Anblick der Tiere überrascht. »Unglaublich!«, flüsterte sie.

»Ja, aber können sie uns gefährlich werden?«, gab Ben leise zurück.

Die kleinen, zweibeinigen Kreaturen bewegten sich abgehackt und quiekten aufgeregt. Ihre Köpfe und Hälse waren inzwischen voller Blut.

»Das könnten *Dromaeosaurus, Saurornithoides* oder irgendeine andere kleinere Art von Fleischfressern sein«, sagte Jenny. »Sie sind Aasfresser, aber in einer großen Gruppe würden sie vielleicht auch einen Angriff wagen.«

Jenny reckte den Hals, als gerade einer von ihnen einen Fleischbrocken aus dem Kadaver riss und ihn mit einem Happs verschluckte. »Ihre Zähne sind scharf und stehen eng zusammen, was den gleichen Effekt wie eine geriffelte Säge hat. Für unsere weiche Haut hätte das fatale Folgen.«

»Dann müssen wir sie umgehen«, sagte Ben.

Die Gruppe verbrachte eine ganze Weile damit, die Futterstelle zu umrunden und zurück zum Fluss zu finden. Ein Abstecher in den Dschungel bedeutete noch langsameres Vorankommen, doch als nicht weit von ihnen ein massiger Körper vorbeidonnerte, fühlte Ben sich bestätigt: Der Geruch von Blut lockte noch weitaus gefährlichere Jäger an.

Es war schon fast Sonnenuntergang, als sie endlich die Quelle des Flusses erreichten. Sie traten aus dem grünen Schlauch hervor, durch den sie gewandert waren, und blieben mit offenen Mündern stehen.

»So riesig«, sagte Emma, »wie kann das sein?«

In der beginnenden Dunkelheit wirkte das Wasser des riesigen Sees bereits schwarz wie Tinte. Doch trotz der Windstille war die Oberfläche in ständiger Bewegung – es gab Wellen, Ringe und Blasen, die auf die Anwesenheit großer Lebewesen hindeuteten.

Ben bedeutete den anderen, sich zu setzen. »Lasst uns erst einmal eine Weile abwarten, wer hier so alles wohnt!«

Riesige Flugsaurier, deren ledrige Flügel eine Spannweite von vier Metern erreichten, glitten auf warmen Luftströmen über die Wasseroberfläche und tauchten immer wieder ihre meterlangen Schnäbel hinein, um zappelnde Fische herauszuziehen und sich dann in den Himmel aufzuschwingen.

Während die Freunde zusahen, hielt sich einer von ihnen zu lange nahe der Oberfläche auf und ein riesiges, torpedoförmiges Objekt schoss aus dem Wasser, schnappte sich das kreischende Tier und zog es in die Tiefe, wobei die blutrot gefärbte Gischt nur so spritzte.

»Mein Gott, wir sind hier wirklich in der Hölle gelandet«, schimpfte Koenig.

»Nein, es ist einfach nur ein Schnappschuss davon, wie unsere Welt vor 100 Millionen Jahren war«, sagte Jenny. »Für uns weichhäutige Säugetiere mag es ein Albtraum sein, aber für sie ist es das Leben.« Sie schaute den Jäger an: »Wer weiß, vielleicht wäre unsere Welt für sie ein Albtraum.«

»Ist klar«, grunzte Koenig.

»Da drüben!« Ben zeigte mit dem Finger. »Diese Felswand, da hinten am Ufer?«

Emma, Jenny und Koenig folgten seinem Blick – in einem schroffen Kliff auf der gegenüberliegenden Seite des Sees gab es eine Reihe von dunklen Löchern, die groß genug aussahen, dass sie darin Unterschlupf finden konnten.

»Sieht aus, als wäre das unser Hotel für heute Nacht«, sagte Emma.

»Lasst uns hoffen, dass nicht schon jemand anderes eine Reservierung hat«, gab Emma zu bedenken.

Ben stand auf und schaute für einen Moment in den Himmel: »Ich schätze, wir haben noch eine Stunde Tageslicht, dann wird es hier stockfinster ohne Mond und Sterne. Bis dahin müssen wir dort angekommen sein!«

Koenig schaute sich um. »Wir haben drei Möglichkeiten. Den See umrunden, entweder rechts oder links entlang, oder die Luftlinie.«

Jenny wandte sich ihm mit kritischem Blick zu. »Sie haben aber schon diesen Pterosaurus gesehen, der gerade gefressen wurde, oder?«

»Dieser hässliche Vogel hatte aber kein Sturmgewehr dabei«, grinste Koenig.

»Wir werden diesen Fluss nicht in der Dämmerung durchqueren, sonst werden wir zu Fischfutter«, stellte Ben klar. Er schaute am Ufer entlang. »Ich glaube, wir sollten links herum gehen, da ist alles dicht bewachsen. Das macht das Vorankommen langsamer, aber dafür sind wir vor neugierigen Blicken geschützt.«

»Sieht wirklich ziemlich dicht aus, dazu einige riesige Bäume.« Koenig kniff die Augen zusammen. »Ich sehe zwar keine Äste, aber da könnten sich jede Menge Raubtiere verstecken. Ich glaube, die andere Route ist besser, offenes Gelände. Da würden wir schneller vorankommen.«

Jenny räusperte sich. »Ähm … diese großen Bäume sind gar keine Bäume.«

Alle wandten sich dem Dschungel zu und während sie zusahen, verbog sich einer der mutmaßlichen Baumstämme und verschwand im Unterholz, um dann wenig später wieder aufzutauchen.

»Ist es das, was ich glaube, dass es ist?«, fragte Emma.

»Ich denke schon, auf jeden Fall ist es ein pflanzenfressender Dinosaurier. Die verbringen den ganzen Tag mit Fressen und wiegen locker hundert Tonnen. Sieht so aus, als wäre es eine ganze Herde.« Sie wandte sich Koenig zu. »Wenn die so ruhig sind, ist es eher unwahrscheinlich, dass sich dort Fleischfresser herumtreiben. Das ist also ein gutes Zeichen.«

»Hundert Tonnen?« Koenig rieb sich den Hals. »Das macht doch alles gar keinen Sinn.«

»Was genau?«, hakte Ben nach.

»Schau sie dir doch mal an! Dieses Plateau ist riesig, aber nicht *so* riesig! Ich war schon in vielen Dschungeln und habe ganze Herden von Beutetieren gejagt, inklusive Raubtieren. Und deswegen kann ich dir sagen, dass diese Riesenviecher in diesem abgekanzelten Tropenparadies nicht überleben können, dafür ist es einfach nicht groß genug.«

Sie starrten weiter auf die massiven Hälse der Tiere, die vielleicht drei bis vier Meter Umfang hatten. Ben konnte sich kaum vorstellen, wie riesig ihre Körper sein mussten.

»Das habe ich mir auch schon gedacht.« Jenny stützte ihre Hände in die Taille. »Das alles hier macht überhaupt keinen Sinn. Und was auch komisch ist; diese riesigen Tiere sind Warmblüter, also falls irgendjemand thermische Aufnahmen über ein LIDAR oder einen Satelliten macht, wären sie auffällig wie Weihnachtsbeleuchtung, ganz unabhängig von der Wolkendecke. Das könnte man nicht verstecken.«

»Meinst du, jemand weiß davon und verheimlicht es?«, fragte Emma.

»Unwahrscheinlich«, meinte Ben. »In jeder Behörde gibt es Whistleblower, so ein Geheimnis könnte niemand bewahren.« Er seufzte. »Ich schätze, wir wissen einfach noch nicht genug über dieses Phänomen.«

Jenny nickte, doch ihre Stirn lag in Falten. »Tja, vielleicht.«

»Und, welche Route nehmen wir nun?«, fragte Koenig.

Jenny wandte sich wieder dem sandigen Ufer zu. »Es gibt noch etwas anderes, das mich bei der vermeintlich leichteren Seite nervös macht.« Sie deutete auf eine Stelle. »Seht ihr diese flachen Steine am Ufer? Die sind abgeschabt und fleckig, das erinnert mich an Felsen, auf denen Robbenkolonien oder Seehunde leben. Ich glaube, da zieht sich regelmäßig ein Tier auf die Felsen … ein sehr großes Tier.«

»Ja, ich sehe es.« Koenigs Augen verengten sich. »Okay, dann nehmen wir den dichten Dschungel. Worauf warten wir?«

Ben winkte ihn an sich vorbei. »Gehen Sie voran, Mister Koenig!«

Draußen im ölig-schwarzen Wasser tauchte eine kleine Erhebung auf. Sie glitt in Richtung der Gruppe, die am gegenüberliegenden Ufer stand.

Minutenlang blieb die merkwürdige Form bewegungslos, doch dann näherte sie sich wieder, dieses Mal etwas schneller.

Als die Freunde sich in Richtung Unterholz bewegten, stoppte sie und verharrte noch für einige Minuten an Ort und Stelle. Schließlich sank sie langsam ab und verschwand unter der Oberfläche, ohne auch nur ein Wasserkräuseln zu hinterlassen.

KAPITEL 30

Janus Bellakov zerhackte eine dicke Liane, die ihm den Weg versperrte. Er hielt für ein paar Sekunden inne und lauschte den Klängen des Dschungels. Sie waren alle noch da – das Quietschen, das Zwitschern, das Summen und Brummen – *gut so*. Denn wenn diese Geräusche verstummten, gab es meistens Ärger.

Sie waren noch einige Male angegriffen worden, wenn auch nur von kleineren Kreaturen, die zwar schnell waren, ihnen aber nicht wirklich gefährlich werden konnten. Bei den meisten hatte schon ein wohldosierter Tritt gereicht, damit sie sich kreischend zurück in den Dschungel verzogen.

Da sie schon vor einer Weile den See gefunden hatten, würden sie wohl bald auf die anderen treffen – er hatte auf der gegenüberliegenden Seite ein paar Höhlen entdeckt und war sich sicher, dass Cartwright und Koenig ebenfalls Kurs darauf nehmen würden.

Bellakov hatte sich die Route rechts um den See ausgesucht, da sie viel leichter zu meistern schien. Bald würden sie ein flaches Gebiet am Ufer erreichen, und ab da wollte er rennen. Sobald sie das geschafft hatten, würden sie auf jeden Fall bei den Höhlen ankommen, bevor es richtig dunkel war. Sie mussten einfach nur eine Stelle finden, die man halbwegs verteidigen konnte, dazu ein Feuer – *pronto*. Er drehte sich um. Barlow sah aus wie ein absolutes Wrack – nervös, erschöpft und wie gelähmt vor Angst. Der Mann war einfach erbärmlich.

Die beiden anderen waren immerhin einigermaßen fit und zusammen würden sie es schaffen. Zumindest würden sie bei einem Angriff Widerstand leisten und dadurch für genug Ablenkung sorgen, damit *er* es schaffte. Bellakovs einziges Ziel war, dieses Plateau zu verlassen. Im besten Fall würde er sogar noch Barlow dabeihaben, dann wäre er ein gemachter Mann. Doch das wichtigste war sein Leben, dafür würde er alles andere opfern.

Sie erreichten die flachen Felsen am Ufer und Bellakov blieb stehen.

»Puh, was ist das für ein Gestank?« Dan legte eine Hand über Mund und Nase.

»Riecht wie Scheiße«, fügte Steve hinzu. »Fischige Scheiße!«

»Ruhe!«, knurrte Bellakov.

Die vier Männer kauerten sich hin, sodass sie in der Dämmerung kaum noch zu sehen waren.

»Das gefällt mir gar nicht«, flüsterte Dan.

Bellakov schnaubte verächtlich. »Welcher Teil hat dir denn bisher gefallen? Die Riesenschlange vielleicht, oder dass euer Führer bei lebendigem Leib gefressen wurde, oder vielleicht ...«

»Schon gut, schon gut.« Dan winkte ab. »Ich habe es verstanden.«

Bellakov zuckte mit den Schultern. »Vielleicht ist das hier die Toilette für diese Monster. Aber das Gute ist, das überdeckt unseren eigenen Geruch.«

Steve stand auf. »Je schneller wir bei der Höhle sind, desto besser.«

»Guter Mann«, grinste Bellakov. »Du gehst voran. Geh' mal zehn Meter weiter und schau dich um.«

Steve wirbelte herum. »Ernsthaft? Ich musste doch schon am Fluss vorangehen!«

»Ja, ernsthaft. Du hast jetzt Übung darin, also mach' hinne«, gab Bellakov zurück.

Steve deutete auf Barlow: »Wann macht dieses Arschloch eigentlich mal was?«

»Wenn ich es sage. Jetzt beeil' dich!« Bellakov scheuchte ihn mit einer Geste voran.

Steve grummelte leise, schnappte sich aber seine Schrotflinte und ging los.

Für einen Moment hob die Kreatur geräuschlos ihren Kopf aus dem Wasser und ließ ihn dann wieder hinabgleiten, sodass er sich direkt unter der Oberfläche befand. Der Süßwasser-Mosasaurus war über zehn Meter lang, stämmig und kraftvoll. Er hatte vier mächtige Flossen, die eine letzte Vorstufe in der Entwicklung zu Armen darstellten, und einen sensenartigen Schwanz, der an einen Delfin erinnerte. Er war ein sehr effizienter Killer und hervorragender Lauerjäger.

Er hatte die Wesen, die am Ufer entlangliefen, schon vor einer Weile bemerkt und verfolgte sie seitdem. Er hielt Schritt mit ihnen, doch bisher hatten sie zu viel Abstand vom Wasser gehalten, als dass er einen erfolgreichen Angriff hätte starten können. Wenn es sein musste, konnte er das Wasser für kurze Zeit verlassen und sich mithilfe seiner Flossen umständlich fortbewegen. Doch sein Jagdrevier war der See – es sei denn, etwas an Land kam nahe genug heran, um sich schnappen zu lassen.

Er näherte sich, als er sah, dass eines der Wesen auf die Felsen trat, die er manchmal benutzte, um seine Haut zu trocknen. Nur so konnte er die zahlreichen Parasiten loswerden, die sich dort einnisteten. Jetzt schwamm er näher heran, schon fast in Reichweite des Ufers, und begann, seine kraftvollen Muskeln anzuspannen. Sein riesiger Schwanz war bereit, ihn aus dem Wasser zu katapultieren. Er schaute weiter zu und beobachtete. Wie bei den meisten Dinosauriern waren es schnelle Bewegungen, die einen Angriff auslösen konnten.

◊

Bellakov sah, dass Steve vorsichtig auf die Felsplatten trat. Der Söldner versuchte währenddessen, irgendwelche verdächtigen Bewegungen in dem Dschungelabschnitt auszumachen, der an das Ufer grenzte.

Er grunzte – wie zur Hölle sollte er jetzt noch etwas erkennen, wo die Schatten schon so dunkel waren und der Waldrand gerade noch als Silhouette zu erkennen war. Plötzlich blubberten ein paar Luftblasen im See. Bellakov drehte sich um und beobachtete die Stelle für einen Augenblick.

Dann wandte er sich an Dan: »Hey, pass' auf deinen Kumpel auf!«

Bellakov sah über das Wasser zu den Höhlen, sie waren nicht mehr weit entfernt – maximal einen halben Kilometer. Bis sie dort ankämen, würde es stockdunkel sein, so mussten sie hoffen, dass niemand dort auf sie wartete – abgesehen von Koenig, Cartwright und den anderen natürlich.

Barlow wische sein Gesicht mit einem feuchten Tuch ab und versuchte dann, es sich um den Hals zu binden. Bellakov warf einen weiteren Blick über die Schulter und schaute sich den Dschungel an. Er war schon in vielen grünen Höllenlöchern unterwegs gewesen, aber gegen diesen Scheißladen hier war sogar der Kongo ein reiner Vergnügungspark. An jeder Ecke lauerte etwas darauf, ihn zu stechen, zu piksen, zu beißen oder einfach in Stücke zu reißen.

Erneut kamen Luftblasen aus dem Wasser und zogen Bellakovs Aufmerksamkeit auf sich, denn diesmal waren sie näher. Der Söldner richtete sich auf und starrte in die dunkle Flüssigkeit.

Etwa zwanzig Meter entfernt blieb Steve stehen und winkte sie heran.

»Worauf warten wir?«, fragte Dan.

»Moment«, gab Bellakov zurück. »Warte einfach noch ein paar Sekunden, okay?«

Barlow lehnte sich an ihn heran. »Was ist denn? Warum warten wir?«

Bellakov hielt eine Hand hoch, machte aber einen Schritt von Barlow weg, damit der sich nicht weiter an ihn drücken konnte. Der Kerl stank nach saurem Schweiß, zweifellos war das die Angst, die aus jeder seiner Poren quoll. Barlow war eine wandelnde Geruchsspur und würde alle möglichen Viecher von den entferntesten Winkeln des Plateaus anziehen. Bellakov überlegte, ob er ihn ins Wasser schubsen sollte.

Wenn sie es zu der Höhle schaffen sollten, würde er ihn zwingen müssen, sich zu waschen – sonst hätten sie am nächsten Tag jedes Raubtier im Umkreis mehrerer Quadratkilometer am Hals.

»Ich glaube, es sieht gut aus.« Nach einigen weiteren Sekunden ohne ein Anzeichen von Bedrohung entschloss er sich, auszurücken. »Wir müssen uns beeilen. Ich gehe als Erster, dann Mister Barlow und du als Letzter, Dan!« Er drehte sich um und bedachte Barlow mit einem strengen Blick: »Bleiben Sie dicht an mir dran, sonst sind Sie auf sich allein gestellt!«

Barlow japste auf, doch dann presste er die Lippen zusammen und nickte.

»Also los!« Bellakov umklammerte seine Pistole und setzte sich in Bewegung. Sobald sie den Schutz des Waldes verlassen hatten, fühlte er sich ausgeliefert und seine Nackenhaare stellten sich a. An seinen Fersen klebte Barlow und direkt dahinter war Dan, der kurz stehenblieb und sich noch einmal umdrehte, um in die Richtung zu schauen, aus der sie gekommen waren. Bellakov ignorierte ihn und richtete seine Aufmerksamkeit wieder nach vorn: Auf der anderen Seite, jenseits der Ansammlung riesiger, flacher Steine, wartete Steve inmitten einiger Farnbüschel am Waldrand. Bellakov versuchte, alle Gefahrenquellen gleichzeitig im Blick zu behalten – das Wasser, den Dschungel vor ihnen, die grünen Wände zu ihrer Rechten, und er sah auch immer wieder über seine Schulter. Jeder seiner Sinne klingelte, um ihn zu warnen, doch es gab keine andere Möglichkeit, als weiterzueilen. Hinter ihm pfiff Barlows Atmung so laut, als hätte er eine Pfeife verschluckt.

»Ruhe«, zischte er dem dicken Mann zu.

Das Pfeifen verstummte sofort, wurde aber durch ein Quietschen aus seiner Nase ersetzt.

Dan verfiel in einen Trab, um zur Gruppe aufzuschließen. Vor ihnen stand Steve und tätschelte sein Gewehr, während er auf sie wartete. Bellakov fühlte sich erleichtert, endlich die Steinplatten zu erreichen, und rang seinen zusammengepressten Lippen ein kleines Lächeln ab.

Dann explodierte das Wasser.

Bellakov riss den Arm hoch, als neben ihm etwas, das wie ein kleines U-Boot aussah, aus dem See schoss. Er und Barlow ließen sich fallen, als der V-förmige Kopf sich teilte und ein metergroßes Maul zur Schau stellte, dass mit rasiermesserscharfen Reißzähnen gefüllt war.

Der Kopf drehte sich zur Seite und Dan hatte keine Chance. Die Kiefer schnappten zu und erwischten seinen Oberkörper sowie einen Arm. Der arme Junge hatte nicht einmal Zeit für einen letzten Schrei, als die Kreatur für vielleicht eine oder zwei Sekunden auf die Felsen klatschte, bevor sie eine Seitwärtsrolle vollführte und wieder in dem pechschwarzen Wasser verschwand.

Dann war das Monster verschwunden und Dan mit ihm, zurück blieben nur ein paar Wellen, die gegen die Felsen klatschten.

»Dan?« Steves Augen waren stark geweitet, er festigte seinen Stand und brachte die Schrotflinte in Schussposition.

»Schnell!« Bellakov packte Barlow am Kragen und zerrte ihn auf den Dschungel zu. Nach ein paar Sekunden hatten sie Steve erreicht und wurden von den Schatten der grünen Wand verschluckt. Bellakov drehte sich um und sah, dass Steve seine Flinte immer noch auf das Wasser gerichtet hatte, wobei sein Mund offen stand und die Augen feucht waren. Der See lag nun in absoluter Stille da und die Dunkelheit machte es unmöglich zu sagen, ob die Flüssigkeit auf den Felsen Wasser oder Blut war.

»Er ist tot.« Bellakov wandte sich ab. »Wir müssen weiter!«

»Aber …« Steve rührte sich nicht.

»Aber was?«, knurrte Bellakov. »Er ist tot, das war's!«

»Jedes …« Steve drehte sich um. »… jedes gottverdammte Vieh … in diesem gottverdammten Dschungel …« Er schüttelte den Kopf.

»Beweg dich!« Bellakov gab ihm einen Schubs und packte sich dann Barlow, der wie hypnotisiert wirkte. »Keinen Mucks!« Der Geruch des Todes lag nun in der Luft, und er wusste, was das bedeutete.

»Wir sind gleich in Sicherheit!«

Der Söldner glaubte seinen eigenen Worten kein bisschen.

KAPITEL 31

Ben und Koenig kauerten am Höhleneingang, den Blick nach drinnen gerichtet, während Jenny und Emma ein Auge auf den Dschungel hinter ihnen hielten.

Koenig hielt sein Gewehr schussbereit, als Ben seine Taschenlampe anschaltete und den Höhlenboden untersuchte. Obwohl sie nahe am Wasser lag, war im Inneren alles trocken.

»Riecht nach Aas«, flüsterte Koenig.

»Stimmt«, sagte Ben. »Hier drin ist irgendetwas Totes. Entweder ist es hier reingekrochen, um zu sterben, oder es wurde als Mahlzeit hineingezerrt.«

Koenig reckte den Hals. »Hier gibt es Millionen Orte, um sich zu verstecken.« Er warf einen Blick über seine Schulter. »Ich sage dir, wenn irgendetwas hier drin wäre, hätte es uns schon angegriffen. Viecher, die in Höhlen wohnen, halten nicht viel von Besuch. Die verteidigen ihr Zuhause bis zum Tod.«

»Okay, wir gehen rein«, sagte Ben zu den Frauen. »Seid ihr bereit?«

Emma und Jenny nickten. Ihre Pistolen waren schussbereit, doch im Moment richteten sie sie noch auf den Boden. Ben lehnte sich direkt neben dem Eingang an die Wand: »Drei, zwei, eins, los!«

Er machte einen großen Schritt in die Höhle und drehte sich nach links. Koenig vollführte die gleiche Bewegung spiegelverkehrt und leuchtete mit seiner eigenen Taschenlampe Boden und Wände ab. Emma und Jenny folgten ihnen und nach ein paar Sekunden standen alle vier schwer atmend inmitten der Höhle.

»Puh«, sagte Emma, »das stinkt!«

»Verrottendes Fleisch … da drüben!« Jenny richtete den Strahl ihrer Taschenlampe auf die Quelle des Geruchs.

»Ich sehe es!« Ben näherte sich dem Schädel einer hundegroßen Kreatur, die zur Hälfte hinter ein paar Findlingen verborgen lag. Die körperliche Hülle bestand nur noch aus ledrigen Fetzen, die lose über einem Skelett hingen. Die Knochen sahen noch frisch aus, zum Teil waren sie sauber abgenagt.

»Da ist aber nicht viel übrig geblieben, oder?« Koenig kniete sich hin. »Alles Verwertbare wurde verspeist, bis auf die Knochen.« Er verzog das Gesicht. »Komisch, dass die größeren Knochen nicht aufgeknackt wurden, um an das Mark zu kommen.«

»Vielleicht hat es ein größerer Jäger hier reingeschleppt und kleinere Aasfresser haben es dann aufgefressen.«

Jenny legte die Stirn in Falten, als sie näherkam. »Und Sie haben recht, die Knochen sehen abgeschabt aus, als hätte man sie mit Stahlwolle abgerieben.« Sie ließ ihre Fingerspitzen über eine der Rippen streichen.

»Autsch!« Sie zog ihre Hand weg.

»Alles in Ordnung?«, fragte Emma.

Jenny drehte ihre Hand und betrachtete sie. An der Daumenwurzel war ein Schnitt mit etwas Blut zu sehen. »Ja, ich muss mich an einem Knochensplitter geschnitten haben. Wahrscheinlich tu ich da mal lieber etwas Jod drauf.« Sie schaute auf. »Falls sonst noch jemand Schnitte oder Kratzer hat, wäre das eine gute Gelegenheit, sie zu behandeln. Ich bin nicht sicher, was es hier oben für Bakterien gibt.«

Jenny roch an ihren Fingern und ihre Augenbrauen hoben sich. »Komisch … riecht irgendwie nach Mandeln, oder zumindest so ähnlich!«

»Ich rieche es auch«, sagte Emma, »kommt das von der Verwesung?«

Jenny starrte weiter ihre Hand an und schnüffelte noch einmal. »Vielleicht. Wer weiß schon, wie ein verrottender Dinosaurier riecht?«

»Lasst uns die Aufgaben verteilen«, ging Ben dazwischen. »Koenig, Sie untersuchen die Höhle, während ich Holz hole, um ein Feuer anzufachen. Ich will nicht, dass noch irgendein anderes Vieh hier einen Kadaver reinschleppt oder zurückkommt, um die Reste von dem da aufzufressen.«

»Alles klar.«

Koenig montierte die Taschenlampe an den Lauf seines Gewehrs und verschwand in der Dunkelheit.

»Emma, Jenny, schiebt ein paar Steine als Feuerstelle zusammen.« Ben wandte sich dem Höhlenausgang zu. »Ich bin in ein paar Minuten zurück.«

»Ben …«

Er drehte sich zu Emma, die mit großen Augen zu ihm aufschaute.

»… sei bitte vorsichtig!« Sie lächelte nervös.

»Darauf kannst du dich verlassen!« Er salutierte und huschte nach draußen, wo er erst einmal für ein paar Sekunden innehielt. Obwohl die Dunkelheit inzwischen bereits undurchdringlich war, herrschte im Dschungel noch reger Betrieb. Alle möglichen Insekten zirpten, zwitscherten und zischten durch die Nacht. Er hörte auch kriechende Lebewesen, die sich durchs Unterholz schoben. Es war dringend Zeit für ein Feuer und seinen Rauch – denn das würde neugierige Tiere auf Abstand halten, sogar fliegende Insekten würden die Höhle meiden. Das war wichtig, wenn sie ein wenig Schlaf finden wollten, statt als Nadelkissen zu enden.

Dann beeile dich, drängte er sich selbst.

Ben bewegte sich schnell, hielt aber immer wieder inne, um in die Dunkelheit zu horchen. Er konnte keine Gefahr ausmachen und so hatte er innerhalb von ein paar Minuten einen ganzen Arm voll trockener Äste und ein wenig haariger Rinde, die er als Zunder nutzen wollte.

Er wollte gerade zur Höhle zurückkehren, als er hörte, wie Zweige beiseitegeschoben wurden. Ben hielt in der Bewegung inne und wartete. Es gab keinen Zweifel: Irgendetwas kam direkt auf ihn zu, zwar nicht in Eile, aber auch nicht vorsichtig.

Geräuschlos legte Ben das Holz auf den Dschungelboden und richtete sich dann langsam wieder auf. Vorsichtig zog er den Gurt seines Gewehrs von der Schulter und hoffte, dass er im Notfall auch treffen würde.

Während er wartete, dass die Ursache der Geräusche ihn erreichte, zogen sich die Sekunden in die Länge. Dann knackte ganz in der Nähe ein Ast und er hörte ein Stolpern, gefolgt von einem leisen Fluch in der Dunkelheit.

»Himmel Herrgott, reitet ihr auf Elefanten oder was?« Ben entspannte sich.

»Wer ist da?«, kam eine Stimme zurückgeschossen.

»Ben Cartwright, ich bin hier drüben!«

Die drei Männer traten an ihn heran, allen voran Steve, der ihn umarmte und fest drückte.

»Ben, *Ben*, Gott sei dank, du bist am Leben!« Steve drückte ihn noch einmal, bevor er von ihm abließ. »Wer ist noch hier?«

»Koenig, Emma und Jenny. Die anderen leider nicht.« Er schaute über Steves Schulter. »Und du?«

Janus Bellakov trat aus den Schatten hervor. »Schön, Sie zu sehen, Cartwright. Das war ein höllischer Ritt.«

Ben ignorierte ihn und packte Steves Oberarme. »Was ist passiert?«

Steve atmete schwer aus und starrte auf den Boden. »Wir haben Andrea und Dan verloren … diese gottverdammten Monster … es sind nur noch Janus, Barlow und ich übrig, fürchte ich.« Er schluchzte und Ben drückte ihn an sich.

»Ganz ruhig, Kumpel … wir stehen das durch!« Er schob ihn einen halben Schritt von sich weg. »Lass' uns zu den anderen gehen. Die werden sich freuen, dich zu sehen!«

Er wandte sich an die beiden anderen Männer: »Nehmt ein paar Äste mit, damit wir Feuer machen können!« Er beugte sich hinunter, um sein Holz aufzuheben: »Je schneller, desto besser!«

»Wir sind wieder da«, sagte Ben halblaut. »Ich habe noch einen Freund mitgebracht.«

Sie betraten die Höhle und Bellakov blieb im Eingang stehen, von wo aus er ihre Gesichter musterte. Er nickte Walt Koenig zu, der etwas mürrisch zurückschaute.

Emma und Jenny sprangen auf, doch ihr Lächeln verschwand sofort, als sie Steves Gesichtsausdruck sahen.

»Wo ist … Daniel?«, fragte Jenny mit zitternder Stimme.

»Und Andrea?« Emma ging zögerlich auf ihren Freund zu.

Steve starrte einfach nur wortlos zu Boden.

»Nein, nein, nein … nicht Dan und Andrea«, jammerte Emma.

»Sie sind tot.«

Steve wischte sich mit der Hand über die Nase und konnte ihnen immer noch nicht in die Augen sehen.

»Wie … was ist passiert?« Emmas Hände ballten sich zu Fäusten.

»Wir wurden angegriffen«, sagte Bellakov. »Wir können von Glück reden, dass wir drei überhaupt noch leben.«

»Aber *Sie* leben noch!«, stellte Emma herausfordernd fest.

»Klar«, antwortete Bellakov und Ben fiel auf, dass Koenig ihm einen kritischen Blick zuwarf.

»Woher wisst ihr, dass sie tot sind?«, hakte Emma nach. »Habt ihr …?«

»Das reicht.« Ben seufzte. »Der Dschungel hat sie umgebracht, dafür kann niemand von uns etwas. Wir können nur versuchen, dafür zu sorgen, dass es nicht noch mehr Tote gibt. Und das schaffen wir am besten, indem wir zusammenhalten!«

Steve ging auf die beiden Frauen zu und umarmte sie, eine Weile lang standen sie einfach nur so da.

Edward Barlow, der total erledigt aussah, schien allmählich zu sich selbst zurückzufinden. Er half mit, das Holz in dem Steinkreis zu verteilen, und nach ein paar Minuten brannte das Feuer. Steve ließ sein Feuerzeug zuschnappen.

»Das funktioniert besser, als zwei Stöcke aneinander zu reiben.« Er setzte sich auf seinen Hintern, sein Gesichtsausdruck immer noch sehr mitgenommen. »Macht das heutzutage überhaupt noch jemand?«

»Klar macht man das«, sagte Ben. »Es ist nicht schwer, aber dir muss klar sein, dass du dir dabei etwas Haut von den Handflächen rubbelst. Aber wenn du die Wahl hast zwischen warm und trocken oder nass und kalt, ist es die Mühe wert.«

Als das Feuer stärker wurde, füllte ein orangefarbener Lichtschein die Höhle. Als zusätzlicher Bonus überdeckte der Rauch den Gestank von dem verwesenden Tier.

Edward Barlow deutete auf den Kadaver: »Ist es eine gute Idee, in eine Höhle zu ziehen, die nach ranziger Tierleiche riecht?«

»Nein, ist es nicht«, antwortete Ben. »Aber sie ist zu groß, um sie nach draußen zu schaffen. Allerdings müssen wir davon ausgehen, dass etwas zum Restefressen vorbeikommen könnte – deswegen müssen wir schichtweise Wache halten.«

Er schaute von einem zum anderen: »Falls jemand noch Proteinriegel hat, sollten wir die jetzt aufteilen.« Er bemerkte, wie Barlow Bellakov einen strengen Blick zuwarf und schloss daraus, dass er seine Schätze wohl nicht teilen würde.

Als die Flammen immer höher schlugen, wurde die Dunkelheit in der Höhle zurückgedrängt. Emma fing auf einmal an, auf etwas zu starren und stand schließlich auf: »Was zum …?«

Sie ging zum anderen Ende der Höhle, die mit einer flachen Wand abschloss und schaltete ihre Taschenlampe an.

»Was ist denn?«, fragte Ben.

Sie drehte sich um: »Das müsst ihr euch anschauen!«

Die anderen folgten ihr, Ben musste sich an Koenig und Jenny vorbeischieben. Emma deutete auf die Wand: »Dein Vorfahr redet mit dir!«

Schrift war in die Wand gekratzt. Ben trat näher und hielt seine eigene Lampe hoch. Dann rieb er an dem Dreck und dem Moos, um die Worte besser lesbar zu machen:

Dies ist eine verlorene Welt, und wir sind in ihr verloren.

Ben benutzte seine Handfläche, inzwischen aufgeregt, um den Rest freizulegen:

Die Zeit läuft uns davon. Wenn wir noch länger brauchen, werden wir für immer hier gefangen sein.

Diese beiden Sätze drehten ihm den Magen um und er konnte sich gar nicht vorstellen, wie schlimm es für die beiden Männer gewesen sein musste, hier gefangen zu sein. Er las die letzte Zeile:

Sie kommen in der Nacht. Wir wissen, dass sie uns beobachten. BBC, 1908.

»BBC – Benjamin Bartholomew Cartwright«, sagte Ben fassungslos.

»Sie kommen in der Nacht?«, wiederholte Koenig. »Und sie beobachten uns?« Seine Mundwinkel zuckten. »Vielleicht sollten lieber immer zwei Leute Wache halten.«

»Ja, das glaube ich auch.« Ben drehte sich um. »Baxter hat es nie von dem Plateau heruntergeschafft. Aber Benjamin schon.«

»Schade, dass er uns keine Tipps hinterlassen hat«, stellte Steve fest.

»Vielleicht wusste er zu der Zeit noch nicht, wie er fliehen kann«, mutmaßte Koenig.

»Gutes Argument.« Er nickte. »Tja, morgen ist auch noch ein Tag. Wer übernimmt die erste Schicht?«

Bei einem Blick in die Gesichter der Anwesenden sah Ben, dass Emma immer noch sehr mitgenommen wirkte. Außerdem hatte sie schwere dunkle Ringe unter den Augen.

»Emma, alles in Ordnung?«

»Ja ja, alles okay.« Sie ging etwas näher an die Inschrift heran und berührte die Buchstaben. *Sie sieht aber nicht okay aus,* dachte Ben, *wir sind alle am Ende.*

»Ich kann die erste zweistündige Schicht machen. Dann sind Jenny und Walt dran, anschließend Steve und Janus.« Ben schaute zu Barlow. »Sie können dann die letzte Schicht wieder mit mir machen.«

Emma wirbelte herum: »Es ist nicht fair, wenn du zwei Schichten machst.« Sie deutete mit dem Daumen auf Bellakov. »Warum macht er keine zwei Schichten?«

»Das ist kein Problem, ich werde sowieso nicht schlafen können.« Ben zuckte mit den Schultern. »Außerdem, wenn ich und mein dummes Notizbuch nicht wären, dann wärt ihr alle gar nicht hier.«

»Das ist nicht wahr«, widersprach Emma.

»Leider, meine Teuerste, ist es wahr«, sagte Barlow. »Zumindest größtenteils.«

Ben wandte sich ihm zu, die Stirn in Falten gelegt. »Abgesehen von Ihnen. Wenn Ihre Männer sich schlauer angestellt hätten, als sie uns in England bestohlen haben, dann wären nur Sie jetzt hier, und wir nicht. Also sind Sie quasi selbst schuld.« Ben grinste diabolisch.

»Ganz ruhig, junger Mann. Ich habe nur versucht, witzig zu sein.« Barlow reagierte auf Bens scharfen Blick mit müdem Desinteresse.

Dann scharten sich alle um das Feuer und legten sich schließlich hin, um etwas Schlaf zu bekommen. Ben und Emma setzten sich an den Höhleneingang, wo Ben ihr seine Trinkflasche hinhielt. »Versuche, nicht zurück ins Feuer zu schauen, das vermindert sonst deine Nachtsicht.«

»Verstehe.« Sie nahm die Flasche und trank einen Schluck.

»Ich vertraue Bellakov nicht. Und seinem ekligen kleinen Arbeitgeber auch nicht.«

Er nahm die Flasche. »Ich auch nicht. Aber wir brauchen sie. Und sobald wir von diesem Plateau entkommen sind, müssen wir diese hässlichen Fratzen nie mehr sehen.«

Sie nickte und lächelte, doch das verging ihr schnell: »Was, glaubst du, ist wirklich mit Dan und Andrea passiert?«

Er schaute zurück in die Dunkelheit. »Steve hat gesagt, Dan wurde von einem Monster aus dem See gepackt. Er hat nicht gesehen, was mit Andrea passiert ist. Ich glaube ihm.« Ben zuckte mit den Schultern. »Mehr können wir nicht tun.«

Sie schwieg ein paar Minuten und dachte nach. »Und morgen …«, setzte sie an, »was machen wir da?«

Er grunzte leise. Ehrlich gesagt hatte er keine Ahnung, doch er war fest entschlossen, stark für sie zu bleiben.

»Das Wichtigste ist, am Leben zu bleiben.« Er hielt ihr noch einmal die Flasche hin, doch sie lehnte ab. So nahm er selbst noch einen Schluck und starrte dann wieder in die Dunkelheit. »Wir sind noch nicht mal einen Tag hier oben und haben schon vier Leute verloren. Also müssen wir morgen aus diesen Tragödien lernen und etwas schlauer sein.«

Er wandte sich ihr zu. »Wir müssen einen Weg nach unten finden, auch wenn es riskant ist. Hierzubleiben ist jedenfalls keine Option.«

Sie nickte und warf ihm dann einen Seitenblick zu. »Dein Ur-Urgroßvater hat geschrieben, dass ihm die Zeit davonläuft und dass die Gefahr besteht, für immer hier oben gefangen zu sein. Was könnte er damit gemeint haben?«

Ben seufzte. Er erinnerte sich daran, dass Benjamin auch geschrieben hatte, dass dieser Ort nur einmal in zehn Jahren gefunden, oder besser gesagt, *gesehen* werden konnte. Das ergab alles keinen Sinn. »Ich weiß es nicht genau, Emma. Aber ich habe nicht vor, auch nur eine Minute länger als nötig hierzubleiben, und schon gar nicht für immer!«

Hinter ihnen fing Barlow an, sanft zu schnarchen. »Wenigstens einer hat es bequem«, spottete Ben. »Ich frage mich, wie er das macht.«

»Ich glaube, ich bin da eher wie du«, meinte Emma. »Ich könnte auch nicht schlafen, selbst wenn ich wollte. Ich will einfach nur nach Hause.« Sie lehnte sich an ihn. »Bring mich nach Hause, Ben, bring mich einfach nur nach Hause.«

Die Stunden vergingen langsam, während das Feuer vor sich hin brannte. Körper wälzten sich unruhig hin und her, niemand konnte wirklich fest schlafen. Die beiden Wachen am Höhleneingang wurden immer matter, als sich die Wärme der Nacht mit dem Geruch von Holzkohlen vermischte.

Draußen waren die Geräusche des Dschungels wie immer allgegenwärtig – Lebewesen trippelten und hasteten durchs Unterholz und etwas weiter weg von der Höhle starb irgendetwas, der Lautstärke zufolge offenbar auf brutale Weise. Aber in ihrer Nähe schien alles verhältnismäßig ruhig.

Doch aus den Tiefen der Höhle wurden sie beobachtet. Erst waren es nur einige wenige Augenpaare, dann hunderte und schließlich tausende.

Doch bemerken sollten sie es erst gegen drei Uhr morgens.

»Autsch.«

Ben öffnete die Augen, als er Barlows Stimme hörte. Der Alte wälzte sich im Schlaf und entspannte sich dann wieder.

Dann fiel Ben auf, dass das Feuer zu einem schwachen, rötlichen Glimmen heruntergebrannt war. Seine nächste Wahrnehmung war der mandelartige Geruch, den Jenny bereits erwähnt hatte, als sie in die Höhle gekommen waren. Nun war das Aroma stark genug, um sich deutlich gegen den Gestank des Kadavers und des Rauchs durchzusetzen.

Ben setzte sich auf.

Inzwischen hellwach, ließ er seinen Blick über die Höhlenwände wandern. Er sah die Umrisse von Steve und Janus am Höhleneingang, sie machten ihren Job ordentlich und konzentrierten sich auf die Umgebung draußen. Um das Feuer herum lagen die schlafenden Körper der übrigen Gruppe.

Doch Ben hatte das Gefühl, dass sie nicht allein waren. Er reckte den Kopf und schloss für einen Moment die Augen, um sich zu konzentrieren – dann hörte er es: Ein leises Geräusch, das wie Blätter klang, die im Wind raschelten, oder vielleicht wie das entfernte Klackern kleiner Stricknadeln.

Barlow klatsche sich auf eines seiner fetten Beine und drehte sich noch einmal, um eine bequeme Position zu finden. Der stämmige Kerl war am weitesten vom Höhleneingang entfernt – vermutlich, um alle anderen als menschliche Schilde zwischen sich und einer möglichen Gefahr zu haben. Man konnte nicht gerade behaupten, dass großer Mut durch seine Adern floss.

Barlow grunzte und schlug wieder auf sein Fleisch, dann setzte er sich auf. Oder besser gesagt, er schreckte auf – seine Pupillen waren groß wie Silbermünzen. Doch es war sein Schrei, der Bens Nackenhaare nach oben schnellen ließ.

Alle waren mit einem Schlag wach und in Panik. Jetzt schaltete Ben seine Taschenlampe an und richtete sie auf den zappelnden Mann.

Er wünschte, er hätte es nicht getan.

Edward Barlow befand sich inmitten eines glitzernden Haufens von krabbelnden Panzern – *Insekten* – die alle etwa Daumenlänge hatten.

»Um Himmels willen!« Ben sprang auf. Die Welle der Angreifer kam aus den Tiefen der Höhle und war deswegen zuerst auf Barlow gestoßen. Innerhalb von Sekunden war er komplett von den Insekten bedeckt.

Barlow zappelte und rollte auf dem Boden herum, doch schon bald wurden seine Schreie erstickt, da die Käfer auch in seinen offenen Mund strömten.

Ben wollte gerade einen Satz auf ihn zu machen, doch Jenny hielt seine Schulter, um ihn aufzuhalten.

»Nicht! Bleib zurück!« Sie schnappte sich einen der Äste, die neben dem Feuer lagen, und benutzte ihn, um ein paar der Kohlen auf Barlow zuzuschieben. Die glühende Masse schuf eine Barriere, die die Insekten abschreckte, doch das hielt sie nicht davon ab, Barlow weiter zu überrennen. Man konnte ihn u[illegible] dem Teppich aus Insekten kaum noch erkennen, er sah ei[illegible]fach nur aus wie ein mannsgroßer Haufen aggressiv zappelnder Chitinkörper.

Jenny benutzte den Ast erneut, um einen der Käfer aufzunehmen und ihn in ihre Hand zu transportieren, wo sie ihn für ein paar Sekunden anstarrte. Dann stieß sie ein Quietschen aus und schlug ihn weg.

»Ich glaube, das sind *Modificaputis,* eine primitive Vorstufe der Kakerlaken.« Sie schüttelte ihre Hand.

Steve hielt immer noch seine Schrotflinte auf den Schwarm gerichtet. Er schaute Jenny panisch an. »Das sind gottverdammte Kakerlaken? Aber die sind riesig! Und sie fressen ihn bei lebendigem Leib!«

»Feure bloß nicht die Schrotflinte hier drin ab!«, schrie Ben.

»Und geh zurück«, rief Jenny. »Die prähistorische Version besteht aus fleischfressenden Jägern – siehst du die langen Beine?«

Plötzlich richtete sich der Haufen auf und ein tiefes Stöhnen drang aus der Masse, die einst Barlow gewesen war.

»Oh Gott!« Emma legte ihre Handflächen auf die Wangen. »Mach, dass es aufhört!«

Ein einzelner Schuss hallte durch die Höhle und der Haufen brach in sich zusammen. Ben wirbelte herum und sah Janus Bellakov, das Gewehr im Anschlag. Die Blicke der beiden Männer trafen sich für einen Moment und Ben nickte – es war eine Tat der Gnade.

Die Gruppe wich zurück. Das Feuer war inzwischen zu klein, um noch eine Wirkung zu zeigen. Während sie zusahen, schälte sich ein glitzernder Knochen aus dem Haufen, der schließlich herunterfiel und auf dem wuselnden Teppich aus Insektenkörpern landete. Es war ein Arm, der nun komplett abgenagt war. Selbst die Fasern seiner Kleidung hatten sie gefressen.

»Wer hat das Feuer ausgehen lassen?«, fragte Ben.

»Das ist egal, es ist aus«, stellte Janus fest. »Jetzt wissen wir auf jeden Fall, was dein verdammter Vorfahre mit dem Satz: *Sie kommen nachts,* gemeint hat!«

»Sie beobachten uns«, fügte Jenny hinzu.

»Hätte helfen können, wenn er etwas deutlicher geworden wäre, meint ihr nicht?«, zischte Bellakov. »Auf jeden Fall können wir hier nicht bleiben.«

»Da hat er recht«, sagte Jenny. »Diese Viecher hören nicht auf, bevor das ganze Fleisch weg ist.« Sie biss die Zähne zusammen. »Das war also dieser Geruch. Die Insekten haben Pheromone abgegeben, um miteinander zu kommunizieren.«

»Jetzt wissen wir auch, warum die Höhle unbewohnt war«, stellte Steve fest. »Jeder, der hier reinkommt, endet wie dieser tote Dinosaurier … oder wie Barlow. Die arme Sau.«

»Packt eure Sachen.« Ben wandte sich an Jenny. »Werden die uns folgen?«

Jenny warf einen Blick zurück auf den Schwarm. »Ich weiß nicht. Sie müssten auf jeden Fall Dschungeljäger sein. Vielleicht so ähnlich wie Wanderameisen.« Sie zuckte mit den Schultern. »Wir wissen zu wenig über sie.«

»Vielleicht sollten wir eine Weile im Wasser bleiben«, sagte sie nach einer kurzen Denkpause. »So können sie uns nicht folgen.«

»Geht um Himmels willen nicht ins Wasser!«, bellte Janus.

»Warum?«, fragte Emma und schaute ihn missmutig an. Doch Steve nickte. »Glaubt mir, wir müssen dem See auf jeden Fall fernbleiben!«

Sie schlichen zum Höhlenausgang und Ben schaute noch einmal zurück auf den Haufen der Insekten, der rapide in seiner Größe abnahm. Am Rand des Haufens tauchte etwas helles Rundes auf und rollte schließlich zur Seite. Es war der Schädel des Mannes, allerdings ohne den Unterkiefer oder irgendein Fitzelchen Fleisch oder Haut.

»Ich schätze, so hatte er sich die Sache nicht vorgestellt«, sagte Walt Koenig leise.

»Vielen Dank noch mal für alles, du fetter Wichser«, zischte Bellakov.

Steve räusperte sich. »Könntest du bitte vielleicht auch auf meine Beerdigung kommen, um da ein paar nette Worte zu sprechen?«

Ben sah auf die Uhr. »Es ist noch mindestens eine Stunde bis Sonnenaufgang.« Er hatte keine Ahnung, ob es nun im Dunklen oder im Hellen gefährlicher war. Doch sie hatten sowieso keine Wahl. Er wandte sich ab.

»Lasst uns abhauen – so leise es geht.« Er huschte als erster hinaus in die Dunkelheit.

———◊———

»Neuer Plan?«, flüsterte Emma.

Ben wandte sich ihr zu. »Das wollte ich dich auch gerade fragen!« Er schenkte ihr ein schwaches Lächeln, wusste aber gar nicht, ob sie sein Gesicht in der Dunkelheit so genau erkennen konnte.

Sie bewegten sich so schnell und leise wie möglich den Weg entlang, den sie gekommen waren. Sie hatten kein Essen mehr und keinen Schutz und laut Benjamins Notizbuch lief ihnen die Zeit davon, bevor irgendetwas passierte, das jegliche Flucht unmöglich machte. Ben hatte keine Ahnung, was das sein sollte, aber sein Vorfahr hatte bisher mit allem anderen recht gehabt, deswegen wollte er es gar nicht so genau wissen. Klar war auf jeden Fall, dass er keine Ahnung hatte, was sie jetzt tun sollten, geschweige denn, wie sie das Plateau verlassen sollten.

Obwohl, eine Idee kam ihm in diesem Moment.

Ben blieb ruckartig stehen und Emma rannte in ihn hinein. »Wir müssen diesen Fluss wiederfinden – ich habe eine Idee!«

»Jede gute Idee ist im Moment mehr wert als pures Gold«, freute sich Steve.

Doch Ben winkte ab. »Ich habe gesagt, dass ich eine Idee habe – von einer *guten* Idee war nicht die Rede!«

———◊———

»Die Wolken klaren auf.« Bellakov starrte in den Himmel. »Ich glaube, ich habe gerade den Mond durchschimmern sehen!«

Ben sah ebenfalls nach oben. Hoffentlich würde es bald hell werden, doch im Moment waren sie noch von pechschwarzer Finsternis umgeben.

»Ich weiß nicht«, sagte er. »Sieht komisch aus. Ein bisschen wie ein Wirbelsturm, der Wolkenbewegung nach zu urteilen. Und wir sind genau in der Mitte.« Er starrte weiter nach oben und sah tatsächlich, wie sich eine kleine Öffnung bildete, in welcher der Mond auftauchte.

»Was zum …?«

Ben verzog das Gesicht. Irgendwas stimmte nicht, der Mond schien größer als normal.

»Die Wolken ziehen, aber hier ist kein Wind«, beobachtete Bellakov.

»Was?« Ben wandte sich ihm kurz zu, doch als er wieder in den Himmel schaute, schlossen sich die Wolken gerade. »Verdammt.«

»Ich weiß, was du denkst. Ein bisschen guter, alter Sonnenschein wäre toll. Das ist hier einfach ein gottverdammtes Gewächshaus. Ein paar goldene Sonnenstrahlen wären mir lieber.«

Ben seufzte. »Absolut.«

Bellakov kam näher an ihn heran. Er senkte den Kopf sowie die Stimme. »Du willst zurück zum Flugzeug, oder?«

Ben musterte ihn kurz fordernd, dann nickte er: »Stimmt.«

»Du Irrer«, schnaubte der Söldner. »Dir ist aber klar, selbst wenn wir den Motor ausgebaut bekommen, damit die Kiste leicht genug für einen Segelflug ist, passen wir da nicht alle rein?« Er musterte Ben aufmerksam, während er sprach.

Ben zuckte mit den Schultern. »Die Corsair hat eine Spannweite von über zwölf Metern, mit dem Gewicht kommt sie schon klar.«

»Das Gewicht ist das eine, aber es sind zu viele Personen. Wir passen einfach nicht da rein.« Bellakov grinste. »Trotzdem gefällt mir der Plan.«

Er ließ sich wieder einen Schritt zurückfallen, während sie weitergingen. »Ich meine, was sollen wir sonst machen?«

Nun eilte Emma an Bens Seite. »Laufen wir im Kreis?«

»Ich glaube nicht.« Ben wandte sich ihr zu. »Wir laufen einfach nur zurück und sind immer noch auf dem Weg, den wir vorher genommen haben.«

»Es ist nur … also …« Sie zog eine Grimasse und deutete ringsum auf den Dschungel. »Wir laufen schon seit Stunden. Außerdem war der See riesig und die Höhle sogar am Rande eines kleinen Berges gelegen. Ich weiß, das Tepuis riesig sein können, aber irgendwie ist es wie eine komplette, eigene Welt!«

Ben hatte auch schon darüber nachgedacht, aber was hatte es zu bedeuten? Es war wirklich mysteriös.

»Sie hat recht«, fügte Jenny hinzu. »Die Artenvielfalt und Größe der Spezies hier kann eigentlich nur auf einer riesigen Landmasse vorkommen. Ich weiß nicht, wie diese Tiere hier überleben sollen, wenn sie sich auf einer isolierten Insel befinden.«

»Eine Insel«, fügte Ben nachdenklich hinzu. »Darauf habe ich keine Antwort. Nichts hier oben ist normal oder ergibt irgendeinen Sinn.«

Emma rutschte aus, doch Ben hielt sie fest.

»Danke«, sagte sie und wischte sich fettigen Matsch von ihrem Stiefel.

Ben schaute auf den Boden. Unter ihren Füßen waren zertretene Pflanzen, aus denen glitschiger Schleim quoll. Sie sahen aus, als wären sie von Traktorreifen plattgewalzt worden. Er ging in die Hocke und Steve, Emma und Jenny schauten über seine Schultern, während Koenig den Dschungel im Auge behielt. Bellakov starrte weiter die merkwürdig zirkulierende Wolkendecke an.

Ben stellte fest, dass die Spuren ihren Weg kreuzten, und folgte ihnen. Er legte seine Handflächen in die Abdrücke. »Was zur Hölle hinterlässt so eine Spur?«

Koenig warf einen kurzen Blick darauf. »Nichts, das ich kenne. Sieht so aus, als hätte sich so ein Riesenvieh hier hingelegt, doch alle Anzeichen deuten auf eine kontinuierliche Bewegung hin.« Er schaltete seine Taschenlampe an und folgte dem zerdrückten Untergrund, bis die Spur urplötzlich aufhörte. »So was habe ich noch nie gesehen!«

»Ich weiß Bescheid.«

Jenny kauerte sich ebenfalls hin und schaute dann mit großen Augen nach oben. »Und du auch, Ben. Erinnerst du dich noch, als wir unten am Fluss waren und du solche Spuren gefunden hast?«

Ben nickte, doch als ihm klar wurde, wovon sie sprach, ging sein Blick ruckartig nach unten.

»Willst du mich verarschen?«

»Ich war schon auf Fangexpeditionen für den Zoo im Amazonas. Wir haben die große grüne Anakonda gejagt, und die hinterlässt solche Spuren. Nur viel kleiner.« Sie stand auf.

Ben verzog das Gesicht. »Aber du hast gesagt, die Spuren, die wir am Fluss gefunden haben, waren schon groß … und dass diese Schlangen nicht viel größer werden können.« Er zeigte auf den Boden: »Das Ding hier ist mindestens fünfmal größer!«

»Das, was ich gesagt habe, galt natürlich nur für unsere Zeit«, sagte Jenny leise.

»Ich habe auch schon Anakondas gejagt«, sagte Koenig. »Das sind fiese Viecher – die können einen ausgewachsenen Mann zu Brei quetschen. Aber eine, die *so* groß ist?« Er hob die Schultern. »Der möchte ich nicht begegnen.«

»Das haben wir bereits«, sagte Ben mit einem Seitenblick auf Jenny.

»In der Höhle, in der wir angekommen sind; die Schlange, die sich Bourke geschnappt hat. Sie war so groß.« Er presste seine Lippen zusammen. »Ich hoffe, das war dieselbe.«

»Und dass sie jetzt tot ist«, fügte Jenny hinzu, während Ben zu dem silbernen Licht aufsah, das in diesem Moment durch die Wolken brach.

»Immerhin können wir …« Bellakov hörte mitten im Satz auf zu sprechen und seine Stirn legte sich in Falten, als der untergehende Mond sichtbar wurde.

Ben wusste genau, was er dachte: »Dieser Mond …«

»Ja, das nenne ich mal einen Mond«, sagte Steve mit großen Augen.

»So riesig. Sieht beinahe so aus, als könne man die Hand ausstrecken und ihn berühren.« Bellakov schüttelte den Kopf. »Fuck, ich hasse dieses Plateau.«

Der Mond verschwand hinter den Wolken und ließ sie in der Dunkelheit zurück. Jenny richtete ihre Lampe wieder auf den Pfad. »Ich glaube, wir sollten von hier verschwinden.«

»Meinst du, wenn es eine zweite Schlange gibt, hängt die hier vielleicht noch herum?« Koenig umklammerte sein Gewehr noch ein klein wenig fester.

»Herumhängen passt genau«, sagte Jenny.

»Schau mal, die Spuren auf dem Boden verschwinden.« Sie wandte sich der Gruppe zu: »Und ich glaube, das liegt daran, dass sie sich in die Bäume verzogen hat.«

»Das wird ja immer besser.« Ben schaute auf und hatte plötzlich das Gefühl, dass sie beobachtet wurden. »Lasst uns in Bewegung bleiben … haltet alle die Augen offen!«

Sie setzten ihren Weg fort und kämpften sich durch den Dschungel, während es langsam heller wurde. Ben war sich sicher, dass dies der Weg war, den sie gekommen waren, aber er hatte immer noch keine einzige der Markierungen wiedergefunden, die er auf dem Hinweg gemacht hatte. Er wollte das Problem gerade mit Koenig besprechen, als er die Mündung des Flusses entdeckte.

»Gott sei dank«, flüsterte er.

Koenig zwinkerte. »Selbstzweifel sind etwas Furchtbares.«

»Der Fluch der Demütigen.« Ben machte einen ersten Schritt in das flache Wasser.

Der Fluss schnitt einen Pfad durch den Dschungel und durch das dichte Baumkronendach wirkte er wie ein dunkler Tunnel. Ben hielt inne und musterte alles, was vor ihm lag. Dann hob er den Blick gen Himmel. Die Sonne war immer noch nicht aufgegangen und die Blätter über ihm formten einen dichten Teppich. Doch zum Glück konnte er nichts erkennen, das wie eine Riesenschlange aussah.

Sie waren mittlerweile ein paar Stunden unterwegs und die Schwüle zehrte immer noch an ihren Kräften. Die Wolken hatten sich abgesenkt, sodass sich ein dichter Bodennebel bildete.

Er winkte die anderen zu sich heran. »Lasst uns fünf Minuten Pause machen.«

Ben trat wieder aus dem Wasser und spürte, wie sein Magen knurrte, doch er ignorierte es. Sie hatten nichts mehr zu essen; im Normalfall wären sie jetzt auf die Jagd gegangen. Aber Jagen bedeutete Schießen, und das wollte er um jeden Preis vermeiden, denn von der Stille hing ihr Überleben ab. Trotzdem mussten sie irgendwie wieder zu Kräften kommen, deswegen wollte er Koenig fragen, ob der nicht sein Jagdtalent nutzen konnte, um etwas mit einer Falle zu fangen oder mit seinem Messer zu erlegen. Er schaute hinunter ins Wasser und erinnerte sich, zuvor schon umherflitzende silberne Umrisse gesehen zu haben. Somit wäre Fisch auch eine mögliche Nahrungsquelle.

»Walt, lass' uns das nächste Wegstück auskundschaften. Ihr anderen bleibt auf der Hut!«

»Alles klar«, antwortete Koenig und schulterte sein Gewehr.

Ben bemerkte, dass Bellakov sie anstarrte.

»Wir sind in fünf Minuten wieder da.« Er sah, dass der Söldner immer noch nicht zufrieden war. »Indianerehrenwort!«

Koenig und er gingen ein Stück flussaufwärts, bis Ben sicher war, dass sie nicht mehr in Hörweite waren. »Dein Freund Bellakov, was ist das für einer?«, fragte er.

Koenig verzog das Gesicht und schüttelte den Kopf: »Ich kenne ihn kaum. Barlow hat uns zusammengebracht. Der Kerl war ein Söldner und hat schon alles gejagt, von Löwen bis hin zu Menschen.« Er zuckte mit den Schultern. »Barlow hat ihn an der kurzen Leine gehalten, aber jetzt, wo er weg ist … wer weiß?« Er warf Ben einen ernsten Blick zu. »Ich würde ihm nicht den Rücken zukehren.«

»Hatte ich auch nicht vor«, sagte Ben. »Aber vielen Dank.«

Sie liefen noch ein paar Minuten am Rand des Flusses entlang, doch sie fanden keine weiteren Spuren oder Gefahren. Ein paar kleine Tiere, die von Fell oder primitiven Federn verhüllt waren, quietschten und verschwanden in den Dschungel, als die Männer sich näherten. Das war ein gutes Zeichen – denn es bedeutete, dass wohl keine anderen Jäger in der Nähe waren.

»Wir müssen uns eines von diesen Viechern schnappen«, sagte Ben. »Wenn möglich, ohne Schusswaffen.«

Koenig nickte. »Kein Problem. Sag mir einfach, wann es losgehen soll.«

Ben fiel etwas auf und er kniete sich am Flussufer hin. »Das ist nicht gut!«

Im Sand waren plattgedrückte Bereiche, etwa einen Meter breit, die merkwürdige Kratzspuren enthielten, als wäre etwas hier entlanggezogen worden.

Walt bückte sich und legte seine Hand in einen der Abdrücke, dann führte er sie zur Nase und roch daran. Sofort schaute er nach oben in die Baumkronen. »Das ist eines von diesen Schlangenviechern.« Er wandte sich Ben zu. »Glaubst du an Zufälle?«

Ben schnaubte. »Nein.« Er drehte sich um. »Also glauben wir beide, dass uns das Vieh verfolgt?«

»Entweder das oder es sind mehrere.« Walt wischte sich die Finger an der Hose ab. »Vielleicht gibt es mehr von denen, als wir annahmen.«

»Allein der Gedanke ruiniert mir komplett die Laune.« Ben stand auf.

Walt nickte. »Dann wird dir Folgendes besonders gut gefallen: Es ist fast unmöglich, sich vor einer Schlange zu verstecken.« Er schaute in die Baumkronen. »Sie können deine Körperwärme sehen.«

Ben atmete schwer aus und blickte ebenfalls nach oben. Er konnte spüren, wie feuchte Blätter seinen Nacken und Rücken streiften.

»Tja«, fuhr Walt fort, »die großen Viecher wie Boas, Pythons, Anakondas und sogar Vipern haben diese kleinen Löcher im Gesicht, die man Labialgruben nennt. Damit können sie Infrarotstrahlung wahrnehmen.« Er lächelte mitleidig. »Für sie sind wir nur warme Mahlzeiten auf der Flucht.«

»Danke, Walt, jetzt fühle ich mich wirklich besser.« Ben wandte sich von ihm ab. »Lass und zurück zu den an–«

»*Hey*!« Walt hielt warnend die Hand hoch. »Beweg. Keinen. Muskel!«

Ben gefror zur Salzsäule und starrte über seine Schulter in das Gesicht des Mannes. Er erkannte sowohl Erschrecken als auch Faszination.

»Was … *was?*«, zischte Ben, wobei er sich Mühe gab, nur die Lippen zu bewegen.

»Auf deinem Rücken!« Walt schüttelte den Kopf, die Brauen angehoben. »Eine echte Schönheit.«

»*Was ist auf meinem Rücken?*« Ben spürte auf einmal ein zusätzliches Gewicht zwischen seinen Schulterblättern – wie eine große, weiche Hand. »Was zur Hölle ist es? Ich kann es spüren!«

»Eine gottverdammte Spinne, die größer als dein Kopf ist!« Walt legte den Kopf schief. »Wow, das ist echt ein richtiges Monster.« Er trat einen Schritt zurück. »Und es schaut mich an.«

Ben drehte sich ein kleines Stückchen, langsam wurde er ungeduldig. »Mach sie weg!«

»Das Vieh fasse ich nicht an, es sieht gefährlich aus!« Walts Grinsen wurde breiter. »Außerdem könnte es sich dazu entschließen, die Flucht nach oben anzutreten … du weißt schon, auf deinen Kopf, in dein Gesicht.«

»Du Arsch!« Jetzt musste auch Ben grinsen. »Dann mache ich es selbst.« Er hielt Ausschau nach einem Stock, mit dem er das Tier erreichen konnte. Doch als er sich hinunterbeugte, spürte er, wie es sich bewegte. Plötzlich fühlte er das erste haarige Bein auf der Haut seines Nackens. Statt des weichen, fingerartigen Drucks, den er erwartet hatte, spürte er das stecknadelartige Piksen kleiner Widerhaken.

Langsam richtete er sich auf. »Könntest du mir vielleicht ein klein wenig helfen?«

»Klar, dann halt mal still!« Walt schnappte sich den Ast, nach dem Ben sich gebückt hatte. »Jetzt beweg keinen Muskel … Uuuuuund …«

Ben biss die Zähne zusammen.

»Abschlag!«

Walt schwang sein Schlagwerkzeug durch die Luft, traf, und in einem Sekundenbruchteil war der Druck auf Bens Hals und Rücken verschwunden. Irgendwo im Dschungel raschelte es, dann hörte man etwas fliehen.

»Das macht dann einmal zehn Dollar, Kumpel. Kann ich dir sonst noch mit irgendwas helfen?«

Ben schüttelte den Kopf. »Schreib' es auf meinen Deckel. Und während du schon dabei …«

Das Krachen eines Gewehrschusses ließ ihn zusammenzucken, dann wirbelte er herum. In Richtung des Geräusches.

KAPITEL 32

Emma nahm ein Stück Stoff, tauchte es in den Fluss und benutzte es dann, um ihre schweißüberströmte Stirn und den Hals abzuwischen. Durch die Luftfeuchtigkeit fühlte sie sich wie in einer Sauna, dazu war sie hundemüde.

Steve hing in der Nähe eines Baumes herum, die Schrotflinte locker auf seine Arme gelegt. Jenny hockte neben dem Wasser und starrte hinein, ihre Aufmerksamkeit wurde komplett von irgendeinem Fisch, Insekt oder sonstigem Urzeittier eingenommen. Und der unheimliche Janus Bellakov ließ seinen Blick von einem zum anderen schweifen, wobei seine dunklen Augen wie Fenster in eine tote Seele wirkten. Der Kerl machte Emma Angst.

»Ich glaube, diese Fische sind *Arowana*«, sagte Jenny, während sie konzentriert ins Wasser blickte.

»Stimmt, das wollte ich auch gerade sagen.« Steve grinste.

Jenny schaute auf und kicherte, bevor sie sich wieder dem Wasser zuwandte und hineindeutete. »Aber ernsthaft, die sind seit der Kreidezeit ausgestorben!«

»Aha.« Steve legte den Kopf schief. »Viel wichtiger ist aber doch die Frage: Können wir sie essen? Von mir aus auch roh.«

Jenny legte die Stirn in Falten. »Wahrscheinlich, aber die sind doch bloß ein Appetithappen … vor allem, wenn man so einen großen Mund hat wie …« Sie schaute wieder auf, doch das Lächeln gefror in ihrem Gesicht.

Emma bemerkte, dass etwas nicht stimmte, und sah Jennys weit aufgerissene Augen. Sie folgte ihrem starren Blick und stellte fest, dass sie nicht direkt zu Steve schaute, sondern auf etwas über ihm.

Sofort schoss Emmas Blick nach oben in das Blättermeer, und nun merkte auch Steve, dass beide Frauen in seine Richtung starrten. Er schaute erst verwirrt, dann ängstlich.

»Was … *was*?«

…my Kehle drang ein schwaches Krächzen, sie war nicht …der Lage, etwas zu sagen. Stattdessen hob sie einen Arm und deutete nach oben.

In der Baumkrone direkt über Steve flackerte eine Bewegung auf – eine gespaltene Zunge, dick wie der Arm eines Mannes. Sie kam aus einem diamantförmigen Kopf, der gute anderthalb Meter breit war und zwei glaskugelartige Augen besaß. Der monströse Körper war um den Baumstamm gewickelt, sein anderes Ende verschwand irgendwo weit hinten im Dschungel. Das Ding war riesig und lang wie ein Reisebus, wenn nicht sogar wie zwei.

Aus dem Augenwinkel sah Emma, dass Bellakov einfach nur so dastand – er beobachtete das Geschehen, tat aber nichts, um zu helfen, obwohl er ein Gewehr bei sich hatte. Emma versuchte hektisch, ihre Pistole aus dem Holster zu befreien, als Steve endlich nach oben schaute. Er reagierte zuerst erschrocken, doch schon einen Sekundenbruchteil später richtete er seine Mossberg-Schrotflinte auf die gigantische Schlange, die wie ein Damoklesschwert über ihm hing.

Vielleicht war es diese plötzliche Bewegung oder die chemischen Signale der Angst, die Steve verströmte – jedenfalls schlug das Monster nun zu.

Das V-förmige Maul öffnete sich blitzartig und entblößte dabei hunderte rückwärtsgewandter Zähnen, von denen jeder länger als eine menschliche Hand war. Der Kopf schoss nach vorn und rammte Steve zu Boden, wobei sämtliche Luft aus seinen Lungen entwich. Die Schrotflinte feuerte, doch die Kugeln zerfetzten lediglich das Blattwerk über ihm, als das volle Gewicht des Schlangenkörpers auf Steve niederging.

Er verschwand zur Hälfte im Maul des Angreifers, wobei sein Gesicht eher Schrecken als Schmerzen ausdrückte, als er in die Luft gehoben wurde.

Emma zielte mit ihrer Pistole, doch ihre Hand zitterte, als würde sie Elektroschocks bekommen. Sie wusste, wenn sie abdrücken würde, konnte sie ebenso gut ihren Freund statt der Schlange treffen.

»Schieß!«, rief sie zu Bellakov, doch aus dem Augenwinkel sah sie, wie der Söldner ein paar Schritte rückwärts in den Dschungel machte. Er hatte die Waffe im Anschlag, zielte aber nicht einmal auf das gigantische Reptil.

Jetzt hallte ein weiterer Schuss durch den Urwald. Jenny stand breitbeinig da, beide Hände an der Waffe. Sie schoss noch einmal, und diesmal musste sie die Schlange getroffen haben, da sie zusammenzuckte und dann blitzschnell ihre Körperhaltung änderte. Doch statt ihre Beute fallen zu lassen, begann sie, sich in den Dschungel zu schlängeln und den inzwischen schreienden Mann in ihrem Maul mitzunehmen.

»Hey!« Ben tauchte mit Koenig an seiner Seite auf.

»Schl-aaaaa-ange«, rief Emma und zeigte hinter dem Monster her. »Sie hat sich Steve geschnappt!«

Ben rannte an ihr vorbei und sprintete direkt ins Unterholz, Koenig dicht auf seinen Fersen. Beide feuerten ihre Waffen ab, doch Emma sah, dass die massive Kreatur bereits verschwunden war – sie legte ein Tempo vor, dass die Männer unmöglich halten konnten. Was das Ganze unerträglich machte, waren Steves gequälte Schreie, die mit jeder Sekunde schwächer klangen.

Emma ließ sich kraftlos auf die Knie fallen, die Waffe auf den Boden gerichtet. Sie brach in Tränen aus, fühlte sich schutzlos und leer – außerdem zu Tode verängstigt. Sie wischte sich über die Augen und schon nach ein paar Sekunden kochte ein anderes Gefühl in ihr hoch.

Mit zusammengebissenen Zähnen wandte sie sich an Bellakov, der immer noch teilnahmslos im Schatten stand. »Was zur Hölle?« Sie stand auf und marschierte auf ihn zu. »Was ist los mit dir? Warum hast du nicht geholfen?«

Bellakovs Augen waren nur halb offen und er antwortete, ohne mit der Wimper zu zucken: »Aus dem gleichen Grund, warum du nicht geschossen hast – ich hätte ihn treffen können.«

»Quatsch«, bellte sie. »Du bist ein Jäger, du hättest getroffen.« Sie bleckte ihre Zähne. »Dieses Ding war zwanzig Meter lang und so dick wie ein Pferd. Das hättest du überall treffen können. Du bist doch angeblich ein Meisterschütze!«

Bellakov atmete ein und pumpte sich auf. Seine Mundwinkel wanderten nach unten, als er über sie hinwegsah. »Du hast meine Rolle hier falsch verstanden, Kleine. Ich bin nicht dein verfickter

Leibwächter. Vergiss das lieber nicht!« Er ließ seinen Blick sinken, um sie anzuschauen, und alles, was sie in seinen Augen sah, war pure Verachtung.

»Du abge…« Emma musste sich bremsen und biss sich auf die Zunge. Der Kerl war ein Arschloch, bestimmt war er es auch gewesen, der Ben in England niedergeschlagen hatte. Es brachte ihr nichts, anzunehmen, dass er in ihrem Team spielte. »Fick dich!«

Sie wandte sich ab und watete durchs Wasser ans andere Ufer, wo Jenny immer noch wie benommen auf dem Boden saß. Die junge Frau lächelte gequält, doch ihre Augen waren voller Tränen. »Wahrscheinlich ist sie uns die ganze Zeit gefolgt. Ich hätte es wissen müssen, als wir der ersten Schlange begegnet sind – offensichtlich gibt es hier eine ganze Familie von denen.« Sie schaute auf, ihr Blick angsterfüllt: »Wir haben keine Ahnung, wie viele von denen es hier gibt.«

»Ganz ruhig.« Emma legte einen Arm um sie. »Glaubst du … sie können Steve vielleicht retten?«

Jennys Mund öffnete sich und sie schaute Emma fassungslos an. Nach einem Moment der Stille schüttelte sie einfach nur den Kopf.

Emma nickte. »Ich weiß, ich habe einfach nur … gehofft.« Sie deutete auf Bellakov, der den Dschungel in der Richtung beobachtete, in die Ben und Koenig verschwunden waren. »Dieser Wichser hat gar nichts unternommen!«

Jennys Blick wanderte ebenfalls auf den Söldner. »Ich glaube … ich glaube, er wusste, dass sie uns verfolgt.« Ihr Blick verengte sich. »Vielleicht hat er zugelassen, dass sie sich Steve geschnappt hat, in der Hoffnung, dass sie dann satt ist und uns in Ruhe lässt.«

»Oh Gott.« Emma wurde bei dem Gedanken ganz schlecht. »Könnte dieses Arschloch in der Lage sein, uns alle zu opfern, um seine eigene Haut zu retten?«

Jenny atmete zitternd aus. »Ich glaube, ich will es gar nicht wissen.«

Emma biss die Zähne zusammen: »Ich schon.«

Ben und Walt kehrten aus dem Dschungel zurück und steuerten als erstes Jenny an. Ben nahm ihre Hand und schaute ihr tief in die Augen.

»Es tut mir leid, sie ist uns entwischt.«

Sie ließ den Kopf sinken. »Ich wusste es.«

Koenig ging derweil zu Bellakov und sie sprachen mit gesenkten Stimmen.

Ben ließ Jennys Hand los und sie ging ein paar Meter weg, um sich allein hinzusetzen. Emma legte eine Hand auf Bens Schulter, doch ihr Blick wanderte zu Bellakov, während Ben weitersprach: »Wir sind ihr eine Weile gefolgt, aber sie konnte an Orte gelangen, wo wir nicht hinkamen. Plötzlich war sie einfach verschwunden, vielleicht in ein Loch oder hinauf in die Bäume.« Er zuckte mit den Schultern. »Ich weiß es nicht.«

»Ich glaube …«, setzte Emma an, wobei sie weiter Bellakov und Koenig im Auge behielt. »Ich glaube, Bellakov hat es zugelassen.« Sie schaute Ben fest an.

»Was?« Ben verzog das Gesicht. »Was meinst du damit?«

»Er hat einfach zugesehen und sogar ein paar Schritte zurückgemacht. Er hat es einfach geschehen lassen, als ob es ihm egal wäre.« Sie schluckte nervös. »Er hätte schießen können, hat es aber nicht gemacht.« Emma verschränkte ihre Arme und ging, um sich neben Jenny zu setzen.

Ben erinnerte sich daran, was Bellakov über das Flugzeug gesagt hatte: *Da passen nicht alle hinein*. Ben weigerte sich, den Gedanken zu Ende zu denken. *Andererseits* …

Er wandte sich wieder dem Dschungel zu, in den die Schlange Steve Chambers verschleppt hatte, seinen Freund. Der Kerl hatte immer gelächelt, war abenteuerlustig gewesen und es kam ihm wie gestern vor, dass sie mit ihren Tretrollern unterwegs gewesen waren.

Erst Andrea, dann Dan, und jetzt Steve – alle tot. Vor ein paar Tagen hatte keiner von ihnen für möglich gehalten, jemals hier zu sein … und jetzt lebten sie nicht mehr.

Aus reiner Gewohnheit rammte er seine Pistole zurück in ihr Holster, doch die Waffe war jetzt leer. Er warf einen letzten Blick auf die dunkle Wand aus Bäumen.

Mach's gut, Kumpel, flüsterte er und wandte sich dann ab. »Also los, Leute, lasst uns abhauen!«

Eine weitere Stunde später fanden sie einen der Bäume, die Ben markiert hatte. Nun wussten sie sicher, dass sie sich dem abgestürzten Flugzeug näherten. Aus irgendeinem Grund versetzte sie das in eine positive Stimmung, die sie bis zu der besagten Lichtung begleitete.

Ben schattete seine Augen mit einer Hand ab und ging zum Abgrund am Rande des Plateaus, wo seine Hoffnungen schwanden. Die Wolken waren weiter abgesunken und von hier oben sahen sie aus wie ein Meer aus Baumwolle. Alles Darunterliegende war verdeckt.

Merkwürdigerweise rotierten diese Wolken langsam und der Himmel über ihnen verdunkelte sich, obwohl der Sonnenuntergang noch viele Stunden entfernt war. Ein leichter Wind war aufgezogen, doch er schien eher von unten zu kommen und blies ihm am Rand der Klippe ins Gesicht.

Ben atmete tief ein und ließ die Luft nur ganz langsam wieder heraus. Was auch immer hier vor sich ging, es musste das sein, vor dem sich Benjamin im Jahre 1908 gefürchtet hatte. Und jetzt blühte es ihnen.

Bellakov trat lautlos an seine Seite, die Waffe unter dem Arm. »Du weißt doch, was man über den Sturz aus einem Flugzeug sagt, oder?« Er schaute ihn durchdringend an. »Es ist nicht der Fall, der einen tötet, sondern der plötzliche Stopp am Ende.«

Ben nickte. »Richtig. Wenn wir den Boden nicht sehen können, finden wir keine Lichtung, auf der wir landen können. Dann krachen wir in die Bäume und werden zermatscht wie Kakerlaken.«

Die anderen gesellten sich ebenfalls zu ihnen. »Ich wusste ja schon vorher, dass du irre bist, aber wenn du das wirklich durchziehen willst …«, Walt Koenig schlug Ben auf die Schulter, »… dann bin ich verdammt noch mal dabei!«

»Kann mir mal einer sagen, was hier los ist?«, fragte Emma.

»Mir bitte auch?«, fügte Jenny mit erhobenen Augenbrauen hinzu.

Ben wandte sich an Bellakov. »Janus, gib uns bitte Deckung, während ich mir die Maschine genau ansehe. Solange wir uns zwischen dem Rand des Dschungels und dem Abgrund befinden, möchte ich lieber nicht überrascht werden.«

»Alles klar, Kumpel.« Bellakov wandte sich dem Waldrand zu und lief ein paar Dutzend Schritte auf einen großen Findling zu, auf dem er Platz nahm. Von dort aus konnte er mit einem Auge den Dschungel beobachten, mit dem anderen die Gruppe. *Das reicht*, dachte Ben.

»Der ist jetzt also dein Kumpel?«, fragte Emma fassungslos.

»Nicht mal annähernd.« Ben ging zum Wrack des Corsair-Kampfflugzeugs und umrundete es einmal. Dann ging er nahe genug heran, um seine Hand über das Metall gleiten zu lassen. Schließlich betrachtete er den Unterboden. Das Fahrgestell war abgerissen worden, doch der Pilot, Lieutenant John Carter, hatte enormes Können bewiesen, indem er so punktgenau auf diesem schmalen Streifen zwischen Abgrund und Urwald heruntergekommen war. Er musste Erfahrung mit Flugzeugträgern gehabt haben, vermutete Ben. Er biss die Zähne zusammen und packte Carters Skelett unter den Armen, dann zog er ihn heraus und legte ihn vorsichtig auf den Boden.

»Danke für alles, Lieutenant. Wir übernehmen ab hier!«

Ben kletterte auf eine Tragfläche und warf einen Blick ins Innere der Maschine. Das Cockpit war intakt und der hintere Sitz leer. Die Flügel waren auf den ersten Blick ebenfalls in Ordnung, aber ob sie strukturell geschwächt waren, würde er erst wissen, wenn sie in der Luft wären. Entweder würden sie der Belastung standhalten oder einfach abbrechen und das Flugzeug damit in einen Torpedo verwandeln. Ben kicherte in sich hinein – sein Vorhaben war wirklich ziemlich wahnsinnig.

Als Nächstes griff Ben hinein und bewegte das Steuer, wobei er die Wirkung auf die Tragflächen beobachtete. Erstaunlicherweise funktionierten die Klappen noch einigermaßen. Als er das hintere Seitenruder ausprobierte, ertönte jedoch ein metallisches *Ping* und dann tat sich nichts mehr. Das war nicht gut, aber auch keine wirkliche Tragödie, denn er ging davon aus, dass es nicht nötig sein würde, nach links oder rechts zu steuern. Wenn er die Maschine überhaupt gerade halten könnte, wäre das schon der Jackpot.

Ben legte seine Unterarme auf den Rand des Cockpits und betrachtete die Nase des Fluggeräts. Der Vier-Meter-Propeller war abgebrochen, aber die Spitze war noch intakt. Alles andere war auch noch da, und wie er es sich schon gedacht hatte, war es der Motor, der das größte Problem darstellte. Die Corsair hatte den größten Motor ihrer Zeit besessen: Einen 18-Zylinder Pratt&Whitney Double Wasp mit 2000 PS. Deswegen war die Maschine damals die dominierende Macht in der Luft gewesen.

Doch die Quelle dieser Kraft war nun der große Nachteil, denn der Motor wog über tausend Kilogramm. Selbst wenn sie sich alle ins Heck quetschen würden, könnten sie dieses Gewicht niemals kompensieren und würden sofort mit der Nase nach unten abstürzen.

Ben richtete sich auf. Der einzige Weg, auch nur annähernd einen Gleitflug hinzubekommen, war, das Gewicht auszubalancieren, doch zuerst mussten sie das Flugzeug deutlich leichter machen – mindestens eine Tonne leichter.

Ben drehte sich um. »Der Motor muss raus.«

Walt Koenig pfiff durch die Zähne. »Hast du eine Winde und einen Werkzeugschuppen?«

»Nein, aber wir haben Steine als Hämmer, Messer als Schraubenzieher und unsere Muskelkraft.« Ben rieb sich den Dreck von den Händen. »Außerdem haben wir das wichtigste Werkzeug von allen – die Motivation, zu überleben!«

Walt salutierte. »Das reicht für mich!«

Ben schaute von einem zum anderen, dann wandte er sich wieder der Corsair zu. Er stützte die Hände in die Hüften und überlegte, was zu tun war.

»Okay, Leute, wir müssen alle anpacken. Walt und ich werden daran arbeiten, den Motor herauszunehmen. Sobald die Maschine leichter ist, können wir sie drehen und am Abgrund positionieren. Dazu müssen wir den Weg freimachen – Jenny und Emma, ich möchte, dass ihr soviel Zeug wie möglich beiseite schafft. Passt nur auf die Kante auf, da geht es ganz schön tief runter. Irgendwelche Fragen?« Er wartete ab, doch niemand meldete sich zu Wort. »Dann lasst uns loslegen!«

Jenny und Emma machten sich daran, Steine aus dem Weg zu rollen, Grasbüschel auszureißen und Holzstücke zusammenzutragen. Walt nahm die Motorverkleidung an der Nase der Maschine ab. Ben seufzte und schüttelte den Kopf. »Das kriegen wir niemals alles da raus«, sagte er resigniert.

»Davon bin ich auch nicht ausgegangen«, antwortete Walt. »Lass uns einfach herausnehmen, was wir können! Abgesehen davon, um den ganzen Motor herauszubekommen, müssten wir die gesamte Maschine zerlegen. Und das wollen wir nicht, denn damit zerstören wir die Aerodynamik.«

Ben streckte den Arm aus, um an den stämmigen Zylindern zu ziehen; einige von ihnen waren bereits lose. »Okay, das ist machbar.«

»Worauf warten wir dann noch?« Walt zog sein Jagdmesser hervor und begann einige der Schrauben zu bearbeiten.

Die beiden arbeiteten mehrere Stunden, bis Bens Fingerknöchel völlig zerschunden und seine Hände orange und schwarz vor Rost und altem Schmieröl waren. Krachend flogen immer mehr Metallteile auf den Boden, die schon bald einen kleinen Haufen bildeten.

Ben schaute auf und bemerkte, dass Janus Bellakov sie beobachtete. Der Söldner nickte und er erwiderte die Geste. Ben deutete auf seine Augen und dann auf den Dschungel. Janus nickte und wandte sich ab.

Jenny und Emma hatten in der Zwischenzeit eine kleine Startbahn freigeräumt. Doch selbst wenn sie es schaffen würden, das Flugzeug leicht genug zu bekommen, ohne es zu zerstören, fragte sich Ben, ob er oder irgendjemand anderes am Ende irre genug sein würde, sich wirklich hineinzusetzen und in den Abgrund zu stürzen.

Er lachte leise – natürlich würden sie das tun. Denn die Alternative wäre, hier oben zu sterben, und das würde vermutlich bedeuten, bei lebendigem Leib gefressen zu werden. Zumindest aber würden sie wahrscheinlich für immer hier gefangen sein.

Seine Miene verdüsterte sich bei dem Gedanken – er verstand immer noch nicht, was sein Ur-Urgroßvater damit gemeint hatte.

Ben schaute auf die Uhr, es war nachmittags. Kein Wunder also, dass er Hunger hatte. Er hielt inne und wägte ab, ob er Walt oder Bellakov auf die Jagd schicken sollte. Sie hatten die Idee aufgegeben, Jenny auf die Suche nach essbaren Wurzeln, Nüssen oder Beeren zu schicken, da niemand diese Pflanzen jemals gesehen hatte und sie wussten, dass die Tiere, die sie aßen, völlig andere Verdauungssysteme hatten. Übelkeit oder Durchfall konnten sie im Moment jedenfalls nicht gebrauchen.

Nach einem Blick auf den Haufen der ausgebauten Motorteile nickte Ben zufrieden. Der verbleibende Teil des Motors gab allerdings keinen Millimeter nach und ohne einen Flaschenzug würden sie ihn niemals herausbekommen. Es musste also reichen.

»Ich glaube, wir sind fertig.«

Walt hielt sein Messer hoch, die Spitze war verbogen und abgestumpft. »Auf jeden Fall.«

Emma und Jenny gesellten sich zu ihnen und lehnten sich an die Flügel. »Was jetzt?«

Ben wandte sich dem Abgrund zu. Er war etwa einhundert Meter entfernt und es würde eine Weile dauern, das Flugzeug dorthin zu bewegen, ohne es zu beschädigen. Abgesehen davon wollte er nicht starten, wenn es dunkel war.

»Ich fürchte, wir haben unser Startfenster für heute verpasst. Aber wir können das Maschinchen auf jeden Fall schon etwas weiter an die Klippe ziehen, damit wir gleich bei Sonnenaufgang verschwinden können.«

»Ich stimme dafür, dass wir es jetzt gleich machen«, sagte Emma. »Ich will keine einzige Minute mehr hier oben verbringen.«

Ben wandte sich erst ihr zu, dann dem Abgrund. Er musste die Augen zusammenkneifen, da Staub und Schmutzpartikel hinaufgeblasen wurden. Die Wolken rotierten weiter um sie herum, als stünden sie inmitten eines riesigen Strudels. Vom Boden war nichts zu sehen.

Walt kratzte sich am Kinn. »Ich verstehe dich voll und ganz. Aber bis wir das Flugzeug an die Klippe gebracht haben, wird es dunkel sein. Die Wolken sind ja schon schlimm genug, aber im

Endeffekt werden wir einfach durch sie hindurchfliegen. Doch sobald wir das gemacht haben, wollen wir wenigstens in der Lage sein, eine offene Fläche anzusteuern.«

Emmas Augen blitzen auf. »Ich bin trotzdem der Meinung, wir sollten es probieren – lasst uns abstimmen!«

»Dann stimme ich dafür, dass wir bleiben«, sagte Jenny mit Trauer im Blick. »Es tut mir leid, Emma, aber wenn wir nichts sehen können, können wir nicht sicher landen. Und wenn wir erst mal in der Luft sind, gibt es keine zweite Chance.«

Emma wollte noch etwas sagen, doch dann atmete sie langsam aus und nickte knapp.

»Damit wäre das geklärt«, sagte Ben. »Lasst uns das Maschinchen herumdrehen!« Er winkte Janus Bellakov zu sich heran.

»Bereit?«, fragte Bellakov.

Ben schüttelte den Kopf und wischte sich die Hände an der Hose ab. »Nicht vor morgen Früh. Aber jetzt werden wir die Kiste zum Abgrund ziehen – damit wir dann starten können.«

Bellakov legte die Stirn in Falten und stemmte seine Fäuste in die Hüfte. Ben ignorierte ihn und wandte sich an Koenig.

»Vielleicht kann uns Walt hier mal ein bisschen was von seinen Jagdkünsten demonstrieren, mit denen er sich immer so rühmt.« Ben zwinkerte dem Mann zu, der inzwischen ein unverzichtbarer Verbündeter geworden war.

»Ist das etwa eine Herausforderung? Dann gib' mal deine Bestellung auf.«

Ben sprang von der Tragfläche herunter und warf einen letzten Kontrollblick auf ihre Arbeit. Zufrieden machte er sich daran, Arbeitsanweisungen zu verteilen: »Wir drehen die Maschine im Uhrzeigersinn. Janus, du gehst ans Heck und wir anderen an die Flügel.« Er hielt eine Hand hoch. »Und *bitte*, seid vorsichtig und macht alles ganz langsam – ich möchte nicht, dass die Kiste auseinandergerissen wird.«

Alle nahmen ihre Position an der Corsair ein und Ben machte den Einzähler: »Auf drei – eins, zwei, uuuund *heben*!«

Janus stemmte das leichtere Hinterteil der Maschine in die Luft und die anderen zerrten am schwereren Vorderteil. Es drehte sich langsam, aber doch leichter, als Ben erwartet hatte, was ihn etwas

Hoffnung schöpfen ließ. Nach ein paar Minuten mit mehreren Pausen und neuen Anläufen deutete die Nase auf den Abgrund zu.

»Okay, das war der einfache Teil«, stellte Jenny fest.

Ben klatschte in die Hände und wischte sie dann an seiner Hose ab. »Sieht doch gut aus, damit haben wir alle Tickets für den ersten Flug am Morgen! Jetzt müssen wir sie nur noch an die Klippe bringen.«

Wieder gruppierten sich jeweils ein Mann und eine Frau an einem Flügel, während Janus das Heck übernahm. Sie schoben in Etappen, bewegten das Flugzeug jeweils ein paar Meter vorwärts und machten Pausen, um zu kontrollieren, dass sie die Maschine nicht auseinanderrissen. Nach zwei Stunden hatten sie die Hälfte des Weges geschafft, ohne allzu viele Flugzeugteile oder menschliche Haut zu verlieren.

»Pause!«, rief Ben, dann drehte er sich um und lehnte sich gegen das Leitwerk der Maschine. Der Schweiß lief ihm in Bächen herunter und er nahm einen Schluck des warmen Inhalts seiner Feldflasche. Ihm war etwas schwindelig – vermutlich aus Flüssigkeitsmangel, außerdem hatte er seit dem vorigen Abend nichts gegessen. Er wusste, dass seine Kraftreserven aufgebraucht waren.

Ben schaute nach oben. Die Wolken kamen immer näher und sahen aus, als würden sie mit einem großen Quirl umgerührt. Gleichzeitig wurde es dunkler und ein Windstoß blies ihm Erde ins Gesicht, die er sofort wegwischte. Er schätzte, dass es vielleicht noch eine Stunde hell sein würde, sie aber noch mindestens zwei Stunden brauchten, um das Flugzeug in Startposition zu bekommen. Sie hatten keine andere Wahl, als die Zähne zusammenzubeißen und es durchzuziehen.

Und das taten sie.

Irgendwann wurde es dunkel, doch die kräftezehrende Schwüle blieb. Als sie dem Rand des Plateaus näherkamen, blies ihnen der Wind härter entgegen und trocknete wenigstens ihren Schweiß.

Dieser Aufwind beruhigte Ben, denn er würde dem Flugzeug dabei helfen, sich in der Luft zu halten. Würde diese Strömung in die entgegengesetzte Richtung gehen, würden sie vermutlich wie ein Stein hinunterfallen.

Eine weitere halbe Stunde später hatten sie die Nase des Flugzeugs an der Kante positioniert. Ben wusste, dass alle genauso müde waren wie er. Es sollte für diesen Tag reichen.

»Also …« Emma schaute vom Abgrund zur Corsair und wieder zurück, dann wandte sie sich an Ben. »Wenn wir alle in dieser Todesfalle sitzen, wie genau starten wir dann eigentlich?«

Ben lächelte. »Deine positive Einstellung gefällt mir.« Er hielt einen Finger hoch: »Schau zu und lerne. Haben wir noch Seil übrig?«

»Klar, aber nur ungefähr fünfundzwanzig Meter«, sagte Emma und verschränkte die Arme, einen verwunderten Ausdruck in ihrem Gesicht. »Mehr haben wir nicht.«

»Mehr brauchen wir auch hoffentlich nicht«, sagte Ben. »Gut, als du ein Kind warst, hattest du da jemals eines von diesen Gleitflugzeugen mit Gummikatapult?«

Emma lächelte ansatzweise, schüttelte aber den Kopf: »Nein.«

»Hm, so eine traurige Kindheit …« Ben wandte sich dem Flugzeug zu und stellte fest, dass alle an seinen Lippen hingen. Er lief zum Heck der Maschine und kniete sich hin, um einen Blick unter die Maschine zu werfen.

»Gleitflugzeuge haben unten einen Haken, normalerweise vorn, wo man ein Kabel festmacht, damit ein Motorflugzeug sie in die Aufwinde ziehen kann. Ein Spielzeuggleiter hat ebenfalls so einen Haken, wo man einen Gummi festmachen kann.«

Ben formte ein V mit seinen Fingern und tat so, als würde er ein Katapult spannen.

»Wenn man dann loslässt, schießt das Flugzeug nach vorn.« Er wischte sich die Erde von den Händen. »Also, wir haben unseren Gleiter, wir haben das Seil, das als Katapult fungiert, nun brauchen wir nur noch eine entsprechende Zugkraft.« Er schaute sich um. »Da.« Ben deutete auf einen mittelgroßen Findling. »Wir schieben diesen Brocken an die Kante und binden das Seil daran. Das andere Ende kommt ans Heck der Corsair, aber das machen wir so lose fest, dass es sich dann von selbst löst.«

Ben trat wieder nach vorn und blickte über den Rand des Plateaus. »Der Stein fällt herunter, zieht am Seil, das zieht am Flugzeug und schwupp … sind wir in der Luft!«

Walt klatschte in die Hände und lachte laut. »Das gefällt mir – denn wenn das Seil am Heck dann abrutscht und der Stein in die Tiefe fällt, zieht er dabei noch die Nase hoch! Dieser irre Plan könnte wirklich funktionieren!«

»Und wenn das Seil nicht so abrutscht, wie du es dir vorstellst?«, fragte Emma, die wenig überzeugt aussah.

»Dann wird der Flug ziemlich beschissen«, gab Ben zu, »und endet deutlich früher.«

Er deutete auf den Felsen. »Der letzte Schritt für heute ist auf jeden Fall, den Steinbrocken dichter an den Bug des Flugzeugs zu bringen!«

Ben, Walt und Bellakov brauchten nur fünfzehn Minuten, um den Findling an den Abgrund zu wuchten. Dort schoben sie ihn langsam an die Kante heran. Schließlich legte Ben sich flach auf den Bauch und tastete sich bis ganz ans Ende der Klippe vor. Er blickte in die Tiefe, wobei ihm jede Menge Dreck ins Gesicht wehte. Es war bereits ziemlich dunkel, also schaltete er die Taschenlampe an. Nun sah er, dass sie sich auf einer Art hervorstehender Felslippe befanden. Die Felswand unter ihnen fiel steil ab und verschwand irgendwo in der Dunkelheit.

Es könnte funktionieren … es *musste* funktionieren, betete er.

Ben band das Seil an den Findling, dann robbte er zurück und legte eine Schlaufe um die Heckspitze der Maschine. Er probierte ein paar Mal, ob sich das Seil auch wieder ohne Probleme lösen ließ und war zufrieden. Dann stand er auf und wischte sich die Hände an der Hose ab. »Das reicht für heute.«

»Gute Arbeit«, sagte Walt. »Also lasst mich mal schauen, was ich uns zu essen besorgen kann!« Er überprüfte sein Gewehr.

Ben warf einen Blick auf den Jäger und schaute dann zurück auf den düsteren Dschungel. »Ich kann dich nicht allein gehen lassen, ich komme mit und gebe dir Rückendeckung.«

»Was?« Emma verkrampfte sich und schaute schnell von Ben zu dem finster dreinblickenden Janus Bellakov. Der bemerkte ihre Aufregung und kicherte. »Nein, Ben, bleib mal lieber hier bei deinen Freunden. Du bist ein guter Schütze, aber ich bin ein Jäger, genau wie Koenig. Zusammen haben wir es leichter und werden im Handumdrehen wieder zurück sein.«

»Gute Idee«, sagte Emma schnell.

»Absolut.« Jenny nickte hektisch.

Ben schaute Walt an, dessen Miene zu versteinern schien. Schließlich nickte er knapp.

»Alles klar«, sagte Ben.

Walt Koenig salutierte kurz vor ihm, dann wandten sich beide Männer dem Dschungel zu und begannen die breite Lichtung zu queren.

»Können wir es riskieren, ein Feuer zu machen?«

»Wahrscheinlich nicht«, sagte Jenny. »Andererseits sollten wir auch kein rohes Fleisch essen, da ich nicht weiß, was für Krankheiten und Parasiten diese Tiere haben könnten.« Sie verzog das Gesicht. »Außerdem sind wir im Freien.« Sie zuckte mit den Schultern. »Ich weiß es nicht.«

Ben wägte die Vor- und Nachteile ab. Sie brauchten ihre Kraft, vor allem für den Tag, der vor ihnen lag, also *mussten* sie etwas essen. Er wollte zwar mit dem Licht oder dem Geruch des Feuers keine Tiere anlocken, doch er wusste aus eigener Erfahrung, wie gefährlich ungekochte Nahrung sein konnte.

Außerdem wusste er: Sollte einer von ihnen krank werden, käme das einem Todesurteil gleich. Denn selbst wenn sie den Flug überleben würden, hätten sie noch eine mehrtägige Wanderung durch den Dschungel vor sich. Er traf eine Entscheidung.

»Wir machen ein Feuer, aber dann lassen wir es ausgehen und kochen das Essen in den glühenden Kohlen. Wenn wir das Essen damit bedecken, reduziert das auch die Gerüche auf ein Minimum – einverstanden?« Er hob die Augenbrauen.

Jenny nickte. »Klar, was soll schon passieren?« Sie lächelte, doch ihre Augen blieben kalt.

KAPITEL 33

»Meinst du, es wird funktionieren?«, flüsterte Walt Koenig über seine Schulter.

»Ich denke schon«, antwortete Bellakov. »Das Plateau wird der Corsair einen guten Aufwind bieten. Klar, wir werden ein ziemliches Tempo draufhaben, aber wenn die Landestelle nicht gerade aus einer Reihe dicker Baumstämme besteht, sollte man den Aufprall überleben können.«

Walt nickte, doch er hatte seine Zweifel. Sie waren inzwischen etwa einen halben Kilometer in den Dschungel vorgedrungen und er begann sich vorsichtiger zu bewegen. Schließlich ging er in die Hocke und bedeutete auch Bellakov mit einem Handzeichen, sich zu ducken. Der Dschungel war stockfinster und er verließ sich hauptsächlich auf sein peripheres Sichtfeld. Denn eine evolutionäre Besonderheit des menschlichen Auges war es, dass es Licht über Stäbchen und Zapfen wahrnimmt. Die Zapfen sind für das Sehen der Farben zuständig, während die Stäbchen nur zwischen hell und dunkel unterscheiden können. Dafür sind Letztere aber empfindlicher und kommen vor allem im Randbereich der Augen in großer Dichte vor.

Außerdem nutzte er sein Gehör und den Geruchssinn und achtete sogar auf Wechsel in der Luftdichte. Doch den größten Vorteil, den er als menschlicher Jäger hatte, stellte sein Gehirn dar.

Die beiden Männer hielten schweigend einige Sekunden inne. Sie hörten tröpfelndes Wasser, rochen das Chlorophyll der Pflanzen sowie die süßen Düfte von Nachtblüten. Auf den Blättern hörten sie das Rascheln tausender Beinpaare aller möglicher Insekten. Doch etwas weiter weg waren eindeutig Schritte zu hören.

Walt wusste, dass sie im Idealfall ein Tier von der Größe eines Truthahnes erlegen mussten oder zwei vom Gewicht fetter Hennen. Denn das war die Menge Fleisch, die sie für fünf Personen benötigen würden.

»Du verstehst dich ja inzwischen richtig gut mit Cartwright, was?«, unterbrach Bellakov schließlich die Stille.

Walt drehte seinen Kopf leicht in Bellakovs Richtung. »Er ist in Ordnung. Ich glaube, er weiß, was er tut.«

»Du darfst ihm aber nicht vertrauen«, antwortete Bellakov. »Vergiss nicht, auf wessen Seite du bist!«

Walt schnaubte verächtlich. »Es gibt keine Seiten mehr, du Schlaumeier! Barlow ist tot. Unser Ziel ist jetzt, am Leben zu bleiben, und so wie ich das sehe, haben wir eine bessere Chance, wenn wir mit Benjamin Cartwright zusammenarbeiten!«

»Stimmt, das ist wie bei Darwin: Die Stärksten überleben.«

Walt bemerkte, dass Bellakov ihm sehr nahe gekommen war, und wandte sich ihm zu. Die Klinge ging wie Butter in seinen Hals, direkt bei der Hauptschlagader, und kam auf der anderen Seite wieder heraus.

Sofort wurde ihm kalt, er konnte sich nicht mehr bewegen und stellte fest, dass er auf dem Boden lag. Bellakov riss das Messer heraus und ließ es ein paarmal herumwirbeln, um die dicke Schicht arteriellen Blutes von der Klinge zu bekommen.

»Ich schätze, du hast die falsche Seite gewählt, *du Schlaumeier.*« Bellakov bückte sich, um sein Messer an Walts Hemd abzuwischen. Dann richtete er sich auf, schaute sich um und steckte sein Messer wieder in die Scheide. Schließlich verschwand er im Dschungel.

Ich muss Ben warnen, dachte Walt Koenig, als die Kälte und die Schmerzen endlich nachließen. Doch dann wurde er schläfrig. *Ich glaube, erst mal ruhe ich mich ein wenig aus.* Er schloss die Augen.

Janus Bellakov kam aus dem Dschungel gerannt, mit weit aufgerissenen Augen winkte er wie besessen. Ben wirbelte herum und ließ sich auf ein Knie fallen, wobei er sein Gewehr anlegte und in Erwartung eines Verfolgers auf den Waldrand hinter Bellakov zielte.

Er drehte leicht den Kopf, die Augen weiter geradeaus gerichtet: »Emma, Jenny, versteckt euch hinter dem Flugzeug!«

Er wartete, bis Bellakov die Lichtung hinter sich gelassen hatte und das Flugzeug erreichte. Außer Atem ließ der Gehetzte seinen Rücken gegen den Rumpf fallen.

»Dieses gottverdammte Monster!« Er hechelte noch ein paarmal, bevor er sich an Ben wandte: »Es kam einfach so aus dem Dschungel und hat sich Walt gepackt!« Er schnappte nach Luft. »Ich konnte nichts mehr für ihn tun.«

»Oh Scheiße!« Ben spürte, wie sein Magen in die Kniekehlen sank. Er hatte diesen Mann inzwischen sehr zu schätzen gewusst und ihn sogar gemocht. »Hat es dich verfolgt?«

»Ja ... nein ... ich weiß es nicht!« Bellakov atmete immer noch schwer, die Augen geweitet.

Ben kontrollierte sein Gewehr. »Wir müssen hinterher, vielleicht lebt er noch!«

»Nein!« Bellakov schnellte nach vorn und packte Bens Hemd mit der ganzen Faust. »Er ist tot.« Sein Mund verzog sich zu einer grotesken Fratze. »Niemand hätte das überleben können, was ich gesehen habe – er wurde praktisch in zwei Hälften zerteilt!«

Ben senkte den Kopf.

»Er war auch mein Freund.« Bellakov drückte Bens Arm. »Aber wir müssen hierbleiben, uns an den Plan halten. Beim ersten Sonnenstrahl sind wir hier raus!« Bellakov starrte von einem Gesicht zum anderen. »Stimmt's?«

Emma starrte einfach nur zurück, die Brauen zusammengezogen.

»Was war es denn?«, fragte Jenny.

»Was war was?«, fragte Bellakov unwirsch.

»Was für eine Art Tier hat euch angegriffen? Zweibeiner, Vierbeiner, Schlange ... oder etwas ganz anderes?«, fragte sie.

»Ich ... ich weiß es nicht. Es kam so schnell aus der Dunkelheit, dass ich es gar nicht richtig sehen konnte.« Er legte sich beide Hände aufs Gesicht und rieb sich die Haut.

»Ist es dir denn gefolgt? War es nur eines?« Jennys Gesichtsausdruck wurde ernster.

»Ich weiß es nicht, verdammt noch mal!«, bellte er. »Lass mich in Ruhe!«

Ben beobachtete den Kerl aufmerksam. Er war eindeutig erregt, schien aber auszuweichen. Es war zweifellos etwas passiert, aber er konnte sich nicht vorstellen, dass Bellakov einfach so in Panik geraten und abhauen würde.

»Gut, dann können wir jetzt nichts mehr tun«, sagte Ben bestimmt. »Wir bleiben hier, verhalten uns ruhig und sind auf der Hut. Es wird eine lange Nacht werden, aber sobald die Sonne aufgeht, hauen wir ab.«

Sie stimmten alle zu, was hätten sie auch sonst tun sollen? Für eine weitere Stunde behielten sie den Dschungel im Auge, doch abgesehen vom Hintergrundrauschen von Millionen Insekten und dem Rascheln und Grunzen einiger nachtaktiver Tiere tat sich nichts weiter.

Schließlich setzte Ben sich hin, den Rücken an die Corsair gelehnt. Das trockene Metall des Flugzeugrumpfes war kühl im Vergleich zur schwülen Nachtluft. Das Feuer, das sie entfacht hatten, war längst erstickt, denn sie hatten ja nichts zum Kochen. Also saßen sie einfach nur schweigend da, jeder von ihnen seinen eigenen Gedanken nachhängend, hungrig und erschöpft. *Aber immerhin noch am Leben*, dachte Ben.

Emma saß neben ihm und zog ihre Feldflasche hervor. Sie schüttelte sie und nahm dann einen Schluck daraus, bevor sie Ben anstupste und ihm die Flasche hinhielt.

Er schaute von der Flasche zu ihr. »Hast du da nicht reingesabbert?«

Sie schnaubte. »Mehr als einmal!«

Er nahm ihr die Flasche ab. »Solange es nur *dein* Sabber ist, macht es ja nichts.« Er setzte sie an die Lippen, ließ aber nur etwas Wasser darauf laufen, da er wusste, dass sie die Flüssigkeit deutlich dringender brauchte als er. Im Dschungel gab es zwar jede Menge Wasser, doch da kamen sie jetzt nicht heran.

Er spürte, dass Emma sich enger an ihn drückte. »Was glaubst du, wie groß unsere Chance ist, lebend nach Hause zu kommen?«

Ein Prozent, ein Promille vielleicht, dachte er. »Gut, sehr gut, so lange uns unser Glück nicht verlässt.«

»Okay.« Sie seufzte. »Du weißt hoffentlich, dass du schon zu Schulzeiten ein ganz schlechter Lügner warst.«

»Ach so, du wolltest die Wahrheit hören, warum hast du das nicht gleich gesagt!«

Sie boxte ihm in die Rippen. »Einmal die ungeschönte Wahrheit, bitte!«

Er senkte die Stimme und lehnte sich näher an sie heran. »Keine Frage, es wird haarig. Falls die Maschine nicht sofort auseinanderfällt, sobald wir über die Klippe sind, muss sie auch noch einen Segelflug hinbekommen. Und das ist ziemlich viel verlangt von einer Antiquität, die nie dafür entworfen wurde. Dann müssen wir hoffen, dass die Nase oben bleibt und wir nicht so schnell werden, dass wir an irgendwelchen Steinen oder Bäumen zerschellen – du darfst nicht vergessen, wir haben nur begrenzte Möglichkeiten, zu steuern. Und um die Sichtweite mache ich mir auch Sorgen.«

Emma atmete schwer aus. »Ja, ich hoffe, diese Wolken verziehen sich. So ein Wetter habe ich noch nie gesehen.«

»Ich auch nicht, das ist definitiv nicht normal.« Ben verzog das Gesicht. »Und es wird immer schlimmer. Deswegen muss ich ständig an Benjamins Notizbuch denken und an die Inschrift in der Höhle – er hat gesagt, dieses Plateau ist nur für kurze Zeit zu sehen und dann … aber das kann nicht sein. Ich verstehe es nicht, aber offenbar dachte er, er muss fliehen, bevor irgendetwas passiert, das eine Flucht dann für immer unmöglich macht.«

»Und dann ist da noch dieser Komet. Es ist wie ein Puzzle mit einer Million Teilen«, stimmte Emma ihm zu. »Die Interferenz, wegen der die Funkgeräte ausgefallen sind und dazu diese dichte Wolkendecke … heißt das, dass dieses Plateau *jetzt* unsichtbar ist, oder ist es später schwerer zu finden?« Sie grunzte. »Bewegt es sich, versinkt es, verschwindet es?«

Sie seufzte und saß eine Weile einfach nur schweigend da, bevor sie ihm noch einmal in die Seite boxte. »Sag mir bitte, dass du mich hier rausbringst.«

Er boxte zurück. »Wir können es schaffen.«

Selbst in der Dunkelheit sah er ihr Lächeln und ihr Nicken. »Sehr gut, das ist die richtige Einstellung«, bekräftigte er.

»Ich war schon immer optimistisch.« Sie lehnte sich an ihn. »Ich wusste auch immer, dass du eines Tages zurückkommen würdest, und damit hatte ich ja wohl recht.«

»Versuch' ein bisschen zu schlafen«, sagte er.

»Na klar.« Sie schaute zu ihm auf. »Ich habe aber noch eine Frage.«

»Und zwar?«

»Wie viele Fallschirme haben wir eigentlich?« Sie lachte leise und ihre Tapferkeit ließ einen Kloß in seinem Hals entstehen.

»Nur einen – für den Piloten.« Er lehnte sich weiter in ihre Richtung und sie kam ihm entgegen. Sie küssten sich und Ben spürte Lippen, die komplett ausgetrocknet waren. Doch selbst nach all dieser Zeit im Dschungel verströmten ihre Haare noch einen minimalen Hauch von Apfelshampoo.

»Wenn wir zuhause sind«, flüsterte er, »lade ich dich zum größten und teuersten Essen ein, das du in deinem ganzen Leben gesehen hast.«

Sie legte ihren Kopf an seine Schulter. »Klar, auf jeden Fall. Versprich einer Frau ruhig alles Mögliche, wenn sie auf einem verschollenen Plateau gefangen ist und jeden Moment von Monstern gefressen werden könnte.«

Ben legte seinen Arm um ihre Schultern. »Mach dir keine Sorgen.« Er legte den Kopf zurück und schaute zu den wogenden Wolken auf, die inzwischen rotierten wie dreckiger Bierschaum bei der Kesselreinigung. Irgendwo dort oben blitzte es. »Wir schaffen das.«

»Dann lasst uns einsteigen.« Ben drehte sich um und sah sie an. »Hat jeder seine Bordkarte?«

»Jawoll, Erste Klasse!« Emma lächelte schwach und legte ihre Hand auf seine Schulter. Ben schaute noch einmal nach oben und sah, dass die dichten Wolken eine kleine Spur von Tageslicht durchließen. Die Zeit war beinahe gekommen. Er ging in Gedanken noch ein letztes Mal den Plan durch, doch dann zuckte er zusammen.

»Was zur Hölle …?«

Es waren Vibrationen, die ihn in Alarmbereitschaft versetzten. Er schob Emma vorsichtig beiseite und richtete sich auf, um über das Heck der Corsair zu schauen. Es war immer noch ziemlich dunkel.

Bellakov schlich an seine Seite, er behielt eine gebückte Haltung bei und spähte gerade so über den Rumpf der Maschine. Einige Sekunden später war auch Jenny und Emma klar, dass sich etwas zusammenbraute.

»Ich sehe sie«, sagte Bellakov.

»Die Größe … unglaublich«, flüsterte Ben.

Die Tiere waren beinahe drei Meter hoch und hatten vier Beine, die in elefantenähnlichen Klumpfüßen endeten, nur dass sie Krallen hatten. Schuppen trugen sie keine, stattdessen hatten sie eine sehr unregelmäßige, dicke Haut mit braunen und schwarzen Flecken. Die Köpfe der Kreaturen sahen knorrig aus, maßen etwa einen halben Meter und saßen auf langen, dicken Hälsen.

»Pflanzenfresser – eine ganze Herde«, sagte Jenny atemlos. »Vielleicht sind sie von der Gattung *Unescoceratops* oder sogar *Aquilops* – seht ihr die flachen, schnabelartigen Schnauzen? Die sind viel größer, als ich gedacht hätte!«

»Tja, ich schätze, alles sieht größer aus als ein versteinertes Skelett, wenn es mit Fleisch überzogen ist«, meinte Bellakov.

»Wenn die hier so sorglos herumtrampeln, heißt das auf jeden Fall, dass keine Jäger in der Nähe sind – also macht es euch ruhig gemütlich, ihr kleinen Dickmopse«, sagte Emma.

Einige der Tiere kamen näher und machten sich über Büschel schilfartiger Gräser her, die in großen Abständen auf der Lichtung verteilt waren. Die Herde hatte Ben zunächst an Rinder erinnert, doch jetzt, wo er sie besser sehen konnte, verschwand dieser Eindruck. Während die Augen einer Kuh Wärme und Gutmütigkeit ausstrahlten, hatten diese schwarzen Knopfaugen die seelenlose Kälte von Reptilien.

Die Tiere setzten ihre Suche nach den offenbar schmackhaften Grasbüscheln fort und Ben bemerkte, dass sie die Corsair direkt neben einigen dieser Pflanzen abgestellt hatten.

»Wenn diese Viecher noch näherkommen, schubsen sie vielleicht das Flugzeug um«, flüsterte er.

»Auf gar keinen Fall!« Bellakov hob sein Gewehr.

»Mach das nicht!«, warnte Jenny. »Sonst bricht eine Stampede aus, das sind nichts anderes als riesige Rinder!«

»Ich werde ihnen einfach nur einen kleinen Schrecken einjagen!«

Ben streckte den Arm aus und drückte Bellakovs Gewehrlauf herunter. »Wir wollen doch nicht das Interesse von irgendwelchen noch größeren Monstern auf uns ziehen!«

»Sollten wir vielleicht schon mal einsteigen?«, fragte Emma. »Dann sind wir bereit, wenn sie die Maschine über die Klippe schieben.«

»Na toll! Und was passiert, wenn sie nur das Flugzeug schieben, nicht aber den Stein? Dann klatschen wir gegen die Felswand und hängen da herunter wie Würmer an einem Angelhaken!«, schimpfte Bellakov und deutete mit dem Daumen auf seine Brust. »Ich bin dafür, einem von den Viechern einen Schuss in die Seite zu verpassen. Bei der Größe tut denen das nicht mehr weh als ein Bienenstich.«

Ben wandte sich Jenny zu. »Rinder, ja?«

Jenny zuckte mit den Schultern. »Klar – groß, tollpatschig und harmlos.«

Ben warf einen Blick in den Himmel und stellte fest, dass sich die Wolken inzwischen so stark aufgehellt hatten, dass sie starten konnten. »Na dann lasst uns diese Viecher vertreiben, und zwar wie im Wilden Westen!« Er sprang auf, nahm das Gewehr von seiner Schulter und reichte es Emma. »Sobald ich sie in Bewegung gesetzt habe, starten wir. Steigt alle schon mal ein und macht euch bereit. Das sollte nicht mehr als ein paar Minuten dauern!«

»Sei vorsichtig.« Emma wollte ihm folgen, doch Jenny hielt sie zurück.

Ben breitete seine Arme aus und rannte auf das nächstbeste Tier zu. »Yippie-Yeah!«, rief er und winkte dabei mit ausladenden Armbewegungen.

Doch die Herde ignorierte ihn und kam noch näher an das Flugzeug heran, sie waren nun schon dichter, als es Ben lieb war. Also schrie er weiter, diesmal noch etwas lauter, und tatsächlich drehten sich nun einige der großen Köpfe nach ihm um.

Das Tier, das ihm am nächsten war, hörte sogar für ein paar Sekunden auf zu kauen und starrte ihn an. Dann entschied es jedoch offenbar, dass er uninteressant war, und wandte sich wieder den Gräsern zu, woraufhin es sogar noch einen weiteren Schritt in Richtung der Corsair machte.

»Nein, nein, nicht da entlang, Berta!« Ben ruderte noch ausdrucksvoller mit den Armen und schrie lauter als zuvor. »Yippie-Yeah-Yeah!«

Er war nun schon so nah dran, dass er die Gerüche der Herde wahrnehmen konnte – es war eine Mischung aus Methangasen, süßlichem Kaffeeduft sowie einer deutlichen Dosis nasser Hund. Ben hatte immer noch die Arme ausgebreitet und fragte sich, was er nun noch versuchen konnte, als plötzlich der Kopf des Tieres nach oben schnellte. Sein Maul blieb offen stehen, das Gras hing lose herab und das Wesen wirkte wie eingefroren. Es starrte direkt nach vorn, doch nicht auf Ben, sondern an ihm vorbei.

Bens Augenbrauen zogen sich zusammen und er ließ die Arme sinken. Das Vieh wirkte dermaßen bewegungslos, als hätte ihm jemand den Strom abgestellt. Er warf einen kurzen Seitenblick auf die Corsair. Drei Leute saßen im Cockpit und warteten auf ihn. Er wusste genau, dass ihre Blicke auf ihn gerichtet waren. Er schaute zurück zur Herde und stellte fest, dass die Tiere nun alle völlig regungslos dastanden.

Ben schluckte trocken und seine Nackenhaare begannen sich aufzustellen – er wusste genau, dass etwas nicht stimmte.

»Was ist denn los, Mädel?«, fragte Ben in Richtung des massiven Tieres und ließ seinen Blick dann zur grünen Wand des Urwaldes wandern. Er wusste, dass die dicken Baumstämme, tropfnassen Farne und verzweigten Schlingpflanzen tausende von Augen versteckten. Und von denen waren manche gefährlicher als andere.

»Du kannst etwas sehen, oder?« Er fing an, langsam zurückzugehen. »Etwas, das ich nicht sehen kann.«

Eine der größeren Kreaturen schnaubte und ihr Kopf schwang in Richtung Dschungel. Ben konnte hören, wie das Tier schnupperte. Dann brach plötzlich der Zauber: Es quietschte und fing an zu rennen, woraufhin die gesamte Herde in einen Galopp verfiel und Ben den Boden unter seinen Füßen wackeln spürte.

Als Nächstes gefror ihm das Blut in den Adern.

Eine monströse Schlange schoss aus dem Dschungel, als wäre sie ein Fluss aus grünen und braunen Schuppen. Bens Pupillen weiteten sich, als eine Schockwelle durch seinen Körper lief.

Plötzlich verhielt er sich wie jedes Kleintier, das einem riesigen Jäger gegenüberstand: Er gefror zur Salzsäule.

Emma spürte den Geschmack von Galle in ihrem Rachen, denn ihr leerer Magen wurde von einem heftigen Würgereiz geschüttelt.

Das kann nicht wahr sein, schrie ihr Gehirn. Wie konnte sich etwas so Riesiges so schnell und so leise bewegen? Die gigantische Schlange schoss voran, ein kraftvolles Gebilde, das nur aus geschmeidigen Muskeln zu bestehen schien. Ihr diamantförmiger Kopf deutete wie eine Pfeilspitze in die Richtung der fliehenden Opfer.

Ben stand wie angewurzelt da, während die Herde in blinde Panik verfallen war und mit immer größerem Tempo davongaloppierte. Sie begannen sich aufzuteilen – ihr Ziel war offensichtlich ganz pragmatisch, so viel Abstand zwischen sich und die Schlange zu bringen, wie möglich. Manche von ihnen rannten auf den Dschungel zu, einige blieben auf dem schmalen Streifen der Lichtung und andere rannten direkt am Abgrund entlang. Zum Entsetzen aller war es genau diese Gruppe, auf welche die Schlange es abgesehen zu haben schien.

Emma fühlte sich wie hypnotisiert und schaute mit offenem Mund zu, wie die Tiere immer schneller auf das zuliefen, was sie als sicheren Ort wähnten. Sie wurden nicht langsamer und hielten auch nicht an, als sie den Abgrund erreichten. Zu Bens großem Unglück bedeutete das, dass sie ihn umrennen würden und die Schlange dabei direkt zu ihm führten.

»Lauf!«, schrie Emma so laut, dass sie spürte, wie die Adern auf ihrer Stirn hervortraten.

Ben drehte sich endlich um und sprintete los, wobei er es gerade noch schaffte, einem der Tiere auszuweichen. Jenny fing ebenfalls an zu brüllen und endlich schwang Janus Bellakov den Lauf seines Gewehres aus dem Cockpit und begann zu feuern.

Emma schrie einfach weiter, sie war sich auch nicht sicher, ob Bellakov irgendetwas traf, zumindest schien es keinen Unterschied zu machen.

Die Schlange raste weiter voran, dann hielt sie einen Augenblick inne, als würde sie sich für ihren ersten Snack entscheiden, und schoss wieder nach vorn. Die stämmigen Pflanzenfresser kamen unterdessen am Rand der Klippe an und Emma war nicht sicher, ob ihnen nun klarwurde, dass sie einen Fehler gemacht hatten. Vielleicht war es ihnen auch egal oder sie wollten sich lieber in den Tod stürzen, statt erwürgt und gefressen zu werden.

Unter Schreien segelten die massigen Körper in die Tiefe. Die Schlange kam nur einen Sekundenbruchteil zu spät und ihr Maul schnappte ins Leere.

»Oh mein Gott!«, schrie Jenny.

Sie sahen das Tier nun zum ersten Mal in seiner vollen Länge, es maß bestimmt 25 Meter und hatte den Durchmesser eines Kleinwagens.

»Ben!« Emma winkte ihn zu sich heran und er sprintete weiter auf das Flugzeug zu.

»Nicht rennen!«, flüsterte Jenny plötzlich.

»Was?« Emma schaute von ihr zu Ben. Und dann verstand sie es: Die Schlange war um ihre Mahlzeit gebracht worden und nun stellte das kleine, rennende Wesen auf der Lichtung einen Ersatz dar.

Ben warf einen Blick über die Schulter, sah, wie nah die Kreatur ihm bereits war, und warf sich nach vorn, um noch weiter zu beschleunigen.

»Stooooop!«

Und was dann?, fragte sie sich. Blöde Idee.

»Renn!« Sie wusste, er hatte jetzt keine Wahl mehr.

Bellakov schoss weiter und ihr war nur zum Teil bewusst, dass er die Schlange gar nicht traf, bis sie spürte, dass das Flugzeug einen Ruck machte.

Die Erkenntnis traf sie wie ein Vorschlaghammer: *Der Bastard schoss gar nicht auf das Monster, sondern auf den Findling! Er wollte ohne Ben starten!*

»Du Wichser!«, schrie Ben, als er sah, was der Söldner vorhatte.

Es sah aus, als würde er versuchen, das letzte Quäntchen Tempo aus seinen Muskeln zu pressen, doch seine Kräfte waren bereits am Ende und er fühlte sich, als würde er Bleigewichte mit sich herumtragen.

»Hör auf!«, schrie Emma und packte Bellakov am Kragen. Sie sah, dass Ben noch viel zu weit weg war und es niemals schaffen würde. Doch Bellakov ignorierte sie und schoss weiter auf den Felsen. Zu Emmas Entsetzen spürte sie dann, wie das Flugzeug begann, über den Rand der Klippe zu rutschen.

»Nein, nein, nein!«

Genau wie Ben es geplant hatte, wurde die Maschine von dem Felsbrocken vorangezogen. Bellakov versuchte, die uralte Cockpitkanzel zuzuziehen, doch sie blieb irgendwo hängen.

Emma spürte eine unglaubliche Angst und begann, Bellakov zu schütteln, während Jenny ihm ins Ohr brüllte. Dann begann Emma, auf den Mann einzuschlagen, doch er bückte sich nur und packte den Steuerknüppel. Sie rastete regelrecht aus und zog ihn an den Haaren, wobei sie ganze Büschel ausriss und ihre Fingernägel in sein Gesicht grub. Dann zog sie ihre Pistole, doch genau in diesem Moment rammte ihr Bellakov einen Ellbogen ins Gesicht, sodass sie für einen Augenblick Sterne sah. Als sie wieder zu Sinnen kam, war die Pistole verschwunden.

Sie hörte Bens Stimme wieder und sah, dass er direkt am Rande des Abgrunds war, doch die Schlange hatte ihm praktisch den Weg abgeschnitten. Ben schaute sie für einen Sekundenbruchteil an, dann stürzte er sich über die Kante und war verschwunden.

»Neiiin!!!« Emma stand im Cockpit auf.

»Er ist einfach gesprungen!« Jennys Mund stand offen, als sie sich Emma zuwandte und ihr vor Schreck fast die Augen herausfielen: »Aaah!«

Emma wirbelte herum und folgte ihrem Blick: Die Aufmerksamkeit der Schlange war nun auf die einzige Sache umgesprungen, die sich auf der Lichtung noch bewegte, und das waren sie.

»Komm schon, du Scheißding!«, hörten sie Bellakov brüllen. Er machte ruckartige Bewegungen in seinem Sitz, um der Maschine den letzten Schwung zu geben, den sie brauchte, um über die Klippe zu segeln.

»Raus hier!« Emma spürte, wie schreckliche Angst sie durchströmte, als die gigantische Schlange auf sie zuraste. »Raus!«, zischte sie noch einmal, packte Jennys Arm und zog daran. Aber Bellakov ließ einen Arm nach vorn schnellen und hielt sie fest.

»Setzt euch verdammt noch mal hin!«, brüllte er.

Jenny schaute zu Emma auf, ihre Augen feucht. Mit ihren Lippen formte sie das Wort: »Geh!«

Die Zeit war abgelaufen. Die Schlange war nur noch ein paar Dutzend Meter entfernt und würde sie innerhalb von Sekunden erreicht haben. Das Flugzeug begann zu kippen.

Jenny kämpfte mit Bellakov, die Corsair überschritt die Schwelle zum Abgrund und die Schlange war fast da. Emma schaute, wohin Ben verschwunden war. Sie traf eine Entscheidung und sprang aus der Maschine, die in diesem Moment nach vorn kippte.

◊

In letzter Sekunde hatte Ben den schmalen Vorsprung gesehen, der etwa anderthalb Meter unterhalb der Kante lag. Vielleicht würde dieser sein Gewicht aushalten, vielleicht auch nicht – er hatte sowieso keine Wahl und sprang hinunter. Der brüchige Fels hielt.

Nach einigen Augenblicken hörte er die Schreie der Frauen. *Bitte lass ihnen nichts geschehen*, das war sein einziger Gedanke, als er hinauf zur Kante blickte.

Die Schlange erreichte nun die rutschende Corsair und er sah eine Gestalt, die seitlich hinaussprang, sich auf dem Boden abrollte und dann auf dem Bauch landete – es war Emma!

Ben hob seine Hand, um sie heranzuwinken, als die Maschine den Rand des Plateaus erreichte. Emma robbte auf ihn zu und er half ihr über die Kante, während der gigantische Kopf der Schlange nach vorn schoss und sich das Heck des Flugzeugs schnappte.

»Jenny!« Emma sackte in sich zusammen. »Oh Gott!«

Der Schrei der jungen Zoologin klang wie eine Sirene, darüber hallten scheppernde Schüsse. Obwohl die Schlange nichts anderes war als ein fünfundzwanzig Meter langes Rohr aus reiner Muskelmasse, konnte sie das Gewicht der Corsair nicht halten und ihr Körper begann, auf den Abgrund zuzurutschen. Der Überlebenssinn des Tieres machte sich bemerkbar, es öffnete sein Maul und ließ seine Beute los.

Ben konnte seine Augen nicht von dem Geschehen losreißen. Die Corsair hing steil nach unten, das Seil mit dem Findling hatte sich bereits gelöst, doch durch das Eingreifen der Schlange kam keinerlei Auftrieb zustande. Die Maschine hatte keine Chance, in einen Gleitflug zu kommen und fiel hinunter wie ein Stein. Während er zusah, kletterte eine Gestalt aus dem Cockpit und versuchte, an die Klippenwand zu springen. Doch im freien Fall hatte die Person, die Ben nicht erkennen konnte, keine Chance. Ihr Körper verschwand zusammen mit der Corsair im weißen Nichts der Wolken.

»Jenny!«, schrie Emma und Ben musste eine Hand über ihren Mund legen. Die monströse Schlange verfolgte den Fall noch einen Moment mit ihrem Blick, dann schnellte ihre armdicke Zunge hervor, um die Luft zu schmecken und nach interessanten Spuren zu suchen. Schließlich begann ihr riesiger Kopf, sich umzuschauen, und Ben ging in die Knie, wobei er Emma mit herunterzog. Er erinnerte sich daran, was Walt Koenig ihm gesagt hatte: *Große Schlangen können deine Körperwärme sehen.*

Selbst wenn es nur der winzige Kopf eines Menschen war, der über die Kante eines Kliffs spähte, hätte das ihr Interesse wecken können.

Emma bedeckte ihr Gesicht mit den Händen und begann zu schluchzen. »Du lebst noch!«, flüsterte sie und drückte ihn an sich. Er tat sein bestes, ihre beiden Körper so flach wie möglich gegen die Felswand zu pressen, während seine freie Hand sein Jagdmesser umklammerte, das ihm unter diesen Umständen lächerlich klein vorkam. Er starrte nach oben auf die Kante und wartete atemlos ab.

Minuten vergingen.

Ben war sich nicht sicher, wie lange sie schon gewartet hatten, doch dann nagte die Neugier an ihm. Er bediente sich all seiner Sinne, um Eindrücke zu sammeln – er horchte, schnüffelte und spürte sogar nach Vibrationen im Felsen. Doch er konnte absolut nichts bemerken. Gleichzeitig nahm der Wind an Intensität zu, bis er schließlich mit einem regelrechten Heulen über die Klippe fegte.

Schließlich hielt er es nicht mehr aus und begann sich aufzurichten. Emma zerrte an ihm und starrte ihn mit weit aufgerissenen Augen an. »Nicht!«

»Wir können nicht ewig hierbleiben.« Er nahm ihre Hand und drückte sie für einen kurzen Moment, bevor er sich weiter aufrichtete.

Als er die Felskante erreichte, schaute er sich vorsichtig um, wobei er sogar den Kopf schräg legte, sodass er gerade einmal mit einem Auge die Lichtung einsehen konnte. Kein Zeichen von der Schlange – *nichts*.

Der karge Boden vor der grünen Wand des Dschungels war leer. Ben starrte in den dunklen Schleier aus dicken Baumstämmen, Farnen und Schlingpflanzen. Seine Nackenhaare kitzelten, als sein Verstand ihm sagte, dass da nichts war – und was seine Augen bestätigten. Doch seine Instinkte schrien ihn an, dass höchste Vorsicht geboten war.

»Ist sie noch da?«, flüsterte Emma.

»Ich kann sie nicht sehen.« Er streckte ihr seine Hand entgegen und zog sie hoch. »Vier Augen sehen mehr als zwei!«

Sie atmete tief durch und stützte sich auf ihn, um über die Kante blicken zu können.

»Jenny«, sagte sie kraftlos.

»Sie hat es nicht geschafft«, antwortete Ben. Er erinnerte sich, dass er nur eine Person gesehen hatte, die in den nebligen Tiefen verschwunden war.

»Dann sind jetzt nur noch wir zwei übrig«, sagte sie leise.

»Ich weiß.«

»Und wir sitzen hier fest!« Emma ließ sich wieder auf den Felsvorsprung plumpsen und zog ihre Knie bis zum Kinn.

»Wenn es einen Weg nach unten gibt, werden wir ihn finden!« Ben setzte sich zu ihr. »Wir können hier nicht bleiben.«

»Warum nicht? Ich fühle mich hier sicher.«

Sie schaute zu ihm auf, die Augen feucht. »Wo sollen wir überhaupt hin?«

Ben seufzte und starrte hinab in den rotierenden Dunst. Die Sonne stieg langsam auf und würde hoffentlich diese nebligen Schleier lüften, die über ihnen lagen. Vielleicht würde sich sogar die allgegenwärtige Wolke heben und den Blick auf den Dschungelboden freigeben, der etwa dreihundert Meter unter ihnen liegen musste. Er wusste, dass Emma es dann nicht mehr so gemütlich an der Klippe finden würde, denn dann würde ein Schwindelgefühl einsetzen.

Im Grunde hatte sie aber genau die richtige Frage gestellt: Wo sollten sie hingehen? Und wenn sie nicht mehr herunterkamen, was dann? Benjamin hatte gesagt, dass sie nicht mehr entkommen können würden – bedeutete das, sie mussten sich auf ein Leben hier oben einrichten?

Er erinnerte sich an seine militärische Ausbildung und die Lehre, das Aufgeben den sicheren Tod bedeutete. Und das war etwas, das er nie zulassen würde. Er kniete sich neben Emma.

»Wir gehen dahin zurück, wo wir hochgekommen sind. Schließlich haben wir diese Gegend nicht genauer untersucht – vielleicht gibt es ja noch einen anderen Weg in die Röhre, die wir hinaufgeklettert sind – oder eine andere von diesen Röhren.« Er legte eine Hand auf ihre Schulter. »Wir haben ja sowieso nichts anderes vor.«

Sein Magen knurrte und ihm wurde klar, dass er schon so lange nichts gegessen hatte, dass er sich kaum noch daran erinnerte. Allerdings konnten sie Wochen ohne Essen überleben, aber nur ein paar Tage, ohne etwas zu trinken. Doch für ihren Energiehaushalt und ihre Stimmung brauchten sie beides. Und sie durften auf keinen Fall so lange stillsitzen, bis auch noch Müdigkeit einsetzte.

»Komm schon, wir suchen uns etwas zu essen.«

»Jenny hat gesagt, hier könnte alles giftig sein«, murmelte sie.

»Wir müssen ab jetzt aber einige Risiken eingehen und zur Not Dinge roh essen. Vielleicht sogar *lebendige* Dinge!« Er starrte sie an. »Wir sind in der Hölle gelandet.«

»Aber immerhin sind wir zusammen«, versuchte er es noch mit einem Lächeln.

Sie gab ein leises Krächzen von sich. »Immerhin.« Sie schaute zu ihm auf. »Warst du eigentlich schon immer so ein Optimist?«

Er dachte einen Moment über die Frage nach.

»Weißt du, ich war auf zwei Einsätzen in Afghanistan, einem in Syrien und hatte ein paar Gefechte im Irak. Ich habe mit einem Gewehr gekämpft, mit einem Messer und sogar mit bloßen Händen. Und ich war in einigen echt dreckigen Löchern.« Er rang sich ein schwaches Lächeln ab. »Jedes Mal wusste ich, dass ich sterben könnte, aber ich bin davon ausgegangen, dass das nicht passieren würde. Nenn es Lebenswillen, den Glauben an einen höheren Zweck, Glück oder Optimismus … ich habe einfach nie aufgegeben, und das werde ich auch jetzt nicht tun. Und ich werde auch dich nicht im Stich lassen.« Ben streckte ihr seine Hand entgegen. »Manchmal muss man kämpfen, um zu gewinnen.«

Sie lächelte, als sie seine Hand ergriff. »Okay, dann bin ich dabei.«

Zusammen spähten sie ein weiteres Mal über die Kante. Es war inzwischen zehn Uhr morgens und Staubwolken peitschten über die Lichtung. Sonst war aber nichts zu sehen.

»Ist es sicher?«, fragte Emma. »Ich kann keine Bewegung sehen.«

»Mir wäre es fast lieber, da wäre *irgendwas*«, sagte Ben. »Irgendein kleines Vieh, das Gras frisst, ohne irgendeine Sorge zu haben.«

»Ich weiß genau, was du meinst«, stimmte sie zu.

»Tja.« Er überlegte. »Dumme Frage: Als ich dich gebeten habe, dich um mein Gewehr zu kümmern, hast du es da in der Corsair verstaut?«

Sie stöhnte. »Ja.«

»Okay, dachte ich mir.« Er zuckte mit den Schultern. »Macht nichts, wir haben ja immer noch unsere Pistolen, die sollten immerhin reichen, um kleinere Angreifer abzuwehren.«

»Nun ja …«, setzte sie an.

Ben wandte sich ihr langsam zu, die Augenbrauen hochgezogen.

»Ich habe meine fallenlassen. Als die Schlange auf dich zukam, habe ich sie gezogen, aber dann ging alles ganz schnell und ich habe sie verloren.« Sie bleckte nervös die Zähne.

»Also auch in dem Flugzeug?«, hakte er nach.

Sie nickte. »Tut mir leid.«

»Ist egal. Du hast es lebendig da raus geschafft, das ist alles, was zählt. Ich gebe dir mein Wort, dass ich nicht ruhen werde, bis sich dich nach Hause gebracht habe, okay?«

»Und ich werde nicht ruhen, bis wir wieder im *Ricky's Ribs* sitzen und ein kaltes Bier trinken.« Emma atmete tief durch und nickte dann. »Wir schaffen das.«

»Auf jeden Fall!« Ben schaute wieder über die Kante, an den Rand der Lichtung, von dem sie sie zum ersten Mal betreten hatten. »Siehst du den Haufen Felsbrocken da drüben?«

Sie folgte seinem Blick. »Ja.«

»Das ist unser Ziel – wir sollten uns schnell bewegen, aber möglichst gebückt laufen – bist du bereit?«

»Sobald du das Startsignal gibst.« Sie legte ihre Hände auf die brüchige Kante.

»Dann los!« Ben schwang sich nach oben. Die Pistole hatte er lose in der rechten Hand, den Kopf hielt er so tief wie möglich. Er drehte sich in Richtung Emma, doch sie brauchte keine Hilfe – sie sprang ohne Probleme auf die Lichtung und lief sofort los. Ben versuchte sich zwischen ihr und dem Dschungel zu halten, während sie auf den Geröllhaufen zurannten. Er konnte es nicht lassen, immer wieder die grüne Wand zu mustern, weil seine Fantasie Bilder von riesigen, diamantförmigen Köpfen und juwelenartigen Augen heraufbeschwor.

Nach einigen Sekunden hatten sie die Felsen erreicht und lehnten ihre Rücken dagegen. Ben atmete schwer, die schwüle Luft fühlte sich wie Gelee in seiner Kehle an. Immer wieder musste er Dreck ausspucken, den der kräftige Wind in sein Gesicht blies.

Emma lehnte sich zurück und rieb sich die Augen, dann blinzelte sie ein paarmal. »Sorry, mir ist ein bisschen schwindelig.«

»Geht mir nicht anders. Wir haben unsere kompletten Energiereserven verbraucht, wir müssen etwas zu essen und brauchen Wasser – das Essen bald, das Wasser sofort!« Er spähte über die Felsen und pickte die nächste Deckung heraus. »Wir haben nach der Explosion eine Menge Sachen zurückgelassen – vieles davon ist sicher kaputt, aber wir nehmen, was wir kriegen können. Vielleicht sind sogar ein paar Waffen dabei.«

Sie schnaubte. »Wenn wir noch etwas mutiger träumen, können wir sogar hoffen, einen Weg nach unten zu finden, stimmt's? Also nichts wie los!«

Er küsste sie, nahm ihre Hand, visierte die nächste Deckungsmöglichkeit an und rannte los. Und dann zur nächsten und wieder zur nächsten. Die Reise dauerte über eine Stunde, und bis auf wenige Ausnahmen – wenn der Dschungel zu dicht an den Rand der Klippe herankam oder der Untergrund zu brüchig aussah – blieben sie auf der kargen Lichtung am Waldrand.

Auf ihrem Weg kamen sie an diversen Tieren vorbei, überwiegend schweinegroßen Pflanzenfressern, die gewundene Hälse und leere Augen hatten. Auch einige kleinere Fleischfresser gab es, die ihnen mit der Gerissenheit eines Fuchses hinterherschauten und ihnen sogar eine Weile folgten. Doch nachdem Ben ein paar Steine nach den Verfolgern geworfen hatte, waren sie ebenso schnell wieder verschwunden.

Endlich, als sie einen besonders dicken Baumstamm von etwa sieben Metern Durchmesser passiert hatten, sahen sie die ersten Spuren der Granatenexplosion.

»Ist das wirklich erst zwei Tage her?«, flüsterte Emma.

»Ich weiß, es kommt einem vor wie ein halbes Leben.« Ben konnte die Stelle sehen, wo er damals gestanden hatte, als er als Erster aus der Höhle gekommen war. Er erinnerte sich, wie beeindruckt und fasziniert er von dem Anblick des riesigen Dschungels gewesen war.

»Wir haben es ganz schön unterschätzt, oder?« Emma schaute zu ihm auf.

»Ja, das haben wir.« Sein Blick schweifte über die verteilten Trümmer. »In meiner militärischen Ausbildung wurde mir beigebracht, niemals einen Feind zu unterschätzen, doch das habe ich getan. Auf fahrlässigste Weise.«

»Nein.« Sie ergriff seinen Arm und zog daran. »Der Dschungel hier ist nicht unser Feind, es ist nur einfach so, dass wir hier nicht hingehören.«

»Da hast du vollkommen recht«, sagte Ben. »Und wenn Benjamin es im Jahr 1908 geschafft hat, von hier zu entkommen, dann ist dies das Rätsel, welches wir lösen müssen. Aber zuerst brauchen wir Lebensmittel … oder irgendwelchen Nachschub – da!« Er zeigte mit dem Finger nach vorn und setzte sich in Bewegung.

Inmitten der überall verstreuten Felsbrocken aus der Höhle sahen sie Bourkes Rucksack, der aufgerissen war und verbrannt aussah. Einst hatten sich darin seine Essensrationen befunden, doch von denen war keine Spur mehr zu sehen, nicht einmal die Plastikverpackungen seiner Proteinriegel waren mehr da.

Die sterblichen Überreste des Mannes waren ebenso verschwunden und es sah sogar so aus, als wären die Fleischfetzen und Blutflecken von den Felsen abgeleckt worden.

Vorsichtig gingen sie weiter durch das Trümmerfeld und Emma fand eine noch verschlossene Wasserflasche, von der sie sich einige Schlucke genehmigten.

»Sieht so aus, als wären wir nicht die Einzigen, die hier nach etwas zu essen gesucht haben«, sagte Emma, während sie die Flasche in einer Gürteltasche verstaute.

»Ja, so ein Mist.« Ben seufzte. »Hier ist nichts mehr, was man brauchen könnte.« Er ließ die Überreste des Rucksacks fallen. »Okay, dann lass uns einen anderen Weg nach unten suchen.«

Sie betrachteten den eingestürzten Höhleneingang. Es gab einige Löcher darin, doch alle von ihnen hörten nach ein paar Metern auf. Andere waren zu schmal, um auch nur Emmas schlanken Körper hindurchzulassen. Eine von diesen Spalten starrte Emma sehnsüchtig an: »Können wir die nicht irgendwie verbreitern?«

Ben kniete sich neben sie. »Wir bräuchten dafür Bohrgeräte oder wenigstens Werkzeug ... und ein paar Wochen Zeit. Die Felsen sind zu hart und wir haben nur zwei Jagdmesser und unsere bloßen Hände.«

»Das heißt also nein.« Emma suchte sich einen Findling aus, auf den sie sich setzen konnte. »Es wird auch schon wieder spät.«

Ein Donnerschlag peitschte durch die Luft und ließ sie zusammenzucken. Ben wirbelte herum, doch er konnte nicht einmal sagen, in welcher Richtung die Gewitterfront lag. Es hatte sich aber so angehört, als wäre das Geräusch aus allen Richtungen gleichzeitig gekommen. Der Wind war inzwischen konstant stark und Emma musste sich ständig die Haare aus dem Gesicht wischen.

»Was zur Hölle war das?« Sie biss die Zähne zusammen.

»So eine Art Sommergewitter vielleicht. Wie du schon sagtest, wir müssen bald Unterschlupf finden.« Ben wischte sich den Schweiß von der Stirn. Das andauernde Schwitzen ließ sie austrocknen und erhöhte den Bedarf an Flüssigkeit.

»Aber vergiss nicht, Benjamin hat es irgendwie hier runtergeschafft. Und er ist nicht noch mal durch den Tempel gekommen.«

»Diese Tepuis sind voller Höhlen«, antwortete sie. »Durchlöchert wie ein Schweizer Käse. Er muss einen anderen Durchgang gefunden haben, der ihn nach unten gebracht hat.« Emma fuhr sich mit beiden Händen durchs Haar und der Schweiß verklebte es so, dass es für einen Moment sogar dem Wind standhielt.

Ben setzte sich neben sie und sie wandte sich ihm zu.

»Ich verstehe es nicht. Diese Viecher hier oben, all diese Monster. Warum sind die nicht auch unten in dem Dschungel? Ich meine, wenn Benjamin schon in der Lage war, hier hochzuklettern, und die Pemon-Indianer vor ihm, warum kommen diese Viecher dann nicht runter? Warum ist nicht der ganze Regenwald voll von ihnen – es gibt doch keine Raubtiere, die ihnen gefährlich werden könnten!«

»Vielleicht sind ja manche von ihnen runtergekommen.« Ben wandte sich ihr zu. »In Benjamins Notizbuch berichtet er von der Leiche eines großen Tieres am Fuße des Plateaus, erinnerst du dich? Er hatte sich überlegt, dass es vielleicht heruntergefallen war, und ich glaube, er hatte recht.« Er schnappte sich einen dünnen Ast und begann, in dem Sand zu zeichnen, der zu ihren Füßen ausgebreitet war.

»Als ich meine Recherche für diesen Trip gemacht habe, bin ich über eine alte Legende des Amazonas gestoßen. Jedes Land hat eine Geschichte wie diese.« Er lächelte nachdenklich. »Wir haben Bigfoot, die Schotten haben Nessie und im Kongo haben sie sogar einen sagenumwobenen Dinosaurier namens *Mokele Mbembe*. Aber hier gibt es etwas, das Yacumama genannt wird, und das bedeutet *Mutter des Flusses*. Es soll eine gigantische Schlange sein, die Menschen am Stück verschlingt.«

»Erinnere mich nicht daran«, sagte Emma und erschauderte. Dann schaute sie auf: »Du meinst, die sind schon da unten?«

»Vielleicht. Ich weiß es nicht.« Er seufzte. »Ich wünschte, Jenny wäre hier – sie könnte uns mehr darüber sagen. Aber wie du dich vielleicht erinnerst, hat sie uns von einem Fossil erzählt, das in einer Kohlenmine in Kambodscha gefunden wurde: eine Riesenschlange, die Titanoboa. Kolumbien ist nicht weit entfernt, also könnte es passen.«

Sie schüttelte den Kopf. »Ich glaube, wenn diese Viecher hier schon immer leben, dann müsste es mehr Beweise geben. Die Natur hat doch ein Talent, sich über jede Form von Begrenzung hinwegzusetzen.«

»Hmm.« Ben hatte auch schon darüber nachgedacht. Er schaute zu Boden und sah, dass er einen langen, geschlängelten Körper in den Sand gezeichnet hatte. Schnell wischte er ihn weg.

Jenny hatte ihm gesagt, dass die Schlange schon zu Zeiten der Dinosaurier gelebt, diese dann aber sogar noch um 10 Millionen Jahre überlebt hatte. Wie konnte das sein? Ihre Theorie war gewesen, dass diese riesigen Schlangen sozusagen Alpha-Alpha-Jäger waren, die sich von Dinosauriern ernährten. Sie waren die ultimativen Überlebenskünstler und hatten einen Körper, der so muskulös war, dass er selbst Wärme abgab – und so konnten sie auch kalte Perioden überleben. Es gab einfach keinen Grund für sie, auszusterben. Das bedeutete aber, dass Emma mit ihrer Frage recht hatte: Warum waren unten im Dschungel nicht viel mehr von ihnen?

Emma sammelte eine Handvoll kleiner Steine auf und begann sie von ihrer Handfläche in die Tiefe hinunterzuschnipsen. »Man kann den Dschungel nicht sehen«, beschwerte sie sich. »Ist der überhaupt noch da unten?«

Ben lehnte sich zurück. Die Wolke hatte sich nicht von der Stelle bewegt und drehte sich immer noch im Kreis, als hätte man den Stöpsel in einer Badewanne gezogen und das Wasser würde herauslaufen. Nur, dass es so schien, als würde es eher auf sie zulaufen, und dann hinauf in den Himmel. Ben schaute nach oben. Dort war nichts zu sehen außer einer identischen, ebenfalls rotierenden Wolkendecke.

»Wir müssen die Kanus wiederfinden, um den Fluss runterzufahren. Wenn sie überhaupt noch da sind.« Emma lächelte spöttisch. »Falls wir es jemals nach unten schaffen.«

»*Sobald* wir es nach unten geschafft haben«, berichtigte Ben sie.

Emma stand auf und streckte ihm ihre Hand entgegen. Er nahm sie und sie stöhnte laut auf, als sie dabei helfen musste, seine 110 Kilogramm Muskelmasse auf die Füße zu bekommen.

»Am besten, wir suchen den Rand des Plateaus ab – ein bisschen weiter unten.« Sie drehte sich um und schaute in den düsteren

Dschungel, der direkt vor ihnen lag. Ein feiner Nebel begann sich über dem Boden auszubreiten. »Ich habe auch gar keine Lust, schon wieder in den dunklen Wald zu gehen.«

Ben fühlte einen Anflug von Schwindel und wusste, dass die Suche nach Wasser und Nahrung sie schon bald wieder in den Dschungel führen würde, ob sie es wollten oder nicht. »Lass uns aber nicht vergessen, was Jenny gesagt hat: Alle Höhlen sind bewohnt.«

Sie hob die Augenbrauen. »Willst du mir damit etwa sagen, dass wir vorsichtig sein sollten?«

Er kicherte. »Ja stimmt, eigentlich brauche ich das gar nicht mehr zu erwähnen, oder?«

Während Ben vor ihr herlief, beobachtete Emma ihn. Trotz seines muskulösen Körpers bewegte er sich leicht und elegant. Dieser Mann wusste, was er tat, und dazu gehörte, dass er stets zwischen ihr und dem Dschungel lief – wie ein menschliches Schild. Das wusste sie zu schätzen.

Emma lächelte. Sie hatte ihn schon immer gemocht, und dass er zu ihr zurückgekommen war, hatte ihr Herz zum Jubilieren gebracht, sie hatte sich einem völlig neuen Leben gegenüber gesehen. Doch dieses grandiose Lebensgefühl war inzwischen vollkommen zerstört und sie wünschte sich, sie hätte der Sache damals gleich ein Ende gemacht, als sie alle um diesen Tisch herumgesessen und über das uralte Notizbuch gesprochen hatten. Es hatte verschiedene Möglichkeiten dazu gegeben, doch sie hatte sie alle ignoriert, da ihre Neugier stärker gewesen war als ihre Bedenken.

Vielleicht war es alles ihre Schuld, dachte sie nun. Vielleicht hatte sie Ben geradezu angetrieben, mit ihr auf ein Abenteuer zu gehen, damit er interessiert bliebe und nicht wieder die Stadt verließ. Toller Plan, jetzt waren nur noch sie beide am Leben, und statt sie in trauter Zweisamkeit zuhause saßen oder in einem Restaurant, wo sie kaltes Bier und würzige Rippchen genießen konnten, steckten sie in einer prähistorischen Version der Hölle fest.

Emma warf erneut einen Blick auf seine dynamisch wogenden Schultern – die pure Kraft dieses Mannes gab ihr ein sicheres Gefühl. Sie stellte sich vor, was aus ihr werden würde, falls er sterben sollte – dann würde sie auch nicht mehr lange durchhalten und vermutlich wäre ihr das dann sogar egal. Doch solange er lebte, wünschte sie sich nichts so sehr, als selbst am Leben zu bleiben.

Sie kamen an einen Wasserlauf, der am Rande des Plateaus ein kleines Becken bildete. Dort ergoss sich das Wasser in den Abgrund und der allgegenwärtige Luftzug, der die Klippe hinaufrauschte, warf einen konstanten Sprühnebel zurück.

Die Mitte des kleinen Tümpels sah ordentlich tief aus und was ihr Interesse besonders weckte, waren die Fische, die sich dort tummelten.

Ben warf einen Blick auf den Abgrund und schaute dann zurück zum Urwald. »Ich fürchte, wir müssen zurück in den Dschungel. Ich habe keine Lust, hier durch das Wasser zu waten, wenn ich nicht weiß, was da alles drin lebt.«

Emma nickte. »Ich glaube nicht, dass es so tief ist, dass da irgendein Riesenvieh drin sein kann. Aber eine Menge kleiner Viecher mit scharfen Zähnen wären wahrscheinlich genauso schlimm.«

Ben warf einen letzten Seitenblick auf den Dschungel, bevor er in das Wasser starrte. »Eines ist aber sicher: Wir werden auf jeden Fall versuchen, ein paar von diesen Fischen zu fangen!« Er schaute sich den Rand des Beckens an und entdeckte eine Stelle, die ein relativ flaches Ufer hatte.

»Okay, ich werde ein bisschen im flachen Wasser herumlaufen und versuchen, ein paar von den Tierchen in Richtung dieser Schilfpflanzen zu treiben. Und dort wirst du dann auf sie warten!«

»Ich bin so hungrig, dass ich sie wie ein Bär fangen werde – mit den Zähnen!« Schnell fand Emma einen beinahe zwei Meter langen Ast, den sie mit ihrem Messer bearbeitete, bis er eine scharfe Spitze hatte. Zufrieden betrachtete sie ihr Werk.

»Bist du bereit, Tarzan?«, fragte Ben.

»Ich bin ja wohl immer noch Jane!« Sie nickte und ging auf das Ufer zu.

»Dann zeig mal, was du drauf hast!«

Ben watete ins Wasser und zog sicherheitshalber sein Messer, falls irgendetwas beschließen sollte, dass die Menschen auf dem Speiseplan der Fische standen und nicht umgekehrt.

Das Wasser war nicht besonders klar und er spürte Kies unter seinen Füßen. Als er etwas tiefer ging, wurden auch die Klumpen von Seegras und anderen Wasserpflanzen seltener. Dann schossen kleine, silberne Torpedos an ihm vorbei – erst einer, dann zwei, dann drei. Sie waren genau zwischen ihm und dem Schilfgras, also dort, wo er sie haben wollte.

Er warf einen letzten Blick auf die tieferen Bereiche des Beckens und drehte sich langsam mit ausgebreiteten Armen um, als wollte er ein paar Kälber zusammentreiben.

»Na los, Jungs, ab mit euch!«

Ben sah, dass einige der Fische tatsächlich in die gewünschte Richtung schwammen und Emma stand bereits mit erhobenem Arm in Bereitschaft.

Da erklang ein Platschen hinter ihm und er wirbelte herum – in der Mitte des Beckens tauchte eine V-förmige Welle auf, die sich auf ihn zubewegte.

»Verdammt!«

Er machte langsam ein paar Schritte rückwärts, das Messer in Angriffshaltung. Über die Schulter wandte er sich an Emma: »Wie läuft es da hinten bei dir?« Er ging langsam weiter rückwärts, den Blick fest auf die Wasseroberfläche gerichtet.

Als Antwort kam nur Stille. Er hätte sich gern zu Emma umgedreht, aber er wusste, dass da etwas im Wasser war – etwas potenziell Gefährliches.

»Emma?« Bens Hand verkrampfte sich langsam um den Griff des Messers. *»Emma?«*

Hinter ihm erklang ein Platschen und dann ein: »Ha!«

Er ging weiter rückwärts und hörte ein feuchtes Zappeln.

»Ich habe einen, ein richtig dickes Ding!«

»Dann nichts wie raus hier!« Er drehte sich um und rannte mit hochgezogenen Knien aus dem Wasser. Er sah, wie Emma sich bereits auf eine trockene Stelle am Ufer zubewegte, einen zuckenden Fisch auf ihrem Stab.

Als er endlich das flache Wasser erreicht hatte, schaute er sich noch einmal um und sah, wie etwas von der Größe und Form eines Delfins eine Rückwärtsrolle machte und davonschwamm.

»Um Himmels willen!«, entfuhr es ihm. »Hier ist aber auch wirklich alles gefährlich!«

Er ging zu Emma, die den Fisch bereits auf einen flachen Felsen gelegt hatte. Sie drückte ihn herunter und hielt ihn so, dass Ben beginnen konnte, ihn auszunehmen. »Vorsicht, der sieht ein bisschen wie ein Katzenfisch aus, ich glaube, die haben Stacheln zwischen Kopf und Kiemen.« Sie schaute mit erhobenen Brauen zu ihm auf. »Irgendjemand Lust auf angebrannten Katzenfisch vom Grill?«

»Ich würde eher sagen, Katzenfisch-Sushi! Wir essen den roh.« Ben beugte sich hinunter und fing an, das Tier zu filetieren. Die einzelnen Scheiben legte er zum Trocknen auf den Felsen.

»Wir müssen uns beeilen.« Er steckte sich ein Stück Fisch in den Mund. Es war kalt und schmeckte schlammig, und auf einmal wurde ihm klar, warum er gern Sushi mochte: Weil er es in Sojasoße ertränken konnte, nicht weil er rohen Fisch mochte.

Er kaute das Fleisch von der zähen Haut ab und spuckte den Rest aus. »Ich habe schon bessere Sachen gegessen.«

Emma hielt sich ein Stück vor die Nase, zwinkerte ihm zu und legte es in ihren Mund. Sie kaute mit geschlossenen Augen und nahm nach einer Weile die Haut wieder heraus, um sie auf den Boden zu werfen. Dann leckte sie sich über die Lippen: »Jetzt gerade in diesem Moment würde wohl alles gut schmecken.«

Ben drehte sich um. »Es ist eine gute Stelle zum Fischen. Solange wir nicht zu tief hineingehen.« Er nickte in Richtung des Beckens. »Irgendwas da drin ist ein bisschen zu neugierig geworden. Wir sollten schnell fertig essen, unsere Flaschen füllen und dann abhauen, bevor irgendeine Kreatur den Geruch des Blutes wahrnimmt.«

»Okay.« Sie nickte und warf sich ein weiteres Stück Fisch in den Mund.

Ein paar Sekunden später war alles aufgegessen. Ben schnappte sich den Kopf, an dem noch das Skelett hing, und warf alles in den Tümpel. Sofort gab es überall Wellen an der Oberfläche, als alle möglichen Wasserbewohner sich auf die Überreste stürzten. Dann schüttete Ben Sand und Geröll auf den blutbesudelten Felsen, doch seine Hände waren anschließend immer noch klebrig und rochen nach Fisch.

Das Becken konnten sie nicht durchqueren, es reichte vom Dschungel bis zum Rand des Plateaus. Somit mussten sie dem breiten Fluss, der es speiste, ein Stück weit in den Urwald folgen, um eine flache Stelle zu suchen, an der sie auf die andere Seite kommen konnten.

Ben schlich voran und seine Schuhe schmatzten in dem feuchten Boden. Dummerweise wurde der Fluss umso tiefer, je länger sie ihm folgten, und das dichte Baumkronendach ließ nur sehr wenig Licht durch. Das Gewirr aus Lianen wurde immer dichter und der Boden wandelte sich zu einer modrigen Sumpflandschaft.

Schwärme von laut summenden schwarzen Fliegen tauchten auf und tasteten ihre Haut ab.

»Das gefällt mir gar nicht«, flüsterte er.

»Mir gefällt es schon seit Tagen nicht mehr!«, gab Emma leise zurück. Dann stupste sie ihn an: »Schau mal!«

Sein Blick folgte ihrem. Unten den stelzenartigen Wurzeln eines riesigen Baumes befand sich eine Ansammlung rundlicher Objekte, die wie kalkige Steine aussahen. Ben reckte den Hals und verzog das Gesicht, während es in seinem Kopf ratterte und er versuchte, das Gesehene zuzuordnen. Die Dinger waren etwa einen halben Meter lang und weder rund noch oval, sondern eher kapselförmig.

»Sieht aus wie Leder«, murmelte Emma.

»Ja, oder wie ein Football aus Gummi.« Langsam beschwor sein Gehirn eine Erinnerung herauf. »An irgendetwas erinnern sie mich …« Dann kam er darauf. Es war bei einer Dschungelmission im Kongo vor zehn Jahren gewesen, als sein Team auf das Gelege einer Python gestoßen war. Die riesige Schlange hatte ihre Eier in ein Nest gelegt, und sie hatten genauso ausgesehen – nur, dass sie bloß ein Zehntel der Größe gehabt hatten.

Die Mutter des Flusses, ging es ihm durch den Kopf, während er da am Rand des Wassers stand. Plötzlich war ihm so, als würde er einen elektrischen Schock bekommen und er packte Emmas

Arm, um sie zurück in die Richtung zu zerren, aus der sie gekommen waren.

»Was ist los?«

»Schlangeneier!«, stieß er hervor und begann noch größere Schritte zu machen. Emma japste und ihre Augen weiteten sich. Sie drehte sich um und warf einen Blick zurück in den dunklen Urwald, doch sofort zerrte Ben wieder an ihr.

»Ganz ruhig … ganz leise«, flüsterte er.

Ben versuchte in alle Richtungen gleichzeitig zu schauen und fühlte, wie es in seinem Nacken kribbelte. Es gab einfach zu viele Orte, die für einen Hinterhalt geeignet waren.

Er zog Emma fester an sich und verlangsamte sein Tempo, obwohl sein Unterbewusstsein ihn anschrie, dass er rennen sollte – und seine Beine wollten das auch. Doch er musste sich unbedingt bremsen, denn er hatte selbst gesehen, wie die Schlange auf schnelle Bewegungen reagierte. Ein Paar warmer, weicher Zweibeiner, die sich auch noch beeilten, würde sie aus hunderten Metern Entfernung wahrnehmen.

Hinter sich hörte er ein Krachen und wirbelte herum, die Pistole im Anschlag. Doch Emma war nur ausgerutscht und zu Boden gegangen. Sie schüttelte ihre Hand, mit der sie gerade an einem Felsen entlanggeschrammt war. »Alles in Ordnung.« Sie rieb den Handrücken an ihrer Hüfte. Ben half ihr hoch und bahnte ihnen erneut einen Weg durch das dichte Unterholz. Bald kamen sie wieder an den Fluss. Ben starrte ins Wasser, wobei er das Risiko abwägte, hineinzugehen. »Es hilft alles nichts, wir müssen hier durch. Woanders ist es auch nicht flacher oder weniger breit.« Er atmete tief durch. »Folge mir!«

Er biss die Zähne zusammen, umklammere sein Messer und watete hinein. Der Dschungel war dunkel und dadurch wirkte das Wasser wie schwarze Tinte.

»Herrgott noch mal!« Er sank sofort bis zur Taille ein und seine Stiefel wurden von dem schleimigen Untergrund beinahe eingesaugt. Seine Hoden zogen sich vor Angst zusammen.

Emma war dicht hinter ihm, um genau zu sein, war sie so dicht, dass sie bei jedem Schritt in ihn hineinstolperte. Er kämpfte sich voran und versuchte die gesamte Umgebung im Blick zu behalten.

Ben spürte, dass seine Nerven blank lagen. Innerlich bereitete er sich darauf vor, dass der monströse, diamantförmige Kopf der Schlange aus dem Wasser aufsteigen würde. *Mutter des Flusses, Mutter des Flusses* – wie ein Mantra gingen ihm diese Worte durch den Kopf und er wünschte, sein Gehirn würde endlich Ruhe geben.

Er trat auf etwas, das sich unter seinem Stiefel davon schlängelte, und spürte, wie ein Schreck ihn durchzuckte. Doch zum Glück machte sich die Kreatur aus dem Staub, ohne ein Stück Fleisch aus seinem Körper zu reißen.

Ein paar Schritte weiter erspürte er einen Felsen und dann einen weiteren. Der Fluss wurde wieder flacher, sie hatten das andere Ufer so gut wie erreicht.

»Gott sei dank.« Er spürte eine Welle der Erleichterung, blieb aber nicht stehen. Als er aus dem Wasser trat, packte er Emmas Hand und zog sie hinter sich her. Sie mussten dem Wasser folgen, um wieder an den Rand des Plateaus zu gelangen. Emma drückte seine Hand, als wollte sie sie zerquetschen. Er wollte überleben, doch noch mehr wollte er, dass *sie* überlebte – noch nie hatte er sich etwas in seinem Leben mehr gewünscht.

Wir können es schaffen, sagte er sich. *Wir müssen es schaffen.*

Die riesige Schlange, eine weibliche *Titanoboa*, war fünfundzwanzig Meter lang und hatte anderthalb Meter Durchmesser. Sie war kein Dinosaurier, aber eine der größten Reptilien, die je auf dem Planeten gelebt hatte und leben würde.

Sie glitt über den Dschungelboden, wobei sie sich an Baumstämmen vorbei schlängelte und kleinere Pflanzen einfach platt walzte. Sie war bei der Jagd erfolglos geblieben und der Hunger machte ihr zu schaffen.

Sie würde jetzt zu ihrem Gelege zurückkehren, um nach ihren Eiern zu schauen, doch anschließend musste sie eine weitere Runde durch ihr Revier drehen. Irgendwo gab es immer Beute, notfalls musste sie im Fluss oder den zahlreichen Tümpeln jagen.

Das Reptil kehrte ans Flussufer zurück, wobei die Zunge unermüdlich durch die Luft peitschte. Plötzlich hielt sie inne – da war etwas … etwas, dass sie noch nie zuvor wahrgenommen hatte.

Ihre Muskeln spannten sich an, denn sie erwartete eine Herausforderung oder sogar eine Bedrohung. Obwohl auch die größten Raubtiere sie fürchteten, konnte es sein, dass sie hinter ihren Eiern her waren.

Sie schmeckte ein weiteres Mal die Luft, wobei sie feinste Spuren der Atemluft der fremden Wesen aufnahm, und da war auch noch etwas anderes. Sie glitt voran und kam an einen Felsen am Rand des Wassers, wo sie den Kopf senkte. Da waren Blutspuren. Ihre Zunge schoss hervor, immer schneller wurden ihre Bewegungen. Ihr Hirn sammelte alle Informationen und formte sie erst zu einem Bild, dann zu einer Richtung.

Diese Wesen hatten es gewagt, ihr Revier zu betreten. Doch der Geruch kurbelte auch ihre Verdauung an und der Hunger meldete sich ein weiteres Mal.

Der riesige, diamantförmige Kopf wirbelte herum. Wie ein Fluss aus geschmolzenem Metall ergoss sich die Schlange dann in den Dschungel.

KAPITEL 34

12 Stunden nach der Erscheinung

Komet P/2018-YG874, genannt *Primordia*, entfernte sich inzwischen vom dritten Planeten des Sonnensystems, um seine ewige Reise durch das Sonnensystem fortzusetzen.

Sein Magnetfeld, das sich über die Oberfläche der Erde gezogen und sogar ihre Atmosphäre durchdrungen hatte, verlor langsam an Intensität. In ein paar Stunden würde seine Wirkung komplett verflogen sein.

Die Uhr tickte und schon bald würden wieder zehn Jahre Ruhe über den Bergspitzen des venezolanischen Amazonasgebiets einkehren.

KAPITEL 35

Dreißig Minuten später tauchten Ben und Emma am Rand des Plateaus auf, diesmal aber auf der anderen Seite des Teiches. Sie verschwendeten keine Zeit und setzten ihren Weg am Rand des Abgrunds fort, in Richtung Osten. Der Wind schien aus allen Richtungen gleichzeitig zu kommen und dann in den Himmel gesogen zu werden. Ben schaute über den Rand des Kliffs und stellte fest, dass der Dschungel unten langsam sichtbar wurde, wenn auch nur undeutlich. Das lag allerdings nicht nur an dem üblichen Nebel, sondern die Aussicht schien ölig und verzerrt, als ob man durch verbogenes Glas schauen würde. Er ignorierte dieses merkwürdige Phänomen und schrieb es seiner Erschöpfung zu. Abgesehen davon, dachte er sich, hatte er schon genug Dinge, um die er sich Sorgen machen musste.

Er schaute über seine Schulter. »Wie geht es dir?«

Emma nickte. »Gut.« Sie lächelte mit zusammengekniffenen Augen, denn Sand, Staub und Dreck wirbelten immer noch um sie herum. Ben sah, dass sie Schmutz auf der Stirn und auf den Wangen hatte, dazu tiefe Augenringe. Ihr Hemd war zerrissen und auf einer ihrer Hände war getrocknetes Blut. In der anderen hielt sie ihr Jagdmesser wie einen Dolch, mit der Klinge nach unten. Sie sah erschöpft aus, winzig klein, dennoch voller Mut. Ben wusste, dass er sie liebte. Er würde alles tun, um sie am Leben zu halten.

Sie kamen an einen größeren Fleck Erde, wo der Dschungel sich anscheinend zurückgezogen hatte. Der Boden war mit dicken Schlingpflanzen und Wurzeln übersät. Zwischen ihnen entdeckte Ben einige üppige, runde Früchte. Er benutzte sein Messer, um eine abzuschneiden, während Emma auf den Rand des Plateaus zulief.

Ben hob die exotische Frucht an sein Ohr und schüttelte sie – darinnen klapperte etwas, wie getrockneter Samen. Er schnitt das Gewächs in der Mitte durch, wobei er darauf achtete, nicht zu viel Saft oder Harz auf die Hände zu bekommen, da er wusste, dass die Pflanze möglicherweise giftig war. Doch ihm lief derart das Wasser im Mund zusammen, dass er bereit war, ein Risiko einzugehen.

Die Klinge hatte ihre Mühe, das feste Außengewebe zu durchdringen, doch dann knackte sie die Schale und die Kugel brach in der Mitte durch.

»Igitt!« Ben warf die Hälften angeekelt weg und schüttelte sich dann die Hände ab – das Ding war ganz und gar keine Frucht gewesen, sondern eine Art Insekten-Ei. Hunderte dürrer, mehrbeiniger Horrorwesen brachen daraus hervor und flohen in alle Richtungen, um sich unter den Schlingpflanzen und Wurzeln zu verstecken.

»Wie sieht es mit unserem Abendessen aus?« Emma sah ihn erschöpft an.

Ben schüttelte den Kopf und stampfte ein paarmal fest auf, um die Kreaturen loszuwerden. »Tja …« Er wischte sich die Hände an der Hose ab. »Obst esse ich auf jeden Fall nicht mehr.«

»Hey, schau mal!«

Emma ging in die Knie, schob etwas Erde und Kies beiseite und hob einen alten Revolver auf. Sie schüttelte ihn und blies den Dreck herunter. »Sieht alt aus, und ganz schön schwer ist er auch!«

Sie hielt sich die Waffe vors Gesicht, zielte über Kimme und Korn und gab sie dann an Ben weiter. Der lange Lauf und die Trommel waren mit braunem Rost überzogen. Die Griffe waren mit Holz verziert und eine Inschrift ließ sich auch noch entziffern. »Es ist ein Colt«, sagte Ben. »Das Ding muss über hundert Jahre alt sein.«

Er sah in die Kammern der Trommel. Sie waren leer. Bewegen ließ sich der antike Mechanismus auch nicht mehr.

Ben wusste sofort, dass das die Art von Waffe war, die man im Jahre 1908 benutzt hätte. Langsam wanderte sein Blick zu Emma und sie erfasste seinen Gedanken. »Benjamin?«

Er nickte und wandte sich dem Abgrund zu. »Er muss hier gewesen sein.« Ben verzog das Gesicht, als ein Schwall Dreck in sein Gesicht klatschte. Er spuckte. »Die Tatsache, dass die Pistole leer ist, verrät uns, dass er sie nicht am Anfang seiner Expedition verloren hat.«

»Vielleicht ist er am Ende hier gelandet.« Emma wandte sich wieder dem Rand des Plateaus zu. »Und wenn er am Ende hier gelandet ist … dann war das, bevor er einen Weg nach unten gefunden hat.«

Emma hielt sich eine Hand vor die Augen. Der Wind wurde stärker und peitschte ihr wild die Haare durchs Gesicht. Um sie herum donnerte es überall, doch es fiel kein Tropfen Regen.

»Was zur Hölle ist das? Zieht ein Sturm auf?« Sie schaute in den Himmel und Ben folgte ihrem Blick. Die Wolken über ihnen waren düster und wie immer rotierten sie, doch nun wurden sie in der Mitte hochgezogen.

»Das fehlt uns gerade noch!« Er klemmte sich den alten Revolver hinter den Gürtel.

»Was machen wir denn jetzt?«, fragte Emma. »Sollen wir Schutz suchen?«

»Nein, ich glaube, wir haben keine Zeit mehr.« Ben biss die Zähne zusammen. »Benjamin war vor hundert Jahren hier, genau hier, und irgendetwas Wichtiges ist passiert. Am besten, wir schauen uns genau um – es könnte einen Hinweis darauf geben, was er gemacht hat oder wo er hingegangen ist.«

Ben kniff die Augen zusammen, als der Wind fast zu einem lebendigen Wesen wurde. Er bewarf die beiden ununterbrochen mit Dreck und umtoste sie mit lautem Heulen. Dieses ohrenbetäubende Jaulen schirmte jeglichen Lärm ab, den sie machten, umgekehrt überdeckte er aber auch sämtliche Geräusche des Dschungels.

Emma ging zum Abgrund, während Ben sich dem Waldrand näherte. Er suchte nach Anzeichen für eine Höhle, einen Durchgang oder irgendwelchen Zeichen, die sein Vorfahre hinterlassen haben könnte. Am besten wäre ein riesiger, in den Stein gemeißelter Pfeil, dachte Ben und verlachte seine eigene Naivität. Trotzdem suchte er den Boden weiter mit seinen Blicken ab. Es gab viele felsige Vorsprünge und der mit Schlingpflanzen und Wurzeln überzogene Boden war sehr uneben. Doch keine der Vertiefungen ging mehr als einen Meter hinunter.

Emma erreichte den Rand des Plateaus und stellte sich breitbeinig hin, um dem Wind zu trotzen. Ben schaute zu, wie sie erst eine Weile in die Tiefe starrte und sich dann bückte. Sie schien an etwas zu ziehen, das sich an der Kante zum Abgrund befand. Dann legte sie sich auf den Bauch und robbte vorwärts, um hinunterschauen zu können.

»He, was machst du da?«, rief er gegen den Wind an. Sie konnte ihn offensichtlich nicht hören, also formte er mit seinen Händen einen Trichter und versuchte es noch einmal – so laut er konnte.

Sie drehte die Schultern ein wenig, um in seine Richtung schauen zu können. »Ich glaube … Höhle … unten!«

Die Hälfte ihrer Worte wurde vom Sturm verschluckt, doch er verstand und reckte beide Daumen nach oben. »Wie weit unten?«

»Ich … klettern … kein Problem, aber … dich …«

Sie zuckte mit den Schultern und wandte sich wieder dem Abgrund zu.

Der Wind schrie sie nur so an und die Temperatur fiel rapide. Als eine fiese Breitseite Sand und Geröll sein Gesicht malträtierte, riss Ben instinktiv den Arm hoch. Als er ihn wieder senkte, begannen seine Nackenhaare zu kribbeln.

Langsam drehte er sich um.

Die riesige Titanoboa raste auf den Rand des Plateaus zu. Kleine Tiere flüchteten kreischend aus ihrem Weg, vermutlich in der Hoffnung, heute nicht selbst auf der Speisekarte zu stehen.

Das Reptil verlangsamte sein Tempo, als es sich dem Waldrand näherte und kurz davor war, den brachliegenden Rand des Plateaus zu erreichen. Die Zunge zuckte kurz, als sie die beiden kleinen Wesen entdeckte, die sie verfolgt hatte. Deren Körpertemperatur machte sie zu roten Flecken in ihrer Wahrnehmung und auch in der Luft war ihr Geruch ganz eindeutig auszumachen.

Sie glitt weiter voran, diesmal direkt bis zur letzten Reihe saftiger Farne, welche die letzte Grenze zwischen Dschungel und Brachland darstellten. Dort hob sie ihren riesigen, diamantförmigen Kopf in die Luft, bis er in drei Metern Höhe über dem Boden thronte. Die Schlange war schlammig-braun und hatte grünliche Tigerstreifen. Solange sie still hielt, war ihre Tarnung perfekt.

Zwei glasartige, lidlose Augen fokussierten die beiden Menschen und die armdicke Zunge begann wieder zu zischeln. Eines der Wesen war ihr deutlich näher, also würde sie es zuerst verspeisen.

Die Muskeln der gigantischen Titanoboa spannten sich an und sie machte sich bereit, ihren Angriff zu starten.

Die wirbelnde Luft, der fliegende Dreck und das Heulen des Windes schienen im Nichts zu verschwinden, als Ben sich aufrichtete.

Er hatte ein solches Erlebnis schon einmal in der Wüste Syriens gehabt. Eine von ihm geführte Truppe sollte hinter feindlichen Linien ein Munitionslager finden und zerstören. Es war eine mondlose Nacht gewesen und sie hatten ihre Nachtsichtgeräte im Einsatz, deren vier unförmige Linsen den Männern die Gestalt nichtmenschlicher Roboter gaben. Doch der Vorteil der Technologie lag auf der Hand: Durch verstärktes Infrarotlicht wurde sogar in tiefster Dunkelheit die Umgebung sichtbar, wenn auch in ein unheimliches Grün getaucht. In jener Nacht hatte die Wüste in absoluter Stille dagelegen, doch Ben hatte das gleiche Kribbeln gespürt wie jetzt auf dem Plateau.

Damals hatte er seinen Männern befohlen, stehen zu bleiben, und hatte seine Optik auf Thermalsicht geschaltet. Dann hatte er sie gesehen: Die Fuchsbauten ihrer Gegner, die rings um sie lagen, geschickt mit beinahe unsichtbaren Falltüren abgedeckt, die jedoch einen leichten Schein von Körperwärme erkennen ließen.

Sie waren direkt in ihre Falle gelaufen.

Von den acht Teammitgliedern hatten nur vier überlebt. Seine Instinkte und die überlegene Feuerkraft ihrer Waffen hatten ihnen das Leben gerettet.

Und nun hatte Ben genau das gleiche Bauchgefühl wie in jener verhängnisvollen Nacht. Doch dieses Mal hatte er nur ein Messer und einen hundert Jahre alten, leeren Colt dabei.

Langsam drehte Ben sich um und suchte mit seinen Augen den Dschungel ab. Obwohl der Wind über ihn hinwegfegte, fühlte er sich wie in einem Vakuum. Er war darauf trainiert, allerkleinste Unregelmäßigkeiten und minimalste Bewegungen zu erkennen. Sogar Dutzende von Tarnmustern waren in seinem Gedächtnis gespeichert. Doch alle diese Übungen waren darauf ausgerichtet, menschliche Formen zu erkennen.

Das Erste, was er sah, war das leichte Zucken der Schlange – nicht am Boden, wo man es erwarten würde, sondern mehrere Meter in der Luft. Doch selbst jetzt musste er sämtliche Konzentration aufbringen, um die Umrisse der Schlange erkennen zu können. Ihre Tarnung war so perfekt, dass sie sogar bei wenigen Metern Abstand noch funktionieren würde.

Zu seinem Entsetzen stellte er fest, dass die Schlange gar nicht ihn im Blick hatte, sondern dass ihre Aufmerksamkeit voll und ganz auf Emma ausgerichtet war, die immer noch am Rand des Abgrunds kauerte.

»Emma!« Ben umklammerte den Griff seines Messers so fest, dass seine Knöchel ganz weiß wurden. Er biss die Zähne zusammen und wollte seine Bewegungen so unauffällig wie möglich halten. Er musste Emma warnen, doch wahrscheinlich würde sie ihn gar nicht hören.

Scheiß drauf, dachte er sich und schrie, so laut er konnte: »EMMA!«

»Was …?« Sie drehte sich ein Stück in seine Richtung, wobei sie eine dicke Schlingpflanze in der Hand hielt. »Hey, ich glaube … gefunden!« Ihre Worte wurden immer noch weggeblasen, als sie aufstand und das tentakelartige Gewächs hinter sich herzog. »Die … ganzen Weg bis … runterklettern … Höhle!«

Mit einer flüssigen Bewegung glitt die Monsterschlange ein paar Meter voran. Ben sah, dass sie intensiv auf Emma fokussiert war. Aus dieser Entfernung jagte ihm die schiere Größe der Kreatur eine Riesenangst ein. Sie schien nur aus Muskeln zu bestehen, unbesiegbar und nicht aufzuhalten. Das Monstrum war die pure Naturgewalt.

Wie schnell kann sie sich bewegen?, fragte Ben sich. Vor einer normalen Schlange konnte ein Mensch wegrennen, doch dieses

Monster war um ein vielfaches größer. Vermutlich würde es sie innerhalb von Sekunden eingeholt haben.

Ben schaute hin und her und suchte nach Handlungsmöglichkeiten. Aus dem Augenwinkel sah er, dass Emma sich ihm endlich zuwandte. Sofort entgleisten ihre Gesichtszüge. Sie ließ die Schlingpflanze fallen und gefror zur Salzsäule.

»Oh Gott, nein!« Sie zog die Schultern hoch und hielt reflexartig ihre Hände vor sich, als könne sie sich so schützen. »B … B … Ben?«

Er schaute in ihre Richtung. Direkt hinter ihr war der Abgrund, die Schlange vor ihr. Ben war sich sicher: Wenn sie nach links oder rechts flüchten würde, hätte die Schlange sie sofort eingeholt.

Langsam ging Emma rückwärts.

Du verdammtes Mistvieh, dachte Ben. *Ich bin größer, warum konzentrierst du dich nicht auf mich?*

»Hey!«, brüllte er die Schlange an. »Heeey!« Er wedelte mit den Armen und der Kopf der Schlange schwang in seine Richtung.

»Hör auf damit!«, rief Emma.

Ihr Schrei brachte die Aufmerksamkeit des Reptils wieder auf sie. Doch diesmal raste sie sofort auf sie zu – viel zu schnell für ein Objekt ihrer Größe.

Selbst von seiner entfernten Position aus konnte Ben sehen, wie sich Emmas Augen weiteten.

»Renn!«, rief sie ihm zu, als sie sich dem Abgrund zuwandte, sich auf den Bauch legte und sich selbst über die Kante hievte. Die monströse Schlange glitt auf sie zu.

Ben spürte, wie der Boden unter seinen Füßen zitterte, als das tonnenschwere Monster auf Emma zuraste.

»Hey, du Scheißvieh!« Ben rannte auf die Kreatur zu, packte in vollem Lauf einen faustgroßen Stein und schleuderte ihn auf den dahingleitenden Körper, der den Umfang eines Brauereipferdes hatte. Das Wurfgeschoss prallte an den metallisch glänzenden Schuppen wirkungslos ab.

Ben spürte, wie ihm das Herz in die Hose sank, als er Emma am Abgrund herumturnen sah. Allein der Gedanke an das, was sie vorhatte, ließ ihm die Haare zu Berge stehen. Sie war ohne

Frage eine gute Kletterin, doch der Wind peitschte am Abgrund hoch und trieb ihr die Haare ins Gesicht, sodass sie kaum etwas sehen konnte.

Die Schlange war nur noch zehn Meter von ihr entfernt, als Ben ihre Schwanzspitze erreichte und aus vollem Lauf draufsprang. Selbst seine schweren Stiefel provozierten an dieser vermeintlich empfindlichen Stelle keinerlei Reaktion. Er setzte kurz ein paar Schritte nach und stürzte sich dann nach vorn, um sich an dem rasenden Reptil festzuhalten. Das war so, als würde man mit bloßen Händen einen Lkw zum Stoppen zwingen wollen. Die Schlange schien seine Bemühungen nicht einmal zu bemerken.

Emma schaute auf. Es ragten nur noch ihre Schultern, der Kopf und die Fingerspitzen über der Kante hervor. Für einen kurzen Moment trafen sich ihre Blicke, dann packte sie eine der Schlingpflanzen und verschwand.

Der Kopf der Schlange raste nach unten und schlug hart gegen die Kante, um sich dann weiter hinabzubewegen. Ihr unglaublich schwerer und langer Körper schlitterte über den Boden, wobei er die Schlingpflanzen einfach zermalmte und zerfetzte.

»Neeeeein!« Ben griff sich mit beiden Händen einen riesigen Steinbrocken und rang seinen Muskeln das Maximum ihrer Leistungsfähigkeit ab, um ihn über seinen Kopf zu heben. Dann ließ er ihn auf den Schwanz heruntersausen und hoffte, die Aufmerksamkeit der Schlange endgültig auf sich zu ziehen.

Mit einem lauten Krachen schlug der Stein auf und machte eine sichtbare Delle in die Panzerplatten. Endlich ging sein Plan auf – der Kopf der Schlange wirbelte in seine Richtung.

Gut!, dachte er.

Und dann: *Oh, Scheiße!*

Er fing an zu rennen.

KAPITEL 36

Emma hatte den Höhleneingang etwa zwanzig Meter unter sich gesehen, als sie sich über den Rand des Plateaus gebeugt hatte. Die Schlingpflanzen, die dort hinunterhingen, waren dick, stabil und griffig genug, dass man sie gut packen konnte. Als Profi-Kletterin wäre es gar kein Problem, sich nach unten zu hangeln, und sie war sich sicher, dass Ben es ebenfalls schaffen würde. Genauso sicher war sie sich, dass Bens Vorfahre denselben Weg gewählt haben musste, wenn er hier entlanggekommen war.

Der Tornado aus Dreck wurde immer stärker. Mit zu Schlitzen verengten Augen schaute sie hinab auf den Dschungelboden – die Aussicht war buchstäblich verschleiert, als würde man durch transparenten Stoff blicken.

Emma konzentrierte sich wieder auf das felsige Kliff. Es war nicht nur steil, sondern auch nach innen gewölbt. Es gab keinerlei Griffmöglichkeiten. Selbst als erfahrene Kletter-Expertin wusste sie, dass es einzig und allein die Schlingpflanzen waren, die einen Weg nach unten möglich machten.

Über das Kreischen des Windes konnte sie gerade so ausmachen, dass Ben nach ihr rief. Sie rollte sich auf den Rücken und stand auf. Ben sah irgendwie lustig aus, so als wäre er sehr angespannt. Sie folgte seinem Blick und fühlte den Schrecken wie einen Elektroschock durch ihren Körper peitschen.

Die Schlange war nur etwa fünfzig Meter von ihr entfernt und deren Blick traf sie mit einer Intensität, die beinahe hypnotisch wirkte.

»Ben?«

Sie schluckte. Auf der Lichtung gab es nichts, was die furchteinflößende Form des Monsters irgendwie kaschieren konnte. Das Monstrum thronte über ihnen und ihr Körper strahlte rohe Kraft und Gewalt aus.

Emma erinnerte sich daran, was mit Steve passiert war. Das monströse Reptil hatte ihn mit dem Maul gepackt und war abgehauen, während ihr Freund trotz all seiner Kraftanstrengungen machtlos wie eine Puppe gewirkt hatte.

Sie hörte Ben noch einmal rufen und sah aus dem Augenwinkel, wie er auf und ab sprang und mit den Armen ruderte. Sie wusste genau, was er vorhatte.

»Hör auf damit!«, schrie sie.

Ben hatte ihr doch erst vor wenigen Stunden gesagt, dass sie auf Bewegungen reagierte. *Na dann, du dickes Mistvieh*, dachte sie. *Zeig doch mal, was du kannst!*

»Renn!«, rief sie und hechtete auf den Abgrund zu. Sofort stürzte auch die Schlange in ihre Richtung.

Nun ging es um Sekunden und Emmas Instinkte setzten ein, als sie sich hinuntergleiten ließ und Hand-über-Hand in Richtung der Höhle kletterte. Da die Ranken jedoch senkrecht herunterhingen, trennten sie am Ende noch ein bis zwei Meter vom Höhleneingang. Also fing sie an, vor und zurück zu schwingen, um sich in eine pendelnde Bewegung zu versetzen. Sie wusste, dass sie noch einige weitere Schwünge brauchen würde, als plötzlich ein riesiger Schatten auf sie fiel. Sie hatte keine Zeit mehr – ein letzter Schwung und sie ließ los und landete gerade so auf der Kante des Höhleneingangs. Ihre Finger suchten frenetisch nach Halt, und als sie ihn fanden, wuchtete sie sich mit aller Kraft in die Höhle hinein und machte eine Vorwärtsrolle. Genau hinter ihr krachte der Kopf der Schlange gegen den Stein und verfehlte sie nur knapp.

Emma wirbelte herum und zog ihr winzig aussehendes Messer, doch das Monster war bereits wieder aus ihrem Sichtfeld verschwunden. Langsam ging Emma rückwärts in die Dunkelheit der Höhle. Sie wusste, falls die Schlange beschließen sollte, ihr zu folgen, war sie so gut wie tot.

Ein Schatten huschte vorbei und plötzlich fielen Schlingpflanzen herunter, gerade so als wären sie abgeschnitten worden.

»Nein!«

Sie rannte auf den Höhleneingang zu, blieb aber nach ein paar Schritten abrupt stehen. Auf keinen Fall durfte sie riskieren, sich zu zeigen, denn der riesige Kopf konnte immer noch draußen lauern. Ihre Augen wurden feucht, als ihr klarwurde, dass sie in der Höhle gefangen war und Ben sie nicht mehr erreichen könnte.

Emma kniete sich hin und sprach ein kleines Gebet, in der Hoffnung, dass er in Sicherheit war. Draußen wurde der Wind immer stärker und trieb sie tiefer in die Höhle. Sie wartete, erst einige Minuten, dann Stunden. Es sah so aus, als wäre inzwischen ein dicker Vorhang über die Höhle geworfen worden.

Emma war verzweifelt. Da die Schlingpflanzen abgerissen waren, konnte sie nicht mehr nach oben klettern. Sollte sie weiter abwarten, ob Ben zu ihr kommen würde? Oder sollte sie versuchen, nach unten zu kommen, um Hilfe zu holen?

Emma kämpfte sich zurück zur Höhlenöffnung, doch sie musste sich an der Wand festkrallen und kam gegen die Kraft des Windes nur Schritt für Schritt voran. Sie hielt sich schützend eine Hand vor die Augen, doch draußen war nichts mehr zu sehen außer dichtem Nebel. Es war, als wäre die ganze Welt verschwunden.

Der Himmel, die Luft und der Boden schienen zu kochen und sogar die Füllungen in ihren Zähnen schmerzten. *Was zur Hölle ist hier los?*, fragte sie sich.

Eine besonders harte Böe fegte sie von den Füßen und schob sie ein paar Meter in die Höhle hinein. Nun war sie sich sicher, dass sie niemals in der Lage sein würde, nach oben zu klettern, und ebenso wenig würde Ben es zu ihr herunterschaffen. Sie hoffte einfach nur, dass er so lange durchhalten konnte, bis sie mit Hilfe zurückkehrte. Aber falls irgendjemand das schaffen konnte, dann war es Ben Cartwright.

Emma wandte sich wieder der dunklen Höhle zu. Sie war voller Nebel und an ihrem Ende ging ein schwarzes Loch in die Tiefe. Sie stand an dessen Rand und schaute hinunter. Sie hatte kein Licht, kein Seil und keine Wahl. Doch immerhin hatte sie einen Gedanken, der sie antrieb: *Ich werde dich retten, Ben!*

Sie atmete tief durch und schwang sich in die Dunkelheit.

KAPITEL 37

Ende der Erscheinung

Primordia hatte den dritten Planeten hinter sich gelassen. Der Komet war jetzt auf dem Weg zum Zentralgestirn, wo er wieder von der Schwerkraft gepackt und zurückgeschleudert werden würde, um den zehn Jahre dauernden Weg durch das Sonnensystem von vorn zu beginnen.

Die magnetischen Verzerrungen über den östlichen Dschungeln Venezuelas waren verschwunden. Türen hatten sich geschlossen und Durchgänge waren verschwunden. Auf den Plateaus der riesigen Tafelberge machten sich wieder Einsamkeit und Ruhe breit.

Die monsunartigen Regenfälle ebbten ab und die Wolken teilten sich, um den Blick auf klaren Himmel freizugeben. Die feuchteste der Jahreszeiten war beendet und nun würden wieder zehn Jahre Ruhe über einem ganz bestimmten Tepui in der Mitte des Amazonasdschungels einkehren.

KAPITEL 38

Venezolanisches Institut für Meteorologie

Mateo schnaubte verächtlich. »Sieh so aus, als hättest du recht gehabt.«

»Ja klar, ich habe doch immer recht.« Santiago schaute von seinem Monitor auf. »Aber was meinst du?«

Mateo zeigte auf ein Satellitenbild: »Die Wolke über dem östlichen Dschungel hat sich verzogen und man kann den Boden wieder sehen. Es war ein zeitlich begrenztes Phänomen, genau wie du gesagt hast.«

Santiago streckte sich, um das abgenutzte Notizbuch von seinem Regal zu holen. Dann lehnte er sich wieder zurück und warf es dem jungen Kollegen auf den Tisch.

»Mach eine Notiz und unterzeichne sie, denn in zehn Jahren wirst du einer jüngeren Version von dir selbst sagen, dass der Effekt sowohl lokal als auch zeitlich begrenzt ist und keineswegs etwas, über das man sich Sorgen machen müsste.«

Mateo lächelte und schnappte sich das Buch, woraufhin er durch die Seiten blätterte. »Komisch ist das aber schon!«

»Ja, das ist es – oder *war* es. Wir haben der Welt eben noch lange nicht alle ihre Geheimnisse entrissen.« Santiago lächelte. »Genau das macht unser Leben so interessant!«

KAPITEL 39

Drei Wochen später wurde Emmaline Jane Wilson aus dem Amazonasdschungel getragen – alleine, dem Tode nahe und fieberkrank. Ihr Fall machte weltweit Schlagzeilen. Das Geheimnis der verschollenen Cartwright-Expedition war gelöst, schrieben die Zeitungen.

Emmas Schilderungen der Ereignisse wurden jedoch als Halluzinationen abgetan, ausgelöst von Dschungelfieber, Dehydration und vielleicht einem Schlag auf ihren Kopf. Man hatte sie in einem wirklich erbarmungswürdigen Zustand gefunden.

Von allen anderen Mitgliedern ihrer Truppe nahm man an, dass sie gestorben waren. Bens Mutter, Cynthia, war nach Venezuela gekommen und hatte sich jedes Wort angehört, das Emma zu sagen hatte. Statt ihre Geschichte anzuzweifeln, hatte sie ihre durchaus beträchtlichen Ersparnisse eingesetzt, um ein Team von Soldaten und einen Helikopterpiloten anzuheuern und einen Plan zu schmieden, ihren verlorenen Sohn wiederzufinden.

Cynthia hatte gesagt, dass dieser Dschungel schon vor über hundert Jahren einen Cartwright verschluckt hatte, und sie würde nicht zulassen, dass dies noch einmal geschah.

Emma war immer noch geschwächt, doch um keinen Preis hätte sie Cynthia allein aufbrechen lassen. Sie wusste schließlich als Einzige genau, wo sie suchen mussten. Es brauchte einen ganzen Tag teurer Flugstunden, bis sie auch nur den Fluss gefunden hatten, gefolgt von weiterer langwieriger Navigation im Tiefflug, um dem Lauf des versteckten Wasserwegs folgen zu können.

Endlich kamen sie an den riesigen Tafelberg, doch seltsamerweise war dort keine Wolke. Die Sonne schien hell, warm und klar.

»Da«, rief sie und lehnte sich so weit aus dem Helikopter, dass einer der Soldaten sie packen musste, damit sie nicht herausfiel. Der Pilot setzte zu einem Steigflug an und die Maschine gewann an Höhe.

Emma spürte, wie ihr Herz in einen Galopp verfiel und sie ballte die Hände zu Fäusten. *Bitte sei da, bitte sei da*, wiederholte sie immer wieder, jedoch ohne einen Laut von sich zu geben – nur ihre Lippen bewegten sich.

Endlich erreichte der Hubschrauber die Kante des Plateaus und Emma bewegte das kleine Mikrofon an ihrem Kopfhörer näher an den Mund: »Nicht zu nah ranfliegen, es gibt hier riesige …«

Monster, wollte sie sagen, doch das Wort blieb ihr im Hals stecken. Der Helikopter blieb in der Luft stehen und schwebte wie eine riesige Libelle, während Emma sich ein Fernglas schnappte und hindurchschaute.

Sie legte ihre Stirn in tiefe Falten.

Das Plateau trug nur ein paar trockene Büsche und Gräser und war von Höhlen und Rissen gesäumt. In der Mitte war eine große Wasserfläche, doch sie sah eher wie ein flacher Teich aus, nicht wie der tiefe See, an den sie sich erinnerte.

Wo war der dichte Dschungel? Wo waren die riesigen Stämme, die sich in den wolkenverhangenen Himmel gebohrt hatten? Und wo waren überhaupt besagte Wolken und der dichte Nebel, der ständig alles verhüllt hatte? Sie schaute auf. Der Himmel war blau und klar.

Emma spürte, wie sich ein Knoten in ihrem Hals zusammenzog und sie spürte Cynthias bohrenden Blick. Sie umklammerte das winzige Mikrofon, um mit dem Piloten zu reden.

»Dieses Tepui … das war komplett in Wolken verhüllt und …« Sie schaute auf ihre Armbanduhr. Sie funktionierte noch. »… das ganze Gebiet war magnetisch oder so.«

Der Pilot sah einen Moment verwirrt aus, dann schüttelte er den Kopf. Doch dann fiel ihm etwas ein und er legte seine Hand auf sein Mikrofon: »Ich glaube, ich habe davon gehört, aber es passiert nicht oft.« Er zuckte mit den Schultern. »Sehr selten sogar.«

»Wie selten denn? Was hat das zu bedeuten?« Emma wandte sich Cynthia zu, die nervös und angespannt wirkte.

Der Pilot schaute hilfesuchend zu seinem Kopiloten und die beiden unterhielten sich kurz auf Spanisch, bis sie sich offenbar auf etwas einigten.

»Alle zehn Jahre«, sagte der Pilot schließlich. »So in etwa.«

Emma wurde schwindelig. »Das verstehe ich nicht … ich verstehe es nicht!«

Der Pilot fuhr fort: »Sehr seltsames Phänomen, das nur in diesem Gebiet vorkommt. Ein elektrischer Sturm, der unsere Instrumente stört. Wenn es passiert, müssen wir wegbleiben – für ein paar Tage, eine Woche vielleicht.« Er legte den Kopf schief. »Dann ist der Spuk wieder vorbei.«

Emma starrte mit glasigen Augen ins Leere. Es fühlte sich an, als hätte ihr Hirn einen Kurzschluss und würde sich weigern, diese Information zu verarbeiten. Der Pilot schaute noch einmal über seine Schulter zu ihr.

»Dieses Phänomen gibt es schon seit Ewigkeiten. Die Pemon nennen es *karutu salu* – Die Zeit der Echsen.«

Sein Kopilot schüttelte den Kopf und die beiden diskutierten eine Weile. Dann zuckte der Pilot mit den Schultern. »Andreas sagt, *Echse* stimmt nicht – eher *Zeit der Schlange*.«

»Und dann geht es wieder für zehn Jahre weg?« Emma verzog das Gesicht. »Nein, nein, nein, das darf nicht sein!« *Alle zehn Jahre – alle zehn Jahre – alle zehn Jahre.*

Doch sie wusste, dass es stimmte, denn genau so hatte es in dem Notizbuch gestanden. Wie ein kleines Kind legte sie die Hände über ihren Kopf. »Das darf nicht sein!«

Sie hörte kaum, wie Cynthia sie anbrüllte.

Ben, dachte Emma. *Mein armer Ben, für zehn Jahre hier gefangen. Mein Ben.*

Sie sackte in sich zusammen und fühlte sich machtlos, doch dann biss sie die Zähne zusammen. *Ich komme wieder, Ben, das schwöre ich dir! In zehn Jahren!*

Emma brach im Inneren des Hubschraubers zusammen und glitt zu Boden. Um sie herum wurde alles schwarz.

EPILOG

Benjamin Cartwright rannte so schnell wie nie zuvor in seinem Leben. Feuchte, grüne Blätter klatschten ihm ins Gesicht, Dornen rissen an seiner Kleidung und biegsame Ranken wickelten sich wie Lassos um jedes seiner Körperteile. Doch er rannte, lief und sprintete, als wäre der Teufel hinter ihm her.

Denn so war es.

Die Kreatur, die ihm folgte, schob ganze Baumstämme aus dem Weg und ihr nach einem Fleischfresser stinkender Atem klang wie eine Dampflok, die schnaubte und zischte, als sie ihm näherkam. Er zuckte zusammen, wich einem Felsbrocken aus und wechselte die Richtung.

Dann erklang ein tiefer Schrei und lederhäutige Wesen schwangen sich flüchtend in den Himmel auf. Cartwright beschleunigte noch einmal und dann traf ihn ein frischer Luftzug, da der Dschungel ganz plötzlich aufhörte. Er kam stolpernd am Ende des Plateaus zum Stillstand und kniff die Augen zusammen. Dann sank er in sich zusammen.

Dort, wo er erwartet hatte, einen dichten Dschungel etwa dreihundert Meter unter sich zu sehen, war jetzt eine völlig fremdartige Landschaft, die sich bis zum Horizont erstreckte. Es war ein urzeitliches Tal, in dem langhalsige Dinosaurier inmitten riesiger Baumstämme flanierten. In der Luft schwangen *Pteranodons* ihre ledrigen Flügel und segelten auf warmen Winden.

Der Nebel, die Wolke, all das war verschwunden.

Auch Emma war verschwunden, alles war verschwunden – obwohl, das stimmte nicht – es existierte schlicht und einfach *noch nicht*.

Seine Augen wurden feucht, als ihm etwas schmerzhaft bewusst wurde: Sie hatten gar kein verstecktes Plateau betreten, sondern ein Tor in eine andere Zeit durchschritten, die Millionen von Jahren in der Vergangenheit lag. Und zu seinem Pech war dieser Durchgang nun verschlossen.

Er erinnerte sich an Benjamins Warnung, für immer gefangen zu sein, und nun wusste er endlich, worum es dabei ging. Doch es war zu spät.

Primordia kam nur alle zehn Jahre. Er trat näher an den Abgrund und der Wind zerrte an den Fetzen, die einmal seine Kleidung gewesen waren. In seiner Hand hielt er das Messer … es war alles, was ihm noch geblieben war.

Die Bäume hinter ihm wurden zur Seite geschoben, als sein Verfolger zu ihm aufschloss.

Das Dickicht hinter ihm wurde auseinandergerissen und der zischende Schrei ließ ihn vor Angst erzittern. Er konnte nicht anders, als sich umzudrehen. Die monströse Schlange richtete sich zu ihrer vollen Größe auf und thronte über ihm. Sie bestand nur aus Muskeln, glitzernden Schuppen und Zähnen, die so lang wie seine Arme waren.

Doch er *würde* überleben, schließlich war er darauf trainiert. In zehn Jahren würde er verdammt noch mal immer noch hier sein.

Die Schlange startete ihren Angriff und raste auf ihn zu. Die Zeit war um. Ben wandte er sich dem Abgrund zu und sprang.

–ENDE–

NACHWORT

Viele Leser fragen mich nach den Hintergründen meiner Romane – sind sie reine Fiktion oder gibt es reale Bezüge? Wie komme ich auf die Ereignisse, die Gerätschaften, die Figuren oder ihre Expertise, und wie viel von diesen Elementen fußt auf Fakten?

Im Falle des versteckten Plateaus im Amazonasdschungel war der Roman »Die vergessene Welt« meine Inspiration. Denn viele Mythen und Legenden dieses Werkes wirken bis heute nach.

»Die vergessene Welt« von Sir Arthur Conan Doyle

Dieses Buch erschien im Jahre 1912. Es beschrieb eine Expedition zu einer Hochebene in Südamerika, in der noch prähistorische Tiere existierten.

Doyle war damals bereits berühmt für seine *Sherlock Holmes*-Romane und schrieb diese Abenteuergeschichte einfach aus Spaß, nichtsdestoweniger wurde sie unglaublich populär. Es ist beinahe unmöglich, die Anzahl der Nachdrucke und Wiederveröffentlichungen zu zählen, außerdem gab es diverse Hörspiel- und Filmversionen.

Die Grundlage für »Die vergessene Welt« sind Gerüchten zufolge Berichte von Doyles gutem Freund Percy Harrison Fawcett, der im Jahre 1906 eine Expedition zu einem abgelegenen Plateau in Bolivien unternommen hatte. Doyle war demnach schwer interessiert an dieser Geschichte über ein abgelegenes Biotop gewesen, das von gefährlichem, beinahe undurchdringlichem Urwald umgeben war. Fawcett selbst beschrieb, dort »monströse Spuren unbekannten Ursprungs« entdeckt zu haben.

Es könnte jedoch möglicherweise noch eine weitere Inspirationsquelle für das Buch gegeben haben: Eine Studie von 1996 kommt zu dem Schluss, dass der Autor ebenfalls großes Interesse an den Bergen von Pacaraima gehabt hatte, insbesondere dem

Berg Roraima. Er ist der höchste Berg der Pacaraima-Kette von Tepui in Südamerika und wurde zuerst von dem großen britischen Entdecker Sir Walter Raleigh im Jahre 1595 beschrieben. Sein riesiger, flacher Gipfel ist ringsum von Steilhängen umgeben, die über dreihundert Meter hoch sind. Viele lokale Mythen und Legen ranken sich um diesen Riesen, der merkwürdige Kreaturen, Götter und Monster beherbergen soll.

Die Titanoboa und die Yacumama

Es gibt schon seit Jahrhunderten Märchen von Monsterschlangen, die im Amazonasdschungel leben sollen. Vermutlich wären sie für immer Mythen geblieben, wenn nicht durch Zufall im Jahre 2008 in einer Kohlenmine in Kolumbien ein Skelett gefunden worden wäre. Paläontologen stellten fest, dass diese Monsterschlangen zur Zeit der Dinosaurier gelebt haben müssen und sie sogar um 10 Millionen Jahre überlebt haben. Die gefundenen Fossilien gehörten zu einem Exemplar, das knapp 13 Meter lang war, doch wissen die Forscher nicht, ob diese Maße repräsentativ waren – es könnte durchaus doppelt so große Artgenossen gegeben haben.

Diese Spezies wurde Titanoboa genannt. Und die Tiere waren nicht nur lang, sie hatten auch den Umfang von Brauereipferden und brachten über 3000 Pfund auf die Waage.

Diese Monsterschlangen lebten im Paläozän und auch noch in einer zehn Millionen Jahre andauernden Periode nach dem großen Artensterben der Kreide-Paläogen-Grenze. Die Titanoboa wird sich von den letzten Dinosauriern ernährt haben und ist dann wohl auf andere Nahrungsquellen ausgewichen. Viele Forscher sind der Meinung, dass es keinen Grund für sie gab, auszusterben. Sie sind sich ebenfalls einig, dass es im Amazonasbecken immer noch übergroße Schlangen geben könnte. Und das bringt uns zu der Legende der *Yacumama*, der Mutter des Flusses.

In der Mythologie der Ureinwohner Südamerikas ist die Yacumama ein fünfzig Meter langes Monster, das im Amazonasfluss und seinen Lagunen lebt. Der Legende zufolge mussten die

Indianer in ein Horn blasen, um die Yacumama dazu zu bewegen, sich zu zeigen.

Experten glauben, dass diese Kreatur, sollte sie wirklich existieren, eher eine riesige Anakonda sein dürfte.

Im Jahre 1906 behauptete der Entdecker Percy H. Fawcett (siehe oben), in der Umgebung des Amazonasflusses eine solche Schlange gesichtet zu haben, die über zwanzig Meter lang gewesen sein soll. Seiner Beschreibung zufolge waren die Spuren, die sie im Schlamm hinterließ, über zwei Meter breit, was die Geschichten der ansässigen Indianer bestätigte.

Bis zum heutigen Tag starten Großwildjäger immer noch Expeditionen, um die *Mutter des Flusses* zu finden. Nur die Zeit wird zeigen, ob sie jemals Erfolg haben werden und ob diese Kreatur existiert.

Tepuis und der Canaima Nationalpark

Ein Tepui ist ein Tafelberg, den man in den Guyana-Hochländern Südamerikas findet, vor allem in Venezuela und West-Guyana. In der Sprache der Pemon, den Ureinwohnern des Gebietes, bedeutet das Wort Tepui »Haus der Götter« und kann auch ein Gebiet beschreiben, welches tabu ist.

Der Canaima Nationalpark hat eine Fläche von 30.000 Quadratkilometern und befindet sich im südöstlichen Venezuela. Er ist die Heimat der Pemon, die eine enge Beziehung zu den Tepuis haben, zu deren Bewohnern sie neben den Göttern auch Dämonen und die *Mawari* genannten Geister zählen.

Der Park besteht aus üppigen Dschungelgebieten, exotischen Tieren und den besagten Tepuis, die steile, fast vertikale Wände und flache Oberflächen haben und etwa 65% der Fläche des Parks ausmachen. Diese geologischen Inseln erschaffen einzigartige Biotope, da manche Arten sich dort über den Verlauf von Millionen von Jahren vom Rest der Welt abgeschnitten entwickelt haben. Die Granitbasis dieser Sandsteingebilde ist laut Untersuchungen bis zu drei Milliarden Jahren alt, eine Zeit, in der Südamerika und Afrika gemeinsam den Superkontinent Pangaea bildeten.

Die steilen Hänge schaffen spektakuläre Landschaften und werden von riesigen Wasserfällen geziert. Zu ihnen gehört der mit über 1000 Metern höchste Wasserfall der Welt, der *Salto Ángel.* Das bekannteste Tepui des Parks ist gleichzeitig das höchste und wird Roraima genannt.

Die merkwürdigen Effekte von Kometen

Ein Komet ist ein durch unser Sonnensystem reisendes Objekt, das sich erwärmt, wenn es an der Sonne vorbeikommt und dadurch Gase freisetzt, die eine sichtbare Atmosphäre und manchmal auch einen Schweif bilden. Sie können in unterschiedlichsten Entfernungen um unser Zentralgestirn kreisen, sodass sie für eine Umrundung von ein paar Jahren bis zu theoretischen Millionen von Jahren brauchen können.

Der Aufschlag eines größeren Kometen auf die Erde hätte verheerende Folgen. Doch auch bei einem bloßen Vorbeiflug können sie Auswirkungen haben, die bis heute nicht vollends erforscht oder verstanden sind.

Im Oktober 2014 versetzte beispielsweise der Komet C/2013 A1, genannt Siding Spring, das Magnetfeld um den Mars in reines Chaos. Jared Espley vom Goddard Space Flight Center der NASA sagte dazu: »Wir glauben, der Vorbeiflug hat einen Teil der oberen Atmosphäre des Mars weggerissen, ähnlich einem starken Sonnensturm.«

Wie die meisten Kometen ist Siding Spring von einem starken Magnetfeld umgeben. Als er den Mars passierte, hat der dichte innere Kern dieses Kraftfeldes möglicherweise bis an die Oberfläche des Planeten herangereicht und damit das eigene Magnetfeld des Mars verzerrt.